Rachel Caine
Die Angst schläft nie

Das Buch

Wie oft musst du weglaufen, damit dich deine Vergangenheit nicht mehr einholen kann?

Von einer Sekunde zur nächsten liegt Gina Royals Leben in Scherben: Ihr Mann wird als Serienmörder überführt, und eine Welle von Hass und Morddrohungen schlägt auch ihr entgegen. Zusammen mit ihrem Sohn und ihrer Tochter flieht sie aus Kansas, wechselt mehrmals die Identität. Als sie zu dritt ein kleines Haus am Stillhouse Lake in Tennessee beziehen, ist die schüchterne Gina Vergangenheit. Jetzt ist sie die knallharte Gwen, zu allem bereit, wenn es um die Sicherheit ihrer kleinen Familie geht. Zum ersten Mal wagt sie durchzuatmen, fasst sogar zu ihrem neuen Nachbarn Vertrauen.

Da wird in dem See die Leiche einer jungen Frau gefunden. Ihre Folterungen tragen die blutige Handschrift ihres Ex-Mannes, der doch im Gefängnis sitzt. Plötzlich beginnt alles von vorn ...

Die Autorin

Rachel Caine ist internationale Bestsellerautorin von mehr als fünfundvierzig Romanen, einschließlich der bekannten Reihen »Haus der Vampire«, »The Great Library« und dem gefeierten Jugendroman »Prince of Shadows«.

Rachel Caine wurde auf der White Sands Missile Range geboren und Leute, die sie kennen, sagen, dass das viel erklärt. Sie hat bereits als Buchhalterin, professionelle Musikerin und Schadensermittlerin gearbeitet und war bis vor Kurzem Geschäftsführerin in einem großen Unternehmen. Zusammen mit ihrem Mann, dem Künstler R. Cat Conrad, lebt sie in Texas.

RACHEL CAINE

DIE ANGST SCHLÄFT NIE

THRILLER

Aus dem Amerikanischen von Claudia Hahn

Die amerikanische Ausgabe erschien 2017 unter dem Titel
»Stillhouse Lake« bei Thomas & Mercer, Seattle.

Deutsche Erstveröffentlichung bei
Edition M, Amazon E.U. S.à r.l.
5 Rue Plaetis, L-2338, Luxembourg
Januar 2018
Copyright © der Originalausgabe 2017
By Rachel Caine
All rights reserved.
Copyright © der deutschsprachigen Ausgabe 2018
By Claudia Hahn

Die Übersetzung dieses Buches wurde durch AmazonCrossing ermöglicht.

Umschlaggestaltung: semper smile, München, www.sempersmile.de
Originaldesign: Shasti O'Leary Soudant
Umschlagmotiv: © Bill Hinton Photography / Getty; © vedderman123 /
Shutterstock; © Jenov Jenovallen / Shutterstock
Lektorat und Korrektorat: Verlag Lutz Garnies, Haar bei München,
www.vlg.de
Gedruckt durch:
Amazon Distribution GmbH, Amazonstraße 1, 04347 Leipzig /
Canon Deutschland Business Services GmbH, Ferdinand-Jühlke-Str. 7,
99095 Erfurt /
CPI Books GmbH, Birkstraße 10, 25917 Leck

ISBN: 978-1-503-90040-0

www.edition-m-verlag.de

Für Lucienne, die immer an mich geglaubt hat.

Prolog

Gina Royal
Wichita, Kansas

Gina hatte nie irgendwelche Fragen wegen der Garage gestellt.

Dieser Gedanke hielt sie noch Jahre später jede Nacht wach, pulsierte heiß hinter ihren Augenlidern. *Ich hätte nachfragen sollen. Hätte es wissen müssen.* Aber sie hatte nie gefragt, sie hatte es nicht gewusst, und das hatte sie schließlich zerstört.

Normalerweise wäre sie um drei Uhr nachmittags zu Hause gewesen, aber ihr Mann hatte angerufen, um Bescheid zu geben, dass es bei ihm auf der Arbeit einen Notfall gab und sie Brady und Lily aus der Schule abholen müsste. Das war auch wirklich nicht schlimm – sie hatte auch danach noch genug Zeit, zu Hause aufzuräumen, bevor sie mit den Vorbereitungen fürs Abendessen begann. Er war so lieb gewesen und hatte sich dafür entschuldigt, ihren Zeitplan durcheinandergebracht zu haben. Manchmal war Mel wirklich der beste, charmanteste Mann der Welt, und dafür würde sie sich erkenntlich zeigen; das hatte sie bereits beschlossen. Sie würde zum Abendessen sein Lieblingsgericht kochen: Leber mit Zwiebeln, serviert mit einem edlen Pinot Noir, der bereits auf der Küchentheke stand. Danach ein gemütlicher Familienabend, zusammen mit den Kindern auf dem Sofa einen Film anschauen. Vielleicht diesen neuen Superheldenfilm, den die Kinder unbedingt sehen wollten. Auch wenn Mel immer genau darauf achtete, was sie sich anschauen durften. Lily würde sich als warmes Bündel an Gina kuscheln, und Brady würde auf dem Schoß seines Dads liegen, den Kopf auf der Sofalehne. Nur Kinder waren so biegsam, dass eine solche Position bequem für sie sein konnte. Mit der Familie Zeit zu verbringen, war Mels Lieblingsbeschäftigung. Nun ja, nicht ganz. Noch lieber widmete er sich seinen Holzarbeiten. Gina hoffte, dass er sich nicht wieder eine Entschuldigung aus den Fingern saugen würde, um nach dem Abendessen in seiner Werkstatt zu verschwinden.

Sie führte ein normales Leben. Ein angenehmes Leben. Natürlich nicht perfekt. Kein Paar führte eine perfekte Ehe, oder? Aber Gina war zufrieden, zumindest den Großteil der Zeit.

Sie war lediglich eine halbe Stunde aus dem Haus gewesen, gerade lang genug, um zur Schule zu eilen, die Kinder abzuholen und wieder nach Hause zu fahren. Als sie mit dem Auto um die Ecke bog und die Blinklichter in ihrer Straße sah, dachte sie zuerst: *Oh Gott, brennt ein Haus?* Das jagte ihr einen gehörigen Schrecken ein. Ihr nächster Gedanke war jedoch egoistischer: *Wir werden heute nicht pünktlich zu Abend essen können.* Zugegeben, das war sehr kleinlich, aber die Situation war einfach ärgerlich.

Die Straße war komplett gesperrt. Sie zählte drei Polizeiwagen hinter der Absperrung, deren Blinklichter die beinahe identischen Häuser in blutrotes und geisterhaft blaues Licht tauchten. Ein Krankenwagen und ein Feuerwehrauto standen etwas weiter die Straße hinunter, wurden aber anscheinend nicht gebraucht.

»Mom?« Das war der siebenjährige Brady vom Rücksitz aus. »Mom, was ist denn los? Ist das *unser Haus?*« Er klang aufgeregt. »*Brennt es?*«

Gina fuhr langsamer und versuchte zu erfassen, was sie da vor sich sah: ein aufgewühlter Rasen, ein zertrampeltes Lilienbeet, niedergetretene Büsche. Die Überreste eines Briefkastens im Rinnstein.

Ihr Briefkasten. *Ihr* Rasen. *Ihr* Haus.

Am Ende dieser Spur der Zerstörung befand sich ein brauner SUV, aus dessen Motorhaube noch Dampf entwich. Er steckte zur Hälfte in der Frontmauer ihrer Garage – Mels Werkstatt – und hing schief inmitten eines Trümmerhaufens, der bis vor Kurzem noch Teil ihres stabilen Backsteinhauses gewesen war. Für Gina war ihr Haus immer fest, stabil, *normal* gewesen. Der chaotische Haufen aus Ziegeln und kaputten Rigipsplatten sah obszön aus. Der Anblick erweckte in ihr ein Gefühl der Verletzlichkeit.

Sie stellte sich vor, wie der SUV über die Bordsteinkante gesprungen war, den Briefkasten überfahren hatte, in wildem Slalom durch den Garten gerast und dann in die Garage gekracht war. Währenddessen fand ihr Fuß endlich das Bremspedal ihres eigenen Wagens, und sie trat so hart darauf, dass sie den Ruck im gesamten Körper spürte, bis in die Wirbelsäule hinein.

»Mom!« Brady schrie ihr fast ins Ohr, und instinktiv streckte sie eine Hand aus, um ihm zu bedeuten, still zu sein. Die zehnjährige Lily auf dem Beifahrersitz hatte ihre Ohrstöpsel herausgerissen und beugte sich vor. Ihre Lippen öffneten sich, als sie den Schaden an ihrem Haus sah, aber sie sagte kein Wort. Ihre Augen waren vor Schock weit aufgerissen.

»Tut mir leid«, entschuldigte sich Gina abwesend. »Irgendetwas stimmt da nicht, Schätzchen. Lily? Geht's dir gut?«

»Was ist denn los?«, fragte Lily.

»Ich habe gefragt, ob es dir gut geht.«

»Alles okay! Was ist denn hier los?«

Gina antwortete nicht. Sie hatte ihre Aufmerksamkeit wieder dem Haus zugewandt. Beim Anblick der Zerstörung fühlte sie sich seltsam nackt und entblößt. Ihr Heim hatte sich immer so sicher für sie angefühlt, wie eine Festung, die jetzt durchbrochen worden war. Das Gefühl der Sicherheit hatte sich als Lüge herausgestellt, nicht stärker als die Ziegel, das Holz und der Gipskarton.

Viele Nachbarn waren auf die Straße getreten, um zu gaffen und zu tratschen, was alles nur noch viel schlimmer machte. Sogar die alte Mrs Millson, eine pensionierte Lehrerin, die sonst selten ihr Haus verließ. Sie war die Klatschtante des Viertels und sich nie zu schade dafür, über die Privatangelegenheiten von jedem, der in ihre Sichtweite kam, zu spekulieren. Sie trug einen ausgebleichten Hausmantel und stützte sich schwer auf eine Gehhilfe. Ihre Krankenpflegerin stand neben ihr. Beide Frauen beobachteten fasziniert das Geschehen.

Ein Polizist näherte sich Ginas Auto. Schnell kurbelte sie die Scheibe auf ihrer Seite herunter und lächelte ihn entschuldigend an.

»Officer«, sagte sie. »Das Haus, in das dieser SUV gefahren ist, ist meins. Kann ich hier parken? Ich muss den Schaden begutachten und meinen Mann anrufen. Das hier ist einfach *furchtbar*! Ich hoffe, der Fahrer ist nicht zu schwer verletzt ... War er betrunken? Diese Straßenecke ist nicht ganz ohne.«

Der anfangs leere Gesichtsausdruck des Polizeibeamten wandelte sich, während sie redete. Plötzlich war er in Alarmbereitschaft. Sie verstand nicht, warum, wusste allerdings, dass das nichts Gutes bedeuten konnte. »Das ist Ihr Haus?«

»Ja.«

»Wie heißen Sie?«

»Royal. Gina Royal. Officer ...«

Er trat einen Schritt zurück und legte eine Hand an den Griff seiner Waffe. »Schalten Sie den Motor aus, Ma'am«, sagte er, während er einem anderen Cop ein Zeichen gab, der daraufhin angelaufen kam. »Holen Sie den Detective. Schnell!«

Gina befeuchtete ihre Lippen. »Officer, vielleicht haben Sie mich nicht richtig verstanden ...«

»Ma'am, schalten Sie sofort den Motor aus.« Diesmal war es ein harscher Befehl. Sie schaltete in den Parkmodus und drehte den Zündschlüssel. Der Motor verstummte, und jetzt konnte sie auch das Stimmengewirr der auf dem Gehweg versammelten Schaulustigen hören. »Behalten Sie beide Hände am Lenkrad. Keine plötzlichen Bewegungen. Haben Sie irgendwelche Waffen im Wagen?«

»Nein, natürlich nicht. Sir, ich habe meine Kinder hier!«

Er nahm die Hand nicht von seiner Waffe, und Ärger durchzuckte sie. *Das ist doch lächerlich. Die verwechseln uns mit irgendjemandem. Ich habe nichts getan!*

»Ma'am, ich muss Sie noch einmal fragen: Haben Sie irgendwelche Waffen?« Sein rauer Tonfall ließ ihren Ärger verpuffen und ersetzte ihn durch kalte Panik. Eine Sekunde lang konnte sie nicht sprechen.

Schließlich gelang es ihr, eine Antwort herauszupressen. »Nein! Ich habe keine Waffen. Gar keine.«

»Was ist denn los, Mom?«, fragte Brady alarmiert. »Warum ist der Polizist so böse auf uns?«

»Es ist nichts, Schätzchen. Es wird alles gut.« *Behalt die Hände am Lenkrad, Hände am Lenkrad ...* Sie wollte nichts dringender, als ihren Sohn an sich zu drücken, aber sie wagte es nicht. Sie konnte sehen, dass Brady der falschen Wärme in ihrem Tonfall nicht glaubte. Sie glaubte es ja selbst nicht. »Bleib einfach sitzen, okay? Beweg dich nicht. Ihr beide, nicht bewegen.«

Lily starrte den Officer vor dem Auto an. »Wird er uns erschießen, Mom? Wird er schießen?« Natürlich hatten auch die Kinder schon Videos gesehen, in denen Leute erschossen worden waren, unschuldige Menschen, die eine falsche Bewegung gemacht, das Falsche gesagt hatten, zur falschen Zeit am falschen Ort gewesen waren. Und vor Ginas geistigem Auge lief ein Film ab ... wie ihre Kinder starben und sie nichts tun konnte, um das zu verhindern. Ein greller Lichtstrahl, Schreie, dann Dunkelheit.

»Natürlich wird er euch nicht erschießen! Schatz, bitte halt einfach still!« Sie wendete sich wieder an den Polizisten: »Officer, bitte, Sie machen meinen Kindern Angst. Ich habe keine Ahnung, worum es hier eigentlich geht!«

Eine Frau mit einer goldenen Polizeimarke um den Hals lief an der Absperrung und dem Officer vorbei und trat direkt an Ginas Fenster. Sie wirkte müde, und ihre Augen sahen erschöpft und dunkel aus. Mit einem Blick hatte sie die Situation erfasst. »Mrs Royal? Gina Royal?«

»Ja, Ma'am.«

»Sie sind die Frau von Melvin Royal?« Er hasste es, Melvin genannt zu werden. Er wollte immer nur Mel heißen, aber das schien jetzt nicht der geeignete Zeitpunkt, um dieser Frau das zu sagen, daher nickte Gina lediglich. »Ich bin Detective Salazar. Ich möchte, dass Sie jetzt aus dem Wagen steigen. Halten Sie bitte beide Hände so, dass wir sie sehen.«

»Aber meine Kinder ...«

»Die können im Augenblick bleiben, wo sie sind. Wir kümmern uns um sie. Bitte steigen Sie aus.«

»Was um Himmels willen ist denn los? Das ist *unser* Haus. Das Ganze ist doch einfach verrückt. Wir sind hier die Opfer!« Die Angst – um sich selbst, um ihre Kinder – machte sie irrational, und ihre Stimme hatte einen seltsamen Tonfall angenommen, der sie selbst überraschte. Sie klang verstört, genau wie diese ahnungslosen Leute in den Nachrichten, bei denen sie immer Mitleid und Verachtung empfand. *Ich würde mich in einer Krise niemals so anhören.* Wie oft hatte sie das schon gedacht? Und nun tat sie es doch. Sie hörte sich exakt genauso an. Panik flatterte in ihrer Brust, und sie schien nicht mehr ruhig atmen zu können. Das hier war alles zu viel, zu schnell.

»Sie sind das Opfer. Aber natürlich.« Der Detective öffnete ihre Tür. »Steigen Sie aus.« Diesmal war es keine Bitte. Der Officer, der den Detective herbeigerufen hatte, trat zurück, die Hand noch immer an der Waffe. Warum, oh warum behandelten die sie wie eine Verbrecherin? *Das ist nur eine Verwechslung. Eine schreckliche, dumme Verwechslung!* Instinktiv griff sie nach ihrer Handtasche, aber Salazar nahm sie ihr sofort ab und übergab sie dem Streifenpolizisten. »Hände auf die Motorhaube, Mrs Royal.«

»Warum? Ich verstehe nicht, was ...«

Detective Salazar gab ihr keine Gelegenheit weiterzureden. Sie drehte Gina um und drückte sie gegen das Auto. Gina streckte die Hände aus, um zu verhindern, dass sie stürzte, und musste sich an der heißen Motorhaube abstützen. Es fühlte sich so an, als würde sie auf eine Herdplatte fassen, aber sie wagte es nicht, die Hände wegzuziehen. Sie war benommen. Das war eine *Verwechslung*. Eine schreckliche Verwechslung, und in der nächsten Minute schon würden sie sich entschuldigen, und sie würde ihnen gnädigerweise vergeben, dass sie so grob gewesen waren. Und dann würden sie alle lachen, und sie würde sie zu einem Eistee einladen ... Vielleicht hatte sie noch ein paar Zitronenkekse, wenn Mel die nicht schon aufgegessen hatte; er liebte seine Zitronenkekse ...

Sie keuchte, als Salazars Hände über Bereiche glitten, die zu berühren sie kein Recht hatte. Gina versuchte, sich zu wehren, aber der Detective drückte sie grob zurück. »Mrs Royal! Machen Sie die Angelegenheit nicht noch schlimmer! Hören

Sie mir zu. Sie sind hiermit festgenommen. Sie haben das Recht zu schweigen ...«

»Was bin ich? Das ist mein Haus! Dieser Wagen ist in mein Haus gefahren!« Ihr Sohn und ihre Tochter mussten diese Demütigung mit ansehen, die sich direkt vor ihren Augen abspielte. Sämtliche Nachbarn starrten zu ihr herüber. Einige hatten ihre Handys gezückt. Sie machten Fotos. Videos. Sie würden diese schreckliche Begebenheit ins Internet hochladen, damit gelangweilte Menschen auf der ganzen Welt sie verspotten konnten. Und es würde später keine Rolle mehr spielen, dass das alles nur eine Verwechslung gewesen war, nicht wahr? Das Internet vergaß nie. Davor hatte sie Lily immer wieder gewarnt.

Salazar sprach weiter, erklärte ihr ihre Rechte, die sie in diesem Augenblick überhaupt nicht erfassen konnte, und Gina widersetzte sich nicht, als der Detective ihr Handschellen hinter dem Rücken anlegte. Sie hätte gar nicht gewusst, wie.

Das Metall der Handschellen war ein kalter Schock auf ihrer feuchten Haut, und Gina kämpfte gegen ein seltsames Surren in ihrem Kopf an. Sie spürte, wie ihr der Schweiß das Gesicht und den Hals hinunterlief, aber alles schien wie von ihr getrennt abzulaufen. In der Ferne. *Das passiert nicht wirklich. Das kann einfach nicht passieren. Ich werde Mel anrufen. Mel wird das klären, und wir werden später darüber lachen.* Sie konnte nicht verstehen, wie sie von einem Augenblick auf den anderen von einem normalen Leben ... hier gelandet war.

Brady schrie und versuchte, aus dem Auto zu steigen, aber der Polizist hielt ihn drinnen eingesperrt. Lily schien zu betäubt und erschrocken, um sich zu bewegen. Gina sah zu ihnen, und ihre Stimme klang überraschend rational, als sie ihnen zuredete. »Brady. Lily. Schon gut – bitte habt keine Angst. Alles wird gut. Tut einfach, was man euch sagt. Mir geht es gut. Das ist nur ein Versehen, okay? Alles wird gut.« Salazar hatte ihre Hand schmerzhaft um Ginas Oberarm geklammert. Gina drehte sich zum Detective um. »Bitte. Bitte, was immer Sie glauben, das ich getan habe, *ich war es nicht!* Bitte sorgen Sie dafür, dass es meinen Kindern gut geht!«

»Das werde ich«, versprach Salazar unerwartet sanft. »Aber Sie müssen mit mir kommen, Gina.«

»Ist es – glauben Sie, ich habe das getan? Dieses Auto in unser Haus gefahren? Das habe ich nicht! Ich bin nicht betrunken, falls Sie das glauben ...« Sie stoppte, weil sie einen Mann auf einer Liege neben dem Krankenwagen sitzen sah, der durch eine Sauerstoffmaske atmete. Ein Sanitäter behandelte ihn wegen einer Kopfwunde, und ein Polizist stand ganz in der Nähe. »Ist er das? Ist das der Fahrer? Ist er *betrunken?*«

»Ja«, sagte Salazar. »Es war ein Unfall, wenn Sie Fahren unter Alkoholeinfluss einen Unfall nennen wollen. Er hat sich die Kante gegeben, ist falsch abgebogen – sagt, er wollte zurück zur Schnellstraße – und hat die Kurve zu schnell genommen. Dann ist er mit dem Vorderteil seines Wagens in Ihrer Garage gelandet.«

»Aber ...« Mittlerweile war Gina völlig verwirrt. Absolut ratlos. »Aber wenn Sie *ihn* haben, warum haben Sie ...«

»Betreten Sie ab und zu Ihre Garage, Mrs Royal?«

»Ich ... nein. Nein, mein Mann hat sie zur Werkstatt umfunktioniert. Wir haben Schränke vor die Tür von der Küche in die Garage gestellt; er betritt sie durch eine Seitentür.«

»Die Tür auf der Rückseite fährt also nicht hoch? Sie parken nicht mehr darin?«

»Nein, er hat den Motor ausgebaut, man kommt nur durch die Seitentür hinein. Wir haben einen überdachten Carport, also muss ich nicht – hören Sie, was ist denn? Was soll das alles?«

Salazar warf ihr einen Blick zu, jetzt nicht mehr wütend; beinahe schon mitleidig. Beinahe. »Ich werde Ihnen etwas zeigen, das Sie mir erklären müssen, okay?«

Sie führte Gina an der Absperrung vorbei, den Gehweg entlang, wo sich schwarze Reifenspuren in schlammigen Rinnen durch den Garten schlängelten, bis hoch zu der Stelle, an der die Rückseite des SUV aus einem Haufen roter Ziegel und Trümmer ragte. An dieser Wand hatte wohl vorher eine Stecktafel mit Melvins Werkzeug gehangen. Sie sah eine verbogene Säge, an der noch Kreidestaub von den Trockenbauplatten haftete, und einen Augenblick lang konnte sie nur denken, *er wird so wütend sein, ich weiß nicht, wie ich ihm das alles erklären soll.* Mel liebte seine Werkstatt. Sie war sein Heiligtum.

Salazar sprach wieder. »Ich möchte, dass Sie mir das hier erklären.«

Sie zeigte auf eine Stelle.

Gina sah auf, vorbei an der Motorhaube des SUV. Sie sah die lebensgroße nackte Puppe von einem Windenhaken in der Mitte der Garage hängen. Einen kurzen Augenblick lang hätte sie beinahe aufgelacht, so bizarr und unpassend war das, was sie da sah. Die Puppe hing an einer Drahtschlinge um ihren Hals, Arme und Beine schlaff, nicht einmal puppenhaft perfekt in ihren Proportionen, ein unvollkommenes Ding, seltsam verfärbt ... Und warum sollte irgendjemand ein Puppengesicht in diesem hässlichen Schwarzlila anmalen, Stücke der Haut ablösen, die Augen rot und hervorquellend gestalten, die Zunge zwischen geschwollenen Lippen heraushängen lassen ...

Doch in dem Augenblick traf sie die grausame Erkenntnis.

Das ist keine Puppe.

Und entgegen ihren Vorsätzen begann sie zu schreien und konnte nicht mehr aufhören.

KAPITEL 1

Gwen Proctor
Vier Jahre später
Stillhouse Lake, Tennessee

»Fangen Sie an.«

Ich atme tief ein. Es riecht nach verbranntem Schießpulver und altem Schweiß. Ich nehme Haltung an, konzentriere mich und betätige den Abzug. Mit den Beinen gleiche ich den Rückstoß aus. Manche Leute müssen bei jedem Schuss unwillkürlich blinzeln; ich habe festgestellt, dass ich nicht zu denen gehöre. Das ist keine Sache des Trainings, sondern reine Biologie, dennoch vermittelt es mir das Gefühl, stärker die Kontrolle zu haben. Und ich bin für jeden Vorteil dankbar.

Die schwere Waffe dröhnt und ruckt, sendet die vertrauten Stöße durch meinen Körper, aber ich achte weder auf den Lärm noch den Rückstoß, sondern konzentriere mich nur auf das Ziel am Ende der Schießbahn. Würde mich der Lärm ablenken, hätte das beständige Wummern der anderen Schützen – Männer, Frauen und sogar ein paar Teenager üben auf den Bahnen ringsum – längst mein Zielvermögen beeinträchtigt.

Das andauernde Donnern der Schüsse klingt selbst durch den dicken Hörschutz wie ein gewaltiger, brausender Sturm.

Ich schieße, bis meine Patronen aufgebraucht sind. Dann entriegle ich die Trommel, nehme die leeren Patronenhülsen heraus und lege die Waffe auf der Ablage der Schießbahn ab, das Radschloss geöffnet, die Laufmündung zur Zielscheibe gerichtet. Ich nehme die Schutzbrille ab und lege sie hin. »Fertig.«

Der Leiter des Schießstands, der hinter mir gestanden hat, meldet sich zu Wort. »Bitte treten Sie zurück.« Ich befolge seine Anweisung. Er nimmt meine Waffe in die Hand und untersucht sie, nickt und betätigt den Hebel, um die Zielscheibe heranzufahren. »Ihre Sicherheitsmaßnahmen sind tadellos.« Er spricht laut, um über all den Lärm und den Hörschutz, den wir beide tragen, gehört zu werden. Seine Stimme klingt bereits etwas heiser; er muss den Großteil des Tages schreien.

»Hoffen wir, dass es meine Genauigkeit auch ist«, schreie ich zurück.

Aber ich weiß bereits, dass sie es ist. Ich sehe es, bevor das Papierziel auf der Schiene den halben Weg zurückgelegt hat. Sämtliche Löcher befinden sich innerhalb des engen roten Rings.

»Mit jedem Schuss in die Körpermitte getroffen«, sagt der Leiter und nickt zufrieden. »Sie haben mit Bravour bestanden. Gut gemacht, Ms Proctor.«

»Danke, dass Sie es mir so leicht gemacht haben«, erwidere ich. Er tritt zurück und macht mir Platz, und ich schließe die Trommel und lege die Waffe in die Tasche mit Reißverschluss. Gesichert.

»Wir werden Ihre Daten ans Landesamt übermitteln. Sie dürften Ihren Waffenschein dann in Kürze erhalten.« Der Leiter ist ein junger Mann mit Kurzhaarfrisur, der vorher beim Militär war. Seinem weichen, leicht undeutlichen Akzent nach könnte er aus dem Süden stammen, allerdings fehlt ihm der für Tennessee typische Singsang ... Georgia wäre meine Vermutung. Ein netter junger Mann, mindestens zehn Jahre zu jung für mich, wenn ich auf eine Verabredung mit ihm aus wäre. Wenn ich überhaupt auf ein Date aus wäre. Er ist stets sehr höflich und nennt mich immer und ausnahmslos *Ms Proctor*.

Er schüttelt mir die Hand, und ich lächle zurück. »Bis zum nächsten Mal, Javi.« Ein Vorrecht meines Alters und Geschlechts. Ich darf ihn beim Vornamen nennen. Den gesamten ersten Monat über hatte ich *Mr Esparza* gesagt, bis er mich sanft korrigierte.

»Beim nächsten Mal ...« Etwas erregt seine Aufmerksamkeit, und seine entspannte Ruhe wandelt sich in Wachsamkeit. Seine Konzentration richtet sich auf irgendetwas weiter hinten. »Feuer einstellen! Feuer einstellen!«, brüllt er.

Ein Adrenalinschub versetzt mich augenblicklich in Alarmbereitschaft. Ich erstarre und versuche, die Situation einzuschätzen. Aber hier geht es nicht um mich. Nach und nach verstummt das Donnern in der Anlage, ein Schütze nach dem anderen senkt seine Waffe und zieht die Ellbogen ein, während Javi vier Bahnen nach hinten geht. Dort steht ein kräftiger Mann mit einer halbautomatischen Pistole. Javi weist ihn an, die Waffe abzulegen und zurückzutreten.

»Was ist denn?«, fragt der Mann streitlustig. Noch immer leicht zittrig greife ich nach meiner Tasche und bewege mich langsam Richtung Tür. Ich sehe, dass der Mann nicht das tut, was Javi ihm befohlen hat; stattdessen ist er in Abwehrhaltung gegangen. Keine gute Idee. Javis Gesichtsausdruck versteift sich, und er ändert seine Körpersprache.

»Entladen Sie die Waffe und legen Sie sie auf die Ablage, Sir. Sofort.«

»Überhaupt nicht nötig. Ich weiß, was ich tue! Ich schieße schon seit Jahren!«

»Sir, ich habe gesehen, wie Sie Ihre geladene Waffe in Richtung eines anderen Schützen gehalten haben. Sie kennen die Regeln. Die Mündung muss immer in Richtung Zielscheibe zeigen. *Jetzt entladen Sie die Waffe und legen Sie sie hin.* Wenn Sie meinen Anweisungen nicht Folge leisten, werde ich Sie von der Anlage entfernen lassen und die Polizei rufen. Haben Sie das verstanden?«

Aus dem lächelnden, ruhigen Javier Esparza ist jetzt ein völlig anderer Mensch geworden, und die Kraft seines Befehls jagt durch den Raum wie eine Blendgranate. Der regelwidrige Schütze fummelt an seiner Waffe herum, nimmt den Ladestreifen heraus und wirft ihn und die Waffe auf die Ablage. Mir fällt auf, dass die Mündung noch immer nicht in Richtung Zielscheibe zeigt.

Javis Stimme ist jetzt klar und ruhig. »Sir, ich habe gesagt, Sie sollen Ihre Waffe entladen.«

»Das habe ich doch!«

»Treten Sie zurück.«

Als ihn der Mann immer noch ohne eine Regung anstarrt, greift Javi nach der Waffe, holt die letzte Hülse aus dem Verschlussstück und legt die Kugel auf die Ablage neben den Ladestreifen. »Und aus genau *diesem* Grund sterben Leute. Wenn Sie nicht in der Lage sind zu lernen, wie man eine Waffe ordnungsgemäß entlädt, müssen Sie sich eine andere Schießanlage suchen«, sagt er. »Wenn Sie nicht in der Lage sind, den Anweisungen des Leiters Folge zu leisten, suchen Sie sich eine andere Schießanlage. Und genau das sollten Sie auch tun. Sie gefährden hier sich selbst und alle anderen, wenn Sie die Sicherheitsregeln ignorieren. Verstehen Sie das?«

Das Gesicht des Mannes nimmt ein ungesundes Rot an, und er ballt die Fäuste.

Javi legt die Waffe exakt in die Stellung zurück, die sie zuvor hatte, dreht sie in Richtung Zielscheibe und dann demonstrativ auf die andere Seite. »Das Auswurffenster zeigt nach oben, Sir.« Er tritt einen Schritt zurück und schaut dem Mann direkt in die Augen. Javi trägt Jeans und ein blaues Polohemd, der Schütze ein Tarnhemd und eine alte Uniformhose aus Armeebeständen, aber es ist völlig eindeutig, wer hier der Soldat ist. »Ich glaube, Sie sind für heute fertig, Mr Getts. Man sollte niemals wütend schießen.«

Ich habe noch nie einen Mann gesehen, der so eindeutig an der Kippe entweder zu direkter, unbesonnener Gewalt oder einem heftigen Herzinfarkt steht. Seine Hand zuckt, und er überlegt, wie schnell er an seine Waffe gelangen, sie laden und abfeuern kann. Etwas Schweres, Krankes scheint plötzlich in der Luft zu hängen, und meine Hand bewegt sich unwillkürlich zum Reißverschluss der Tasche, die ich halte. In Gedanken gehe ich genau wie er die Schritte durch, um meine Waffe aufs Feuern vorzubereiten. Ich bin schnell. Schneller als er.

Javier ist nicht bewaffnet.

Die Anspannung löst sich, als einer der anderen Schützen, die sich an der danebenliegenden Schießbahn gesammelt haben und wie erstarrt dastehen, einen einzelnen Schritt nach vorn macht, halb zwischen mich und den wütenden Mann. Er ist kleiner als Javi und dieser rotgesichtige Mann und hat sandblonde Haare, die vielleicht mal kurzgeschoren waren, aber mittlerweile so lang sind, dass sie sich über seine Ohren legen. Er ist schlank und bewegt sich geschmeidig, keiner von diesen Muskelprotzen. Ich habe ihn hier schon öfter gesehen, kenne seinen Namen jedoch nicht.

»Hey, Mister, schalten wir doch mal einen Gang zurück«, sagt er in einem Akzent, der für meine Ohren nicht nach Tennessee klingt, sondern von irgendwo aus dem Mittleren Westen kommt. Seine Stimme klingt beruhigend, verführerisch vernünftig. »Der Leiter hier macht doch nur seinen Job, richtig?

Und er hat recht. Wenn man anfängt, wütend zu schießen, weiß man doch nie, was passiert.«

Es ist faszinierend zu sehen, wie der Zorn aus Getts entweicht, als hätte jemand einen Stöpsel in ihm gezogen. Er atmet ein paarmal tief durch, seine Gesichtsfarbe wird blasser, bis sie einen halbwegs normalen Teint angenommen hat, und er nickt steif. »Verdammt«, sagt er. »Schätze, ich hab mich etwas gehen lassen. Kommt nicht wieder vor.«

Der andere Mann nickt ebenfalls und kehrt zu seiner Schießbahn zurück, wobei er die neugierigen Blicke der anderen ignoriert. Er scheint seine eigene Pistole zu prüfen, die korrekt in Richtung Zielscheibe ausgerichtet ist.

»Mr Getts, reden wir draußen weiter«, sagt Javier höflich, doch dessen Gesicht verzieht sich erneut, und ich sehe eine Ader in seiner Schläfe pulsieren. Er will protestieren, spürt dann jedoch die Augen der anderen Schützen auf sich, die schweigend warten und die Situation beobachten. Er tritt zurück in seine Bahn und packt wütend seine Ausrüstung in eine Tasche. »Verfickter, machtgeiler Mexikaner«, murmelt er vor sich hin und stakst dann Richtung Tür. Ich atme scharf ein, aber Javi legt beruhigend eine Hand auf meine Schulter, als die Tür hinter ihm zuschlägt.

»Typisch, dass dieses Arschloch lieber auf irgendeinen Weißen hört als auf den Leiter des Schießstands«, merke ich an. Auf dem Schießstand sind mit Ausnahme von Javier nur Weiße. Dass Tennessee keinen Mangel an Menschen anderer Hautfarbe hat, würde man bei der Zusammenstellung der Leute auf dem Schießstand nicht gerade vermuten.

»Carl Getts ist ein Trottel, und ich wollte ihn sowieso nicht hierhaben«, sagt Javi.

»Trotzdem. Sie können doch nicht zulassen, dass er so mit Ihnen redet«, sage ich, weil ich gerade nichts lieber möchte als

Carl meine Faust ins Gesicht schlagen. Ich weiß, dass das kein gutes Ende nehmen würde. Ich will es trotzdem tun.

»Er kann seine Meinung hier offen zum Besten geben. Das ist der Segen, in einem freien Land zu leben.« Javi klingt noch immer entspannt. »Allerdings muss er auch die Konsequenzen tragen, Ma'am. Er wird einen Brief bekommen, dass er den Schießstand nicht mehr betreten darf. Nicht wegen seiner Beschimpfungen, sondern weil ich ihm nicht zutraue, verantwortlich in Anwesenheit anderer Schützen zu handeln. Es ist nicht nur unser Recht, Leute aufgrund gefährdenden und aggressiven Verhaltens abzuweisen, sondern unsere Pflicht.« Ein leichtes Lächeln umspielt seine Lippen. Ein kaltes, grimmiges Lächeln. »Und wenn er irgendwann später ein Gespräch auf dem Parkplatz mit mir führen will, soll er kommen. Das können wir regeln.«

»Er könnte seine Zechkumpane mitbringen.«

»Das wäre ein großer Spaß.«

»Wer war eigentlich der Mann, der sich eingemischt hat?« Ich neige meinen Kopf in Richtung des Mannes; er hat seinen Hörschutz bereits wieder aufgesetzt. Ich bin neugierig, denn er ist kein typischer Stammkunde hier, zumindest nicht zu den Zeiten, in denen ich meistens schießen gehe.

»Sam Cade.« Javi zuckt mit den Schultern. »Er ist okay. Neu hier. Ich bin etwas überrascht, dass er das getan hat. Die meisten Leute würden es nicht tun.«

Ich strecke ihm meine Hand entgegen. Er schüttelt sie. »Vielen Dank, Sir. Sie führen hier ein strenges Regime.«

»Das schulde ich allen, die hierherkommen. Passen Sie da draußen auf sich auf«, sagt er. Dann wendet er sich den wartenden Schützen zu und wechselt wieder in seine Drill-Sergeant-Stimme. »Schützen, fertig werden! Feuer frei!«

Ich verlasse den Bereich der Schießstände, als der Donner der Kugeln wieder losrattert. Die Konfrontation zwischen Javi und dem anderen Mann hat meine gute Laune ein wenig bröckeln lassen, aber ich fühle mich trotzdem noch recht beschwingt, als ich meinen Gehörschutz auf dem Regal draußen ablege. *Vollständig zertifiziert.* Ich habe lange Zeit darüber nachgedacht, war mir nicht sicher, ob ich es wagen soll, meinen Namen in offiziellen Aufzeichnungen erscheinen zu lassen. Ich besitze schon die ganze Zeit Waffen, aber es war immer ein Risiko gewesen, sie ohne Lizenz bei mir zu führen. Mittlerweile fühle ich mich hier so verankert, dass ich den Schritt wagen konnte.

Mein Handy summt, als ich das Auto öffne, und ich lasse es beinahe fallen, während ich den Kofferraum aufmache, um meine Ausrüstung zu verstauen. »Hallo?«

»Mrs Proctor?«

»*Ms* Proctor«, korrigiere ich automatisch und werfe einen Blick auf die Nummer. Ich unterdrücke ein Stöhnen. Die Schulverwaltung. Das ist eine Nummer, mit der ich unglücklicherweise viel zu vertraut bin.

»Ich muss Ihnen leider mitteilen, dass Ihre Tochter Atlanta ...«

»In Schwierigkeiten steckt«, beende ich den Satz für die Frau am anderen Ende der Leitung. »Dann ist heute wohl Dienstag.« Ich hebe den Zwischenboden des Kofferraums an. Darunter befindet sich eine Schließkassette, groß genug für die Waffentasche. Ich lege meine Pistole hinein, klappe die Kassette zu und ziehe den Boden wieder darüber, um sie zu verstecken.

Die Frau am Handy brummt missmutig. Sie hebt die Stimme etwas. »Es gibt keinen Anlass zu Scherzen, Mrs Proctor. Die Direktorin möchte ein ernstes Gespräch mit Ihnen führen und bittet Sie herzukommen. Dies ist bereits der vierte Vorfall in drei Monaten, und Lannys Verhalten ist für ein Mädchen in ihrem Alter einfach nicht zu akzeptieren!«

Lanny ist vierzehn und damit in einem Alter, in dem man absolut damit rechnen muss, dass sich Teenager so aufführen, aber das sage ich nicht. Stattdessen frage ich nur »Was ist denn passiert?«, während ich zur Fahrertür des Jeeps laufe und einsteige. Ich muss die Tür einen Augenblick geöffnet lassen, um die erstickende Hitze rauszulassen; leider hatte ich keinen Schattenplatz auf dem kleinen Parkplatz des Schießstands erwischt.

»Das möchte die Direktorin lieber persönlich mit Ihnen besprechen. Sie müssen Ihre Tochter vom Büro abholen. Sie wird für eine Woche vom Unterricht suspendiert.«

»Eine *Woche*? Was hat sie denn angestellt?«

»Wie schon gesagt, die Direktorin möchte lieber persönlich mit Ihnen reden. In einer halben Stunde?«

Eine halbe Stunde lässt mir nicht genug Zeit, um zu duschen und den Geruch des Schießstands loszuwerden, aber vielleicht ist das auch gar nicht das Schlechteste. Ein Schießpulver-Parfüm muss in dieser Situation nicht unbedingt schaden. »Na schön«, willige ich ein. »Ich werde da sein.«

Ich sage es ruhig. Die meisten Mütter wären vermutlich wütend und aufgebracht, aber in der langen Geschichte der Katastrophen in meinem Leben verdient das kaum eine hochgezogene Augenbraue.

Kurz nachdem ich aufgelegt habe, empfängt mein Handy eine SMS. Ich vermute, dass es Lanny ist, die versucht, mir schnell noch ihre Variante der Geschichte zu erzählen, bevor ich die weniger nachsichtige offizielle Version höre.

Es ist jedoch nicht Lanny, und während ich den Jeep starte, sehe ich den Namen meines Sohnes auf dem Bildschirm aufleuchten. Connor. Ich streiche über das Display und lese die Nachricht, die knapp und auf den Punkt gebracht ist:

Lanny hat gekämpft. 1.

Ich brauche einen Augenblick, um die Zahl zu verstehen, aber natürlich soll sie mir sagen, dass der Punkt an Lanny geht, sie also gewonnen hat. Ich bin mir nicht sicher, ob er stolz oder verzweifelt ist: stolz, dass sich seine Schwester durchgesetzt hat, oder verzweifelt, dass sie wieder einmal Gefahr läuft, von der Schule zu fliegen. Die Angst ist nicht unbegründet. Das vergangene Jahr war ein brüchiger Frieden zwischen dem Auspacken der Kisten und ihrem erneuten Einpacken, und ich will nicht, dass es hier so schnell schon wieder endet. Die Kinder verdienen etwas Ruhe, brauchen dringend ein Gefühl der Stabilität und Sicherheit. Connor leidet bereits unter einer Angststörung. Lanny verliert regelmäßig die Kontrolle. Niemand von uns ist mehr ganz er selbst. Ich versuche, mir nicht die Schuld dafür zu geben, aber das ist schwer.

Auf jeden Fall ist es nicht *ihre* Schuld.

Ich schreibe kurz zurück und lege den Rückwärtsgang im Jeep ein. Aus der Notwendigkeit heraus habe ich in den letzten Jahren oft das Fahrzeug gewechselt, aber dieser Jeep ... ich liebe ihn einfach. Ich habe ihn billig in bar über Craigslist erstanden, ein schneller und anonymer Handel, und er ist genau das richtige Gefährt für das steile, waldige Gebiet rund um den See und die Hügel, die sich in Richtung der nebligen blauen Berge erstrecken.

Der Jeep ist ein Kämpfer. Er hat schwere Zeiten hinter sich. Das Getriebe ist nicht mehr das beste und die Lenkung ein wenig schwerfällig. Aber Narben hin oder her, er hat überlebt und rollt noch.

Die Symbolik dahinter ist mir nur zu bewusst.

Er bockt ein wenig, als ich den steilen Hügel hinunterfahre, durch den kühlen Schatten der Kiefern und wieder zurück in die Hitze der Mittagssonne. Der Schießstand befindet sich auf einer Hügelspitze, und als ich in die Straße einbiege, die nach unten führt, kommt der See nach und nach in Sicht. Das Licht bricht sich an den kleinen Wellen und Bewegungen des tief blaugrünen Wassers. Stillhouse Lake ist ein verborgenes Juwel. Früher war es eine geschlossene Wohnanlage, aber die Finanzkrise riss ein großes Loch in die Gelder der Gemeinde. Mittlerweile stehen die Tore immer offen, und das Wachhäuschen am Eingang ist leer – wenn man von Spinnen und dem gelegentlichen Waschbärenbesuch absieht. Die Illusion von Reichtum hält sich jedoch noch: Verstreut stehen große, prachtvolle Villen, bei den meisten der anderen Wohngebäude handelt es sich jedoch inzwischen um eher bescheidene Häuschen. Auf dem Wasser sind Boote zu sehen, aber trotz des guten Wetters heute herrscht kein Gedränge. Die dunklen Kiefern ragen hoch in den Himmel, und während ich auf der schmalen Straße an ihnen vorbeirase, überkommt mich wieder einmal das Gefühl, endlich *angekommen* zu sein.

In den vergangenen Jahren gab es nicht viele Orte, an denen ich mich auch nur im Geringsten sicher gefühlt habe, und ganz bestimmt keinen, an dem ich mich … zu Hause gefühlt habe. Aber dieser Ort – der See, die Hügel, die Kiefern, die abgelegene Gegend – verschafft dem Teil von mir Erleichterung, der niemals zur Ruhe kommt. Als ich das erste Mal hier war, dachte ich: *Das ist es.* Ich glaube nicht an ein früheres Leben, aber ich fühlte so etwas wie ein Wiedererkennen. Akzeptanz. Schicksal.

Verdammt, Lanny, ich will hier nicht schon so bald wieder weg, weil du nicht in der Lage bist, dich einzufügen. Tu uns das nicht an.

Gwen Proctor ist die vierte Identität, die ich seit dem Verlassen von Wichita angenommen habe. Gina Royal ist tot und vergessen; diese Frau bin ich nicht mehr. Tatsächlich kann ich sie heute kaum noch verstehen, diese schwache Kreatur, die sich unterworfen, etwas vorgeschützt, sämtliche Probleme überspielt hat.

Die Beihilfe geleistet hat, wenn auch unbewusst.

Gina ist lange tot, und ich trauere ihr nicht hinterher. Ich fühle mich ihr so fremd, dass ich mein altes Ich nicht mehr erkennen würde, wenn ich auf der Straße an ihr vorbeigehen würde. Ich bin froh, einer Hölle entkommen zu sein, von der mir nicht einmal wirklich klar war, dass ich darin brannte. Froh vor allem, dass ich die Kinder rausholen konnte.

Und auch sie haben sich neu erfunden – wenn auch gezwungenermaßen. Ich habe sie bei jedem Umzug ihre Namen selbst wählen lassen, allerdings sah ich mich dabei leider gezwungen, einige der kreativeren Varianten abzulehnen. Diesmal sind sie Connor und Atlanta – Kurzform Lanny. Wir benutzen fast nie versehentlich unsere Geburtsnamen. Lanny nennt sie *unsere Gefängnisnamen*. Damit liegt sie gar nicht so falsch, obwohl ich es hasse, dass meine Kinder jetzt so über ihr früheres Leben denken müssen. Dass sie ihren Vater hassen müssen. Er verdient das natürlich, sie hingegen nicht.

Sie ihre eigenen Namen wählen zu lassen, ist der einzige Akt der Mitbestimmung, den ich meinen Kindern zugestehen kann, während ich sie von Stadt zu Stadt, von Schule zu Schule schleife, um die Schrecken der Vergangenheit so weit wie möglich hinter uns zu lassen. Was ich tue, ist nicht genug. Kann niemals genug sein. Kinder brauchen Sicherheit, Stabilität, und davon konnte ich ihnen bisher nichts geben. Ich weiß nicht einmal, ob ich jemals in der Lage sein werde, es ihnen zu geben.

Doch zumindest habe ich sie vor den Wölfen beschützt. Die grundlegendste und wichtigste Aufgabe von Eltern: ihren Nachwuchs davor zu schützen, von Raubtieren gefressen zu werden.

Selbst vor denen, die ich nicht sehen kann.

Die Straße führt mich um den See herum, vorbei an der Abzweigung zu unserem Haus. Nicht *das* Haus, wie ich an anderen Orten immer davon gedacht habe, sondern endlich *unser* Haus. Es ist mir ans Herz gewachsen. Das ist zwar auf lange Sicht nicht clever, aber ich kann nicht anders; ich habe es satt wegzulaufen, habe die vorübergehend gemieteten Häuser und die neuen falschen Namen und die neuen mangelhaften Lügen satt. Ich habe eine Gelegenheit genutzt: Nachdem ich auf diesen Ort aufmerksam gemacht wurde, habe ich das Haus vor einem Jahr bei einer extrem schlecht besuchten Konkursversteigerung gewonnen und bar bezahlt. Irgendeine hoch verschuldete Familie hatte es ursprünglich als ihr Traumhaus errichtet und es dann einfach verfallen lassen. Dann hatten sich Hausbesetzer darin niedergelassen. Das Haus war ein regelrechtes Wrack gewesen. Zusammen haben die Kinder und ich es von Grund auf gereinigt, repariert und zu unserem Zuhause gemacht. Wir haben die Wände in unseren Farben gestrichen – ziemlich gewagten Farben, zumindest in Connors Zimmer. Das war für mich das Zeichen, dass wir uns ein richtiges Zuhause schufen: nicht wieder nur beigefarbene Wände und langweilige Teppiche typischer Mietshäuser. *Wir sind hier. Wir bleiben hier.*

Das Beste daran ist, dass unser Haus einen eingebauten Schutzraum hat. Connor zuliebe nenne ich ihn unseren Bunker für die Zombieapokalypse, und wir haben ihn mit Zombiekampfausrüstung und Schildern ausgestattet, auf denen steht: PARKEN FÜR ZOMBIES NICHT GESTATTET, EINDRINGLINGE WERDEN ZERSTÜCKELT.

Ich stöhne und versuche, nicht genauer darüber nachzudenken. Ich hoffe – und weiß, es ist nur ein Wunschtraum –, dass Connor das, was er über Tod und Zerstückelung weiß, nur aus TV-Serien und Filmen kennt. Er sagt, er erinnere sich nicht mehr an viel aus der Zeit, als er noch Brady war ... zumindest behauptet er das mir gegenüber, wenn ich ihn frage. Nach jenem schicksalsträchtigen Tag ist er in Wichita nicht mehr zur Schule gegangen, also hatten die Schulhofschläger keine Gelegenheit, ihn mit dieser Geschichte zu quälen. Er und Lanny sind in die Obhut meiner Mutter in Maine gekommen, an einem abgelegenen und friedlichen Ort. Sie hatte ihren Computer in einen Wandschrank eingeschlossen und ihn nur selten benutzt. Die

Kinder haben in jenen anderthalb Jahren nicht viel erfahren, man hat sie von Zeitschriften und Zeitungen ferngehalten, und der einzige Fernseher im Haus stand unter strenger Kontrolle meiner Mutter.

Dennoch ist mir klar, dass die Kinder Möglichkeiten gefunden haben, zumindest ein paar Details über das auszugraben, was ihr Vater getan hat. Ich hätte das an ihrer Stelle auf jeden Fall versucht.

Es ist möglich, dass Connors aktuelle Besessenheit mit der Zombieapokalypse seine Form ist, die Dinge zu verarbeiten.

Lanny ist diejenige, um die ich mir wirklich Sorgen mache. Sie war alt genug, um sich an eine Menge zu erinnern. Den Unfall. Die Verhaftungen. Die Verhandlungen. Die leisen und eiligen Gespräche am Telefon, die meine Mutter mit Freunden und Feinden und Fremden geführt haben muss.

Lanny erinnert sich bestimmt an die Hassbriefe, die den Briefkasten meiner Mom zum Überquellen brachten.

Aber am meisten sorge ich mich darum, *wie* sie sich an ihren Vater erinnert. Ob es mir nun gefällt oder nicht, ob man es glaubt oder nicht, er war seinen Kindern ein guter Vater, und sie haben ihn von ganzem Herzen geliebt.

Dieser Mann ist er aber niemals gewesen, nicht wirklich. Der gute Vater hat ihm lediglich als Maske gedient, um das Monster darunter zu verbergen. Doch das bedeutet nicht, dass die Kinder vergessen haben, wie es sich anfühlte, von Melvin Royal geliebt zu werden. Ohne es zu wollen, erinnere ich mich daran, wie warm er wirken konnte, welche *Sicherheit* er vermitteln konnte. Wenn er einem seine Aufmerksamkeit schenkte, dann vollständig. Er hat sie und mich geliebt, und es hat sich echt angefühlt.

Dennoch kann es nicht echt gewesen sein. Nicht in Anbetracht der Tatsache, was er war. Ich habe den Unterschied nicht erkannt, und es macht mich krank, daran zu denken, was ich alles nicht gesehen und verstanden habe.

Ich werde langsamer, denn um die scharfe Kurve vor mir kommt mir ein anderes großes Fahrzeug entgegen – die Johansens. Sie sind stolze Autobesitzer; die schwarze Oberfläche ihres SUV blitzt und blinkt. Kein Staubkörnchen zu sehen. Für Geländefahrten scheinen sie ihren Wagen kaum zu nutzen. Ich winke, und das ältere Pärchen winkt zurück.

Ich hatte mich darum bemüht, bereits in der ersten Woche, in der wir eingezogen waren, unsere nächsten Nachbarn kennenzulernen. Ich hielt es für eine gute Vorsichtsmaßnahme, um rechtzeitig beurteilen zu können, ob sie als potenzielle Bedrohung oder aber mögliche Helfer bei einem Notfall einzuordnen waren. Die Johansens gehören in keine der beiden Kategorien. Sie sind einfach nur ... da. *Die meisten Leute nehmen sowieso nur Platz weg.* Das Flüstern in meinem Kopf kommt und geht, und es macht mir Angst, denn ich hasse es, mich an Melvin Royals Stimme zu erinnern. Diese Aussage hatte er weder zu Hause noch vor mir getroffen, aber ich habe das Video von der Gerichtsverhandlung gesehen, in dem er das von sich gab. Er hatte es völlig emotionslos über die Frauen gesagt, die er verstümmelt hatte.

Mel hat mich wie ein Virus infiziert. Tief in mir spüre ich die unangenehme Gewissheit, dass ich mich von dieser Krankheit nie wieder völlig erholen werde.

Es dauert ganze fünfzehn Minuten, die steile Straße bis hinunter zum Highway zu navigieren, die sich durch die Bäume schlängelt. Die Baumdichte wird geringer, die Bäume werden kleiner und spärlicher, und dann rollt der Jeep an dem rustikalen, von der Sonne ausgebleichten Schild vorbei, das die Ankunft in Norton anzeigt. Die rechte obere Ecke des Schilds wurde von einer Ladung Schrotkugeln weggerissen. Natürlich.

Wir wären ja nicht auf dem Land, wenn Betrunkene nicht auf Schilder schießen würden.

Norton ist eine typische Südstaaten-Kleinstadt, in der alte Familienbetriebe verbissen neben umfunktionierten Antiquitätenläden um ihr Überleben kämpfen. Die Franchise-Ketten übernehmen langsam das Stadtbild. Old Navy. Starbucks. Die gelbe, geschwungene Landplage namens McDonald's.

Die Schule besteht aus einem Komplex aus drei Gebäuden, die in einem engen Dreieck zueinander stehen und den Innenhof für Sport und den Aufenthalt im Freien nutzen. Ich melde mich bei dem einzelnen Wachhabenden – der wie hier üblich mit einer Handfeuerwaffe bewaffnet ist – in seinem kleinen Häuschen an und erhalte einen ausgeblichenen Besucherpass, mit dem ich weitergehen kann.

Es hat bereits zur Mittagspause geklingelt, und überall auf dem Gelände essen, lachen, flirten, piesacken und necken sich junge Leute. Führen ein normales Leben. Lanny wird nicht unter ihnen sein, und so wie ich meinen Sohn Connor kenne, er ebenfalls nicht. Über die Sprechanlage muss ich meinen Namen und den Grund des Besuchs angeben, bevor mich die Sekretärin mithilfe des Türsummers hereinlässt. Der Geruch nach abgestandenen Sneakers, Chlorreiniger und Mensaessen umhüllt mich in einer vertrauten Wolke.

Seltsam, dass alle Schulen gleich riechen. Sofort bin ich wieder dreizehn und fühle mich schuldig wegen irgendetwas.

Als ich das Verwaltungsbüro der Schule betrete, sehe ich Connor zusammengekauert in einem der Plastikstühle hocken und seine Schuhe anstarren.

Hab ich's doch gewusst.

Er blickt auf, als sich die Tür öffnet, und ich sehe, wie sich Erleichterung auf seinem sonnengebräunten Gesicht ausbreitet. »Es war nicht ihre Schuld«, sagt er, bevor ich auch nur »Hallo« sagen kann. »Mom, war es wirklich nicht.« Er ist mittlerweile ein ernsthafter Elfjähriger, und seine Schwester ist vierzehn – beide sind in einem schwierigen Alter, selbst wenn alles ideal verläuft. Er sieht bleich, aufgewühlt und besorgt aus, was mir Sorgen bereitet. Ich sehe, dass er wieder an den Fingernägeln gekaut hat. Sein Zeigefinger blutet. Seine Stimme klingt heiser, als hätte er geweint, auch wenn seine Augen klar aussehen. *Er braucht mehr Therapiesitzungen,* denke ich, aber eine Therapie bedeutet weitere offizielle Aufzeichnungen, und Aufzeichnungen bedeuten Komplikationen, die wir uns nicht leisten können. Noch nicht. Aber wenn er die Unterstützung wirklich braucht, wenn ich Anzeichen davon sehe, dass er wieder in den Zustand wie vor drei Jahren gerät … dann werde ich es riskieren. Selbst wenn das bedeutet, dass wir gefunden werden und der Kreislauf aus neuen Namen und Adressen wieder von vorn beginnt.

»Ist schon gut«, sage ich und drücke ihn an mich. Er lässt die Umarmung zu, was ungewöhnlich ist, aber immerhin gibt es hier auch keine Zeugen. Dennoch fühlt er sich angespannt und steif in meinen Armen an, und ich lasse ihn schneller wieder los, als ich eigentlich vorhatte. »Du solltest mittagessen gehen. Ich kümmere mich jetzt um deine Schwester.«

»Mach ich«, sagt er. »Aber ich konnte sie nicht …« Er beendet den Satz nicht, aber ich verstehe ihn. *Ich konnte sie nicht allein lassen,* meint er. Eins muss man meinen Kindern lassen: Sie halten zusammen. Und das immer, selbst wenn sie miteinander streiten. Seit *Dem Ereignis* haben sie einander nie im Stich gelassen. So versuche ich, an jenen Tag zu denken, groß und kursiv geschrieben: *Das Ereignis,* als wäre es ein Gruselfilm, etwas, das nicht wirklich etwas mit unserem Leben zu tun hat. Fiktiv und weit weg.

Manchmal hilft das sogar.

»Dann geh«, weise ich ihn sanft an. »Wir sehen uns heute Abend.«

Connor trollt sich, aber nicht, ohne noch einen Blick über seine Schulter zu werfen. Ich bin vermutlich voreingenommen, aber ich finde, er ist ein gut aussehender Junge – funkelnde bernsteinfarbene Augen, braune Haare, die mal wieder geschnitten werden könnten. Ein kantiges, kluges Gesicht. Er hat ein paar Freunde hier auf der Norton Junior High gefunden, was mich sehr erleichtert. Sie teilen die typischen Interessen Elfjähriger, was Videospiele, Filme, TV-Serien und Bücher angeht. Und auch wenn sie ein bisschen nerdig sein mögen, ist es bei ihnen das positive Nerdtum, das durch große Begeisterung und Vorstellungskraft entsteht.

Lanny ist ein größeres Problem.

Ein viel größeres.

Ich mache einen tiefen Atemzug, stoße die Luft wieder aus und klopfe an die Tür von Direktorin Anne Wilson. Als ich eintrete, sehe ich Lanny auf einem Stuhl an der Wand sitzen. Ich weiß, was die verschränkten Arme und der gesenkte Kopf bedeuten: stiller, passiver Widerstand.

Meine Tochter trägt schwarze Baggy Pants mit Ketten und Riemen und ein abgetragenes Ramones-Shirt, das sie wohl aus meinem Schrank geklaut hat. Ihre erst kürzlich schwarz gefärbten Haare fallen ihr ungekämmt ins Gesicht. Die Nietenarmbänder und das Hundehalsband sehen glänzend und stachlig aus. Ebenso wie die Hose sind sie neu.

»Mrs Proctor«, sagt die Direktorin und bedeutet mir, auf dem gepolsterten Besucherstuhl vor dem Schreibtisch Platz zu nehmen. Lanny ist auf einem der Plastikstühle an der Seite platziert – vermutlich dem Stuhl der Schande, glattpoliert von Dutzenden, wenn nicht Hunderten militanter kleiner Arschlöcher. »Ich nehme an, Sie sehen bereits einen Teil des Problems. Ich dachte, wir wären uns einig gewesen, dass Atlanta solche Art Kleidung in der Schule nicht mehr trägt. Wir haben eine Kleiderordnung, die wir durchsetzen müssen. Das gefällt mir ebenso wenig wie Ihnen, glauben Sie mir.«

Direktorin Wilson ist eine afroamerikanische Frau mittleren Alters, mit ungefärbten Haaren und ein paar Fettpölsterchen; sie ist kein schlechter Mensch und macht aus der Angelegenheit keinen Kreuzzug der Moral. Sie muss einfach die Regeln durchsetzen. Und Lanny? Nun ja. Meine Tochter reagiert nicht sonderlich gut auf Regeln. Oder Grenzen.

»Goth-Kids sind keine gewalttätigen Arschlöcher«, murmelt Lanny. »Das ist nur so eine Bullshit-Propaganda, klar?«

»Atlanta!«, ruft Direktorin Wilson streng aus. »Achte auf deine Ausdrucksweise! Und außerdem rede ich gerade mit deiner Mutter.«

Lanny sieht nicht auf, aber ich kann mir vorstellen, wie sie unter diesem schwarzen Haarvorhang mit den Augen rollt.

Ich zwinge mich zu einem Lächeln. »Das hatte sie nicht an, als sie heute Morgen aus dem Haus gegangen ist. Es tut mir leid.«

»Tja, *mir* tut's nicht leid«, sagt Lanny. »Es ist absolut lächerlich, dass die mir sagen können, was ich zu tragen habe! Was ist das hier denn, eine katholische Klosterschule?«

Direktorin Wilsons Gesichtsausdruck verändert sich nicht. »Und natürlich wäre da noch die Sache ihrer Einstellung.«

»Sie reden über mich, als wäre ich gar nicht da! Als wäre ich kein Mensch!«, sagt Lanny und hebt den Kopf. »Ich kann Ihnen ja mal eine Einstellung zeigen.«

Als ich ihr Gesicht sehe, zucke ich zusammen, bevor ich mich zusammenreißen kann. Blasses Make-up, dicker schwarzer Lidstrich, leichenblauer Lippenstift. Totenschädel-Ohrringe.

Einen Augenblick lang kann ich nicht atmen, weil sich dieses Gesicht von dem meiner Tochter in das einer Frau verwandelt, die an einer dicken Drahtschlinge baumelt, das Haar schlaff um ihr Gesicht, die Augen hervortretend, die noch verbliebene Haut im selben Farbton ...

Leg den Gedanken in die Box. Schließ sie ab. Du darfst nicht daran denken. Ich weiß verdammt gut, dass Lanny das absichtlich gemacht hat, und unsere Blicke treffen sich in stummer Herausforderung. Sie verfügt über die unheimliche Fähigkeit, genau das zu finden, womit sie mich in Rage bringen kann. Das hat sie von ihrem Vater. Ich sehe ihn in der Form ihrer Augen, der Art, wie sie ihren Kopf neigt.

Und es macht mir Angst.

»Und«, fährt Direktorin Wilson fort, »dann ist da noch der Kampf.«

Ich löse den Blick nicht von meiner Tochter. »Hast du dir wehgetan?«

Lanny zeigt mir ihre rechte Faust und die aufgeschürften Fingerknöchel. *Autsch.* Der Hauch eines Grinsens umspielt ihre blauen Lippen. »Du solltest das andere Mädchen sehen.«

»Das andere Mädchen«, sagt Direktorin Wilson, »hat ein blaues Auge. Außerdem hat sie Eltern von der Sorte, die ihren Anwalt auf Kurzwahl haben.«

Wir ignorieren sie beide, und ich nicke Lanny zu, dass sie fortfahren soll. »Sie hat mich zuerst geschlagen, Mom«, sagt Lanny. »Richtig heftig. *Nachdem* sie mich geschubst hatte. Sie hat gesagt, ich würde ihren dämlichen Freund anstarren, was ich nicht getan habe – er ist widerlich. Und außerdem hat er *mich* angestarrt. Nicht meine Schuld.«

»Wo ist das andere Mädchen?« Ich sehe Direktorin Wilson an. »Warum ist sie nicht hier?«

»Sie wurde vor einer halben Stunde von ihren Eltern abgeholt und nach Hause gebracht. Dahlia Brown ist eine Einserschülerin, die schwört, dass sie nichts getan hat, um das zu provozieren. Sie hat Zeugen, die das bestätigen.«

Es gibt immer Zeugen an der Schule, die genau das sagen, was ihre Freunde von ihnen verlangen. Sicher weiß das auch Direktorin Wilson. Sie weiß außerdem, dass Lanny die Neue ist, diejenige, die nicht hineinpasst. Das liegt daran, dass meine Tochter den Goth-Lifestyle als eine Art Schutzmechanismus gewählt hat: andere von sich schieben, bevor sie selbst weggeschoben werden kann. Und es ist ihre Art, mit der geheimen Horrorshow umzugehen, die ihre Kindheit darstellt.

»Ich hab nicht angefangen«, beharrt Lanny, und ich glaube ihr. Wahrscheinlich werde ich die Einzige bleiben. »Ich hasse diese verfickte Schule.«

Auch das glaube ich.

Ich wende meine Aufmerksamkeit wieder der Frau am Schreibtisch zu. »Sie suspendieren also Lanny, aber dieses andere Mädchen nicht, verstehe ich das richtig?«

»Ich habe wirklich keine andere Wahl. Die Verletzung der Kleiderordnung, der Kampf und ihr Verhalten im Angesicht des ganzen Vorfalls ...« Wilson hält inne und erwartet ganz klar meinen Einspruch, aber ich nicke nur.

»In Ordnung. Hat sie ihre Schulaufgaben?«

Die Erleichterung auf dem Gesicht der Direktorin ist schwer zu übersehen. Sie ist froh, dass diese Mutter, die nach Schießpulver riecht, keine Szene macht. »Ja. Dafür habe ich gesorgt. Sie kann nächste Woche wieder zum Unterricht kommen.«

»Dann komm, Lanny«, sage ich und stehe auf. »Wir reden zu Hause darüber.«

»Mom, ich hab nicht ...«

»Zu Hause.«

Lanny stößt ein Seufzen aus, schnappt sich ihren Rucksack und schlurft aus dem Büro, wobei ihr schwarz gefärbtes Haar einen Gesichtsausdruck verbirgt, der sicher nicht angenehm ist.

»Nur noch einen Augenblick, bitte. Ich brauche noch gewisse Zusicherungen, bevor ich Atlanta wieder zurück in den Unterricht lasse«, sagt Wilson. »Wir haben eine Null-Toleranz-Politik, und die dehne ich schon, weil ich weiß, dass Sie ein guter Mensch sind, und ich will, dass sich Ihre Tochter hier eingewöhnt. Aber das ist die letzte Chance, Mrs Proctor. Die allerletzte Chance. Es tut mir sehr leid.«

»Bitte nennen Sie mich nicht so«, sage ich. »Ms Proctor genügt. Und zwar schon seit den Siebzigern, glaube ich.« Ich stehe auf und reiche ihr die Hand. Ihr Handschlag ist moderat, geschäftsmäßig, mehr nicht. Aber zurzeit sehe ich geschäftsmäßig schon als positiv an. »Wir reden nächste Woche.«

Draußen hat sich Lanny für denselben Stuhl entschieden, auf dem ihr Bruder gesessen hat; wahrscheinlich ist er noch warm von seiner Körperwärme. Ist das beabsichtigt von den beiden oder reiner Instinkt? Stehen die beiden sich vielleicht *zu* nahe? Hat das meine Paranoia und ständige Wachsamkeit angerichtet?

Ich atme tief ein und wieder aus. Ich will die Kinder wirklich nicht überanalysieren. Davon hatten sie bereits genug.

»Na los«, sagte ich. »Kommen wir in die Hufe, wie die Kids so sagen.«

Lanny sieht sauer aus. »Pff. Tun wir nicht.« Sie zögert und schaut nach unten auf ihre Stiefel. »Du bist nicht böse?«

»Oh, ich bin rasend vor Wut. Ich habe vor, meinen Frust bei *Kathy's Kakes* rauszulassen. Und du wirst mitessen. Ob es dir gefällt oder nicht.«

Lanny ist in dem Alter, in dem es einfach uncool ist, sich über irgendetwas zu freuen, sogar wenn man die Schule schwänzen kann, um Kuchen zu essen, also zuckt sie nur mit den Achseln. »Von mir aus. Hauptsache, wir kommen hier raus.«

»Will ich überhaupt wissen, wo du das ganze Zeug herhast, das du da trägst?«

»Was für Zeug?«

»Ernsthaft? Willst du wirklich dieses Spiel spielen?«

Lanny rollt mit den Augen. »Das sind doch nur *Klamotten*. Ich bin mir ziemlich sicher, dass jedes Mädchen irgendwelche Klamotten in der Schule trägt.«

»Aber nur wenige davon wollen in Marilyn Mansons Begleitband mitmischen.«

»Marilyn wer?«

»Danke, dass du mir das Gefühl gibst, alt zu sein. Hast du das alles online bestellt?«

»Und wenn ja?«

»Du hast aber nicht meine Kreditkarten benutzt, oder? Du weißt, wie gefährlich das ist.«

»Ich bin doch keine Idiotin. Ich habe gespart und eine aufladbare Karte gekauft, wie du es mir beigebracht hast. Ich hab sie mir an das Postfach in Boston schicken und weiterschicken lassen. Zweimal.«

Das beruhigt mich etwas, und ich nicke. »Okay. Reden wir weiter, während wir Kalorien in uns reinstopfen.«

In Wahrheit reden wir nicht wirklich. Die Kuchenstücke sind riesig und köstlich und frisch, und es hat keinen Zweck, wütend zu sein, während man sie isst. *Kathy's Kakes* ist ein beliebter Laden, und überall um uns herum sitzen Leute und genießen die Köstlichkeiten. Ein Dad mit drei kleinen Kindern glotzt auf sein Handy, und die Kinder nutzen seine Unaufmerksamkeit, um überall Cupcake-Krümel zu verteilen und ihre Gesichter mit hellblauem Zuckerguss anzumalen. In der Ecke sitzt eine fleißige junge Frau mit einem Tablet; als sie sich dreht, um es in die Steckdose zu stecken, sehe ich ein Tattoo auf ihrer Schulter unter dem Tanktop. Etwas Buntes. Ein älteres Paar sitzt beim Tee, mit hübschem Porzellangeschirr und kleinem Gebäck und Törtchen auf dem Tisch zwischen ihnen. Ich frage mich, ob es zur Anforderung eines Nachmittagstees gehört, so auszusehen, als wäre man zu Tode gelangweilt.

Selbst Lannys Stimmung hat sich gebessert, nachdem wir fertig gegessen haben, und jetzt, da von ihrem leichendunklen Lippenstift kaum mehr etwas übrig ist, sieht sie fast normal aus. Wir reden über unverfängliche Themen: den Kuchen, das Wochenende, Bücher. Erst, als wir wieder auf der Straße sind und den Weg hoch nach Stillhouse Lake einschlagen, sehe ich mich gezwungen, die Stimmung zu verderben. »Lanny – hör mal. Du bist ein cleveres Mädchen. Du weißt, wenn du so hervorstichst, werden Fotos gemacht und herumgereicht, und du landest im Internet. Das dürfen wir nicht zulassen.«

»Seit wann ist mein Leben denn ein Wir-Problem, Mom? Oh, wart mal. Jetzt fällt es mir wieder ein. Schon immer.«

Ich habe mein Bestes getan, um meine Kinder vor den schlimmsten Gräueln zu schützen, die nach *Dem Ereignis* folgten. Ebenso meine Mutter, als ich wegen Beihilfe vor Gericht stand. Ich hatte gehofft, dass Lannys dunkle Erinnerungen an die Vergangenheit nur ein leichtes Tröpfeln waren anstelle der giftigen Flut, in die ich getaucht worden war. Meine Mutter war gezwungen gewesen, Lanny und Connor – damals noch Lily und Brady – zu erzählen, dass ihr Vater ein Mörder war, dass er vor Gericht und dann ins Gefängnis kommen würde. Dass er mehrere junge Frauen getötet hatte. Sie hatte ihnen keine Details erzählt, und ich wollte auch nicht, dass die Kinder sie erfuhren. Aber das war damals, und ich weiß, viel länger kann ich das Schlimmste nicht mehr vor Lanny verbergen. Dabei ist vierzehn viel zu jung, um die Verderbtheit von Melvin Royal zu verstehen.

»Wir müssen uns alle in Zurückhaltung üben«, sage ich. »Das weißt du, Lanny. Es ist zu unserer Sicherheit. Das verstehst du doch, oder?«

»Klar«, sagt sie und sieht weg. »Weil die nach uns suchen. Diese geheimnisvollen Fremden, vor denen du solche Angst hast.«

»Es sind keine ...« Ich atme ein und ermahne mich wieder einmal, dass ein Streit niemandem von uns nützt. »Es gibt einen guten Grund, warum wir nach diesen Regeln leben.«

»Deine Regeln. Deine Gründe.« Sie lehnt ihren Kopf gegen den Sitz des Jeeps, als wäre sie zu gelangweilt, um weiter aufrecht zu sitzen. »Weißt du, wenn ich als Goth unterwegs bin, erkennt mich doch sowieso niemand. Die sehen nur das Make-up, nicht das Gesicht.«

Da hat sie nicht ganz unrecht. »Vielleicht nicht, aber hier in Norton wirst du dafür von der Schule verwiesen.«

»Du könntest uns doch auch zu Hause unterrichten, oder?«

Das wäre sogar die einfachste Lösung. Ich habe schon ernsthaft darüber nachgedacht, und nicht nur einmal, aber die Formalitäten dafür dauern ewig, und bis vor Kurzem sind wir immer unterwegs gewesen. Außerdem will ich, dass meine Kinder soziale Kontakte haben. Teil der normalen Welt sind. Sie mussten schon zu viel unnatürlichen Mist in ihrem Leben bewältigen.

»Vielleicht ist ja ein Kompromiss möglich«, sage ich. »Mrs Wilson hat nichts gegen die Haare. Schraub vielleicht das Make-up etwas runter, lass die Accessoires weg und zieh dir nicht ausschließlich schwarze Kleidung an. Du kannst trotzdem noch schräg sein. Nur nicht *schräg-schräg*.«

Kurz hellt sich ihre Stimmung auf. »Bekomme ich dann endlich einen Instagram-Account? Und ein echtes Smartphone anstelle dieser dämlichen Klappdinger?«

»Übertreib mal nicht gleich.«

»Mom. Du willst doch, dass ich normal bin. Alle nutzen Social Media. Sogar Direktorin Wilson hat eine lahmarschige

Facebookseite voll mit dämlichen Katzenbildern und komischen Memes. Und sie hat einen Twitter-Account!«

»Tja, du bist eben eine Rebellin gegen das Establishment; komm damit klar. Sei anders, indem du dich weigerst, den neuesten Trends zu folgen.«

Das kommt nicht gut an, und sie wirft mir einen angewiderten Blick zu. »Du willst also, dass ich eine Aussätzige bin. Super. Es gibt da so was wie ein anonymes Handle, weißt du? Ich muss meinen Namen nicht verwenden. Ich schwöre, niemand wird wissen, wer ich bin.«

»Nein. Denn zwei Sekunden nachdem du einen Account eröffnet hast, wird der voll von Selfies sein. Mit markiertem Standort.« Das Schwierigste in dieser von Bildern besessenen Zeit ist es, zu verhindern, dass Fotos der Kinder im Internet landen. Es sind immer Augen auf der Suche nach uns, und diese Augen schließen sich nie. Sie blinzeln nicht mal.

»Gott, du gehst mir ja so auf die Nerven«, murmelt Lanny. Sie sackt zusammen und starrt durch die Autoscheibe auf den See. »Und natürlich müssen wir am Arsch der Welt leben, weil du so paranoid bist. Es sei denn, du hast vor, uns mit Sack und Pack an einen Ort zu verfrachten, der noch hinterwäldlerischer ist.«

Ich lasse den Teil mit paranoid durchgehen, weil es stimmt. »Aber findest du nicht, dass der Arsch der Welt wunderschön ist?«

Lanny sagt nichts. Zumindest gibt sie kein Kontra, was schon ein kleiner Sieg ist. Heutzutage nehme ich, was ich bekommen kann.

Ich biege in die Kieseinfahrt ein, und der Jeep hoppelt den Hügel hoch bis zum Haus. Lanny ist schon ausgestiegen, bevor ich überhaupt die Handbremse angezogen habe. »Die Alarmanlage ist aktiviert!«, rufe ich ihr hinterher.

»Pff! Ist sie das nicht immer?«

Lanny ist schon drinnen, und ich höre, wie der sechsstellige Code in schneller Folge eingegeben wird. Die Innentür schlägt krachend auf, noch bevor ich das Freigabesignal höre, aber Lanny gibt den Code nie falsch ein. Connor manchmal schon, weil er nicht so vorsichtig ist – er denkt immer an irgendetwas anderes. Seltsam, wie die beiden innerhalb von vier Jahren die Plätze getauscht haben. Jetzt ist Connor der mit dem reichhaltigen Innenleben, derjenige, der immer liest, während Lanny ihren Panzer stolz nach außen zur Schau trägt und Ärger geradezu provoziert.

»Du bist mit der Wäsche dran!«, rufe ich, als ich nach Lanny das Haus betrete, die natürlich bereits ihre Schlafzimmertür hinter sich zuknallt. Mit Nachdruck. »Und früher oder später müssen wir über die Sache reden! Das weißt du auch!«

Die griesgrämige Stille hinter der Tür widerspricht mir. Das spielt aber keine Rolle. Ich gebe niemals auf, wenn etwas wichtig ist. Lanny weiß das besser als jeder sonst.

Ich aktiviere den Alarm wieder und nehme mir einen Augenblick Zeit, um meine Sachen wegzuräumen. Alles hat seinen festen Platz. Diese Ordnung sorgt dafür, dass ich bei einem Notfall keine Zeit vergeuden würde. Manchmal schalte ich das Licht aus und probe den Notstand. *Im Flur brennt es. Wo ist dein Fluchtweg? Wo sind deine Waffen?* Ich weiß, dass das obsessiv und ungesund ist.

Aber es ist verflucht praktisch.

Im Geiste gehe ich meine To-do-Liste durch, für den Fall, dass ein Einbrecher durch den Zugang über die Garage eindringt. *Ein Messer aus dem Messerblock nehmen. Vorlaufen, um ihn an der Tür abzufangen. Zustechen, zustechen, zustechen. Während er taumelt, die Sehnen an seinen Knöcheln aufschlitzen. Und schon ist er am Boden.*

In meinem Kopf ist es immer Mel, der hinter uns her ist – Mel, der genauso aussieht wie während der Verhandlung, in einem grauen Anzug, den sein Anwalt gekauft hatte, mit Seidenkrawatte und Einstecktuch in einem Blauton, der zu seinen blauen Augen passt. Er sieht aus wie ein gut gekleideter, normaler Mann, und die Tarnung ist *perfekt*.

Seinem Auftritt vor Gericht habe ich nicht als Zuschauer beigewohnt, bei dem sich alle einig waren, dass er wie ein absolut unschuldiger Mann wirkte; ich war im Gefängnis und wartete auf meine eigene Verhandlung. Aber ein Fotograf hatte ihn genau im richtigen Augenblick eingefangen, als er sich umdrehte und die Menge ansah, die Familien der Opfer. Er sah aus wie immer, doch seine Augen waren flach und leblos geworden. Und beim Betrachten dieses Bilds hatte ich das unheimliche Gefühl, irgendetwas Kaltes und Fremdes in diesem Körper zu sehen, das herausstarrte. Diese Kreatur hatte nicht mehr das Bedürfnis verspürt, sich zu verstecken.

Wenn ich mir vorstelle, dass Mel hinter uns her ist, starrt mich genau das aus seinen Augen an.

Nach Abschluss der Übung stelle ich sicher, dass sämtliche Türen verschlossen sind. Connor hat seinen eigenen Code. Wenn er nach Hause kommt, horche ich auf die Töne beim Eingeben. Ich erkenne, wenn er den Code falsch eingibt oder ihn vergessen hat. Ich habe den Schlüsselanhänger, um das gesamte System in Alarm zu versetzen und das Norton Police Department zu benachrichtigen, immer in meiner Tasche. Meine erste Handlung bei jedem Notfall.

In dem Zimmer, das ich zu meinem Büro erkoren habe, setze ich mich an den Computer. Es ist ein ziemlich kleines Zimmer mit einem schmalen Schrank, in dem ich Winterkleidung und Vorräte aufbewahre. Dominiert wird es von einem abgenutzten, beeindruckenden Rollschreibtisch, den ich an meinem ersten Tag in Norton in einem Antiquitätengeschäft ergattert habe. Das mit Bleistift auf die Schublade gekritzelte Datum beziffert sein Baujahr auf 1902. Er ist schwerer als mein Wagen, und irgendwann hat ihn jemand als Werkbank missbraucht, aber er ist so groß, dass Computer, Tastatur, Maus und ein kleiner Drucker bequem Platz darauf haben.

Ich gebe mein Passwort ein und starte den Suchalgorithmus. Der Computer ist relativ neu, ich habe ihn gekauft, als wir nach Stillhouse Lake gekommen sind. Aber er ist von einem Hacker namens Absalom mit allen möglichen Schikanen versehen worden.

In den Tagen und Wochen nach Mels Verhandlung, während ich im Gefängnis saß und den Mühlen der Justiz ausgeliefert war, gehörte Absalom zu einem riesigen Online-Mob, der hinter mir her war und jeden Aspekt meines Lebens nach Hinweisen auf meine Schuld durchleuchtete.

Nachdem ich freigesprochen worden war, ging der Shitstorm erst richtig los.

Er hatte sämtliche Details meines Lebens ausgegraben und online öffentlich gemacht. Er hatte Trollarmeen organisiert, die mich, meine Freunde und meine Nachbarn gnadenlos attackierten. Er hatte sogar entfernteste Verwandte ausfindig gemacht und ihre Adressen veröffentlicht. Er hatte die zwei noch lebenden Cousins von Mel aufgespürt und einen von ihnen an den Rand des Selbstmords getrieben.

Aber er hat einen Schlussstrich gezogen, als die Trolle, die er in meine Richtung gewiesen hatte, stattdessen auf meine Kinder losgingen.

Ich hatte eine bemerkenswerte Nachricht von ihm bekommen, direkt nachdem diese grässliche Kampagne gestartet worden war – eine leidenschaftliche E-Mail, in der er sich über sein eigenes Kindheitstrauma äußerte, seinen Schmerz, und wie er mich verfolgt hatte, um seine eigenen Dämonen loszuwerden. Das, was er in Gang gesetzt hatte, konnte nicht mehr gestoppt werden; der Kreuzzug hatte sich verselbstständigt. Aber er wollte mir helfen, und was noch besser war, er *konnte* mir helfen.

45

Damals befanden wir uns gerade auf der Flucht aus Wichita, verzweifelt und unsicher. Dass er uns auf einmal seine Hilfe anbot, war für mich der Wendepunkt. In diesem Augenblick habe ich mithilfe von Absalom wieder die Kontrolle über mein Leben übernommen.

Absalom ist nicht mein Freund. Wir chatten nicht miteinander, und ich vermute, auf irgendeiner Ebene hasst er mich noch immer. Aber er hilft. Er besorgt gefälschte Identitäten. Er findet sichere Zufluchten für mich. Er tut, was er kann, um die ständige Online-Belästigung einzudämmen. Wenn ich einen neuen Computer kaufe, kopiert er die Festplatte und bewahrt die Back-ups in einer sicheren Cloud auf, sodass ich keine Daten verliere. Er schreibt die benutzerdefinierten Suchalgorithmen, die es mir ermöglichen, die Perverslinge im Auge zu behalten.

Natürlich bezahle ich ihn dafür. Wir müssen keine Freunde sein. Wir handhaben die Sache strikt geschäftlich.

Während die Suche läuft, mache ich mir eine Tasse heißen Tee mit Honig, nippe mit geschlossenen Augen daran und bereite mich mental auf die Herausforderung vor. Bei diesen Recherchen halte ich stets gewisse Dinge in Reichweite: Eine geladene Waffe. Mein Handy, mit Absalom auf der Schnellwahltaste, falls es ein Problem geben sollte. Und eine Plastiktüte, in die ich mich notfalls übergeben kann.

Denn das hier, diese Sache, ist wirklich schwer. Es ist, als würde ich meinen Kopf in einen heißen Ofen stecken, in einen Strudel von gedankenlosem Hass und übelster Gewalt. Immer wenn ich daraus wieder auftauche, bin ich wacklig auf den Beinen.

Aber es muss sein. Und zwar jeden Tag.

Ich spüre die Anspannung, die wie eine Schlange von meinem Kopf durch meine Schultern fährt, meine Wirbelsäule entlanggleitet und sich dann in meinem Magen zusammenrollt. Ich bin nie völlig bereit, wenn die Suchergebnisse kommen, aber wie immer versuche ich, ruhig, aufmerksam und distanziert zu bleiben.

Es gibt vierzehn Seiten mit Suchergebnissen. Der oberste Link ist neu; jemand hat einen Thread auf Reddit eröffnet, und die widerlichen Beschreibungen, Spekulationen und Schreie nach Gerechtigkeit kommen wieder an die Oberfläche. Ich beiße die Zähne zusammen und klicke auf den Link.

Wo treibt sich denn Melvins kleine Helferin im Augenblick herum? Ich würde dieser Kirchenlady, dieser heuchlerischen Schlampe, nur zu gern einen Besuch abstatten. Sie nennen mich gern *Kirchenlady*, weil unsere Familie Mitglied in einer der größeren Baptistenkirchen in Wichita war, auch wenn Mel sie nur gelegentlich aufsuchte. Ich war oft mit den Kindern da. Es wurden viele hämische Bilder zu diesem Thema gepostet – Split-Screens: auf der einen Seite ich mit den Kindern in der Kirche, auf der anderen Seite Tatortfotos der toten Frau in der Garage.

Mel hatte sich sonntags üblicherweise entschuldigt und behauptet, er hätte in der Werkstatt Dinge zu tun.

Dinge zu tun. Für einen Augenblick muss ich die Augen schließen, denn in diesen Worten liegt der Scherz eines versteckten Monsters. Er hat die Frauen, die er gequält und ermordet hat, nie als Menschen gesehen. Für ihn waren sie Objekte. Dinge.

Ich öffne die Augen wieder, atme tief durch und wechsle zum nächsten Link.

Ich hoffe, Gina und ihre Kinder werden vergewaltigt, zerstückelt und wie Fleisch aufgehängt, sodass die Leute auf sie spucken können. Dieser Verstümmler Mel hat keine Familie verdient. Dieser Beitrag wird begleitet von einem Tatortfoto irgendwelcher armen Kinder, die erschossen und in einem Straßengraben abgeladen wurden. Die kaltschnäuzige Heuchelei ist einfach haarsträubend. Dieser Troll bedient sich am persönlichen

Grauen eines anderen Menschen, um gegen mich zu hetzen. Kinder sind ihm völlig egal.

Ihn interessiert nur Rache.

Ich gehe den übelkeiterregenden Rest so schnell wie möglich durch.

Seht ihr seine Tochter? Lily? Die würde ich knallen, bis nichts mehr von ihr übrig ist.

Verbrennt sie lebendig und löscht das Feuer dann mit Pisse.

Ich hab da eine Idee: Wir sollten ein Plumpsklo finden und die Kinder in Scheiße ertränken. Und ihr dann Bescheid geben, wo sie ihre Bälger findet.

Wie können wir sie leiden lassen? Irgendwelche Vorschläge? Hat jemand die Schlampe im Visier?

Und weiter und weiter und weiter. Ich verlasse Reddit, gehe über zu Twitter, finde weitere Drohungen, mehr Hass, mehr Gift – nur in präziseren, hundertvierzig Zeichen langen Hassreden. Dann die Blogs. 8chan. Die Diskussionsforen zu wahren Verbrechen. Die Webseiten, die einen Schrein für Mels Verbrechen darstellen.

In den Diskussionsforen und auf den Webseiten stellt der Tod dieser unschuldigen jungen Frauen lediglich eine Fußnote dar. Sie behandeln das Ganze eher wie historische Daten. Zumindest sind diese Möchtegerndetektive nicht sonderlich bedrohlich: Mels Familie ist für sie nur das Beiwerk in der Geschichte. Sie sind nicht auf unsere Vernichtung aus.

Diejenigen, die mehr an *uns* interessiert sind, an Melvin Royals vermisster Familie ... das sind die, die gefährlich werden könnten.

Und es gibt Hunderte, vielleicht Tausende von ihnen – die alle versuchen, sich gegenseitig mit schrecklichen neuen Ideen zu übertreffen, wie sie mich und die Kinder *bestrafen* könnten. *Meine Kinder.* Bei ihnen handelt es sich um kranke Perverslinge ohne jegliche Gewissensbisse. Niemand von denen scheint zu erkennen, dass er über Menschen redet, echte Menschen, die verletzt werden können. Die bluten. Die ermordet werden können. Und wenn sie es erkennen, ist es ihnen scheißegal.

Einige von ihnen sind echte, eiskalte Soziopathen.

Ich drucke alles aus, markiere Nutzernamen und Handles und vergleiche sie mit den Einträgen in der Datenbank, die ich pflege. Die meisten Namen auf der Liste sind alte Bekannte; sie haben sich, aus welchem Grund auch immer, auf uns eingeschossen. Einige sind frisch dabei: enthusiastische Gefolgsleute, die gerade erst auf Mels Verbrechen gestoßen sind und Gerechtigkeit »für die Opfer« fordern, auch wenn das Ganze überhaupt nichts mit Mels Opfern zu tun hat. Nur überaus selten werden deren Namen je erwähnt. Für diese bestimmte Gruppe Sittenhüter waren die Opfer nicht wichtig, als sie am Leben waren, und spielen auch jetzt keine Rolle. Sie sind lediglich eine Entschuldigung, ihren niedersten Impulsen freien Lauf lassen zu können. Diese Trolle sind Mel gar nicht unähnlich – mit der Ausnahme, dass sie im Gegensatz zu ihm ihren Impulsen wahrscheinlich nicht nachgeben werden.

Wahrscheinlich.

Aber genau aus diesem Grund liegt meine Waffe griffbereit neben mir – um mich daran zu erinnern, dass, falls sie es doch tun, falls sie es wagen, meinen Kindern zu nahe zu kommen, sie den Preis dafür bezahlen werden. Ich werde nicht noch einmal zulassen, dass ihnen jemand wehtut.

Ich muss mein Lesen unterbrechen, denn welcher Psychopath auch immer hinter dem Handle *fuckemall2hell* steckt, er ist über einen Teil einer Gerichtsakte gestolpert, in der eine unserer älteren Adressen genannt wird. Er hat die Adresse öffentlich gepostet, die Familien der Opfer mit einbezogen, Reporter angerufen, herunterladbare Poster mit unseren Bildern und den Worten VERMISST: WER HAT DIESE LEUTE GESEHEN? herumgeschickt. Das ist die neueste Taktik dieser Rohlinge. Damit versuchen sie, die Menschlichkeit und Besorgnis normaler Menschen für ihre miesen Spielchen zu nutzen. Er setzt darauf, dass arglose Bürger uns verraten, damit die Raubtiere uns leichter erreichen können.

Ich mache mir allerdings mehr Sorgen um die unschuldigen Leute, die aktuell unter der Adresse leben, die er verteilt hat. Sie haben vielleicht keine Ahnung, was ihnen droht. Ich schicke eine anonyme E-Mail an den Detective der Gegend – einen Verbündeten wider Willen –, um ihm Bescheid zu geben, dass die Adresse wieder verbreitet wird, und hoffe das Beste. Hoffe, dass die Familie, die in diesem Haus lebt, nicht mit Paketen voller ranzigem Fleisch und an ihre Tür genagelten toten Tieren zurechtkommen muss; mit einer Flut an Folterpornos, mit furchterregenden Drohungen in ihren E-Mail-Eingängen und Postfächern, auf ihren Handys und auf ihrer Arbeit. Ich erinnere mich noch deutlich an den Schock, als ich von den Abscheulichkeiten erfuhr, die sich gegen mein leeres Haus gerichtet hatten, und das, obwohl ich sicher im Gefängnis saß und die Kinder nach Maine geschickt worden waren.

Falls die aktuellen Bewohner Kinder haben, bete ich, dass sie nicht ins Visier geraten. Meine habe ich davor nicht bewahren können. Es hatte Schilder an Telefonmasten gegeben und man hatte Fotos von ihnen als Modelle an Pornografen geschickt. Hass kennt keine Grenzen. Er schwebt einfach dahin, wie eine giftige Wolke aus moralinsaurer Wut und Mobmentalität, und es interessiert ihn nicht, wen er dabei verletzt. Nur, dass er es tut.

Die Adresse, die dieser Troll entdeckt hat, ist eine Sackgasse; sie kann ihn weder bis zu unserer Türschwelle noch zu unseren neuen Namen führen. Es gibt mindestens acht abgebrochene Spuren zwischen dem Ziel, auf das er zeigt, und dem Ort, wo ich jetzt bin, aber der Gedanke bringt keine Beruhigung mit sich. Ich bin aus reiner Notwendigkeit gut in diesem Spiel geworden, aber ich bin nicht *sie*. Ich habe nicht denselben ekelhaften Antrieb. Ich will nur überleben – und meine Kinder schützen, so gut ich kann.

Ich beende die Überprüfung, schüttle die Anspannung ab, trinke den mittlerweile kalten Tee und stehe auf, um im Büro auf und ab zu tigern. Am liebsten würde ich dabei die Waffe in der Hand halten, aber das ist keine gute Idee. Es ist nicht sicher und außerdem paranoid. Ich starre das glänzende Metall an, sehne mich nach der Sicherheit, die sie verspricht, auch wenn ich weiß, dass diese Sicherheit eine Lüge ist. Eine ebensolche Lüge wie das, was Mel mir immer erzählt hat. Waffen schützen niemanden. Sie gleichen lediglich die Konditionen auf dem Spielfeld aus.

»Mom?«

Mit hämmerndem Herzen drehe ich mich zur Stimme im Flur um, froh, dass ich die Waffe gerade nicht in der Hand halte. Mich zu überraschen, ist keine gute Idee. Vor mir steht Connor, die Büchertasche in der rechten Hand. Ihm scheint nicht aufzufallen, dass er mich erschreckt hat, oder er ist so daran gewöhnt, dass es ihm nichts ausmacht.

»Geht es Lanny gut?«, fragt er mich, und ich zwinge mich zu einem Lächeln und nicke.

»Ja, Schätzchen, es geht ihr gut. Wie war die Schule?« Ich höre nur mit halbem Ohr hin, weil ich darüber nachdenke, dass ich ihn nicht hereinkommen gehört habe, dass ich weder die Eingabe des Codes noch das Zurücksetzen des Alarms gehört habe. Ich war zu konzentriert. Das ist gefährlich. Ich muss mehr auf der Hut sein.

Er beantwortet meine Frage sowieso nicht. Stattdessen zeigt er auf den Computer. »Bist du fertig damit, die Perverslinge zu überprüfen?«

Das erwischt mich unvorbereitet. »Wo hast du das denn gehört?«, frage ich, beantworte meine Frage dann jedoch selbst. »Lanny?«

Er zuckt mit den Achseln. »Du suchst nach Stalkern, stimmt's?«

»Stimmt.«

»Jeder bekommt fiese Nachrichten im Internet, Mom. Du solltest das nicht so ernst nehmen. Ignorier die einfach. Die hören schon auf.«

Diese Aussage ist in vielerlei Hinsicht schockierend unzutreffend. Als wäre das Internet eine Fantasiewelt, bewohnt von imaginären Menschen. Als wären wir normale Menschen. Und vor allem ist diese Sorglosigkeit eine solch kindliche und männliche Sichtweise. Frauen, selbst Mädchen in Lannys Alter, denken nicht so. Eltern auch nicht. Ältere Leute ebenfalls nicht. Connor beweist eine blinde Ignoranz gegenüber der Tatsache, wie gefährlich die Welt tatsächlich ist.

Mir kommt der erschreckende Gedanke, dass ich zu seiner Sichtweise beigetragen habe, indem ich ihn so abgeschirmt habe. So beschützt habe. Aber was kann ich sonst tun? Ihm ständig Angst einjagen? Das kann auch nicht Sinn der Sache sein.

»Danke für diese Meinung, um die ich nicht gebeten habe«, weise ich ihn zurecht. »Aber was ich hier tue, ist wichtig.« Ich sortiere die Unterlagen und lege sie ordentlich ab. Ich bewahre immer alles elektronisch und in Papierform auf; meiner Erfahrung nach kommt die Polizei mit Papierunterlagen besser zurecht. Im Gegensatz zu Daten auf einem Bildschirm scheinen die Beamten das eher als Beweise anzuerkennen. Außerdem hätten wir in einem Notfall vielleicht sowieso keine Zeit, die Daten herunterzuladen.

»Überprüfung der Perverslinge beendet«, sage ich dann und verschließe die Schublade mit den Akten. Ich stecke den

Schlüssel in meine Tasche. Er hängt am Schlüsselalarm, und ich habe ihn immer bei mir. Ich will nicht, dass Connor oder Lanny diese Akten durchgehen. Niemals. Lanny hat mittlerweile ihren eigenen Laptop, auf dem ich allerdings strenge Kindersicherungen installiert habe. Sie bekommt nicht nur diese Ergebnisse nicht angezeigt, ich werde außerdem alarmiert – und wurde es auch schon –, wenn sie nach Stichwörtern zu ihrem Vater, den Morden oder irgendetwas im Zusammenhang damit sucht.

Ich kann noch nicht riskieren, dass Connor einen Computer bekommt, aber der Druck, ihm einen Onlinezugang zu ermöglichen, wird immer größer.

Lanny stößt ihre Zimmertür auf und stürmt am Büro vorbei, wobei sie Connor auf ihrem Weg durch den Flur ausweicht. Sie trägt noch immer ihre Goth-Hose und das Ramones-Shirt, und ihr schwarzes Haar flattert hinter ihr her. Vermutlich ist sie auf dem Weg zur Küche, um sich ihren typischen Nachmittagssnack, bestehend aus Reiswaffeln und einem Energydrink, zu schnappen. Connor starrt ihr hinterher. Er sieht nicht überrascht aus. Nur schicksalsergeben. »Bei allen Schwestern, die es auf der Welt gibt, muss ausgerechnet meine sich wie jemand aus *Nightmare Before Christmas* anziehen«, seufzt er. »Sie versucht, möglichst nicht hübsch auszusehen, weißt du?«

Eine überraschend tiefsinnige Erkenntnis für ein Kind seines Alters. Ich blinzle, und es trifft mich schwer, dass Lanny unter ihrer weiten Hose, den zotteligen Haaren und dem Leichen-Make-up wirklich hübsch ist. Sie entwickelt langsam eine Figur, schießt in die Höhe und zeigt erste Andeutungen von Kurven. Als ihre Mutter finde ich sie natürlich immer wunderschön, aber jetzt werden es auch andere tun. Mit ihrem ausgefallenen Stil hält sie die Leute auf Abstand und beeinflusst die Art und Weise, wie sie von ihnen eingeschätzt wird.

Das ist gleichzeitig clever und herzzerreißend.

Connor dreht sich um und geht in Richtung seines Zimmers.

»Moment, Connor! Hast du den Alarm zurückgesetzt?«

»Natürlich«, ruft er zurück, ohne innezuhalten. Seine Tür schließt sich mit Endgültigkeit, aber ohne einen zornigen Ruck. Lanny kehrt mit ihren Reiswaffeln und dem Energydrink zurück und lässt sich in den kleinen Sessel in der Ecke meines Büros fallen. Sie stellt den Energydrink ab und salutiert mir spöttisch.

»Alle anwesend und vollzählig, Master Sergeant«, sagt sie. Dann rollt sie sich auf dem Stuhl so zusammen, wie es für jeden über fünfundzwanzig unmöglich ist. »Ich habe nachgedacht. Ich will einen Job.«

»Nein.«

»Ich kann etwas zur Haushaltskasse beitragen.«

»Nein. Dein Job ist die Schule.« Ich muss mir auf die Lippe beißen, um mich nicht darüber zu beklagen, dass meine Tochter die Schule früher mochte. *Lily Royal* hatte die Schule gemocht. Sie war im Theaterkurs und einem Programmierclub gewesen. Aber *Lanny* darf nicht hervorstechen. Darf keine Interessen haben, die sie zu etwas Besonderem machen. Darf keine Freunde finden und ihnen irgendetwas erzählen, das der Wahrheit zu nahe kommt. Es überrascht nicht, dass die Schule dadurch für sie die Hölle ist.

»Dieses Mädchen, mit dem du in Streit geraten bist«, beginne ich vorsichtig. »Dir ist doch klar, dass das nicht passieren darf? Warum du dich nicht in solche Sachen verwickeln lassen darfst?«

»Ich habe mich nicht darin ›verwickeln‹ lassen. Sie hat angefangen. Was denn, willst du, dass ich verliere? Mich verprügeln lasse? Ich dachte, bei dir dreht sich alles um Selbstverteidigung!«

»Ich will, dass du dich bei so etwas einfach umdrehst und weggehst.«

»Oh, klar, *du* würdest das tun. Das ist schließlich alles, was du tust. Weggehen. Oh, tut mir leid. Ich meine *weglaufen*.«

Die Verachtung eines Teenagers zu spüren zu bekommen hinterlässt brennende Wunden. Ich versuche, Lanny nicht sehen zu lassen, wie sehr sie mich damit getroffen hat, aber ich vertraue mir nicht genug, um zu antworten. Stattdessen nehme ich die Teetasse und gehe in die Küche, lasse das Wasser laufen, um den Bodensatz in der Tasse und den in meiner Seele wegzuspülen. Sie folgt mir, aber nicht, um mich erneut zu verletzen. An der Art, wie sie sich im Hintergrund hält, erkenne ich, dass sie bedauert, was sie gesagt hat, und sich nicht sicher ist, wie sie es zurücknehmen kann. Oder ob sie es überhaupt will.

Als ich Teetasse und Unterteller in den Geschirrspüler stelle, meldet sie sich wieder zu Wort. »Ich habe überlegt, eine Runde laufen zu gehen ...?«

»Nicht allein, auf keinen Fall«, ist meine automatische Entgegnung, und noch während ich das sage, wird mir klar, dass sie genau darauf gezählt hat. Es ist eine Entschuldigung, die keine Entschuldigung ist. Ich ertrage es kaum, die Kontrolle über meine Kinder aufzugeben, indem ich sie im Schulbus fahren lasse, und jetzt soll ich meine Tochter allein um den See joggen lassen? Niemals. »Wir laufen zusammen. Ich ziehe mich nur schnell um.«

Ich wechsle in eine Laufhose, ein lockeres T-Shirt über einem Sport-BH, dicke Socken und gute Laufschuhe. Als ich das Haus verlasse, ist Lanny dabei, Dehnübungen zu machen. Sie trägt einen roten Sport-BH, kein Shirt und eine schwarze Laufhose mit Harlekin-Muster an der Seite. Ich sehe sie nur an, bis sie seufzt, sich ein T-Shirt greift und es überzieht.

»Niemand sonst läuft in T-Shirts«, beschwert sie sich bei mir.

Darauf gehe ich nicht ein. »Ich will dieses Ramones-Shirt zurück. Das ist ein Klassiker. Und ich wette, du kennst nicht mal einen einzigen Song.«

»›I Wanna Be Sedated‹«, feuert Lanny sofort zurück. Ich antworte nicht. Lily hatte im ersten halben Jahr nach *Dem Ereignis* oft Medikamente nehmen müssen. Sie hatte tagelang nicht schlafen können, und wenn sie schließlich in einen rastlosen Schlummer fiel, wachte sie bald schon schreiend wieder auf und rief weinend nach ihrer Mutter. Der Mutter, die im Gefängnis saß. »Es sei denn, du bevorzugst ›We're A Happy Family‹?«

Ich sage nichts, denn ihre Songauswahl ist auf den Punkt gebracht. Ich deaktiviere den Alarm, öffne die Tür und rufe Connor zu, ihn zurückzusetzen. Er grunzt von irgendwo aus dem Flur, und ich kann nur hoffen, dass das »Ja« bedeutet.

Lanny jagt los, doch am Ende des Kieswegs hole ich sie ein, und in einer lockeren Schleife laufen wir auf der Straße Richtung Osten. Die Tageszeit ist perfekt: Die Luft ist warm, die Sonne steht tief und blendet nicht, der See liegt ruhig und friedlich da und ist voller Boote. Andere Jogger laufen an uns vorbei, unterwegs in die entgegengesetzte Richtung, und ich ziehe das Tempo an. Lanny hält problemlos mit. Nachbarn winken uns von ihren Terrassen aus zu. *Alle sind so freundlich*. Ich winke zurück, aber das alles ist rein oberflächlich. Wenn diese guten Leute wüssten, wer ich wirklich bin, wüssten, wen ich geheiratet habe, wären sie wie unsere alten Nachbarn ... misstrauisch, angeekelt, zu ängstlich, um sich auch nur in unserer Nähe aufzuhalten. Und vielleicht lägen sie nicht falsch damit, Angst zu haben. Melvin Royal wirft einen langen, dunklen Schatten.

Wir sind zur Hälfte um den See, bevor sich Lanny keuchend an eine schwankende Kiefer lehnt und eine Pause ausruft. Ich bin noch nicht außer Atem, aber meine Wadenmuskeln brennen, und meine Hüftgelenke schmerzen, also führe ich ein paar Dehnübungen durch und jogge auf der Stelle, während ich meine Tochter wieder zu Atem kommen lasse. »Alles okay?«, frage ich. Lanny wirft mir einen finsteren Blick zu. »Ist das ein Ja?«

»Klar«, sagt Lanny. »Was auch immer. Warum müssen wir aus der Angelegenheit gleich eine olympische Disziplin machen?«

»Du weißt, warum.«

Lanny wendet den Blick ab. »Aus demselben Grund, aus dem du mich letztes Jahr bei diesem Krav-Maga-Freak eingeschrieben hast.«

»Ich dachte, du magst Krav Maga.«

Sie zuckt mit den Schultern und mustert irgendwelche Farnwedel auf dem Boden zu ihren Füßen. »Ich mag es nicht, darüber nachzudenken, dass ich es brauchen könnte.«

»Ich doch auch nicht, Schatz. Aber wir müssen uns den Fakten stellen. Es gibt Gefahren da draußen, und wir müssen bereit sein. Du bist alt genug, um das zu verstehen.«

Lanny richtet sich gerade auf. »Okay. Schätze, ich bin bereit. Versuch aber diesmal, mich nicht in Grund und Boden zu laufen, Terminator-Mom.«

Das fällt mir schwer. Nach *Dem Ereignis,* als ich noch Gina war, habe ich mit dem Joggen angefangen, und es ist ein mühsamer und erschöpfender Weg gewesen, bis ich an Kondition gewonnen habe. Wenn ich mittlerweile aufhöre, mich zurückzuhalten, laufe ich, als würde ich seinen Atem im Nacken spüren, als würde ich um mein Leben rennen. Das ist weder gesund noch sicher. Mir ist auch klar, dass es eine Form der Selbstbestrafung ist, dass ich mich so quäle, und außerdem ein Ausdruck der Angst, mit der ich jeden Tag lebe.

Trotz aller Mühen vergesse ich es wieder. Ich merke nicht einmal, dass Lanny keuchend und humpelnd zurückfällt, bis ich um eine Kurve biege und plötzlich feststelle, dass ich völlig allein im Schatten der Kiefern laufe. Ich weiß nicht, wann ich sie verloren habe.

Ich führe an einem Baum Stretchübungen durch und hocke mich schließlich auf einen einladend geformten Felsen, während ich auf sie warte. Als ich sie langsam und leicht humpelnd aus der Ferne kommen sehe, überrollt mich eine Welle der Schuld. *Was für eine Mutter bin ich eigentlich, mein Kind so in Grund und Boden zu laufen?*

Plötzlich überkommt mich mit aller Macht dieser siebte Sinn, den ich entwickelt habe, und abrupt richte ich mich auf und drehe den Kopf.

Da ist jemand.

Im Schatten der Kiefern sehe ich eine Person stehen, und alles in mir spannt sich an. Ich rutsche vom Fels, gehe in Abwehrhaltung und stelle mich dem Schatten. »Wer ist da?«

Die Person begrüßt mich mit einem trockenen, nervösen Lachen und schlurft heran. Es ist ein alter Mann mit ausgedörrter Pergamenthaut, grauem Schnurrbart und ebenso grauen Locken, die eng an seinem Kopf anliegen. Sogar seine Ohren scheinen zu hängen. Er stützt sich schwer auf einen Gehstock. »Tut mir leid, Miss. Ich wollte Sie nicht erschrecken. Hab mir nur die Boote angeschaut. Die mochte ich schon immer. War allerdings nie ein großer Segler. Ich hab meine Zeit eher an Land verbracht.« Er trägt eine alte Jacke mit Militäraufnähern darauf ... genauer gesagt der Artillerie. Nicht aus dem Zweiten Weltkrieg, sondern Korea, Vietnam, irgendeiner dieser weniger eindeutigen Konflikte. »Mein Name ist Ezekiel Claremont, und ich wohne gleich da drüben auf dem Hügel. Bin hier schon seit einer halben Ewigkeit. Alle auf dieser Seite des Sees nennen mich Easy.«

Ich schäme mich dafür, gleich das Schlimmste angenommen zu haben, und strecke ihm meine Hand entgegen. Sein

Griff ist fest und trocken, doch die Knochen darunter fühlen sich zerbrechlich an. »Hallo Easy. Ich heiße Gwen. Wir wohnen da drüben, in der Nähe der Johansens.«

»Ach ja, die Neuen. Schön, Sie kennenzulernen. Tut mir leid, dass ich nicht vorbeigekommen bin, aber ich bin heutzutage nicht mehr so gut zu Fuß. Bin immer noch im Genesungsprozess, seit ich mir vor sechs Monaten die Hüfte gebrochen habe. Werden Sie bloß nicht alt, junge Dame – das ist ein einziger Krampf.« Er dreht sich um, als Lanny ein paar Meter entfernt zum Halten kommt, sich mit den Händen an der Hüfte abstützt und nach vorne beugt. »Hallo. Alles okay bei dir?«

»Alles gut«, keucht Lanny. »Richtig schick. Hi.«

Ich muss fast lachen. »Das ist meine Tochter, Atlanta. Jeder nennt sie Lanny. Lanny, das ist Mr Claremont. Auch Easy genannt.«

»Atlanta? Ich bin in Atlanta geboren. Schöne Stadt, voller Leben und Kultur. Ich vermisse das manchmal.« Mr Claremont nickt Lanny zu, die seine Geste nach einem verhaltenen Blick in meine Richtung erwidert. »Nun, ich sollte mich auf den Weg nach Hause machen. Ich brauche ein bisschen Zeit, um den Hügel dort hochzukommen. Meine Tochter sagt ständig, dass ich das Haus verkaufen und irgendwo hinziehen soll, wo ich mich besser bewegen kann, aber ich bin noch nicht bereit, diesen Blick aufzugeben. Wissen Sie, was ich meine?«

Das tue ich. »Sie kommen zurecht?«, frage ich, denn ich kann sein Haus sehen, und es ist eine beeindruckende Distanz hügelaufwärts für einen Mann mit kaputter Hüfte und Gehstock.

»Alles gut, vielen Dank. Ich bin nur alt, nicht klapprig. Noch nicht. Außerdem sagt der Arzt, dass mir das guttut.« Er lacht. »Was gut für einen ist, fühlt sich meiner Erfahrung nach nie gut an.«

»Mann, das ist wohl wahr«, stimmt Lanny ihm zu. »War schön, Sie kennenzulernen, Mr Claremont.«

»Easy«, berichtigt er und geht den Hügel hoch. »Passen Sie beim Laufen auf sich auf!«

»Werden wir«, erwidere ich und grinse meine Tochter an. »Lass uns den Rest des Weges um die Wette laufen.«

»Ach, ich bitte dich! Ich bin doch schon halb tot!«

»Lanny.«

»Ich gehe, danke auch. Du kannst ja laufen, wenn du willst.«

»Das war ein Witz.«

»Oh.«

Kapitel 2

Wir sind schon fast wieder zu Hause, als ich eine SMS empfange. Sie kommt von einer anonymen Nummer, und sofort sträuben sich mir die Nackenhaare. Ich halte an und gehe auf den Seitenstreifen. Schadenfroh joggt Lanny an mir vorbei.

Ich öffne die Nachricht. Sie kommt von Absalom; seine kryptische kleine Textsignatur ist das erste Zeichen:

Å.

Dann:

Sind Sie irgendwo in der Nähe von Missoula?

Er fragt nie genau, wo wir sind, und ich sage es ihm auch nie. Ich schreibe zurück:

Warum?

Und erhalte die Antwort:

> Jemand hat etwas gepostet. Liegt wohl falsch. Werde versuchen, sie in eine andere Richtung zu lenken. Schlecht für wen auch immer die da verfolgen. CYÅ.

Das war Absaloms Standardabschied. Es folgen auch keine weiteren Nachrichten. Ich vermute, dass er ebenso wie ich Wegwerfhandys benutzt; seine Nummer ändert sich jeden Monat wie ein Uhrwerk, ist immer unkenntlich, auch wenn seine Symbolnutzung absolut beständig ist. Ich kann mir solch einen Verschleiß nicht leisten, daher bleibt meine Nummer sechs Monate lang dieselbe, die der Handys der Kinder ein Jahr lang. Ein wenig Stabilität in einer instabilen Welt.

In der Sekunde, in der uns jemand zu nahe kommt, vernichte ich allerdings alles – Handys, E-Mail-Konten, wirklich alles. Wenn es einen zweiten Vorfall in unserer Nähe gibt, benachrichtigt mich Absalom, und wir packen unsere Sachen und gehen. Das ist schon seit mehreren Jahren unsere Routine. Es macht keinen Spaß, aber wir sind daran gewöhnt.

Wir *müssen* daran gewöhnt sein.

Mir wird klar, wie sehr ich mich mit einem fast schon physischen Hunger danach sehne, die Erlaubnis zum Tragen einer verdeckten Waffe in der Post zu finden. Ich gehöre nicht zu diesen Idioten, die das Bedürfnis verspüren, sich für den Einkaufstrip eine AR15 umzuschnallen; diese Menschen leben in einer dystopischen Fantasiewelt, in der sie höchstpersönlich die Helden in einer Welt voller Bedrohungen sind. Ein bisschen verstehe ich sie auch. Sie fühlen sich machtlos in einer Welt voller Unsicherheiten. Aber dennoch ist es eine Fantasie.

Ich lebe in der echten Welt und weiß, dass das Einzige, was zwischen mir und einer gewaltsamen, organisierten Gruppe wütender Männer steht, die Waffe sein könnte, die ich bei mir trage. Ich muss diese Tatsache nicht öffentlich machen und will es auch nicht. Ich *will* sie nicht benutzen. Aber ich bin bereit und willens, wenn es sein muss.

Unser Überleben ist mein einziges Anliegen.

Lanny feiert ihren Sieg über mich, und ich lasse sie gewähren. Wir halten am Briefkasten, um die tägliche Post zu holen, die zum größten Teil aus Werbemüll besteht. Lanny humpelt mittlerweile nicht mehr, der Muskelkater scheint überwunden, aber sie geht langsam hin und her, während ich die Briefumschläge durchschaue. Ich habe mir erst ein paar angesehen, als ich bemerke, dass jemand auf der Straße in unsere Richtung gelaufen kommt. Ich spüre, wie mein Körper automatisch Haltung annimmt, in eine andere Form der Wachsamkeit wechselt.

Es ist der Mann vom Schießstand, derjenige, der Carl Getts von einem möglichen Mord abgehalten hat. *Sam*. Ich bin überrascht, ihn hier zu sehen, und auch noch zu Fuß. Habe ich ihn schon mal in dieser Gegend bemerkt? Vielleicht aus der Ferne. Er wirkt in diesem Kontext vage vertraut. Ich habe ihn wohl schon draußen gehen oder joggen gesehen, wie so viele andere.

Er kommt weiter in unsere Richtung gelaufen, die Hände in den Taschen, Kopfhörer im Ohr. Als er sieht, wie ich ihn beobachte, winkt er kurz in meine Richtung, nickt mir zu und läuft an uns vorbei, in entgegengesetzter Richtung der Route, die wir um den See genommen haben. Ich halte meine Aufmerksamkeit auf ihn gerichtet, bis er den leichten Anstieg überwunden hat, der von den oberen Häusern abzweigt – den Johansens etwas über uns, dann Officer Grahams Haus –, und er verschwindet. Er macht einfach nur einen Spaziergang. Aber wo kommt er her?

Mein Wunsch, das in Erfahrung zu bringen, ist vermutlich eine völlig übertriebene Obsession.

Als wir das Haus betreten, drehe ich mich, um den Alarmcode einzugeben. Meine Finger berühren das Tastenfeld, bevor mir klar wird, dass ich den Code gar nicht eingeben muss, weil der Alarm nicht piept.

Er ist nicht aktiviert.

Ich erstarre, bleibe im Eingang stehen und blockiere den Weg für meine Tochter. Sie versucht, sich an mir vorbeizuschieben, und ich werfe ihr einen strengen, wilden Blick zu, halte einen Finger an die Lippen und zeige auf das Tastenfeld.

Ihr Gesicht, rosa von der Anstrengung und der Sonne, verkrampft sich, und sie tritt einen Schritt zurück, dann noch einen. Ich habe einen Ersatz-Autoschlüssel in der Topfpflanze drinnen direkt an der Tür, und den fische ich heraus, werfe ihn ihr zu und gebe ihr zu verstehen, dass sie gehen soll.

Sie zögert nicht. Ich habe sie gut trainiert. Sie dreht sich um und läuft auf den Jeep zu, während ich die Vordertür hinter mir verschließe. Wer auch immer hier drin ist, ich will, dass er auf mich konzentriert bleibt. Ich lege die Post auf der nächsten ebenen Oberfläche ab, darauf bedacht, möglichst wenig Lärm zu machen. Vor meinem inneren Auge erscheint das Haus, und ich gehe meine Optionen durch.

Es sind nur vier Schritte bis zum kleinen Waffensafe unter dem Sofa. Ich knie mich hin, drücke meinen Daumen gegen das Schloss, und es springt mit einem kleinen metallischen Klicken auf. Ich hole die Sig Sauer heraus. Sie ist meine liebste und zuverlässigste Waffe. Ich weiß, dass sie geladen ist. Ich versuche, meinen Puls zu kontrollieren und meinen Finger vom Abzug fernzuhalten, während ich leise durch die Küche in den Flur schleiche.

Ich höre, wie der Jeep gestartet wird und die Reifen auf dem Kies knirschen, als er wegfährt. *Braves Mädchen.* Sie weiß, dass sie zehn Minuten fahren soll, und wenn ich ihr bis dahin kein grünes Licht gegeben habe, die Polizei anrufen und zu unserem

Treffpunkt fast fünfzig Meilen entfernt fahren soll, wo sie ein per Geocache markiertes Versteck mit Geld und neuen Ausweisen vorfindet. Falls es nötig wird, kann sie ohne uns verschwinden.

Ich schlucke schwer, denn jetzt bin ich allein mit meiner Angst, dass meinem Sohn etwas Furchtbares zugestoßen sein könnte.

Ich nähere mich meinem Schlafzimmer. Ich werfe einen Blick hinein, und alles sieht aus wie immer. Es ist genauso, wie ich es verlassen habe, bis hin zu den Schuhen, die achtlos in der Ecke liegen.

Als Nächstes folgt Lannys Zimmer auf derselben Seite, gegenüber vom Hauptbad, das wir uns teilen. Für einen schrecklichen Augenblick glaube ich, dass jemand ihr Zimmer durchsucht hat, aber dann wird mir klar, dass ich es heute früh, bevor ich zum Schießstand gefahren bin, nicht kontrolliert habe. Sie hat das Bett nicht gemacht und ihre Klamotten überall auf dem Boden verteilt.

Connor. Der Puls in meinen Schläfen pocht schneller, und so sehr ich mich auch um Selbstbeherrschung bemühe, ich kann ihn nicht verlangsamen. *Bitte, Gott, nein, nimm mir nicht mein Baby, bitte nicht.*

Seine Tür ist geschlossen. Er hat ein »ACHTUNG ZOMBIES«-Schild aufgehängt, aber als ich vorsichtig und langsam den Griff hinunterdrücke, merke ich, dass sie nicht verschlossen ist. Ich habe zwei Möglichkeiten: schnell reingehen oder langsam.

Ich entscheide mich für schnell, schlage die Tür auf und hebe die Waffe in einem schwungvollen Bogen. Mit einer Schulter stoppe ich die zurückprallende Tür und erschrecke meinen Sohn mit der ganzen Prozedur halb zu Tode.

Er liegt mit Kopfhörern auf seinem Bett, und die Musik ist sogar von meiner Position aus hörbar, aber das Knallen der Tür gegen die Wand lässt ihn aufspringen, und er reißt sich die Ohrhörer vom Kopf. Er schreit, als er die Waffe sieht, und sofort senke ich sie wieder. Seine Augen sind vor Entsetzen weit aufgerissen.

Innerhalb von einer Sekunde hat er die Panik jedoch überwunden und durch kochende Wut ersetzt. »Mein Gott, Mom! Was zum Teufel sollte das?«

»Tut mir leid«, sage ich. Mein Puls hämmert jetzt noch schneller, angetrieben durch das Adrenalin, das der Schock in meinen Blutkreislauf gejagt hat. Meine Hände zittern. Vorsichtig lege ich die Waffe auf der Kommode ab, Auswurffenster nach oben, Mündung weg von uns beiden gerichtet. Wie es die Schießstandregeln gebieten. »Schätzchen, es tut mir leid. Ich dachte ...« Ich will es nicht laut aussprechen. Es gelingt mir, einen zittrigen Atemzug zu machen, und ich hocke mich hin, die Hände gegen meine Stirn gepresst. »Oh Gott. Du hast einfach nur vergessen, ihn anzuschalten, als wir gegangen sind.«

Ich höre, wie die Musik abbricht und die Kopfhörer zu Boden fallen. Das Bett knarrt, als sich Connor auf den Rand setzt und mich ansieht. Irgendwann riskiere ich es, ihn anzusehen. Meine Augen fühlen sich heiß und brennend an, auch wenn ich nicht weine. Das habe ich schon lange nicht mehr.

»Der Alarm? Ich habe vergessen, ihn zu aktivieren?« Er seufzt und beugt sich vor, als hätte er Bauchschmerzen. »Mom. Du musst aufhören, gleich so durchzudrehen; du wirst damit noch einen von uns umbringen, ist dir das klar? Wir sind hier draußen mitten im Nirgendwo – niemand sonst verschließt seine Tür!«

Ich antworte nicht. Natürlich hat er recht. Ich habe überreagiert, und das nicht zum ersten Mal. Ich habe eine geladene Waffe auf mein Kind gerichtet. Sein Zorn ist verständlich, ebenso seine Abwehrhaltung.

Aber er hat nicht die Bilder gesehen, die ich sehe, wenn ich die Beiträge der Perverslinge durchgehe.

Bei diesen Bildern handelt es sich um das Hobby einer besonderen Untergruppe von Online-Stalkern. Einige von ihnen sind sehr gut im Umgang mit Photoshop. Sie nehmen schreckliche Tatortfotos und pflanzen unsere Gesichter auf die Opfer. Sie verändern kinderpornografische Bilder, sodass ich meine Tochter und meinen Sohn auf unvorstellbare Weise missbraucht sehe.

Das Bild, das mich verfolgt – und von dem ich weiß, dass es mich immer verfolgen wird –, ist das Bild eines kleinen Jungen in Connors Alter, der verstümmelt und in einem Wust blutgetränkter Laken in seinem eigenen Bett zurückgelassen wurde. Es ist kürzlich unter dem Titel aufgetaucht: *Gottes Gerechtigkeit für Mörder.*

Es ist richtig, dass Connor wütend auf mich ist. Es ist in Ordnung, dass er sich unfair beschuldigt und eingeschränkt fühlt durch unnötige, paranoide Regeln. Doch das kann ich nicht ändern. Denn ich muss ihn vor Monstern beschützen, die höchst real sind.

Aber das kann ich ihm nicht erklären. Ich will ihm diese Welt nicht zeigen, diese andere, dunklere Realität. Ich will, dass er in der Welt bleibt, in der ein Junge Comics sammeln und Fantasyposter an seine Wände hängen und sich zu Halloween als Zombie verkleiden kann.

Ich sage nichts. Als ich glaube, dass meine Beine mich wieder tragen können, stehe ich auf und nehme die Waffe an mich. Ich verlasse das Zimmer und schließe die Tür leise hinter mir.

Mein Sohn brüllt mir hinterher: »Warte nur, bis ich das dem Jugendamt erzählt habe!« Ich glaube, er macht einen Witz. Ich hoffe es.

Ich gehe zum Waffensafe, lege die Sig hinein und schließe ab. Dann rufe ich meine Tochter an und sage ihr, dass sie nach Hause kommen soll. Währenddessen setze ich den Alarm zurück. Reine Gewohnheit.

Nachdem ich den Anruf beendet habe, hole ich die Post und nehme sie mit in die Küche. Ich brauche dringend Wasser; in meinem Mund habe ich einen trockenen, metallischen Geschmack wie nach altem Blut. Während ich trinke, gehe ich die Wurfsendungen, Appelle von Wohltätigkeitsorganisationen und Infomaterialien örtlicher Geschäfte durch. Dabei stoße ich auf etwas, das nicht dazugehört: ein brauner Umschlag mit meinem Namen und meiner Adresse und einem Poststempel aus Willow Creek, Oregon. Das ist der letzte Ort meines Weiterleitungsdienstes. Was auch immer sich in dem Umschlag befindet, es hat einen langen und verzweigten Weg hinter sich, bis es mich erreicht hat.

Ich fasse das Papier nicht an, sondern öffne eine Schublade und hole ein Paar blaue Gummihandschuhe heraus. Erst nachdem ich sie übergestreift habe, schlitze ich den Umschlag vorsichtig und sauber auf und ziehe den kleineren Umschlag darin heraus.

Sowie ich die Rücksendeadresse darauf entziffert habe, lasse ich den noch verschlossenen Umschlag auf die Küchentheke fallen. Das ist keine bewusste Entscheidung, eher eine Reaktion der Art, wenn man plötzlich eine lebende Kakerlake in der Hand hielte.

Der Brief ist aus El Dorado, dem Gefängnis, in dem Mel auf seine Hinrichtung wartet. Die Wartezeit ist lang, und die Anwälte sagen mir, dass es noch mindestens zehn Jahre dauern wird, bis seine Berufungsmöglichkeiten ausgeschöpft sind. Außerdem hat Kansas seit mehr als zwanzig Jahren keine Hinrichtung mehr durchgeführt. Wer weiß also schon, wann seine Strafe endlich vollzogen wird. Bis dahin sitzt er dort und denkt nach. Und er denkt eine Menge über mich nach.

Und er schreibt Briefe. Sie beinhalten ein Muster, das ich mittlerweile durchschaut habe, weshalb ich diesen Brief auch nicht sofort anfasse.

Ich starre den Umschlag so lange an, dass ich völlig überrumpelt bin, als ich höre, wie sich die Vordertür öffnet und der Alarm zu piepen beginnt. Mit schnellem Tippen bricht Lanny den Alarm ab und setzt den Code zurück.

Ich bewege mich nicht von der Stelle, als könnte der Umschlag angreifen, wenn ich ihn nicht niederstarre.

Lanny legt den Schlüssel in die Topfpflanze zurück und läuft an mir vorbei zum Kühlschrank. Sie holt eine Wasserflasche heraus, öffnet sie und trinkt durstig, bevor sie spricht. »Also, lass mich raten. Das Dummerchen Connor hat vergessen, den Alarm einzuschalten. Wieder mal. Hast du ihn erschossen?«

Ich antworte nicht. Ich bewege mich nicht. Aus dem Augenwinkel sehe ich, dass sie mich anstarrt und wie sich ihre Körpersprache ändert, als ihr klar wird, was los ist.

Bevor ich erkennen kann, was sie vorhat, hat sich meine Tochter den Umschlag von der Theke geschnappt.

»Nein!« Ich drehe mich zu ihr um, aber es ist zu spät; sie fährt bereits mit einem schwarz lackierten Fingernagel unter die Lasche, reißt sie auf und zieht ein blasses Papier heraus. Ich greife nach dem Brief, um ihn ihr zu entreißen. Geschickt weicht sie einen Schritt zurück. Sie ist wütend.

»Schreibt er mir auch? Und Connor?«, fragt sie vorwurfsvoll. »Bekommst du viele dieser Briefe? Du hast gesagt, dass er noch nie geschrieben hat!« Ich höre in ihrer Stimme, dass sie sich verraten fühlt, und hasse mich dafür.

»Lanny, gib mir den Brief. Bitte.« Äußerlich versuche ich, autoritär und ruhig zu wirken, aber innerlich bin ich starr vor Entsetzen.

Ihr Blick fällt auf meine Hände, die in den blauen Handschuhen schwitzen. »Mein Gott, Mom. Er ist doch schon im Gefängnis. Du musst nicht jeden verdammten Beweis aufbewahren.«

»Bitte.«

Sie lässt den zerrissenen Umschlag fallen und faltet das Papier auf.

»Bitte nicht«, flüstere ich besiegt. Eine Woge der Übelkeit überrollt mich.

Mel hat einen Zeitplan. Erst schickt er immer zwei Briefe, die perfekt und wundervoll den alten Mel widerspiegeln, den ich geheiratet habe: freundlich, lieb, witzig, rücksichtsvoll, besorgt. Sie zeigen genau den Mann, der zu sein er vorgab, bis hin zur finalen Liebeserklärung. Er besteht nicht auf seiner Unschuld, weil er weiß, dass er das nicht kann; die Beweise waren eindeutig. Aber er ist ein Meister darin, seine Gefühle für mich und die Kinder auszudrücken, was er auch tut. Seine Liebe und Fürsorge und Anteilnahme.

Das tut er in zwei von drei Briefen.

Doch das hier ist der dritte Brief.

Ich erkenne den exakten Augenblick, in dem meiner Tochter all ihre Illusionen geraubt werden. In dem sie das Monster in diesen sorgfältig zu Papier gebrachten Worten entdeckt. Ich sehe ihre Hände zittern, wie die Nadel eines Seismografen, der ein Erdbeben anzeigt. Ich sehe ihren betäubten, erschrockenen Blick.

Und ich kann es nicht ertragen.

Vorsichtig ziehe ich das Blatt aus ihrer jetzt nicht mehr widerspenstigen Hand, falte es zusammen und lasse es auf die Theke fallen. Dann nehme ich sie in den Arm. Einen Augenblick versteift sie sich, doch dann lässt sie die Umarmung zu. Ihr Gesicht ist heiß an meinem, und ein leichtes Zittern durchfährt ihren Körper.

»Schhhhh«, beruhige ich sie und streiche ihr über das schwarze Haar, als wäre sie sechs Jahre alt, ein Kind, das Angst vor der Dunkelheit hat. »Schhhh, Baby. Ist schon gut.«

Sie schüttelt den Kopf, löst sich aus meiner Umarmung und geht in ihr Zimmer. Sie schließt die Tür hinter sich.

Ich schaue hinunter auf das gefaltete Blatt Papier, und Hass überwältigt mich. *Wie kannst du es wagen,* denke ich in Richtung des Mannes, der diese Worte geschrieben hat. *Wie kannst du es wagen, du verdammter Bastard.*

Ich lese nicht, was Melvin Royal mir geschrieben hat. Ich weiß, was drinsteht, denn ich habe es zuvor schon gelesen. Das ist der Brief, in dem er die Maske ablegt. Hier lässt er sich darüber aus, wie ich ihn enttäuscht habe, wie ich ihm seine Kinder weggenommen und von ihm entfremdet habe. Er beschreibt, was er mir antun wird, wenn er jemals die Gelegenheit dazu bekommt. Er ist einfallsreich. Formuliert anschaulich. Abstoßend direkt.

Und dann, als hätte er nicht gerade gedroht, mich brutal zu ermorden, schaltet er in einen anderen Modus und fragt, wie es den Kindern geht. Sagt, dass er sie liebt. Und natürlich tut er das, denn in seiner Welt sind sie lediglich Reflektionen seiner selbst. Keine echten und eigenständigen Menschen. Würde er sie jetzt treffen und erkennen, dass sie nicht mehr die Püppchen sind, die er geliebt hat ... dann würden sie zu *den anderen* gehören. Potenzielle Opfer, genau wie ich.

Ich stecke den Brief zurück in den Umschlag, nehme einen Stift, schreibe das Datum darauf und stecke den Umschlag zurück in den größeren Weiterleitungsumschlag. Nachdem das erledigt ist, fühle ich mich besser – als wäre ich eine Bombe losgeworden. Morgen werde ich das gesamte Paket markiert mit »ADRESSE UNBEKANNT« zurückschicken. Der Weiterleitungsdienst hat Anweisung, es per FedEx an den Agenten vom *Kansas Bureau of Investigation* zu schicken, der für Melvins Fall verantwortlich ist. Bisher ist das KBI noch nicht in der Lage gewesen, herauszufinden, wie er diese Briefe an der normalen Postkontrolle des Gefängnisses vorbeischmuggelt. Doch ich gebe die Hoffnung noch nicht auf.

Lanny liegt falsch mit ihrer Annahme, warum ich Handschuhe trage. Ich ziehe sie nicht an, um Beweismittel zu erhalten. Ich trage sie aus demselben Grund, aus dem Ärzte sie tragen: um Infektionen zu vermeiden.

Denn Melvin Royal ist eine ansteckende und tödliche Krankheit.

* * *

Der Rest des Tages verläuft täuschend ruhig. Connor sagt nichts über den Vorfall in seinem Schlafzimmer; Lanny sagt überhaupt nichts, Punkt. Die beiden widmen sich einem Videospiel, und während sie damit beschäftigt sind, gehört meine Zeit mir. Ich mache Abendessen wie eine normale Mutter. Wir essen schweigend.

Da Lanny von der Schule suspendiert wurde, vergräbt sie sich am nächsten Tag in ihrem Zimmer. Ich beschließe, mich nicht einzumischen; ich höre, wie sie eine Fernsehserie anschaut. Connor ist unterwegs zur Schule. Es zehrt an meinen Nerven, ihn allein zur Bushaltestelle laufen zu lassen, und ich schaue durch das Fenster zu, bis er in den Bus gestiegen ist. Es würde ihn unendlich erzürnen, wenn ich tatsächlich mit ihm hingehen und dort warten würde.

Als er an diesem Nachmittag mit dem Bus zurückkommt, trete ich aus dem Haus, um ihn zu begrüßen. Zur Tarnung tue ich so, als würde ich in dem kleinen Blumengarten vor dem Haus beschäftigt sein. Als wäre seine Ankunft zu dieser Zeit völlig zufällig. Er steigt aus dem Bus, schwer bepackt mit seinem Rucksack, zwei Jungen folgen ihm. Die drei reden miteinander, und einen Augenblick lang mache ich mir Sorgen, sie könnten ihm Böses wollen, aber sie wirken freundlich. Die fremden Jungen sind beide blond, einer ist in Connors Alter, der andere ein oder zwei Jahre älter. Der ältere ist alarmierend groß und breit, aber er winkt Connor freundlich zu und grinst, und ich sehe, wie die beiden loslaufen, um den Weg nach links zu nehmen. Ganz eindeutig gehören sie nicht zu den Johansens. Das ältere Paar hat erwachsene Kinder, die sie, seit ich hier bin, genau einmal besucht haben. Nein, das müssen die Kinder von Officer Graham sein. Graham ist Polizist. Im Gegensatz zu mir stammt Grahams Familie aus Tennessee; nach dem, was ich gehört habe, ist er der Letzte von mehreren Generationen standhafter Landmenschen, die schon Eigentum hier am See besaßen, bevor er in einen Spielplatz der Reichen verwandelt wurde. Ich muss noch bei ihm vorbeigehen, mich vorstellen, den Mann einschätzen und versuchen, ein stilles Bündnis zu schmieden. Irgendwann brauche ich das Gesetz vielleicht auf meiner Seite. Ich habe es schon ein paarmal versucht, aber nie jemanden angetroffen. Das ist nicht ungewöhnlich. Cops haben unregelmäßige Arbeitszeiten.

»Hey, Connor. Wie war's in der Schule?«, frage ich ihn, während er an mir vorbeitrottet. Ich klopfe die Erde wieder fest, die ich um ein paar Blumen aufgewühlt habe.

»Ganz okay«, sagt er ohne großen Enthusiasmus. »Ich muss morgen einen Aufsatz abgeben.«

»In welchem Fach?«

Er rückt seinen Rucksack in eine bequemere Position. »Biologie. Das ist schon okay. Ich liege im Zeitplan.«

»Möchtest du, dass ich den Aufsatz lese, wenn du fertig bist?«

»Ich komm schon zurecht.«

Er geht hinein, und ich stehe auf, um mir die Erde von den Handflächen zu wischen. Ich mache mir natürlich Sorgen um ihn. Sorgen wegen des Schrecks, den ich ihm (und mir) gestern verpasst habe. Ich frage mich erneut, ob er weitere Therapiestunden braucht. Er ist ein so ruhiges, introvertiertes Kind geworden, und das macht mir ebenso viel Angst wie Lannys Ausbrüche. Die meiste Zeit habe ich keine Ahnung, was er denkt. Und ab und zu setzt er einen gewissen Blick auf und neigt den Kopf auf eine Art, die mich so stark an seinen Vater erinnert, dass mir innerlich kalt wird und ich darauf warte, dieses Monster aus seinen Augen blicken zu sehen ... aber bisher habe ich es nie wahrgenommen. Ich glaube nicht daran, dass sich das Böse vererbt.

Das darf ich nicht glauben.

Zum Abendessen mache ich Pizza, und wir haben alle gegessen und sehen uns gerade gemeinsam einen Film an, als es an der Tür klingelt. Direkt auf das Klingeln folgt ein lautes, festes Klopfen. Mir bleibt die Luft weg, und erschrocken fahre ich vom Sofa hoch. Lanny steht auf, und mit hastigen Handbewegungen gebe ich ihr zu verstehen, dass sie und Connor den Flur runtergehen sollen.

Sie sehen einander an.

Das Klopfen ertönt erneut, lauter diesmal. Es klingt ungeduldig. Ich denke an die Waffe im Safe unter dem Sofa, aber dann ziehe ich stattdessen langsam den Vorhang zurück und werfe einen Blick nach draußen.

Es ist die Polizei. Auf unserer Veranda steht ein uniformierter Beamter, und einen Augenblick lang droht mich das altbekannte Gefühl der Beklemmung zu überwältigen. Ich bin wieder Gina Royal. Ich bin wieder in unserer alten Straße in Wichita, die Hände mit Handschellen hinter dem Rücken gefesselt, und sehe mir das Werk meines Ehemannes an. Höre mich selbst schreien.

Stopp, befehle ich mir selbst und lasse das Wort wie Javis' »Feuer einstellen«-Kommando am Schießstand durch meinen Körper hallen.

Ich deaktiviere die Alarmanlage, öffne die Tür und versuche währenddessen, nicht darüber nachzudenken, was als Nächstes passieren könnte.

Vor mir steht ein großer, blasser Polizist in makellos sauberer Uniform und mit blank polierten Schuhen. Er ist einen

Kopf größer als ich, hat breite Schultern und diesen argwöhnischen, undurchdringlichen Blick, mit dem ich so vertraut bin. Der scheint standardmäßig mit der Marke zu kommen.

Trotz meiner inneren Panik lächle ich ihn an. »Officer. Wie kann ich Ihnen helfen?«

»Hallo, Ms Proctor, richtig? Tut mir leid, so unangemeldet vorbeizuschauen. Mein Sohn hat mir erzählt, Ihr Junge hätte das heute im Bus verloren. Ich dachte, ich bringe es lieber zurück.« Er überreicht mir ein kleines, silbernes Klapphandy. Es gehört Connor, ich erkenne es sofort. Ich habe einen Farbcode für die Handys der Kinder, damit sie die Geräte nicht verwechseln und ich auf einen Blick sehen kann, wem welches gehört. Ärger durchzuckt mich angesichts der Sorglosigkeit meines Sohnes, gleich darauf folgt echte Angst. Ein Handy zu verlieren, bedeutet den Verlust unserer engmaschigen Informationskontrolle, auch wenn in seinem Handy lediglich die Nummern seiner Freunde, Lannys und meine eingespeichert sind. Trotzdem. Es ist eine Sicherheitslücke. Eine Unaufmerksamkeit.

Da ich nicht sofort auf ihn reagiere, nicht einmal mit einem »Dankeschön«, wechselt der Officer leicht unruhig seine Haltung. Er hat ein markantes Gesicht, klare braune Augen und ein verlegenes Lächeln. »Ich wollte schon längst vorbeikommen und Hallo sagen. Aber hören Sie, wenn das jetzt ein schlechter Zeitpunkt ist ...«

»Nein, nein, natürlich nicht, es tut mir leid, i-ich meine, danke, dass Sie es uns zurückgebracht haben.« Lanny hat mittlerweile den Film angehalten, und ich trete beiseite, um ihn hereinzulassen. Während er das tut, schließe ich die Tür und reaktiviere völlig reflexmäßig das Alarmsystem. »Möchten Sie vielleicht etwas trinken? Sie sind Officer Graham, richtig?«

»Lancel Graham, ja, Ma'am. Lance, wenn Sie möchten.« Er spricht mit einem soliden, altmodischen Tennessee-Akzent, wie ihn die Leute benutzen, die nicht oft aus ihrer Gegend herauskommen. »Zu einem Eistee würde ich nicht Nein sagen.«

»Natürlich. Gesüßt?«

»Gibt es denn noch eine andere Variante?« Er nimmt sofort den Hut ab und reibt sich etwas unsicher über den Kopf, wodurch er sein Haar verstrubbelt. »Das wäre jetzt genau das Richtige. Ich hatte einen langen Tag, der wirklich durstig gemacht hat.«

Ich bin es nicht gewohnt, jemanden instinktiv zu mögen, und er scheint hart daran zu arbeiten, seinen Charme bei mir spielen zu lassen. Das lässt meine Alarmglocken schrillen. Er ist höflich und respektvoll, und er hält sich so, dass seine breiten Schultern und Muskeln nicht zu bedrohlich wirken. Vermutlich ist er verdammt gut in seinem Job. Seine Stimme hat ein gewisses Timbre; wahrscheinlich kann er einen wütenden Verdächtigen einlullen und zum Reden bringen, ohne ihm auch nur ein Haar zu krümmen. Ich traue Schlangenbeschwörern nicht ... aber mir gefällt das freundliche Lächeln, das er meinen Kindern schenkt. Damit gewinnt er bei mir Bonuspunkte.

In dem Augenblick dämmert mir, dass ich verdammt dankbar dafür sein sollte, dass es ein Cop ist, der dieses Handy zurückgebracht hat. Es ist natürlich passwortgeschützt, aber in den falschen Händen, fähigen Händen, hätte es Schaden anrichten können. »Vielen Dank, dass Sie uns Connors Handy wiedergebracht haben«, sage ich, während ich Officer Graham Eistee aus einem Krug aus dem Kühlschrank einschenke. »Ich schwöre, er hat es bisher noch nie verloren. Ich bin froh, dass Ihr Sohn es gefunden und gewusst hat, wem es gehört.«

»Tut mir leid, Mom«, sagt mein Sohn vom Sofa aus. Er klingt kleinlaut und nervös. »Das war keine Absicht. Ich habe gar nicht gemerkt, dass es weg ist!«

Ich glaube, die meisten Kinder in seinem Alter würden ihr Handy schon nach dreißig Sekunden vermissen, aber meine

Kinder sind gezwungen, in einer anderen Welt zu leben. Einer Welt, in der sie ihre Handys für kaum etwas anderes als die grundlegenden Funktionen verwenden können. Für sie gibt es keine Smartphones. Von meinen beiden Kindern ist Connor der technikaffinere, möchte ich behaupten; zumindest hat er Kumpel, nerdige Kumpel, die ihm auch SMS schreiben. Lanny ist ... unsozialer.

»Schon gut«, beruhige ich ihn und meine es auch so. Herrgott noch mal, ich habe meinem Sohn diese Woche genug für ein ganzes Leben zugesetzt. Ja, er hat vergessen, den Alarm zu aktivieren. Ja, er hat sein Handy verloren. Aber das gehört zu einem normalen Leben. Ich muss lockerer werden und aufhören, mich so zu verhalten, als würde jede kleine Entgleisung gleich tödlich enden. Das stresst mich, uns alle, nur unnötig.

Officer Graham hockt sich auf einen der Barhocker an der Theke, um seinen Tee zu trinken. Er sieht aus, als würde er sich wohlfühlen, und schenkt mir ein freundliches Grinsen, während er die Augenbrauen wertschätzend hochzieht. »Guter Tee, Ma'am«, sagt er. »Es war ein heißer Tag im Einsatzwagen. Ich kann Ihnen sagen, das geht runter wie Öl.«

»Jederzeit, und bitte, nennen Sie mich Gwen. Wir sind doch Nachbarn, oder? Und Ihre Söhne sind mit Connor befreundet?«

Ich schaue zu Connor, während ich das sage, aber sein Gesichtsausdruck ist verschlossen. Nervös spielt er mit dem Handy in seinen Händen. Vermutlich macht er sich Sorgen, welchen Vortrag ich ihm halten werde, sobald der Besuch wieder weg ist. Mit gnadenloser Klarheit wird mir bewusst, wie militant ich mit meinen Kindern umgegangen bin. Wir haben endlich einen schönen Ort gefunden, an dem es friedlich zugeht. Wir müssen uns nicht mehr wie gejagte Tiere verhalten. Es gibt acht ins Leere verlaufende Spuren zwischen der Adresse, die der Troll online entdeckt hat, und uns. *Acht.* Es wird Zeit, den roten Alarm zu beenden, bevor ich meinen Kindern noch irreparablen Schaden zufüge.

Lancel Graham sieht sich neugierig in unserem Haus um. »Sie haben hier wirklich tolle Arbeit geleistet«, sagt er. »Ich habe gehört, dass es vorher ziemlich demoliert wurde? Nach der Zwangsvollstreckung?«

»Oh Gott, es war das reinste Chaos«, sagt Lanny, was mich überrascht; normalerweise beteiligt sie sich nicht freiwillig an Unterhaltungen mit Fremden. Besonders Fremden in Uniform. »Die haben zerstört, was sie konnten. Sie hätten mal die Badezimmer sehen sollen. Einfach widerlich. Wir mussten weiße Plastikanzüge und Gesichtsmasken tragen, um da überhaupt reinzugehen. Ich hab mich noch tagelang übergeben.«

»Dann haben hier wohl irgendwelche Kids eine Party gefeiert«, sagt Graham. »Hausbesetzer wären etwas umsichtiger mit dem Ort umgegangen, es sei denn, sie waren die ganze Zeit high. Was das angeht, ich sollte Ihnen wohl mitteilen, dass wir selbst hier draußen unsere Probleme mit Drogen haben. In den Hügeln wird immer noch Meth gekocht, aber das Hauptgeschäft heutzutage ist Heroin. Und Oxy. Also halten Sie die Augen offen. Man weiß nie, wer konsumiert oder verkauft.« Er führt das Glas zu seinen Lippen, hält aber dann plötzlich inne. »Sie haben hier keine Drogen gefunden, als Sie aufgeräumt haben?«

»Alles, was wir gefunden haben, haben wir weggeworfen«, sage ich ihm wahrheitsgemäß. »Ich habe keine Kisten oder Taschen geöffnet. Es ist alles rausgeflogen, was nicht niet- und nagelfest war, und die Hälfte davon haben wir abgerissen und ersetzt. Ich bezweifle, dass hier noch irgendetwas versteckt ist.«

»Gut«, sagt er. »Gut. Nun, das macht auf jeden Fall den Großteil meines Jobs hier in der Gegend von Norton aus: Drogen und Einbrüche, die mit Drogen zu tun haben, ab und zu Fahren unter Alkoholeinfluss. Zum Glück nicht viele

Gewaltverbrechen. Sie sind an einen guten Ort gekommen, Ms Proct... Gwen.«

Abgesehen von der Heroinepidemie, denke ich, spreche es aber nicht aus. »Es ist auf jeden Fall immer schön, seine Nachbarn kennenzulernen. Gute Kontakte stärken die Gemeinde, finden Sie nicht auch?«

»Absolut.« Er trinkt seinen Tee aus, steht auf und zieht eine Karte aus seiner Tasche, die er auf der Theke ablegt und mit zwei Fingern antippt, als wollte er sie an Ort und Stelle festnageln. »Hier stehen meine Nummern drauf. Arbeit und Handy. Falls Sie irgendwelche Probleme haben – und damit meine ich jeden in Ihrer Familie –, rufen Sie ruhig an, okay?«

»Werden wir«, sagt Lanny, bevor ich dazu komme, und ich sehe, dass sie Officer Graham mit glänzenden Augen mustert. Ich widerstehe dem Drang zu seufzen. Sie ist vierzehn. Es ist unvermeidlich, dass sie sich verknallt, und er ist der wandelnde Beweis dafür, was man mit Fitnesstraining erreichen kann. »Danke, Officer.«

»Aber sicher doch, Miss ...«

»Atlanta«, antwortet sie und steht auf, um ihm die Hand zu reichen. Ernst schüttelt er sie. *Sie nennt sich sonst nie selbst Atlanta,* denke ich und ersticke fast an meinem süßen Tee.

»War nett, dich kennenzulernen.« Graham dreht sich um und schüttelt auch Connor die Hand. »Und du bist natürlich Connor. Ich sage meinen Jungs, dass du Hallo gesagt hast.«

»Okay.« Connor ist im Gegensatz zu seiner Schwester still. Wachsam. Reserviert. Noch immer hält er sein Handy umklammert.

Graham setzt seinen Hut wieder auf und schüttelt zuletzt auch mir die Hand; dann bringe ich ihn zur Tür. Er dreht sich um, als hätte er etwas vergessen, während ich die Alarmanlage deaktiviere, um ihn rauszulassen. »Ich habe gehört, Sie gehen zum Schießstand, Gwen. Bewahren Sie Ihre Waffen hier auf?«

»Die meisten«, sage ich. »Keine Sorge. Sie sind alle in Waffensafes.«

»Und glauben Sie mir, wir wissen Bescheid, was Waffensicherheit angeht«, mischt sich Lanny ein und rollt mit den Augen.

»Ich wette, ihr könnt beide gut schießen«, sagt er. Mir gefällt der kurze geschwisterliche Blick nicht, den Connor und Lanny austauschen; die Tatsache, dass ich ihnen nicht erlaubt habe, meine Waffen anzufassen oder schießen zu lernen, ist ein ständiger Streitpunkt zwischen uns. Es ist schlimm genug, dass ich Panikübungen mitten in der Nacht durchführe. Ich will nicht auch noch geladene Waffen ins Programm aufnehmen. »Ich bin immer Donnerstag und Samstag dort. Ich bringe meinen Jungs das Schießen bei.«

Das entspricht nicht ganz einer Einladung, aber ich nicke und bedanke mich bei ihm, und er geht weiter. In der geöffneten Tür hält er noch einmal inne und sieht mich an. »Darf ich Sie etwas fragen, Ms Proctor?«

»Sicher«, sage ich. Ich trete nach draußen, denn ich kann spüren, dass das unter uns bleiben soll.

»Gerüchten zufolge hatte dieses Haus einen Panikraum«, sagt er. »Stimmt das?«

»Ja.«

»Waren Sie, äh, schon mal drin?«

»Wir hatten einen Schlosser herbestellt, um ihn zu öffnen. Es war nichts drin. Nur ein paar Wasserflaschen.«

»Hmm. Ich habe immer geglaubt, wenn er existiert, würde man dort etwas versteckt finden. Nun ja.« Er zeigt zurück zur Theke, auf der er seine Karte abgelegt hat. »Rufen Sie an, wenn Sie irgendetwas brauchen.«

Dann geht er, ohne weitere Fragen zu stellen.

Meine Anspannung löst sich, als ich die Tür wieder verschließe, den Code eingebe und zum Sofa zurückkehre. Einen fremden Mann im Haus zu haben, lässt meinen ganzen Körper kribbeln. Es erinnert mich an Abende, die ich mit meinen Kindern auf der Couch verbracht habe. Mit Mel. Mit dem Ding, das Mel als Tarnung übergeworfen hatte. Eine Tarnung, die ich nie durchschaut habe. Oh, er konnte kalt und desinteressiert und ärgerlich sein, aber solche Eigenheiten hat doch jeder Mensch.

Was Mel wirklich war ... das war anders. Oder nicht? Konnte ich das überhaupt wissen?

»Mom«, holt mich Lanny aus meinen Gedanken. »Er ist ziemlich heiß. Du solltest dich an ihn ranmachen.«

»Ich übergeb mich gleich«, protestiert Connor. »Willst du das erleben?«

»Seid ruhig«, weise ich die beiden in die Schranken und setze mich zwischen sie auf die Couch. Ich greife nach der Fernbedienung, dann drehe ich mich um und sehe meinen Sohn an. »Connor, was das Handy angeht ...«

Er bereitet sich auf die Vorwürfe vor und öffnet den Mund, um sich zu entschuldigen. Ich lege meine Hand über seine und das Handy, das er noch immer fest darin umklammert hält, als könnte er es noch einmal verlieren.

»Wir alle machen Fehler. Es ist schon okay«, beruhige ich ihn und blicke ihm dabei direkt in die Augen, damit er versteht, dass ich es ernst meine. »Es tut mir leid, dass ich in letzter Zeit so eine schreckliche Mom war. Bei euch beiden. Es tut mir leid, dass ich wegen der Alarmanlage durchgedreht bin. Ihr solltet nicht in eurem eigenen Zuhause auf Zehenspitzen herumlaufen müssen, immer in Angst, wann ich auf euch losgehe. Es tut mir so leid, Schätzchen.«

Er weiß nicht, wie er darauf reagieren soll. Hilflos blickt er zu Lanny, die sich vorbeugt, sich die dunklen Haare aus dem Gesicht streicht und hinter das Ohr klemmt. »Wir wissen, warum du die ganze Zeit so angespannt bist«, erklärt sie, und

er sieht erleichtert aus, dass sie es für ihn ausgesprochen hat.
»Mom. Ich habe den Brief gesehen. Du hast ein Recht darauf, paranoid zu sein.«

Sie muss Connor von dem Brief erzählt haben, denn er hakt nicht nach und scheint auch nicht neugierig zu sein. Einer plötzlichen Regung folgend, beuge ich mich vor und ergreife ihre Hand. Ich liebe diese Kinder. Ich liebe sie so sehr, dass es mir den Atem raubt und mich zu Boden drückt, und gleichzeitig fühle ich mich schwerelos und überschwänglich.

»Ich hab euch beide sehr lieb«, sage ich.

Connor wechselt in eine bequeme Sitzhaltung und greift nach der Fernbedienung.

»Das wissen wir«, sagt er. »Jetzt werd hier bloß nicht zu gefühlsduselig.«

Ich muss lachen. Er drückt auf »Play«, und wir konzentrieren uns wieder auf den Film, froh, gemeinsam so gemütlich beisammenzusitzen. Ich erinnere mich an die Zeit, als sie noch so klein waren, dass ich Connor in meinen Armen wiegen konnte, während Lanny zappelte und neben mir spielte. Ich vermisse diese süßen Momente, aber leider sind sie rückblickend mit einem Makel behaftet.

Diese Momente fanden in Wichita statt, in einem Haus, von dem ich glaubte, dass es sicher war.

Während ich Familie spielte, war Mel oft abwesend gewesen. In seiner Garage.

Beschäftigt mit der Arbeit an seinen *Projekten*. Und ab und zu fertigte er einen Tisch, einen Stuhl, ein Regal an. Oder Spielzeug für die Kinder.

Aber zwischen diesen Dingen ließ er in der Werkstatt dem Monster in ihm freien Lauf, während wir nur ein paar Meter entfernt saßen, vertieft in die Welt eines Films oder den Spaß eines Brettspiels. Er räumte auf, kam lächelnd heraus, *und mir ist nie etwas aufgefallen*. Ich hatte mir nicht einmal irgendwelche

Gedanken darüber gemacht. Es hatte so harmlos gewirkt, eben wie ein normales Hobby. Er hatte schon immer Zeit für sich gebraucht, und die hatte ich ihm gegeben. Er hatte gesagt, er halte die Außentür verschlossen, weil er in der Werkstatt Werkzeug aufbewahrte, das sehr teuer war.

Und ich hatte jedes Wort geschluckt. Mein Leben mit Mel hatte nur aus Lügen bestanden, egal, wie warm und behaglich sie sich auch angefühlt haben mochten.

Nein, das hier ist besser. Besser, als es jemals zuvor war. Ich habe meine cleveren, verständigen Kinder, die perfekt sind, wie sie sind. Ich habe unser Haus, das wir mit unseren eigenen Händen wiederaufgebaut haben. Unser neues Leben.

Nostalgie ist etwas für normale Menschen.

Und sosehr wir auch mit aller Macht versuchen, so zu tun als ob, wir werden niemals wieder normal sein.

Ich gieße mir ein Glas Scotch ein und gehe nach draußen.

* * *

Dort findet mich Connor eine halbe Stunde später. Ich liebe die Stille des Sees, den Glanz des Mondlichts auf dem Wasser, die klaren Sterne darüber. Eine sanfte Brise streicht durch die Kiefern und lässt sie leise rascheln. Der Scotch gibt einen guten Gegenpol ab, bringt eine Erinnerung an Rauch und Sonnenlicht mit sich. Ich mag es, den Tag so zu beenden, wenn es mir möglich ist.

Connor, noch immer in Hose und T-Shirt, lässt sich in den anderen Sessel auf der Veranda fallen und sitzt einen Augenblick schweigend da. Dann fängt er an zu reden. »Mom. Ich habe mein Handy nicht verloren.«

Überrascht drehe ich mich zu ihm um. Der Scotch schwappt im Glas etwas hin und her, und ich stelle ihn beiseite. »Wie meinst du das?«

»Ich meine, ich habe es nicht *verloren*. Jemand hat es genommen.«

»Weißt du, wer?«

»Ja«, sagt er. »Ich denke, Kyle hat es genommen.«

»Kyle ...«

»Graham«, sagt er. »Officer Grahams Sohn. Der größere, weißt du? Er ist dreizehn.«

»Schätzchen, es ist okay, wenn es dir aus deiner Tasche oder deinem Rucksack gefallen ist. Es war ein Versehen. Ich verspreche, ich bin dir deswegen nicht böse, okay? Du musst niemanden beschuldigen, nur um zu ...«

»Du hörst mir nicht zu, Mom«, sagt er mit Nachdruck. *»Ich habe es nicht verloren!«*

»Wenn Kyle es gestohlen hat, warum sollte er es dir wieder zurückgeben?«

Connor zuckt mit den Schultern. Er sieht blass und angespannt aus, zu abgeklärt für sein Alter. »Vielleicht konnte er es nicht entsperren. Vielleicht hat ihn sein Dad damit erwischt. Ich weiß es nicht.« Er zögert. »Oder ... vielleicht hat er bekommen, was er davon wollte. Wie Lannys Nummer. Er hat mich nach ihr gefragt.«

Das ist natürlich normal. Ein Junge, der nach einem Mädchen fragt. Vielleicht habe ich ihre Freundlichkeit Officer Graham gegenüber fehlgedeutet. Vielleicht habe ich gar keine plötzliche Verliebtheit gesehen. Vielleicht will sie nur seinen Sohn kennenlernen. *Sie könnte es schlimmer treffen,* denke ich. *Aber was, wenn er das Handy gestohlen hat? Wie kann das okay sein?*

»Vielleicht irrst du dich, Schätzchen«, sage ich. »Nicht alles muss eine Bedrohung oder Verschwörung sein. Es geht uns gut hier. Wir kommen zurecht.«

Er will mir noch etwas sagen, das erkenne ich an seiner Körpersprache. Er hat allerdings auch Angst, dass ich böse auf ihn werde. Es missfällt mir zutiefst, dass ich ihn so weit gebracht habe, dass er sich davor fürchtet, mir Dinge zu erzählen. »Connor? Schatz? Was bekümmert dich?«

»Ich ...« Er beißt sich auf die Lippe. »Nichts, Mom. Nichts.« Mein Sohn macht sich Sorgen. Ich habe eine Welt geschaffen, in der es für ihn normal ist, auf Verschwörungstheorien zurückzugreifen. »Aber ... ist es okay, wenn ich mich einfach von ihnen fernhalte? Kyle und seinem Bruder?«

»Wenn du das so willst. Natürlich. Aber sei höflich, okay?«

Er nickt, und nach einer Sekunde nehme ich mein Glas Scotch wieder in die Hand. Er starrt hinaus auf den See. »Ich brauche sowieso keine Freunde.«

Er ist zu jung, um das zu sagen. Zu jung, um es überhaupt zu denken. Ich will ihm sagen, dass er so viele Freunde wie möglich finden soll, dass die Welt sicher ist und niemand ihm je wieder wehtun wird, dass sein Leben voller Freude und Wunder sein kann.

Aber ich kann ihm das nicht sagen, denn es entspricht nicht der Wahrheit. Vielleicht ist es für andere Menschen wahr. Für uns jedoch nicht.

Stattdessen trinke ich meinen Scotch aus. Wir gehen hinein, und ich aktiviere die Alarmanlage. Nachdem Connor im Bett ist, packe ich all meine Waffen auf den Küchentisch, hole das Reinigungsset heraus und sorge dafür, dass ich auf alles vorbereitet bin. Genau wie das Schießtraining beruhigt auch das Reinigen meiner Waffen meine Nerven. Als würde ich dadurch alles wieder in Ordnung bringen.

Ich muss vorbereitet sein, nur für den Fall.

* * *

Lanny verbringt den Rest ihrer Suspendierung mit Hausarbeiten und Lesen, immer mit Kopfhörern, aus denen laut Musik dröhnt. Immerhin geht sie auch zweimal mit mir joggen. Und das sogar freiwillig, auch wenn sie am Ende des Laufs schwört, dass sie es niemals wieder tun wird.

Samstag rufen wir meine Mutter an. Das ist ein Familienritual, bei dem wir drei uns um mein Wegwerfhandy versammeln. Darauf ist eine App installiert, die eine anonyme Voice-over-IP-Nummer generiert, selbst wenn also jemand die Anrufprotokolle meiner Mutter kontrollieren würde, könnte ihn die Nummer nicht zu uns führen.

Mir graut vor den Samstagen, aber ich weiß, dass das Ritual wichtig für die Kinder ist.

»Hallo?« Die ruhige, leicht brüchige Stimme meiner Mutter erinnert mich daran, wie fortgeschritten ihr Alter bereits ist. Ich stelle sie mir immer vor, wie sie war, als ich noch jünger war ... Gesund, stark, sonnengebräunt, fit von all dem Schwimmen und Bootfahren. Sie lebt jetzt in Newport, Rhode Island, und hat Maine hinter sich gelassen. Sie musste vor meiner Gerichtsverhandlung umziehen, und noch zweimal danach, aber jetzt endlich lassen die Leute sie in Ruhe. Dabei hilft auch, dass in Newport die typisch verschlossene New-England-Mentalität vorherrscht.

»Hallo Mom«, sage ich und spüre den unangenehmen Druck auf meiner Brust. »Wie geht's dir?«

»Mir geht's gut, meine Liebe«, sagt sie. Sie sagt niemals meinen Namen. Mit fünfundsechzig musste sie lernen, extrem vorsichtig zu sein, wenn sie über ihr eigenes Kind spricht. »Ich freue mich, deine Stimme zu hören. Ist alles okay bei euch?« Sie fragt nicht, wo wir sind, weiß es auch nie.

»Ja, uns geht's gut«, versichere ich ihr. »Ich hab dich lieb, Mom.«

»Ich dich auch, Schätzchen.«

Ich frage sie über ihr Leben dort, und mit erzwungenem Enthusiasmus erzählt sie von Restaurants und malerischen Ausblicken und Shoppingtrips. Davon, dass sie jetzt Scrapbooking als Hobby betreibt, auch wenn ich mir kaum vorstellen kann, was sie in einem Buch über mich zusammenstellen könnte. Die Stapel von Artikeln über meinen monströsen Ex? Meine Gerichtsverhandlung? Meinen Freispruch? Es ist fast genauso schlimm, wenn sie das alles weglässt und nur die Fotos bis zu meiner Hochzeit verwendet und Fotos von den Kindern, ohne auf unser Leben Bezug zu nehmen.

Ich frage mich, welche Art von Dekorationsmaterialien der Bastelladen verkauft, um die einem Serienkiller gewidmeten Seiten in einem Scrapbook zu verzieren.

Lanny beugt sich vor und begrüßt meine Mutter mit einem strahlenden »Hi Oma!«. Und als meine Mutter antwortet, höre ich die Veränderung in dieser entfernten Stimme... Echte Wärme. Echte Liebe. Echte Verbindung. Sie hat eine Generation übersprungen, oder zumindest mich übersprungen. Lanny liebt ihre Oma, und Connor liebt sie ebenso. Sie erinnern sich an jene dunklen, schrecklichen Tage nach *Dem Ereignis,* als ich ins Gefängnis verfrachtet wurde und ihr einziger Lichtstreif am Horizont meine Mom gewesen ist, die wie ein Engel zu Hilfe eilte. Sie hat ihnen so etwas wie Normalität verschafft, zumindest für eine Weile. Sie ist die Löwin gewesen, die die Kinder verteidigt, die Reporter vertrieben und die Neugierigen und Rachsüchtigen mit scharfen Worten und zugeschlagenen Türen abgewehrt hat.

Dafür schulde ich ihr alles.

Beinahe hätte ich ihren nächsten Satz verpasst. »Also, Kinder, was lernt ihr gerade in der Schule?« Es wirkt wie eine *sichere Frage,* und das sollte sie auch sein, aber als Connor den Mund öffnet, fällt mir ein, dass eins seiner Fächer die Geschichte von Tennessee ist, und ich unterbreche ihn hastig.

»Der Unterricht läuft gut.«

Sie seufzt und ich höre die Verbitterung darin. Sie hasst das. Hasst es, so ... *vage* sein zu müssen. »Und was ist mit dir, Liebes? Hast du irgendwelche neuen Hobbys?«

»Nicht wirklich.«

Damit erschöpft sich unsere Unterhaltung. Wir haben uns noch nie sonderlich nahegestanden, sie und ich, selbst als ich noch ein Kind war. Sie liebt mich, das weiß ich, und ich liebe sie, aber es ist nicht die Art Verbundenheit, die ich bei anderen Leuten sehe. Anderen Familien. Zwischen uns besteht eine Art höflicher Distanz, als wären wir Fremde, die irgendwie zusammengekommen sind. Es ist seltsam.

Und dennoch habe ich ihr alles zu verdanken. Sie hatte nicht damit gerechnet, die Kinder für fast ein Jahr bei sich wohnen zu haben, während die Staatsanwaltschaft versuchte, Beweise gegen mich zusammenzutragen. Sie hatten mich Melvins »kleine Helferin« genannt, und meine angebliche Beteiligung an Melvins Verbrechen beruhte allein auf den Aussagen einer tratsch- und rachsüchtigen Nachbarin, die um Aufmerksamkeit gebuhlt hatte. Sie behauptete, mich eines Abends dabei gesehen zu haben, wie ich Melvin half, eins seiner Opfer vom Auto in die Garage zu tragen.

Das hatte ich nie und das würde ich auch nie tun. Ich hatte nichts gewusst, kein bisschen. Es war grauenvoll und unerträglich gewesen zu realisieren, dass niemand, absolut niemand, mir glaubte. Nicht einmal meine eigene Mutter. Vielleicht rührt ein Teil der offenen Wunde zwischen uns aus dem Augenblick, als sie mich voller Horror und Abscheu im Gesicht gefragt hat: *Schatz, hast du das getan? Hat er dich dazu gebracht?*

Sie hat niemals darauf bestanden, dass die Behauptung der Nachbarin eine Lüge war, und auch nie vehement abgestritten, dass ich zu solch einer Abscheulichkeit fähig wäre. Sie hat nur versucht, einen Grund dafür zu finden, was für mich damals unglaublich schwer zu verstehen war und noch heute ist. Vielleicht lag es an der fehlenden Bindung, die sie zu mir als Kind hatte, und ich zu ihr; vielleicht konnte sie deshalb so leicht das Schlimmste von mir annehmen, weil sie das Gefühl hatte, mich niemals wirklich gekannt zu haben.

Ich werde das meinen Kindern niemals antun. Ich werde sie mit allem, was ich habe, verteidigen. Nichts davon ist ihre Schuld.

Meine eigene Mutter hat mir immer die Schuld gegeben. *Nun ja,* hat sie mir irgendwann gesagt, *du wolltest schließlich diesen Mann heiraten.*

Der Grund, aus dem die Trolle so fanatisch auf meine Verfolgung fixiert sind, ist der, dass sie wirklich glauben, ich wäre schuldig. In ihren Augen bin ich eine bösartige Killerin, der es gelungen ist, ihrem Schuldspruch zu entgehen. Und jetzt sind sie diejenigen, die die Bestrafung vollziehen wollen.

Auf einer gewissen Ebene kann ich das verstehen. Mel hat mein Herz mit romantischen Gesten im Sturm erobert. Er ist mit mir in wunderschönen Restaurants essen gegangen. Hat mir Rosen gekauft. Hat immer die Türen für mich geöffnet. Hat mir Liebesbriefe und Karten geschickt. Ich habe ihn wirklich geliebt, oder zumindest habe ich geglaubt, dass ich es tat. Der Heiratsantrag war atemberaubend. Die Hochzeit war perfekt, wie im Märchen. Innerhalb weniger Monate war ich mit Lily schwanger und überzeugt, die glücklichste Frau der Welt zu sein. Eine Frau, deren Mann genug verdiente, dass sie zu Hause bleiben und ihre Kinder mit Liebe und Fürsorge überschütten konnte.

Und dann, nach und nach, hatte sich sein Hobby eingeschlichen.

Mels Werkstatt hatte klein begonnen: eine Werkbank in der Garage, dann mehr Werkzeug, mehr Platz, bis nicht einmal mehr Raum für ein Auto war, ganz zu schweigen von zwei. Also hatte er den Carport gebaut und die gesamte Garage als seine Werkstatt genutzt. Ich war davon nicht begeistert gewesen, besonders nicht im Winter, aber da hatte Mel bereits die Garagentür entfernt, eine Rückwand gemauert und eine Tür eingebaut, die er mit Vorhängeschloss und Bolzen verriegelt hielt. Wegen des teuren Werkzeugs.

Nur ein einziges Mal war etwas ansatzweise Seltsames vorgefallen. Es muss um den Todeszeitpunkt seines vorletzten Opfers gewesen sein – er hatte mir erzählt, ein Waschbär sei durch den Dachboden in die Werkstatt geraten und in der Ecke gestorben, und es werde eine Weile dauern, bis sich der Gestank verzogen habe. Er verwendete damals eine ziemliche Menge an Desinfektions- und Putzmittel.

Ich glaubte jedes Wort davon. Warum auch nicht?

Trotz allem hätte ich es merken müssen. Dahin gehend verstehe ich die Wut der Trolle.

Meine Mutter sagt etwas, das dem Tonfall zufolge wieder an mich gerichtet ist. Ich öffne die Augen. »Tut mir leid, kannst du das wiederholen?«

»Ich habe gefragt, ob du dafür sorgst, dass die Kinder Schwimmunterricht bekommen? Ich habe die Befürchtung, dass du das aufgrund deiner ... deiner Schwierigkeiten damit vernachlässigst.« Meine Mutter liebt das Wasser – egal ob Seen, Pools oder das Meer. Man könnte sagen, sie ist zur Hälfte Meerjungfrau. Für sie war es besonders grauenhaft, dass Melvin sich seiner Opfer im Wasser entledigte. Für mich ist es ebenso grauenhaft. Mein Magen verkrampft sich, wenn ich auch nur daran denke, einen Zeh in den See zu tauchen, den ich aus der Ferne so bewundere. Ich kann nicht einmal mit einem Boot auf diese ruhige Oberfläche fahren, ohne an die Opfer meines Ex-Mannes zu denken, die mit Gewichten beschwert am Grund des Sees festhingen. Wie ein schweigender, verrottender Garten, der sich in der leichten Strömung hin und her wiegt. Ich muss sogar würgen, wenn ich Leitungswasser trinke.

»Die Kinder sind nicht sonderlich interessiert daran, schwimmen zu gehen«, erkläre ich meiner Mom, ohne den leisesten Hauch Verärgerung, dass sie das Thema überhaupt angesprochen hat. »Wir gehen dafür aber ziemlich oft laufen.«

»Ja, der Weg um ...«, beginnt Lanny, und blitzschnell strecke ich die Hand aus und schalte das Telefon stumm. Im nächsten Augenblick hat sie ihren Fehler schon erkannt. Sie war kurz davor, *den See* zu sagen ... Und obwohl es Tausende Seen im Land gibt, ist es ein Hinweis. Wir können uns nicht einmal das leisten. »Tut mir leid.«

Ich schalte den Lautsprecher wieder an.

»Ich meine, wir laufen viel draußen«, sagt Lanny. »Es ist nett.« Es ist schwer für sie, nichts Genaueres erzählen zu dürfen – die Temperatur, die Bäume, der See –, aber sie belässt es dabei. Bleibt allgemein. Meine Mutter weiß genug, um nicht nachzuhaken. Traurig, aber notwendig.

Ich habe mich schon häufiger gefragt, wie ihr Leben ohne mich war; meine eigene Erfahrung hinter Gittern ist die Hölle gewesen, denn es verging keine Sekunde, in der nicht die Angst um meine Kinder in mir brannte. Doch aus der Freude, mit der sie jedes Mal an diese Telefonate herangehen, schließe ich, dass ihre Oma etwas Friedliches in ihrem Leben repräsentiert – eine Auszeit von der schrecklichen Realität, in die sie gestoßen wurden. Zumindest hoffe ich, dass es so ist.

Und ich hoffe, dass meine Kinder nicht so gut im Lügen sind, denn das wäre eine typische Eigenschaft von Melvin Royal.

Mom erzählt Geschichten von Newport und dem anstehenden Sommer, und wir können es ihr nicht gleichtun und berichten, wie das Wetter bei uns werden wird; sie weiß das, und dadurch verläuft die Unterhaltung recht einseitig. Ich frage mich, ob sie wirklich etwas aus diesen Anrufen zieht oder ob sie für sie nur ein Pflichtprogramm darstellen. Vielleicht würde sie sich nicht die Mühe machen, wenn es nur um mich ginge, aber sie liebt meine Kinder wirklich, und das beruht auf Gegenseitigkeit.

Die Gesichter der Kinder trüben sich etwas, als ich den Anruf beende und das Handy bis zum nächsten Mal weglege. Lanny seufzt. »Ich wünschte, wir könnten skypen oder so, damit wir sie sehen können.«

Sofort sieht Connor sie stirnrunzelnd an. »Du weißt doch, dass das nicht geht«, sagt er. »Die würden Sachen über Skype herausfinden. Das ist in den Cop-Serien immer so.«

»Cop-Serien sind nicht die Realität, du Doofkopf«, schießt Lanny zurück. »Denkst du etwa, *CSI* wäre eine Dokumentation?«

»Hört auf, ihr beide«, sage ich. »Ich würde sie auch gern sehen. Aber das ist doch immerhin etwas, oder? Es geht uns doch gut?«

»Ja«, sagt Connor. »Es geht uns gut.« Lanny sagt nichts.

* * *

Bei der Kontrolle der Perverslinge am nächsten Tag kommt nicht viel Neues heraus. Allerdings muss ich zugeben, dass ich mich an den allgemeinen Horror mittlerweile so gewöhnt habe, dass ich nicht einmal sicher bin, ob ich etwas als neu erkennen würde, wenn es mich beißen würde. Ich arbeite freiberuflich an einem Revisionsprojekt, dann mache ich etwas Webdesign und bin gerade völlig vertieft in ein besonders anspruchsvolles Kodieren, als ein festes Klopfen an der Vordertür ertönt. Zwar zucke ich erschrocken zusammen, aber der Klang erinnert mich an die Art, wie Officer Graham klopft, also bin ich vorsichtig optimistisch. Und richtig, als ich nachsehe, wer es ist, sehe ich Lancel Grahams Gesicht.

Nach dem ersten Gefühl der Erleichterung hoffe ich, dass er meine freundliche Begrüßung letzten Abend nicht missverstanden hat oder sogar als Aufforderung deutet. Ich bin nicht auf irgendeine Art von romantischer Annäherung aus. Davon hatte ich mit Mels perfekten Verführungskünsten und seiner Tarnung als Musterehemann genug. Ich traue mir in der Hinsicht nicht mehr und kann mich nicht dazu bringen, die Schutzbarrieren zu senken, die selbst bei den lockersten Beziehungen hinderlich wären.

Darüber denke ich nach, während ich das Alarmsystem deaktiviere und die Tür öffne, aber dieser Gedankengang verflüchtigt sich schnell wieder. Irgendetwas an ihm ist diesmal anders. Er lächelt nicht.

Außerdem ist er nicht allein.

»Ma'am.« Der Mann, der hinter ihm steht, spricht als Erster. Er ist ein Afroamerikaner von durchschnittlicher Größe mit der Statur eines ehemaligen Footballspielers. Um die Hüften herum hat er etwas angesetzt. Er trägt die Haare kurz, hat müde Augen, und sein Anzug von der Stange sieht abgetragen aus. Außerdem trägt er eine Krawatte, ein stumpfes, rotes Ding, das nicht so recht mit dem Grau der Jacke harmoniert. »Ich bin Detective Prester. Ich müsste bitte mit Ihnen sprechen.«

Das ist keine Frage.

Ich erstarre an Ort und Stelle und sehe unwillkürlich über meine Schulter. Connor und Lanny hat die Klingel nicht aus ihren Zimmern gelockt. Ich trete aus dem Haus und schließe die Tür hinter mir. »Detective. Natürlich. Was gibt es denn?« Zum Glück muss ich in diesem Augenblick nicht um die Sicherheit meiner Kinder fürchten. Ich weiß, wo sie sind. Ich weiß, dass sie in Sicherheit sind. Also muss es hier wohl um etwas anderes gehen.

Ich frage mich, ob er ein paar Nachforschungen betrieben und eine Verbindung zwischen Gwen Proctor und Gina Royal hergestellt hat. Ich bete, dass dem nicht so ist.

»Können wir uns einen Augenblick setzen?«

Anstatt die beiden hineinzubitten, zeige ich auf die Verandastühle, und er und ich lassen uns darauf nieder. Officer

Graham hält Abstand und schaut in Richtung See. Ich folge seinem Blick, und mein Herz beginnt wie wild zu klopfen.

Die üblicherweise dort treibenden Freizeitboote sind heute nicht zu sehen. Stattdessen befinden sich zwei Boote fast in der Mitte der ruhigen Sees, beide in den offiziellen blau-weißen Farben, deren Signallichter rot blinken. Ich sehe einen Taucher in voller Montur rückwärts über den Rand des zweiten Boots ins Wasser gleiten.

»Heute am frühen Morgen wurde im See eine Leiche gefunden«, erklärt Detective Prester. »Ich hege die Hoffnung, dass Sie letzte Nacht vielleicht etwas gesehen oder gehört haben? Irgendetwas Ungewöhnliches?«

Ich kämpfe darum, meine Gedanken zu sortieren. *Ein Unfall,* denke ich. *Ein Bootsunfall. Jemand, der draußen unterwegs ist, betrunken, fällt über den Bootsrand ...* »Tut mir leid«, antworte ich. »Nichts Ungewöhnliches.«

»Haben Sie letzte Nacht irgendetwas gehört, als es schon dunkel war? Bootsmotoren vielleicht?«

»Vermutlich, aber das ist nicht wirklich ungewöhnlich«, sage ich. Ich versuche, mich zu erinnern. »Ja. Ich habe etwas gegen neun gehört, denke ich.« Lange nach Einbruch der Dunkelheit, die unter den Kiefern schnell aufzieht. »Aber es gibt hier genug Leute, die rausfahren, um den Sternenhimmel zu genießen. Oder zum Nachtangeln.«

»Haben Sie irgendwann rausgeschaut? Irgendjemanden am See oder darauf gesehen?« Er sieht müde aus, aber hinter dieser Fassade erkenne ich eine Schärfe, die ich nicht herausfordern möchte, indem ich auszuweichen versuche. Deshalb antworte ich ihm so ehrlich, wie es mir möglich ist.

»Nein, habe ich nicht. Tut mir leid. Ich habe gestern Abend lange am Rechner gearbeitet, und mein Bürofenster geht zum Hügel hinauf, nicht nach unten. Ich bin nicht rausgegangen.«

Er nickt und macht sich ein paar Notizen in einem Buch. Er strahlt ein ruhiges Selbstvertrauen aus, sodass man in seiner Anwesenheit entspannen möchte. Ich weiß, dass das gefährlich ist. Ich habe mich bereits einmal einlullen lassen, habe die Polizei unterschätzt und die Konsequenzen erlitten. »War gestern Abend noch jemand im Haus, Ma'am?«

»Meine Kinder«, sage ich. Er blickt auf, und seine Augen funkeln wie dunkler Bernstein im Sonnenlicht. Unlesbar. Hinter der Tarnung des müden, leicht gebrochenen und überarbeiteten Mannes ist er scharf wie ein Skalpell.

»Dürfte ich bitte mit ihnen reden?«

»Ich bin mir sicher, dass sie nichts wissen ...«

»Bitte.«

Es würde verdächtig wirken, mich zu weigern, aber ich bin extrem angespannt und nervös. Ich weiß nicht, wie Lanny und Connor auf eine Befragung reagieren werden; im Laufe von Mels Verhandlung – und meiner – wurden sie so oft befragt, und obwohl die Polizei von Wichita vorsichtig vorgegangen ist, hat es Narben hinterlassen. Ich weiß nicht, welche Art von Trauma das aufreißen wird. Ich versuche, meine Stimme ruhig zu halten. »Ich würde es bevorzugen, sie da rauszuhalten, Detective. Es sei denn, Sie halten es für absolut nötig.«

»Das tue ich, Ma'am.«

»Wegen eines Unfalls, bei dem jemand ertrunken ist?«

Seine bernsteinfarbenen Augen fixieren mich und scheinen im Licht zu glühen. Ich spüre, wie sie mich wie Suchlichter abtasten. »Nein, Ma'am«, sagt er. »Ich habe nie behauptet, dass es ein Unfall war. Oder dass jemand ertrunken ist.«

Ich weiß nicht, was das bedeutet, aber ich fühle, wie sich der Abgrund unter mir öffnet. Etwas Schlimmes hat gerade begonnen.

Meine Stimme ist fast ein Flüstern. »Ich gehe sie holen.«

KAPITEL 3

Connor ist der Erste, und der Detective geht sanft mit ihm um, scheint sich mit Kindern auszukennen. Ich sehe das Funkeln eines Eherings und bin froh, dass er nicht wie die Cops in Kansas ist. Meine Kinder hatten eine Angst vor der Polizei entwickelt, und das aus gutem Grund; sie hatten die Wut derjenigen gesehen, die Mel verhafteten, eine Wut, die sich nur noch steigerte, als das Ausmaß seiner Verbrechen aufgedeckt wurde. Die Polizisten hatten zwar versucht, ihre Gefühle nicht an kleinen Kindern auszulassen, dennoch war etwas davon übergeschwappt. Ganz zwangsläufig.

Connor wirkt angespannt und nervös, aber er antwortet in kurzen, präzisen Sätzen. Er hat nichts weiter gehört als – genau, wie ich gesagt habe – vielleicht einen Bootsmotor auf dem Wasser gegen neun Uhr abends. Er hat nicht rausgesehen, weil es nicht ungewöhnlich ist. Er erinnert sich an überhaupt nichts Ungewöhnliches.

Lanny will nicht reden. Stumm sitzt sie mit gesenktem Kopf da und nickt oder schüttelt den Kopf, spricht aber nicht, bis sich der Detective schließlich entnervt mir zuwendet. Ich lege ihr eine Hand auf die Schulter. »Lanny, schon okay. Er ist nicht hier, um jemandem wehzutun. Sag ihm einfach alles, was du eventuell weißt, okay?« Ich sage das natürlich in der Zuversicht, dass sie genau wie Connor und ich nichts weiß.

Lanny wirft mir einen zweifelnden Blick durch den Schleier ihrer dunklen Haare zu. »Ich habe letzte Nacht ein Boot gesehen.«

Schockiert stehe ich wie angewurzelt da. Ich zittere ein bisschen, obwohl der Tag warm ist und die Vögel zwitschern. *Nein,* denke ich. *Nein, das darf nicht wahr sein. Meine Tochter darf keine Zeugin sein.* Übelkeit macht sich in mir breit, als ich mir vorstelle, wie sie vor Gericht ihre Zeugenaussage machen muss. Vor blitzenden Kameras. Bilder in den Zeitungen und sofort die Schlagzeile:

TOCHTER EINES SERIENKILLERS ZEUGIN IN MORDFALL

Wir werden nie wieder entkommen können.

»Was für eine Art von Boot?«, fragt Detective Prester. »Wie groß war es? Welche Farbe?«

»Es war nicht sonderlich groß. Ein kleines Fischerboot, wie …« Sie denkt nach und zeigt dann auf das, was nicht weit entfernt an einem Dock schaukelt. »Wie das da. Weiß. Ich konnte es von meinem Fenster aus sehen.«

»Würdest du es wiedererkennen, wenn du es noch mal siehst?«

Sie schüttelt bereits den Kopf, bevor er den Satz beendet hat. »Nein, nein, es war nur ein Boot, wie hundert andere auch. Ich habe es nicht wirklich gut gesehen.« Sie zuckt mit den Achseln. »Sah ehrlich gesagt wie alle anderen hier aus.«

Falls Prester enttäuscht ist, zeigt er es nicht. Er wirkt auch nicht aufgeregt. »Also, du hast das Boot gesehen. Gut. Gehen wir das Ganze weiter durch. Was hat dich veranlasst, aus dem Fenster zu sehen?«

Nachdenklich sitzt Lanny einen Augenblick da, dann sagt sie: »Ich schätze, der Platscher?«

Das erregt seine Aufmerksamkeit, und meine ebenfalls. Mein Mund wird trocken. Prester beugt sich leicht vor. »Erzähl mir davon.«

»Na ja, ich meine, es war ein großer Platscher. Stark genug, dass ich ihn gehört habe. Mein Zimmer zeigt in Richtung See, wissen Sie, in der Ecke des Hauses. Ich hatte mein Fenster geöffnet. Also hörte ich einen Platscher, als der Motor ausging. Ich dachte, vielleicht ist jemand ins Wasser gefallen, oder reingesprungen. Die Leute gehen hier manchmal nackt baden.«

»Und du hast rausgesehen?«

»Ja. Aber ich habe nur das Boot gesehen. Es lag einfach nur da. Aber es war wohl jemand drin, denn nach ein paar Minuten wurde der Motor wieder gestartet. Ich habe aber niemanden gesehen.« Sie atmet tief durch. »Habe ich gesehen, wie jemand eine Leiche loswird?«

Prester antwortet nicht. Er ist damit beschäftigt, in sein Notizbuch zu schreiben, sein Stift kratzt auf dem Papier. Er fragt weiter. »Hast du gesehen, wo das Boot hingefahren ist, nachdem der Motor gestartet wurde?«

»Nein. Ich habe das Fenster zugemacht; es wurde draußen zu windig. Ich habe den Vorhang zugezogen und weitergelesen.«

»Okay. Wie lange, denkst du, hast du den Motor laufen gehört, bevor er wieder abgestellt wurde?«

»Ich weiß es nicht. Ich hab meine Ohrstöpsel reingesteckt. Ich bin eingeschlafen, mit ihnen noch im Ohr. Meine Ohren haben heute Morgen wehgetan. Die Musik ist die ganze Nacht gelaufen.«

Gott. Ich kann nicht schlucken. Ich starre Prester an, hoffe darauf, dass er etwas Beruhigendes sagt, etwas wie: *Schon okay, Kleine, es ist nichts passiert, das ist alles nur ein Versehen,* aber das tut er nicht. Weder bestätigt noch verneint er. Er drückt nur auf seinen Kugelschreiber, legt ihn zusammen mit dem Notizbuch in seine Tasche und steht auf. »Vielen Dank, Atlanta. Das war wirklich hilfreich. Wiedersehen, Ms Proctor.«

Ich kann ihm nicht antworten. Ich nicke nur, genau wie Lanny, und gemeinsam beobachten wir, wie er und Graham zu dem mit einem Staubfilm überzogenen schwarzen Wagen zurückkehren, der in unserer Einfahrt parkt. Sie reden, aber ich verstehe kein Wort, und sie sind so positioniert, dass wir ihre Gesichter nicht sehen können. Ich setze mich hin und lege einen Arm um meine Tochter. Diesmal schüttelt sie ihn nicht ab oder geht weg.

Sanft reibe ich über ihre Schulter, und sie seufzt. »Das ist nicht gut, Mom. Nicht gut. Ich hätte sagen sollen, dass ich nichts gesehen habe. Ich habe darüber nachgedacht zu lügen, das habe ich wirklich.«

Ich schätze, damit hat sie recht; ich wüsste nicht, wie das, was sie gesehen hat, die Ermittlung auch nur im Geringsten voranbringen soll. Sie konnte das Boot nicht identifizieren, hat niemanden gesehen, den sie erkennen könnte. Und Prester irgendetwas zu sagen, bedeutet nur, dass er uns genauer überprüfen wird. Ich bete, dass Absaloms Arbeit an unseren neuen Identitäten wasserdicht ist. Ich kann mir dessen nicht absolut sicher sein, und jegliche genauere Prüfung, jegliches Leck, könnte schlimme Konsequenzen nach sich ziehen.

Wir sollten hier verschwinden, bevor irgendetwas passiert. Ich denke darüber nach. Lebhaft sehe ich das hastige Packen vor meinem inneren Auge. Wir haben mittlerweile recht viele Sachen, und ich kann meine Kinder nicht zwingen, immer wieder alles aufzugeben, was sie lieben; wir müssten Einiges mitnehmen, was bedeutet, wir bräuchten mehr Platz, als der Jeep bietet. Etwas Größeres muss her. Vielleicht ein Van. Ich kann den Jeep eintauschen, aber mein Geldvorrat ist nicht unbegrenzt. Mein Guthaben wird unter meiner neuen Identität sorgfältig verwaltet, ich habe nur eine Kreditkarte, und die auch nur, um die Illusion aufrechtzuerhalten. Wir können nicht einfach so mir nichts dir nichts ohne eine Spur verschwinden. Es dauert mindestens einen Tag, alles zu organisieren. Schockiert erkenne ich, dass ich bei all meiner Paranoia *dieses* Worst-Case-Szenario nicht bedacht habe: Wie ich uns schnell und sicher aus diesem Haus, diesem Ort herausbekomme. Ein Tag Verzögerung mag für die meisten Leute keine große Sache sein, aber für uns könnte das den Unterschied zwischen Leben und Tod ausmachen.

Der Jeep – zu klein für eine sofortige Evakuierung – ist ein Zeichen, dass ich Wurzeln schlage und mich hier zu wohlfühle. Und diese Entscheidung war falsch. *Verdammt.*

Mir fällt auf, dass Lanny mich beobachtet hat. Mein Gesicht beobachtet hat, während mir all diese Gedanken durch den Kopf gegangen sind. Sie sagt nichts, bis Officer Graham und Detective Prester im Wagen sitzen und in einer Staubwolke die Auffahrt verlassen. Dann spricht sie mit leiser, toter Stimme. »Also, ich schätze, wir müssen packen, richtig? Nur das, was wir tragen können?«

Aus ihrem flachen Tonfall höre ich heraus, welchen Schaden ich bei meinen Kindern angerichtet habe. Sie hat sich dem schrecklichen, unmenschlichen Gedanken ergeben, dass sie niemals Freunde oder Familie haben kann, oder sogar Lieblingsdinge, und hat im zarten Alter von *vierzehn* gelernt, damit zu leben. Und ich bringe es nicht über mich. Ich bringe es nicht über mich, ihr das noch einmal anzutun.

Diesmal werden wir nicht weglaufen. Diesmal werde ich Absaloms falschen Identitäten vertrauen. Dieses eine Mal werde ich auf ein normales Leben setzen und nicht die Seele meiner Kinder gefährden, um ihren Körper zu schützen.

Es gefällt mir nicht. Aber so und nur so muss meine Entscheidung ausfallen.

»Nein, Schatz«, sage ich ihr. »Wir bleiben.«
Was auch kommen mag, wir laufen nicht davor weg.

* * *

In den nächsten Tagen vermeide ich jegliche Arten von Begegnungen, und das ziemlich erfolgreich. Unsere Läufe um den See herum finden in einer Geschwindigkeit statt, die andere vom freundlichen Plaudern abhält, und ich statte keinen Nachbarn irgendwelche Besuche ab. Ich bin schon an meinen guten Tagen nicht die typische, Kekse backende Mutter – nicht mehr. Das war Gina, möge sie in Frieden ruhen.

Lanny geht wieder zur Schule, und auch wenn ich angespannt auf das Klingeln des Telefons warte, gerät sie in den ersten paar Tagen nicht wieder in Schwierigkeiten. Und auch nicht in den Tagen darauf. Die Polizei kehrt nicht für eine weitere Befragung zurück, und langsam, ganz langsam, löst sich meine Anspannung.

Am darauffolgenden Mittwoch erhalte ich eine SMS von Absalom, markiert mit seinem typischen Å als Signatur. Es ist nur eine Webadresse. Ich gebe sie an meinem Computer in den Browser ein.

Es ist ein Zeitungsartikel aus Knoxville, einer Stadt recht weit entfernt von uns, aber es geht um Stillhouse Lake.

MORD IN ABGELEGENEM SEEORT
ERSCHÜTTERT BEWOHNER

Mein Mund wird trocken, und für einen Augenblick muss ich die Augen schließen. Doch auch so sehe ich die Worte noch vor mir, also öffne ich die Augen wieder und lese die Schlagzeile erneut. Darunter, ohne Reporterkürzel, steht ein Bericht, der wohl von einer Nachrichtenagentur übernommen wurde.

Langsam scrolle ich weiter nach unten, vorbei an blinkender Werbung dafür, die Seite zu abonnieren, den Wetterbericht zu lesen, ein Heizkissen und ein Paar High Heels zu kaufen. Endlich gelange ich zum Text. Er ist nicht lang.

Als die Bewohner der Kleinstadt Norton, Tennessee, am Morgen von einer Leiche im Stillhouse Lake erfuhren, dachte zuerst niemand an Mord. »Wir glaubten, dass es sich lediglich um einen Bootsunfall handelt«, sagt Matt Ryder, Filialleiter des McDonald's im Ort. »Vielleicht ein Schwimmer, der einen Krampf hatte und ertrunken ist. So etwas passiert. Aber das? Es ist kaum zu glauben. Das hier ist eine friedliche kleine Stadt.«

»Friedliche kleine Stadt« beschreibt Norton gut. Es ist ein typischer Ort in dieser Gegend, ein verschlafener Weiler, der darum kämpft, sich für die moderne Zeit neu zu erfinden. Ein kleiner Ort, in dem der *Old Tyme Soda Palace* neben dem *SpaceTime* steht, das Internetcafé und Kaffeebar vereint. Das eine steht für Nostalgie, für eine längst vergangene Zeit. Das andere versucht, die Annehmlichkeiten einer viel größeren Stadt in sich zu vereinen. An der Oberfläche wirkt Norton erfolgreich, aber gräbt man tiefer, erschließt sich einem ein Problem, mit dem viele ländliche Gegenden zu kämpfen haben: Drogenabhängigkeit. In Norton gibt es nach Einschätzung der lokalen Strafverfolgung ein deutliches Drogenproblem, und der Drogenhandel ist weit verbreitet. »Wir tun unser Bestes, um die Ausbreitung zu kontrollieren«, sagt Polizeichef Orville Stamps. »Früher war das Meth-Kochen am schlimmsten, aber dieses Problem mit Oxy und Heroin stellt uns vor andere Herausforderungen. Es ist schwerer zu finden und schwerer zu stoppen.«

Chief Stamps hat den Verdacht, dass Drogen beim Tod der noch nicht identifizierten Frau eine Rolle gespielt haben könnten, deren Leiche letzten Sonntagmorgen im Stillhouse Lake treibend gefunden wurde. Sie wird als weiß, mit kurzen roten Haaren, zwischen achtzehn und zweiundzwanzig Jahre alt beschrieben. Der Körper weist eine kleine Narbe auf, die wahrscheinlich von einer Gallenblasenentfernung herrührt, und ein großes, buntes Schmetterlingstattoo auf dem linken Schulterflügel. Bei Redaktionsschluss gab es noch keine offizielle Identifizierung, doch Quellen innerhalb des Norton Police Departments gehen davon aus, dass das Opfer höchstwahrscheinlich aus der Gegend stammt.

Die Behörden schweigen sich bisher über die Todesursache der Frau aus. Sie behandeln den Fall jedoch als Mordsache und befragen die Bewohner der Seegemeinde – eine ehemals exklusive, reiche Gegend, die wie der Großteil des Staates schwere Zeiten hinter sich hat –, um herauszufinden, ob irgendjemand Informationen hat, die zur Identitätsfindung von Opfer oder Täter beitragen können. Sie vermuten, dass der Fundort nicht der Tatort ist, sondern der Leichnam lediglich im Wasser entsorgt wurde. Der Mörder hatte offenbar versucht, ihn mit Gewichten beschwert auf dem Grund des Sees zu halten. »Es ist eine reine Glückssache, dass das nicht funktioniert hat«, sagt Chief Stamps. »Sie war an einen Betonblock gebunden, aber der Propeller des Bootsmotors muss eins der Seile durchtrennt haben, als der Mörder den Motor gestartet hat, und so ist sie schlussendlich an die Oberfläche gelangt.«

Die Gegend um den Stillhouse Lake galt bis Mitte 2000 als ländlicher Rückzugsort für die Einheimischen. Dann versuchte eine Entwicklungsgesellschaft, den See als luxuriösen

Erholungsort für Familien der gehobenen Mittelklasse sowie der oberen Klasse auf der Suche nach Ferienwohnungen am See attraktiv zu machen. Die Bemühungen waren nur zum Teil erfolgreich, und heute stehen die Tore zum Stillhouse Lake allen offen. Viele der Reichen haben sich in exklusivere Enklaven zurückgezogen, wodurch vor allem Pensionäre und ursprüngliche Bewohner zurückgeblieben sind sowie leer stehende Häuser, die bei Zwangsversteigerungen verkauft wurden. Die Gegend ist unter den Bewohnern zwar als friedlicher Ort bekannt, doch die starke Zunahme an Zuzüglern – Mietern und Käufern – gibt einigen ein Gefühl des Unbehagens.

»Ich hoffe, dass jemand da oben etwas gesehen hat«, sagt Chief Stamps. »Und dass sich jeder meldet, der mit Informationen zur Aufklärung des Verbrechens beitragen kann.«

Bis dahin werden die Nächte am friedlichen Stillhouse Lake so bleiben, wie sie immer waren ... dunkel.

Ich rolle meinen Schreibtischstuhl zurück, als wollte ich Abstand zwischen diesen Artikel und mich bringen. *Es geht um uns. Um Stillhouse Lake.* Aber was mich noch mehr trifft, ist etwas, das wohl auch Absaloms Aufmerksamkeit erregt hat ... die Art, wie der Mörder die Leiche beschwert hat. Außerdem lassen das Alter und die Beschreibung des Opfers eine Alarmglocke in mir schrillen, allerdings nur weit entfernt – sie berühren eine vage Erinnerung, die ich aber nicht zu greifen bekomme.

Insgesamt klingt es unheimlich vertraut nach den jungen Frauen, die Melvin entführt, vergewaltigt, gefoltert, verstümmelt und in einem See versenkt hat.

An Betonblöcke gebunden.

Ich versuche, mich und meine rasenden Gedanken wieder unter Kontrolle zu bekommen. Natürlich ist das nur ein Zufall. Eine Leiche im Wasser zu entsorgen, ist wohl kaum einzigartig, und die meisten cleveren Mörder versuchen, sie zu beschweren, um ein Auffinden zu verzögern. Wie ich mich aus Melvins Verhandlung erinnere, sind Betonblöcke auch nicht unüblich.

Aber diese Beschreibung ...

Nein. Junge, verletzliche Frauen sind die bevorzugten Opfer vieler Serienmörder. Das ist auch nichts Eindeutiges. Und es gibt nichts, aus dem man herauslesen könnte, dass es sich um einen Serienmörder handelt. Es könnte ein ungeplanter Todesfall sein, bei dem die Leiche in einem Akt der Panik versteckt wurde. Ein unerfahrener, nicht vorbereiteter Mörder, der gar nicht vorgehabt hatte zu töten. Der Artikel schiebt das Ganze mehr oder weniger den Drogen zu, und es gibt ein Drogenproblem in Norton; das haben wir von Officer Graham gehört. Der Mord könnte, wie bereits suggeriert, damit im Zusammenhang stehen.

Er hat nichts mit uns zu tun. Nichts mit Melvin Royals Verbrechen.

Aber ein Mord fast schon vor unserer Haustür? Schon wieder?

Das ist angsteinflößend, und zwar aus vielerlei Gründen. Natürlich fürchte ich um die Sicherheit meiner Kinder. Aber ich fürchte ebenso die Qualen, die wir durchmachen müssen, wenn wir wieder als Royals gebrandmarkt werden. Ich habe die Entscheidung getroffen, zu bleiben und es durchzustehen, aber jetzt, angesichts dieser Geschichte, fällt es mir noch schwerer. Die Perverslinge werden darauf aufmerksam werden. Sie werden jedes einzelne Detail durchforsten. Nach Fotos suchen. Ich kann die Bilder, die andere machen, nicht kontrollieren; zweifellos tauche ich im Hintergrund eines Fotos von irgendjemandem im Park, auf dem Parkplatz oder an der Schule auf. Und wenn nicht ich, dann Lanny oder Connor.

Dieser Bericht hat unser Bleiben hier gerade unverhältnismäßig riskant gemacht.
Ich schreibe Absalom:

Warum haben Sie mir das geschickt?

Und bekomme umgehend die Antwort:

Die Ähnlichkeit. Das sehen Sie doch auch, oder?

Ich habe Absalom nicht mitgeteilt, wo wir sind, aber ich vermute, dass er es weiß. Ich musste unter der Identität, die er für mich erstellt hat, Unterlagen einreichen, um dieses Haus zu kaufen. Es wäre für ihn ein Kinderspiel, meine genaue Adresse herauszufinden. Er war derjenige, der mir Listen von passenden Zielen geschickt hat, als ich beim letzten Mal fliehen musste. Trotzdem hilft es mir zu glauben, dass er nicht genau weiß, wo wir sind, oder es ihm egal ist. Er hat uns nie verraten. Er hat uns immer nur geholfen.

Aber das bedeutet nicht, dass ich es über mich bringen kann, ihm vollständig zu vertrauen.

Scheint nicht relevant, schreibe ich zurück. Aber seltsam. Sie behalten das im Auge?

Wird gemacht.

Absalom beendet die Kommunikation, und ich sitze noch lange Zeit da und starre die Worte auf dem Computerbildschirm an. Ich wünschte, ich könnte Mitgefühl für die arme, tote, unbekannte Frau empfinden, die im See gefunden wurde, aber sie ist nur etwas Abstraktes. Ein Problem. Ich kann nur daran denken, dass ihr Tod meinen Kindern Schmerzen bereiten wird.

Die spontane Entscheidung hierzubleiben war falsch. *Lass dir nie den Fluchtweg abschneiden.* Das war nun schon seit vielen Jahren und aus reinem Überlebensinstinkt heraus mein Mantra. Ich werde meine Entscheidung nicht widerrufen, aber dieser Artikel, die Ähnlichkeiten zu den Verbrechen meines Ex-Mannes ... ein Gefühl der Unruhe ist in mir erwacht, dem ich zu vertrauen gelernt habe.

Ich will meine Kinder nicht aus einer Laune heraus entwurzeln und weglaufen, aber ich muss dringend Vorkehrungen für eine Flucht treffen, falls sich die Dinge in eine falsche Richtung entwickeln sollten. Ja, ich schulde es meinen Kindern, ihnen ein stabiles Aufwachsen zu ermöglichen ... aber mehr noch schulde ich ihnen *Sicherheit.*

Angesichts dieser Geschichte fühle ich jetzt nicht mehr die Sicherheit, die ich noch zuvor verspürt hatte. Das bedeutet nicht, dass ich weglaufe.

Aber es bedeutet, dass ich mich *vorbereiten* muss.

Schnell google ich nach Vans, die in der Gegend zum Kauf angeboten werden, und habe Glück: Nur ein paar Kilometer entfernt, in Norton, verkauft jemand einen großen Lieferwagen. Ich denke an Umzugskartons. Wir haben zusammenklappbare Plastikkisten für einige Sachen, aber ich muss noch ein paar mehr aus dem *Walmart* besorgen. Ich versuche, große Einkaufszentren zu vermeiden, weil man dort von Überwachungskameras aufgezeichnet wird, aber in der Gegend von Norton hat man nicht viel Auswahl. Außer ich mache die Fahrt bis nach Knoxville.

Nach einem Blick auf die Uhr beschließe ich, dass keine Zeit für Panik auf Alarmstufe Rot ist. Ich schnappe mir eine Basecap mit breiter Krempe ohne Logo und eine große Sonnenbrille. Darauf zu achten, dass meine Kleidung so anonym wie nur möglich ist, ist das Beste, was ich als Tarnung auffahren kann.

Während ich Bargeld aus dem Safe hole, höre ich das Hupen des Postautos in der Einfahrt und schaue aus dem Fenster. Der Briefträger war gerade an meinem Briefkasten, und ich mache mich auf den Weg, um ihn zu leeren. Währenddessen grüble ich weiter über das nach, was noch erledigt werden muss, um auf einen Notfall vorbereitet zu sein. Der Verkauf des Hauses gehört nicht dazu; das müsste sowieso nach dem Umzug erledigt werden. Ich wäre gezwungen, die Kinder wieder ohne Vorwarnung oder Erklärung aus der Schule nehmen. Aber abgesehen von diesen Punkten haben wir nicht allzu viele Beziehungen, die wir zerstören würden. Wir waren so lange ständig auf Achse, dass es für uns alle noch immer normal ist, derartigen Ballast weitgehend zu vermeiden.

Ich dachte zwar, das hier wäre der Ort, an dem wir diesen Kreislauf durchbrechen würden. Vielleicht ist er es nach wie vor, dennoch muss ich praktisch denken. Flucht muss eine Option sein. Immer.

Und der erste Schritt dabei lautet, den Van zu besorgen.

Unter all den Rundschreiben und unerwünschten Postsendungen befindet sich ein Brief, der offiziell aussieht. Absender ist der Staat Tennessee. Ich reiße ihn auf und finde meine Erlaubnis zum verdeckten Tragen einer Waffe darin.

Gott sei Dank.

Ich stecke sie sofort in meine Brieftasche, werfe den Rest der Briefe in den Müll und hole meine Waffe und das Schulterholster aus dem Safe. Es fühlt sich gut an, es anzulegen, das Gewicht zu spüren – und zu wissen, dass ich im Gegensatz zu früher diesmal tatsächlich ein Schriftstück vorweisen kann, das mich rechtlich dazu ermächtigt. Da ich lange geübt habe, die Waffe aus diesem Holster zu ziehen, fühlt sich nichts merkwürdig daran an. Eher wie ein alter Freund an meiner Seite.

Ich ziehe eine dünne Jacke über, um die Waffe zu verbergen, und fahre mit dem Jeep los, um den Van zu kaufen. Es ist eine lange Fahrt in das Gelände außerhalb von Norton, und obwohl ich die genauen Richtungsanweisungen ausgedruckt habe – die Weigerung, an der Smartphone-Revolution teilzunehmen, bringt den Nachteil mit sich, von Karten und Papier abhängig zu sein –, erweist es sich als schwierig, das angegebene Ziel zu finden. Es hat schon gute Gründe, denke ich, warum Horrorfilme so oft im Wald spielen; hier draußen lauert eine brütende, primitive Macht, die einem das Gefühl gibt, unbedeutend und verletzlich zu sein. Die Menschen, die hier draußen zurechtkommen, sind stark.

Es überrascht mich, als ich an meinem Ziel angelange – einer kleinen, stabilen und extrem rustikalen Hütte aus den 1950ern – und den Namen ESPARZA auf dem Briefkasten lese. Norton und Stillhouse Lake sind keine Gegenden, in denen es eine große hispanische Bevölkerungsgruppe gibt. Mir wird klar, dass das hier Javier Esparzas Haus sein muss. Mein Schießlehrer. Ein ehemaliger Marine. Sofort fühle ich mich beruhigt und gleichzeitig seltsam schuldig. Ich werde ihn natürlich nicht betrügen, aber ich hasse es, mir seine Enttäuschung, seinen Ärger vorzustellen, wenn er irgendwann erfährt, wer ich bin. Falls das Schlimmste eintritt und ich verschwinden muss, wird er sich fragen, ob ich aus noch anderen Gründen als der Ehe mit einem Serienkiller in dem Van geflohen bin, den er mir verkauft hat.

Ich will Javis gute Meinung von mir nicht erschüttern. Aber falls es sein muss, scheue ich auch davor nicht zurück, wenn es der Zukunft und Sicherheit meiner Kinder nützt.

Ich steige aus und gehe zum Tor, wo ich von einem muskelbepackten Tier mit braun-schwarzem Fell begrüßt werde. Das Bellen des Hundes kann es in seiner Lautstärke mit den Schüssen am Schießstand aufnehmen. Der Rottweiler geht mir bis zur Taille, aber als er seine Vorderpfoten oben auf den Zaun stellt, ist er ebenso groß wie ich. Er sieht aus, als könnte er mich in weniger als zehn Sekunden zu Hundefutter verarbeiten, also bleibe ich stehen und mache keine drohenden Bewegungen. Ich nehme auch keinen Augenkontakt auf. Das können Hunde als Aggression deuten.

Das Bellen bringt Javier zur Tür. Er trägt ein einfaches graues T-Shirt, weich vom jahrelangen Waschen, ebenso abgetragene Jeans und schwere Stiefel. Vernünftige Kleidung hier auf dem Land, wo Wald-Klapperschlangen und alte, vergessene Metallstücke eine Gefahr für ungeschützte Füße darstellen. Er trocknet seine Hände an einem roten Küchentuch ab, und als er mich sieht, grinst er und pfeift. Der Pfiff veranlasst den Hund, sich auf die Veranda zurückzuziehen, wo er sich hinlegt und zufrieden hechelt. »Hey, Ms Proctor«, begrüßt mich Javi und kommt, um das Tor zu öffnen. »Gefällt Ihnen mein Sicherheitssystem?«

»Höchst effektiv«, sage ich und beäuge den Hund vorsichtig. Er wirkt jetzt absolut friedlich. »Tut mir leid, Sie zu Hause zu belästigen, aber soweit ich weiß, verkaufen Sie einen Van ...?«

»Oh. Ach ja! Hab ich fast vergessen, um ehrlich zu sein. Er hat meiner Schwester gehört, aber sie hat ihn bei mir abgeladen, als sie letztes Jahr der Marine beigetreten und in den Einsatz gezogen ist. Ich hab ihn hier hinten in der Garage. Kommen Sie mit.«

Er führt mich um die Hütte herum, vorbei an einem Hackblock für Feuerholz, in dem eine Axt steckt, und einem alten, verwitterten Klohäuschen. Ich werfe einen Blick darauf, und er lacht. »Ja, das ist schon seit Jahrzehnten nicht mehr in Benutzung. Ich habe Beton in das Loch gegossen und es eingeebnet und lagere darin jetzt mein Werkzeug. Aber, wissen Sie, ich habe ein Faible für die Vergangenheit.«

Das scheint den Tatsachen zu entsprechen, denn *Garage* ist eine großzügige Beschreibung. Was ich tatsächlich vor mir sehe, ist eine Scheune, die genauso alt aussieht wie das Klohäuschen – und vermutlich noch das Original ist. Die Pferdeboxen wurden entfernt, damit ein langer, blockförmiger Van hineinpasst. Es ist ein älteres Modell, die Farbe ist milchig und matt, nicht mehr glänzend, aber die Reifen sind in gutem Zustand, was mir wichtig ist. Spinnen haben das gesamte Fahrzeug in einem feinen Netz an den Boden gekettet. »Verflucht.« Javi nimmt einen Besen, um die silbrigen Fäden zu durchtrennen. »Tut mir leid. Hab schon eine Weile nicht mehr danach gesehen. Sie kommen aber zumindest nicht ins Wageninnere.«

Das klingt eher nach Wunschdenken als nach Fakten, aber das kümmert mich nicht. Er holt einen Schlüssel vom Haken an der Wand, öffnet die Tür und startet den Van. Er reagiert fast sofort, und der Motor klingt gut eingestellt und ruhig. Javi lässt mich einsteigen, und was ich sehe, gefällt mir. Ein mäßiger Kilometerstand, die Messgeräte zeigen keine Probleme. Er klappt die Haube auf, um mich einen Blick hineinwerfen zu lassen, und ich prüfe die Schläuche nach irgendwelchen Anzeichen von Rissen oder Abnutzungen.

»Sieht gut aus«, sage ich und greife in meine Tasche. »Tauschen Sie gegen den Jeep und tausend in bar?«

Er blinzelt, weil er weiß, wie viel ich in den Jeep investiert habe; ich habe beispielsweise den Waffensafe im Kofferraum eingerichtet, den zu besorgen er mir geholfen hat. »Nein. Ernsthaft jetzt?«

»Ernsthaft.«

»Nichts für ungut, aber ... warum? Das ist ein mieses Geschäft. Bei dem Gebiet um den See herum ist der Jeep das bessere Fahrzeug.«

Javi ist nicht dumm, was im Augenblick etwas unpraktisch ist. Er weiß, dass er den besseren Deal macht, und welchen Grund sollte ich haben, einen für mich praktischen Jeep gegen einen großen, klobigen Van einzutauschen ... Zumindest in Stillhouse Lake gibt es dafür auch keinen guten Grund.

»Ganz ehrlich? Ich weiche eigentlich nie von der Straße ab«, flunkere ich. »Und außerdem denke ich darüber nach, irgendwann demnächst umzuziehen. Und wenn ich das tue, haben wir viel zu viel Kram für den Jeep. Der Van ist sinnvoller.«

»Umziehen«, wiederholt er. »Wow. Ich wusste nicht, dass Sie darüber nachdenken.«

Ich zucke mit den Achseln, halte den Blick auf den Van gerichtet und meinen Gesichtsausdruck so neutral wie möglich. »Ja, nun ja, die Dinge ändern sich; man weiß nicht immer, was als Nächstes kommt. Also. Was sagen Sie? Wollen Sie sich den Jeep mal ansehen?«

Er winkt ab. »Ich kenne den Jeep. Hören Sie, Ms Proctor, ich vertraue Ihnen. Ich werde die tausend meiner Schwester geben und behalte selbst den Jeep. Damit wird sie zufrieden sein.«

Ich hole mein Portemonnaie heraus und zähle das Geld ab. Es ist weniger, als ich zu zahlen erwartet habe, und ich bin erleichtert. Dadurch bleibt mehr übrig, wenn wir uns neu erfinden müssen, neue Namen und Hintergrundgeschichten erstellen müssen.

Javi nimmt das Geld entgegen, und wir überschreiben einander die Fahrzeuge; ich muss es später noch offiziell machen lassen, aber für den Augenblick genügt es. Er schreibt mir eine Quittung, und ich sitze an seinem kleinen Küchentisch und schreibe eine für ihn. Er hat noch immer das Küchentuch über seiner Schulter, und mir fällt auf, dass es zu einem rotweiß karierten auf einer Stange über der Spüle passt. Das Zimmer sieht sauber und ordentlich aus, mit nur wenigen Dekorationsgegenständen und Farbtupfern zwischen all dem Beige und Dunkelbraun. In einem der zwei Spülbecken liegt noch Schaum. Ich habe ihn anscheinend beim Abwaschen unterbrochen, als ich gekommen bin.

Das Haus wirkt wie ein netter Ort. Friedlich. In sich ruhend, genau wie Javi selbst.

»Danke für alles«, sage ich und meine es auch so. Er hat mich von Anfang an gut behandelt. Das ist wichtig für jemanden wie mich, die niemals als eigenständige Person angesehen wurde … erst war ich die Tochter meines Vaters, dann Melvins Frau, dann Lilys und Bradys Mutter, und dann – für viele – ein Monster, das seiner Strafe entgangen ist. Niemals eine eigenständige Person. Es hat viel Arbeit bedurft, an diesen Punkt zu gelangen, an dem ich mich ganz wie ich selbst fühle, und ich genieße es. Ich mag es, Gwen Proctor zu sein, denn echt oder nicht, sie ist eine vollständige und starke Person, und ich kann mich auf sie verlassen.

»Danke dafür, Gwen. Ich freue mich wirklich über den Jeep«, sagt Javi, und ich bemerke, dass er mich zum ersten Mal mit meinem Vornamen angesprochen hat. Seiner Ansicht nach sind wir jetzt ebenbürtig. Das gefällt mir. Ich strecke meine Hand aus, und er schüttelt sie und hält sie ein klein wenig länger als nötig. Dann wird er ernst. »Seien Sie ehrlich. Haben Sie irgendwelche Probleme? Denn falls ja, können Sie es mir sagen.«

»Habe ich nicht. Und ich suche keinen Ritter, der zu meiner Rettung eilt, Javi.«

»Das ist mir klar. Ich will nur, dass Sie wissen, dass Sie jederzeit zu mir kommen können, wenn Sie Hilfe brauchen.« Er räuspert sich. »Manche Leute wollen beispielsweise nicht, dass irgendjemand weiß, wohin sie gehen, wenn sie die Stadt verlassen. Oder was sie fahren. Und das ist okay für mich.«

Neugierig schaue ich ihn an. »Selbst wenn ich gesucht würde?«

»Warum denn, haben Sie sich irgendetwas zuschulden kommen lassen? Sind Sie vor etwas auf der Flucht?« Sein Tonfall verschärft sich ein wenig, und ich sehe, dass ihn der Gedanke verstört.

Ja und ja. Auch wenn es keine greifbare Schuld ist und ich nicht vor dem Gesetz auf der Flucht bin. Nur vor den Gesetzlosen. »Sagen wir einfach, es könnte sein, dass jemand versucht, mich zu finden, wenn ich gehe«, weiche ich aus.

»Hören Sie, tun Sie, was Sie tun müssen. Ich werde Sie nicht bitten, gegen Ihre Überzeugung zu handeln, Javi. Das schwöre ich. Und ich verspreche Ihnen, ich habe nichts falsch gemacht.«

Er nickt langsam, denkt darüber nach. Dabei bemerkt er endlich, dass er noch immer das Geschirrtuch über seiner Schulter liegen hat, und mir gefällt das selbstironische Grinsen, als er es in Richtung Spüle schleudert, wo es in einem Haufen zusammensinkt. Ich wünschte jedoch, das hätte er nicht getan, denn plötzlich sieht es frappierend wie ein Klumpen blutigen Fleischs aus, völlig fehl am Platz in dieser sauberen Küche. Langsam atme ich aus, die Hände flach auf dem Tisch.

»Sie haben sämtliche Hintergrundchecks bestanden, um Ihre Erlaubnis zum verdeckten Tragen einer Waffe zu erhalten«, sagt er. »Soweit ich weiß, sind Sie völlig gesetzestreu. Also habe ich kein Problem damit, den Leuten zu sagen, dass ich nicht weiß, wohin Sie unterwegs sind, falls Sie hier weggehen. Und ich muss ihnen auch nichts vom Van erzählen. Ich halte mich einfach raus, alles klar?«

»Alles klar.«

»Ich habe ein paar Freunde, die sich außerhalb des Rasters bewegen. Wissen Sie, wie man das anstellt?«

Ich nicke, ohne ihm zu sagen, wie lange ich schon auf der Flucht bin. Ohne ihm irgendetwas zu verraten. Das hat er vermutlich nicht verdient. Javi ist völlig vertrauenswürdig, und doch kann ich mich nicht dazu bringen, ihm von Melvin zu erzählen oder von mir. Ich will nicht seine Enttäuschung sehen müssen.

»Wir kommen zurecht«, beschwichtige ich ihn, und es gelingt mir, ein Lächeln aufzusetzen. »Das ist nicht unser erstes Rodeo.«

»Ah.« Javi lehnt sich zurück, und seine bereits dunklen Augen verdunkeln sich noch weiter. »Missbrauch?«

Er fragt nicht, durch wen, oder ob es mich oder die Kinder betrifft. Er lässt es einfach im Raum stehen, und ich nicke langsam, denn auf gewisse Art ist es wahr. Mel hat mich niemals auf konventionelle Weise misshandelt; er hat mich ganz sicher nie geschlagen. Er hat mich nicht einmal verbal angegriffen. Er hat mich kontrolliert, auf vielerlei Arten, aber das hatte ich einfach als einen normalen Teil des Ehelebens akzeptiert. Mel hat sich immer um die Finanzen gekümmert. Ich hatte Geld zur Verfügung und Kreditkarten, aber er hat alles haarklein aufgezeichnet, viel Zeit damit verbracht, Quittungen durchzugehen und Einkäufe zu hinterfragen. Zu jener Zeit dachte ich, er wäre nur detailorientiert, aber jetzt weiß ich, dass es eine subtile Form der Manipulation war, um mich abhängig von ihm zu machen und zögerlich, irgendetwas ohne seinen Rat zu tun. Aber dennoch immer innerhalb der normalen Parameter ehelichen Verhaltens, zumindest habe ich das gedacht.

Es hat einen Teil in unserem Leben gegeben, der nicht normal war, aber das war meine persönliche, private Hölle, die ich unter Polizeibefragung noch einmal durchleben musste. War es Missbrauch? Ja, aber sexueller Missbrauch zwischen Eheleuten ist bestenfalls ein marginales Thema. Die Grenzen verschwimmen.

Mel stand auf etwas, das er »Atemspiel« nannte. Es gefiel ihm, mir ein Seil um den Hals zu legen und mich zu würgen. Er war darauf bedacht gewesen, eine weiche, gepolsterte Variante zu verwenden, die keine verräterischen Male hinterließ, und er war Experte in der Anwendung gewesen. Ich hatte es gehasst und ihm oft ausgeredet, aber dieses eine Mal, an dem ich mich schlichtweg geweigert hatte, hatte ich das Aufblitzen von etwas ... Dunklerem gesehen. Danach hatte ich nie wieder Nein gesagt.

Er würgte mich nie so stark, dass ich ohnmächtig wurde, auch wenn ich manchmal kurz davor stand. Und ich ertrug es, wieder und immer wieder. Ohne zu wissen, dass, während er mir beim Geschlechtsakt die Luft nahm, er sich seine Frauen in der Garage vorstellte, wie sie gegen die Schlinge kämpften, wenn er sie vom Boden hob und wieder absenkte.

Es mag nicht das gewesen sein, was man landläufig unter Missbrauch versteht, aber ganz ohne Zweifel fühlte es sich falsch für mich an. Rückblickend ist der Gedanke daran, dass er mich dazu benutzt hat, seine Morde abzuspielen, wieder und wieder ... einfach nur schaurig und ekelerregend.

»Wir wollen von jemandem nicht gefunden werden«, sage ich. »Belassen wir es dabei, okay?«

Javi nickt. Mir ist klar, dass dies auch nicht sein erstes Rodeo ist. Als Schießlehrer hat er vermutlich einige verängstigte Frauen erlebt, die versucht haben, sich mit dem Erlernen von Selbstverteidigung Beruhigung zu schaffen. Er weiß auch, dass eine Waffe dich nicht schützen kann, wenn du dich nicht selbst mental, emotional und logisch schützt. Sie ist lediglich ein Mittel zum Zweck, eine kleine zusätzliche Hilfe.

»Ich sage nur, falls Sie Probleme mit den passenden Unterlagen haben, kenne ich da ein paar Leute«, sagt er. »Leute, denen man vertrauen kann. Sie helfen Missbrauchsopfern, ein neues Leben zu beginnen.«

Ich danke ihm, aber ich brauche seine vertrauenswürdigen Fremden nicht. Ich kann ihnen nicht vertrauen. Ich will nur den Van und die Quittung, und dann bin ich wieder weg. Es ist ein Schritt in Richtung Abschied, und es macht mich traurig, aber ich weiß, dass es notwendig ist, bereit zu sein. Sobald ich den Van habe, habe ich die Kontrolle. Falls nötig, können wir längst weg sein, bevor die Leute, die uns jagen, sich gut genug organisiert haben, um der Spur bis zu unserer Haustür zu folgen. Wir werden eine Vorwarnung haben und ein gutes Fluchtfahrzeug. Ich kann den Van in Knoxville gegen Bargeld verkaufen und eine andere Identität benutzen, um ein neues Fahrzeug zu kaufen. Die Spur wieder im Nichts verlaufen lassen.

Zumindest rede ich mir das selbst ein.

Als ich vom Tisch aufstehe, klingelt mein Handy. Okay, es vibriert, da ich es meist auf stumm geschaltet habe – ich habe zu viele Filme gesehen, in denen die Opfer das einfach vergessen und der Klingelton dem Mörder ihren Aufenthaltsort verrät. Ich greife danach und sehe Lannys Namen. Nun ja. Ich kann nicht behaupten, dass ich das nicht erwartet hätte. Lannys Benehmen wird sich vermutlich noch verschlimmern. Vielleicht ist es das Beste, wenn wir eher früher als später weiterziehen. Ich kann die Kinder dann stattdessen zu Hause unterrichten, wo immer wir auch landen mögen.

Lannys Stimme klingt angespannt und unnatürlich flach. »Mom, ich kann Connor nicht finden.«

Ein paar Sekunden lang verstehe ich nicht, was sie mir da sagt. Mein Gehirn weigert sich, die Möglichkeiten zu akzeptieren, die schreckliche Wahrheit dahinter. Dann fühlt sich mein Atem plötzlich wie Beton an, bleischwer in meiner Brust, und verzweifelt schnappe ich nach Luft. Endlich erlange ich die Kontrolle zurück und hake nach. »Was meinst du damit, du kannst ihn nicht finden? Er ist in der Schule!«

»Er hat geschwänzt«, sagt sie. »Mom! Er schwänzt sonst nie! Wo könnte er hingegangen sein?«

»Wo bist du?«

»Ich bin in seine Schule gegangen, um ihm sein verdammtes Pausenbrot zu bringen, weil er das wieder mal im Bus liegen gelassen hat. Aber seine Klassenlehrerin hat gesagt, dass er nicht da ist und überhaupt nicht zum Unterricht erschienen ist. Mom, was sollen wir machen? Ist er …« Lanny geriet in Panik. Ihr Atem ging stoßweise, und ihre Stimme zitterte. »Ich bin zu Hause, ich bin nach Hause gekommen, weil ich dachte, er wäre vielleicht hierher zurückgekommen, aber ich kann ihn nicht finden …«

»Schätzchen. Liebes. Setz dich hin. Ist die Alarmanlage aktiviert?«

»Was? Ich … welche Rolle spielt das? Brady ist nicht hier!«

In ihrer Panik nennt meine Tochter ihren Bruder bei seinem Geburtsnamen, etwas, das sie schon seit Jahren nicht mehr getan hat. Es versetzt mir einen Schock, seinen Namen aus ihrem Mund zu hören. Ich versuche, ruhig zu bleiben. »Lanny. Ich möchte, dass du jetzt sofort den Alarm aktivierst, wenn er noch nicht angeschaltet ist, und dich dann hinsetzt. Atme tief und langsam durch die Nase ein und den Mund wieder aus. Ich bin unterwegs.«

»Mach schnell«, flüstert Lanny. »Bitte, Mom. Ich brauche dich.«

Das hat sie noch nie zuvor gesagt. Es ist wie ein Messerstich ins Herz.

Ich lege auf. Javi steht bereits und beobachtet mich. »Brauchen Sie Hilfe?«, fragt er mich. Ich nicke.

»Wir nehmen den Jeep«, sagt er. »Der ist schneller.«

* * *

Javi fährt so, als wäre die Straße Kriegsgebiet – schnell und aggressiv. Da ist nichts Sanftes an seiner Fahrweise. Es stört mich nicht, ihm das Lenkrad zu überlassen; ich bin mir nicht sicher, ob ich aktuell in der Lage wäre zu fahren. Ich halte mich fest, als er, ohne langsamer zu werden, über Bodendellen brettert. Die ratternden Stöße sind nichts im Vergleich zu dem beständigen Terror, der in mir wütet. Ich kann an nichts anderes denken als Connors Gesicht. Das Bild von ihm, wie er blutig und tot in seinem Bett liegt, verfolgt mich, obwohl ich weiß, dass es nicht zutrifft. Lanny hat das Haus durchsucht, und er ist nicht da – aber wo ist er?

Die Frage geht mir durch den Kopf, während Javi den Jeep in der Einfahrt unseres Hauses zum Stehen bringt. Ich bin jetzt ruhig. Bereit, wie ich auf dem Schießstand bereit bin, wenn ein Ziel in der Ferne zu sehen ist. Ich steige aus dem Jeep, laufe zur Tür, schließe auf und deaktiviere schnell den Alarm. Dann hat sich auch schon Lanny in meine Arme geworfen.

Ich umarme meine Tochter, atme den Duft von Erdbeershampoo und Seife ein und denke daran, wie weit ich gehen würde, um sie vor allem und jedem zu beschützen, der ihr wehtun will.

Javi tritt hinter mir ins Haus. Mit einem Keuchen löst sich Lanny von mir und geht abwehrend einen Schritt zurück. Ich mache ihr keinen Vorwurf. Sie kennt ihn nicht. Für sie ist er nur ein Fremder, der in unserem Eingang lauert.

»Lanny, das ist Javier Esparza«, erkläre ich ihr. »Javi ist der Leiter des Schießstands. Er ist ein Freund.«

Bei dieser Aussage hebt sie erstaunt die Augenbrauen. Sie weiß, dass ich Leuten nicht leichtfertig vertraue, verschwendet aber nicht lange Zeit darauf. »Ich habe das Haus überprüft«, sagt sie. »Er ist nicht hier, Mom. Ich glaube nicht, dass er überhaupt zurückgekommen ist!«

»Okay, holen wir erst mal alle tief Luft«, sage ich, obwohl ich schreien will. Ich gehe in die Küche, in der ich eine Liste mit Telefonnummern an die Wand gepinnt habe. Die Lehrer meines Sohnes und die Festnetz- und Handynummern der Eltern seiner Freunde stehen darauf. Es ist eine kurze Liste. Ich wähle eine Nummer, fange bei den Freunden an. Meine Nervosität steigt mit jedem Klingeln, jeder verneinenden Antwort. Als ich das Telefon nach dem letzten Anruf ablege, fühle ich mich leer. Verloren.

Ich sehe zu Lanny auf, und ihre Augen sind groß und dunkel. »Mom«, sagt sie. »Ist es Dad? Ist es ...«

»Nein«, sage ich, sofort und ohne nachzudenken. Aus dem Augenwinkel sehe ich Javier Notiz davon nehmen. Er glaubt bereits, dass ich vor jemandem davonlaufe; das bestätigt es nur. Aber Mel ist im Gefängnis. Er wird es nur noch in einem Kiefernsarg wieder verlassen. Sorgen bereiten mir andere Leute. Wütende Leute. Die Online-Trolle, ganz zu schweigen von den zu Recht wütenden Verwandten und Freunden der Frauen, die Mel gequält und ermordet hat ... *aber wie haben sie uns gefunden?* Wieder sehe ich vor meinem geistigen Auge die Bilder von vor ein paar Tagen, bei denen die Gesichter meiner Kinder digital auf blutige, zerstörte Leichen übertragen wurden – auf verstümmelte, missbrauchte Leichen.

Wenn sie ihn hätten, denke ich, *hätten sie mich das bereits wissen lassen, um mich zu quälen.* Allein dieser Gedanke bewahrt mich davor, den Verstand zu verlieren.

»Du solltest ihn doch bis vor die Klassenzimmertür begleiten, nachdem ihr aus dem Bus ausgestiegen seid, Lanny«, sage ich. Sie zuckt zusammen und senkt den Blick. »Lanny?«

»Ich ... ich hatte was zu erledigen«, wehrt sie sich. »Er ist schon vorgegangen. Es war keine große Sache ...« Sie hält inne, denn sie weiß, dass es eine große Sache ist. »Es tut mir leid. Ich hätte es tun sollen. Ich bin mit ihm aus dem Bus gestiegen. Er hat sich wie ein Arschloch benommen, und ich habe ihn angebrüllt, in die Schule zu gehen, und bin über die Straße in den Laden gegangen. Ich weiß, dass ich das nicht soll.«

Vom Bus aus wäre Connor üblicherweise über das Grasdreieck zwischen den Schulen zum mittleren Gebäude gegangen. Dort trifft man mit größerer Wahrscheinlichkeit auf

Schulschläger als auf Entführer, obwohl sich dort auch viele Eltern aufhalten, die ihre Kinder außerhalb des bewachten Eingangs abgesetzt haben. Ich weiß es nicht. Ich weiß nicht, was er getan hat, was mit ihm passiert ist, nachdem er den Bus verlassen hat.

»Mom? Vielleicht ...« Sie leckt sich über die Lippen. »Vielleicht ist er nur allein irgendwo hingegangen.«

Ich fixiere sie mit meinem Blick. »Was meinst du damit?«

»Ich ...« Sie sieht weg und sieht so unangenehm berührt aus, dass ich es aus ihr rausschütteln möchte. Ich kann mich aber zusammenreißen. Gerade so. »Manchmal zieht er allein los. Er ist gern allein. Du weißt schon. Vielleicht ... vielleicht hat er das getan.«

»Gwen«, sagt Javi. »Das ist eine ernste Angelegenheit. Sie sollten die Polizei anrufen.«

Er hat recht, natürlich hat er recht, aber wir haben bereits einmal die Aufmerksamkeit der Polizei auf uns gezogen. Wenn mein Sohn sich tatsächlich davongeschlichen hat, um allein zu sein ... erschreckt mich das in einem Ausmaß, das ich nicht einmal erklären kann. *Sein Vater war gern allein.*

»Lanny«, dränge ich. »Du musst jetzt gut nachdenken. Gibt es einen bestimmten Ort, an den er geht, um allein zu sein? Irgendeinen? In Norton? Hier in der Gegend?«

Eingeschüchtert schüttelt sie den Kopf. Sie fühlt sich schuldig, ihn heute Morgen allein gelassen zu haben. In ihrer Pflicht als große Schwester versagt zu haben. »Ich weiß es nicht, Mom. Hier in der Gegend geht er gern hoch in den Wald. Mehr weiß ich nicht.«

Das ist nicht genug.

»Ich fahre herum und sehe mal, was ich finden kann, wenn Sie möchten«, bietet Javi mir an.

»Ja«, sage ich. »Bitte. Bitte tun Sie das.« Ich schlucke schwer. »Ich werde die Polizei anrufen.«

Eigentlich ist es das Letzte, was ich tun will. Es ist gefährlich, ebenso riskant wie Lanny als mögliche Zeugin für das Entsorgen einer Leiche; wir brauchen die Schatten, nicht das Scheinwerferlicht. Aber jede Sekunde, die ich vergeude, könnte eine Sekunde sein, in der Connor, ob nun verletzt oder (Gott bewahre) entführt, in echter Gefahr schwebt.

Javi wendet sich zur Tür. Ich wähle die Nummer der Polizei.

Beide halten wir inne, als es an der Tür klopft.

Javi wirft mir über die Schulter einen Blick zu, und als ich nicke, öffnet er. Der Alarm meldet sich kurz, geht aber nicht an. In meiner Panik habe ich vergessen, ihn zurückzusetzen.

Auf der Türschwelle steht mein Sohn, mit einer nur behelfsmäßig abgewischten blutigen Nase. Neben ihm steht ein Mann, den ich in der Aufregung kaum erkenne.

»Connor!« Ich eile an Javi vorbei auf ihn zu und drücke ihn fest an mich. Er protestiert gurgelnd, und etwas von seinem Blut landet auf meinem Shirt, aber es ist mir egal. Ich lasse ihn los und gehe auf ein Knie, um den Schaden zu begutachten. »Was ist denn passiert?«

»Schätze, er wurde in einen Kampf verwickelt«, antwortet der Mann, der mir meinen Sohn zurückgebracht hat. Er ist von durchschnittlicher Größe, durchschnittlichem Gewicht und hat dunkelblonde Haare, die kurz geschnitten sind, wenn auch nicht so kurz wie die von Javi. Er hat ein offenes, interessantes Gesicht und Augen, die ruhig auf uns beiden ruhen. »Hi. Sam Cade. Ich wohne oben am Berg.« Endlich erinnere ich mich an die zwei Male, als ich ihn gesehen habe: Das erste Mal hatte er sich Carl Getts am Schießstand entgegengestellt, und beim zweiten Mal hatte ich ihn die Straße unter unserem Haus entlanglaufen sehen, mit Kopfhörern im Ohr, wie er uns gelassen zuwinkte.

Er hält mir seine Hand hin. Ich ergreife sie nicht. Ich scheuche meinen Sohn ins Haus, wo Lanny ihn am Arm packt und wegzerrt, um sich um seine Nase zu kümmern, aus der noch weiter dunkles Blut tropft. Javi steht schweigend und mit verschränkten Armen da, eine stille Präsenz, die sich im Augenblick sehr, sehr beruhigend anfühlt.

»Was haben Sie mit meinem Sohn zu schaffen?« Die Worte kommen scharf, drängend. Ich sehe Cades Adamsapfel hüpfen, als er schluckt. Aber er weicht nicht zurück.

»Ich habe ihn am Dock sitzend vorgefunden. Und nach Hause gebracht. Das war's.«

Ich kneife die Augen zusammen, nicht sicher, ob ich ihm glauben kann. Aber immerhin hat er Connor tatsächlich nach Hause gebracht, und Connor schien keine Angst vor ihm zu haben. Nicht im Geringsten. »Ich erinnere mich an Sie, vom Schießstand. Richtig?« Meine Stimme hat noch immer nichts von ihrer Schärfe verloren.

»Richtig«, sagt er. Eine leichte Röte ist bei meinem Tonfall in seinen Wangen hochgestiegen, aber er bemüht sich, nicht abwehrend zu klingen. »Ich habe das Haus oben am Hügel gemietet, das in Richtung Osten. Ich bleibe nur für ungefähr sechs Monate hier.«

»Und woher kennen Sie meinen Sohn?«

»Wie ich gerade schon gesagt habe, das tue ich nicht«, erklärt er. »Ich habe ihn gefunden, als er am Dock saß. Er hat geblutet, also habe ich ihn saubergemacht und nach Hause gebracht. Ende. Ich hoffe, es geht ihm gut.« Er ist sachlich, aber seine Stimme wird bestimmter. Er will, dass das hier ein Ende findet.

»Wie genau hat er sich verletzt?«

Cade seufzt und sieht zum Himmel auf, als würde er dort oben um Geduld bitten. »Hören Sie, Lady, ich wollte nur nett sein. Was weiß denn ich, vielleicht haben ja Sie ihn geschlagen?«

Ich bin verdattert. »Nein! Natürlich nicht!« Aber natürlich hat er recht. Hätte ich ein Kind mit einer blutenden

Nase vorgefunden, hätte ich mich sofort gefragt, ob es vor Misshandlungen zu Hause davonläuft. Ich bin die ganze Sache falsch angegangen, und zu aggressiv. »Es tut mir leid. Ich sollte Ihnen danken, Mr Cade, anstatt Sie ins Kreuzverhör zu nehmen. Bitte, kommen Sie herein, ich mache Ihnen einen Eistee.« Im Süden ist Eistee das Gütesiegel der Gastfreundschaft. Der allgemeingültige Code, um dafür zu sorgen, dass sich jemand willkommen fühlt. Und die Allzweckentschuldigung. »Hat Connor Ihnen irgendetwas darüber erzählt, was passiert ist? Irgendetwas?«

»Er hat nur gesagt, dass es Kinder an der Schule waren«, sagt Cade. Er folgt mir nicht ins Haus. Er steht draußen und schaut hinein. Vielleicht schreckt Javis schweigende Anwesenheit ihn ab, ich weiß es nicht. Ich mache das Glas Eistee und bringe es zur Tür. Er nimmt es entgegen, hält es aber so, als wüsste er nicht, wofür es gedacht ist. Nimmt einen zögerlichen Schluck. Ich erkenne sofort, dass dieser Mann nicht an die südlichen Traditionen gewöhnt ist, denn die Süße des Tees überrascht ihn. Er verzieht fast schon das Gesicht. »Tut mir leid, ich habe Sie nicht mal nach Ihrem Namen gefragt …«

»Ich bin Gwen Proctor«, sage ich. »Connor ist natürlich mein Sohn, und Sie haben meine Tochter gesehen, Atlanta.«

Javi räuspert sich. »Gwen, ich sollte dann wohl los. Ich werde zum Schießstand laufen; ich hab da ein Fahrrad, mit dem ich nach Hause fahren kann. Sie können den Jeep zurückbringen und sich den Van abholen, wann immer Sie wollen.« Er legt die Schlüssel auf den Wohnzimmertisch und nickt Sam Cade zu. »Mr Cade.«

»Mr Esparza«, sagt Cade. Ich kann natürlich keinen Fremden mit meinem Glas Eistee in der Hand hier stehen lassen, und ich bin nicht bereit, loszulaufen und Lanny und Connor allein zu Hause zu lassen. Also lasse ich Javier gehen, halte ihn allerdings noch einen Augenblick zurück, um ihm ins Gesicht zu schauen.

»Javi. Danke. Vielen Dank.«

»Ich bin froh, dass es gut ausgegangen ist«, erwidert er. Er geht an Cade vorbei, die Einfahrt hinunter und fällt in einen lockeren Sprint Richtung Schießstand auf dem Kamm. *Er ist ein Marine,* erinnere ich mich. Das ist für ihn nur ein kurzer Übungslauf. Überhaupt keine Anstrengung.

Ich wende meine Aufmerksamkeit wieder Cade zu, der Javi mit einem Gesichtsausdruck hinterherschaut, den ich nicht deuten kann. »Setzen wir uns hierhin?« Ich mache eine Frage daraus. Er scheint darüber nachzudenken, dann lässt er sich auf einem Sessel auf der Veranda nieder. Er sitzt nur auf dem Rand, bereit, jederzeit aufzuspringen und zu gehen. Er scheint eher aus Höflichkeit als aus Genuss am Tee zu nippen.

»Okay«, sage ich. »Es tut mir leid. Fangen wir noch mal von vorn an. Es tut mir leid, Ihnen etwas unterstellt zu haben. Das war nicht fair. Danke, dass Sie Connor geholfen haben. Ich weiß das wirklich zu schätzen. Ich war einfach in Panik.«

»Verständlich«, sagt er. »Na ja, Kinder bringen ihre Eltern nun mal gern an den Rand des Nervenzusammenbruchs, stimmt's?«

»Stimmt«, sage ich, aber es ist nur eine Worthülse. Das mag auf normale Kinder zutreffen. Meine sind anders. Das mussten sie schon immer sein. »Ich kann es nur einfach nicht fassen, dass er mich nicht angerufen hat. Er hätte mich anrufen sollen.«

»Ich glaube ...« Cade zögert, als würde er darüber nachdenken, wie viel er sagen soll. »Ich glaube, er hat sich einfach geschämt. Er wollte nicht, dass seine Mom weiß, dass er einen Kampf verloren hat.«

Ein hohles, zittriges Lachen entringt sich meiner Kehle. »Ist das normal für Jungs?«

Er zuckt mit den Achseln, was ich als Zustimmung interpretiere. »Javier ist ein Marine. Sie sollten ihn bitten, dem Kleinen ein paar Tricks zu zeigen.«

Ich danke ihm und denke insgeheim, dass Sam Cade ebenso weiß, wie man mit solchen Situationen umgeht; er ist kompakt, aber nicht klein, und seine Bewegungen sind geschmeidig. Ich habe das Gefühl, dass er Erfahrung damit hat, geärgert zu werden und zurückzuschlagen. Während Javi so offensichtlich ein Marine ist, dass man blind sein müsste, um es zu übersehen, wirkt Cade auf den ersten Blick wie ein normaler Kerl. Aber nicht auf den zweiten.

»Army?«, frage ich spontan.

Überrascht sieht er mich an. »Verdammt, nein. Airforce. Vor ewiger Zeit«, sagt er. »Afghanistan. Was hat mich verraten?«

»Sie haben das Wort *Marine* etwas zu sehr betont«, sage ich.

»Ja, okay, die typische Rivalität zwischen den beiden Streitkräften, ich geb's zu.« Diesmal ist sein Lächeln offen, und gleich gefällt er mir besser. »Der Ratschlag ist trotzdem gut. In einer idealen Welt sollte er natürlich nicht zurückschlagen müssen. Aber das Einzige, was einem noch gewisser als Tod und Steuern ist, sind Schulschläger.«

»Ich werde darüber nachdenken«, stimme ich zu. An seiner Körpersprache erkenne ich, dass er sich langsam entspannt, einen Muskel nach dem anderen, und er trinkt einen größeren Schluck Tee. »Also, Sie haben gesagt, Sie bleiben nur sechs Monate in dem Haus, stimmt das? Das ist ziemlich kurz.«

»Ich schreibe ein Buch«, sagt er. »Keine Sorge, ich werde Sie nicht mit der Handlung zu Tode langweilen oder so. Aber ich bin zurzeit arbeitslos und dachte, das wäre der perfekte Ort für etwas Frieden und Ruhe, bevor ich mich der nächsten Sache widme.«

»Und was ist die nächste Sache?«

Er zuckt mit den Achseln. »Ich weiß es nicht. Irgendetwas Interessantes. Und vermutlich weit weg. Ich hab es nicht so mit Beständigkeit. Ich mag ... Erfahrungen.«

Ich würde alles für etwas Beständigkeit geben und könnte auf weitere *Erfahrungen* gut verzichten, aber das sage ich ihm nicht. Stattdessen sitzen wir einen Augenblick in betretenem Schweigen da. Sobald er sein Glas geleert hat, springt er auf, um zu gehen, als hätte man ihn aus einer Falle befreit.

Ich schüttle seine Hand. Seine Handfläche ist rau, wie die von jemandem, der in seinem Leben schon hart gearbeitet hat. »Noch einmal danke dafür, dass Sie Connor nach Hause gebracht haben«, sage ich. Er nickt, aber ich stelle fest, dass er mich dabei gar nicht ansieht. Er ist einen Schritt zurückgetreten und schaut sich die Fassade des Hauses genauer an. »Was ist denn?«

»Oh, nichts. Ich hab nur gerade gedacht ... Sie sollten diese Dachschindeln wirklich befestigen, bevor es das nächste Mal regnet. Sonst werden Sie ein ziemliches Leck haben.«

Es ist mir gar nicht aufgefallen, aber er hat recht; einer der zahlreichen Frühlingsstürme hat eine ziemlich große Stelle des Dachs weggerissen, sodass die Dachpappe flattert. »Verdammt. Kennen Sie irgendwelche guten Dachdecker?« Ich meine das nicht ernst. Ich bin schon halb aus der Tür, plane in Gedanken unsere Flucht, wenn es nötig werden sollte. Aber er nimmt mich natürlich ernst.

»Hier in der Gegend niemanden. Aber ich habe früher öfter auf dem Dach gearbeitet. Falls Sie nur eine Reparatur wollen, kann ich das günstig für Sie erledigen.«

»Ich denke darüber nach«, versichere ich. »Hören Sie, tut mir leid, aber ich muss mich um meinen Sohn kümmern. Danke, dass Sie so ... freundlich waren.«

Das scheint ihn unangenehm zu berühren. »Klar«, sagt er. »Okay. Tut mir leid.« Für einen Augenblick wippt er auf den

Fersen vor und zurück, als hätte er noch etwas anderes auf dem Herzen, dann wirft er mir einen kurzen Blick zu. »Geben Sie einfach Bescheid.«

Und dann ist er fort, ohne sich noch einmal umzusehen, die Hände in den Taschen, den Kopf gesenkt und die Schultern locker. Ich nehme die Gläser und gehe hinein. Als ich gerade die Tür schließen will, sehe ich, dass Cade auf dem Weg den Hügel hoch innegehalten hat, um zurückzusehen. Schweigend hebe ich meine Hand. Er hebt seine.

Und dann schließe ich die Tür.

Ich wasche die Gläser ab und klopfe danach an Connors Tür. Nach einem langen Augenblick höre ich ein »Komm herein« und finde ihn ausgestreckt auf seinem Bett vor, den Spielcontroller auf der Brust, all seine Aufmerksamkeit auf den Bildschirm auf der anderen Seite des Zimmers gerichtet. Er spielt irgendeine Art von Rennspiel. Ich unterbreche ihn nicht. Ich setze mich auf den Rand seines Betts, darauf bedacht, seine Sicht nicht zu blockieren, und warte, bis sein Fahrzeug im Spiel einen Crash hat. Er pausiert das Spiel, und ich streiche ihm die Haare aus der Stirn.

Er wird einen ordentlichen blauen Fleck bekommen, aber kein blaues Auge, sonst hätte sich aufgrund geplatzter Kapillaren bereits eine Verfärbung gezeigt. Eine weitere lädierte Stelle hat er auf seiner linken Wange, genau da, wo ihn wohl ein Rechtshänder geschlagen hat, und ich sehe Kratzer auf seinen Handflächen, mit denen er seinen Sturz abgefangen haben muss. Die Knie seiner Jeans sind aufgerissen und blutverschmiert.

»Hast du Schmerzen?«, frage ich ihn. Stumm schüttelt er den Kopf. »Okay, tut mir leid, aber ich muss das tun.« Ich beuge mich vor und berühre seine Nase, schiebe und drücke sie, um sicherzustellen, dass ich nichts Seltsames fühle. Sie ist nicht gebrochen, da bin ich mir sicher. Ich werde in den nächsten

Tagen aber vorsichtshalber trotzdem einen Termin beim Arzt vereinbaren.

»Mom, das reicht!« Connor schiebt meine Hand weg und greift wieder nach dem Controller, startet das Spiel aber nicht, sondern fummelt nur daran herum.

»Wer war das?«, frage ich.

Er zuckt mit den Achseln. Natürlich weiß er es, aber er will es mir nicht sagen. Er sagt nichts, startet aber auch weiterhin kein neues Spiel. Würde er nicht reden wollen, würde er das Teil umgehend in voller Lautstärke dröhnen lassen. Die Standard-Vermeidungstechnik heutzutage.

»Du würdest es mir doch erzählen, wenn du in Schwierigkeiten steckst, oder?«, frage ich ihn. Das weckt seine Aufmerksamkeit für einen Augenblick.

»Nein, würde ich nicht«, wehrt er ab. »Denn wenn ich das täte, würdest du einfach packen und mit uns wieder umziehen, stimmt's?«

Das tut weh. Es tut weh, weil es wahr ist. Javi hat mir den Jeep hiergelassen, aber ich muss ihn noch gegen den Van eintauschen, und sobald ich mit diesem großen, weißen Transporter in unserer Einfahrt auftauche, wird mein Sohn sehen, dass er recht hatte.

Und noch schlimmer: Jetzt wird er glauben, dass er der Grund dafür ist – als würde ich dadurch, dass er geschlagen worden ist, gezwungen sein, die Familie wieder zu entwurzeln. Ich hoffe, Lanny gibt ihm nicht auch die Schuld, denn es gibt wenig Boshafteres als eine Teenagerin, die nicht ihren Willen bekommt. Und sie will hierbleiben. Das weiß ich, selbst wenn sie es nicht tut.

»*Falls* ich beschließe, dass wir wieder umziehen müssen, liegt es nicht an etwas, das du oder deine Schwester getan habt«, erkläre ich ihm. »Dann liegt es daran, dass es das Beste und Sicherste für uns ist. Okay, Kleiner? Alles in Ordnung?«

»Alles in Ordnung«, sagt er. »Mom? Nenn mich nicht Kleiner. Ich bin kein Kind.«

»Tut mir leid. Junger Mann.«

»Es ist ja nicht so, als hätte man mich zum ersten Mal geschlagen. Wird auch nicht das letzte Mal gewesen sein. Das ist nicht das Ende der Welt.« Nach ein paar weiteren Sekunden des Herumfummelns legt er den Controller beiseite und rollt sich in meine Richtung, den Kopf auf die Hand gestützt. »Schreibt Dad in seinen Briefen je irgendetwas über uns?«

Lanny muss ihm etwas erzählt haben, aber wohl nicht alles – ganz bestimmt nicht das, was sie in dieser bösartigen Nachricht gelesen hat. Also wähle ich meine nächsten Worte mit Bedacht. »Tut er«, sage ich vorsichtig. »Manchmal.«

»Und warum liest du uns nicht zumindest diesen Teil vor?«

»Weil das nicht fair wäre. Ich kann euch nicht nur den Teil vorlesen, in dem er vorgibt, ein guter Dad zu sein.«

»Er *war* ein guter Dad. Das hat er nicht nur vorgegeben.«

Mein Sohn sagt es völlig ruhig, und es schmerzt, als würde man mir ein glühendes Stück Eisen gegen mein Herz drücken. Und natürlich hat er von seiner Perspektive aus gesehen recht. Sein Dad hat ihn geliebt. Das war alles, was er gesehen oder gewusst hat; sein Dad war toll, und dann war sein Dad plötzlich ein Monster. Es gab niemals eine mittlere Position, keine Anpassungsphase. Er sah seinen Dad an jenem Morgen *Des Ereignisses,* hat ihn umarmt, und am Abend war sein Vater ein Mörder. Und er durfte ihn nicht einmal betrauern, ihn vermissen oder lieben – jemals wieder.

Ich möchte weinen. Aber das tue ich nicht. Stattdessen sage ich: »Es ist okay, die Zeit zu lieben, die du zusammen mit deinem Dad hattest. Aber er war mehr als nur dein Dad. Und dieser andere Teil ... dieser andere Teil von ihm war und ist nichts, das du lieben solltest.«

»Ja«, sagt Connor und schaltet sein Spiel wieder ein. Er sieht mich nicht an. »Ich wünschte, er wäre tot.« Das tut auch weh, denn ich frage mich, ob er das nur sagt, weil er weiß, dass ich mir das wünsche.

Ich warte, aber er beendet seine Spielpause. Über das Dröhnen der Soundeffekte hinweg hake ich nach. »Willst du mir wirklich nicht sagen, wer dich geschlagen hat? Und warum?«

»Es waren Schläger, und es gab keinen Grund. Mann, hör auf, Mom. Mir geht's gut.«

»Möchtest du vielleicht ein paar Verteidigungstechniken von Javi lernen? Oder ...« Ich sage fast *Mr Cade*, kann mich aber noch bremsen. Ich habe den Mann gerade erst kennengelernt. Ich weiß nicht, was Connor von ihm hält. Ich weiß nicht einmal, was *ich* von ihm halte.

»Ich bin hier nicht der Star in irgendeinem Teeniefilm«, erklärt er mir. »Im wahren Leben läuft das nicht so. Bis ich gut genug bin, habe ich schon meinen Abschluss gemacht.«

»Ja, aber dann stell dir mal den epischen Kampf während der Abschlussfeier vor«, witzele ich. »Mitten in der Schulaula? Wie dir alle zujubeln, während du deine Peiniger niederringst?«

Er unterbricht das Spiel. »Es endet dann wohl eher so, dass ich blutverschmiert im Krankenhaus lande und wir alle wegen tätlichen Angriffs angeklagt werden. Den Teil zeigen sie einem in den Filmen nie.«

Ich weiß nicht genau, wie ich meine nächste Frage formulieren soll. »Connor ... wie bist du Mr Cade heute begegnet?«

»Na ja, Mom, er hat mich mit einem Welpen in seinen Van gelockt, um mich zu vergewaltigen.«

»Connor!«

»Ich bin doch nicht dumm!« Die Vehemenz, mit der er mir das entgegenschleudert, erschreckt mich. Ich will etwas erwidern, aber er fährt mir über den Mund, wobei er seine Augen nicht vom Bildschirm nimmt, wo ein Auto die Spuren wechselt, schneller wird, springt, um Kurven fährt. »Ich wurde zusammengeschlagen, habe mich auf den Heimweg gemacht und mich dabei kurz ans Dock gesetzt, da hat er mich nur gefragt, ob es mir gut geht. Mach aus der Sache nicht gleich so ein freakiges Serienkillerdad-Ding, okay? Er war einfach nur *nett!* Nicht jeder Mann auf der Welt muss ein Arschloch sein!«

»Ich habe doch nie ...« Ich bin nicht nur von dem schockiert, was er sagt, sondern auch, mit welcher Wut er es ausstößt. Mir war bis zu diesem Augenblick nicht klar, wie sehr mein Sohn seine Wut auf mich gerichtet hat. Was natürlich verständlich ist; warum sollte er es auch nicht tun? Ich repräsentiere das miese Leben, das er jeden Tag führen muss.

Was für mich weitere Fragen aufwirft. Ja, ich begegne wirklich jedem mit Misstrauen – und Männern noch mehr als Frauen. Ich tue das aus reinem Selbstschutz. Aber langsam wird mir klar, dass ich dadurch in den Augen meines Sohnes irrational erscheine. Denn wenn ich diesen Leuten so misstraue, besonders den Männern, werde ich ihn irgendwann ebenso betrachten? Das muss er sich doch fragen. Schließlich ist er der Sohn seines Vaters.

Es bricht mir das Herz und lässt es in tausend Scherben zerspringen. Ich spüre Tränen aufsteigen. Ich blinzle sie weg.

»Ich hole dir ein Kühlkissen für die Nase«, sage ich und gehe.

In der Küche stoße ich auf Lanny. Sie macht Mittagessen – genug für uns alle, wie ich sehe, ein Hühnchen-Nudel-Gericht, das sie großzügig würzt. Sie ist eine gute Köchin, wenn auch etwas freizügig bei den Aromen. Als ich den Tiefkühlschrank öffne, reicht sie mir ein bereits vorbereitetes Kühlkissen. »Hier«, sagt sie und rollt die Augen. »Wollte die Mami-Sohn-Zeit nicht unterbrechen.«

»Danke, Schatz«, sage ich und meine es auch so. »Sieht lecker aus.«

»Oh, das wird auch so schmecken«, stimmt sie fröhlich zu und rührt weiter, während ich Connor sein Kühlkissen bringe. Er ist bereits wieder völlig auf sein Spiel konzentriert, also lege ich es neben ihn und hoffe, dass er es benutzt, bevor es geschmolzen ist.

»Lanny«, sage ich, während ich den Tisch decke. »Du solltest heute Nachmittag wieder in die Schule gehen. Ich rufe wegen einer Entschuldigung für dich an.«

»Ha. Nein. Ich bleibe hier.«

»Hast du heute nicht einen Englischtest?«

»Warum, glaubst du, will ich wohl hierbleiben?«

»Lanny.«

»Okay, Mom, schon verstanden, gut, wie auch immer.« Mit unnötiger Heftigkeit dreht sie den Knopf am Herd auf Aus und lässt die Pfanne auf einen Untersetzer auf dem Esstisch klatschen. »Hau rein.«

Widerspruch ist sinnlos. »Hol deinen Bruder.«

Sie tut zumindest das, ohne sich zu beschweren, und das Essen ist gut. Sättigend. Sogar Connor scheint es gut genug zu schmecken, dass er sich zu einem Lächeln durchringt. Allerdings stöhnt er danach auf und fingert an seiner geschwollenen Nase herum. Ich erledige die überfälligen Anrufe, Connor und ich fahren Lanny in die Schule, und ich denke sehnsüchtig an den Van, der bei Javiers Haus wartet.

Allerdings denke ich auch, dass ein Weglaufen unsererseits ebenfalls Interesse erregen und schließlich eine Verbindung zu unseren echten Identitäten herstellen könnte. Vielleicht müssen wir unsere zögerlichen Wurzeln nicht so schnell herausreißen. Vielleicht reagiere ich über, wie ich es schon getan habe, als ich vor Kurzem eine Waffe auf meinen Sohn gerichtet habe.

Mir ist klar, dass meine Paranoia ein Teil meines riesigen, überwältigenden Wunsches ist, niemals wieder die Kontrolle zu verlieren. Und ich weiß, dass genau dieser Impuls meinen Kindern auch schaden könnte.

Wie Connor, der zwischen unkomplizierter Kinderliebe und Erwachsenenhass gefangen ist und nicht weiß, wo er steht. Wie Lanny, trotzig und wütend und bereit, es mit der Welt aufzunehmen, aber viel zu jung, um es wirklich tun zu können.

Ich muss an *sie* denken. Was *sie* brauchen. Und während ich im Flur stehe und mir die Tränen von den Wangen wische, wird mir klar, dass das, was sie jetzt vielleicht am meisten brauchen, mein Vertrauen darauf ist, dass wir das überstehen. Nicht noch ein hoffnungsloser Flug spät in der Nacht, eine andere Stadt, weitere Namen, die wir uns merken müssen, bis sich nichts davon mehr real anfühlt. Ihre Kindheit wurde in Asche gelegt. Vernichtet. Und Weglaufen ist nur ein weiteres Scheit auf dem Feuer.

Es ist schon ironisch, dass es Schutzprogramme für Zeugen gibt, jedoch nicht für uns. Niemals für uns.

Aber die Leiche im See. Es nagt an mir, dass dadurch so viel Aufmerksamkeit auf etwas in unserer Nähe gelenkt wird. Ähnlichkeiten zu den Verbrechen meines Mannes sind vorhanden, aber ich beruhige mich selbst damit, dass es keine ungewöhnliche Art ist, um eine Leiche loszuwerden. Ich habe obsessiv eigene Nachforschungen betrieben, in dem Versuch, Melvin Royal zu verstehen, um zu begreifen, wie *dieser* Mörder der Mann sein konnte, den zu kennen und zu lieben ich glaubte.

Im Geiste kann ich Mel wieder flüstern hören: *Die Cleversten werden niemals gefunden. Ohne diesen dämlichen betrunkenen Fahrer hätte man mich nie gefunden. Unser Leben wäre so weitergegangen wie immer.*

Und das stimmt mit großer Wahrscheinlichkeit.

Allerdings ist es deine Schuld, dass ich jetzt hier bin.

Und das stimmt absolut. Mel wäre natürlich wegen dieses einen Mordes verurteilt worden. Aber mir ist es zu verdanken, dass der wahre Abgrund seiner Bösartigkeit offengelegt wurde. Selbstverständlich war unser gesamtes Haus von der Polizei auf den Kopf gestellt worden; sie hatten nichts ausgelassen. Wovon sie jedoch nichts gewusst hatten, genauso wenig wie ich, war die Tatsache, dass Mel im Namen meines verstorbenen Bruders ein Lager angemietet hatte. Ich fand das nur heraus, weil die dafür verwendete Prepaid-Kreditkarte nach Mels Verhaftung irgendwann leer war und ich einen Anruf vom Lagerhaus bekam. Anscheinend hatte er den Fehler begangen, für das entsprechende Konto unsere Festnetznummer anzugeben.

Diese Nachricht auf dem Anrufbeantworter führte mich zum Lager. Dort fand ich eine irritierende Ansammlung von zusammengelegter Frauenkleidung, Handtaschen und Schuhen vor. Kleine Plastikkörbe, ordentlich beschriftet mit den Namen der Opfer, die den Inhalt ihrer Geldbörsen und Taschen und Rucksäcke enthielten.

Und das Tagebuch.

Dabei handelte es sich um einen Ringordner mit Ledereinband. Gefüllt war es mit liniertem Papier, dichtbedeckt von seiner sauberen, steifen Handschrift ... mit ausgedruckten Fotos. Jedes Opfer hatte einen eigenen Abschnitt.

Ich hatte nur einen kurzen Blick darauf geworfen, das Buch sofort zu Boden fallen lassen und war losgestürzt, um die Polizei anzurufen. Ich konnte nicht einmal das ertragen, was ich bei meinem kurzen Blick gesehen hatte.

Mels Anklage wandelte sich von einem Fall von Entführung, Folter und Mord auf mehrere. Die Stimme des Protokollanten war heiser, als er die vollständige Anklageschrift verlesen hatte. So stand es zumindest in der Zeitung. Zu jener Zeit war ich selbst wieder im Gefängnis und wartete auf meine eigene Verhandlung. In einem seltenen Anfall von Rachsucht hatte Mel sich geweigert, mich von seinen Verbrechen auszuklammern. Und jene übereifrige und ruhmsüchtige Nachbarin hatte ihr Übriges beigetragen, indem sie behauptete, gesehen zu haben, wie ich etwas trug, das eine Leiche hätte sein *können* ... allerdings war es meinem Anwalt gelungen, diese Aussage zu zerpflücken und für meine Freilassung zu sorgen. Letztendlich.

Dieser Mann wird wieder töten, flüstert Mels Stimme in meinem Kopf, und ich erschaudere. *Und wenn er das tut, glaubst du, sie werden nicht in deine Richtung ermitteln? Sich ein Bild von dir machen? Das hier ist die Neuzeit, Gina. Die rückläufige Bildersuche kann die Wölfe direkt bis zu deiner Türschwelle führen.*

Ich weiß, dass die Stimme nicht wirklich die von Mel ist, und ich weiß auch, dass sie recht hat. Je länger wir hierbleiben, desto eher riskieren wir, in Detective Presters Ermittlung hineingezogen zu werden. Es ist eine langsam schwelende Zündschnur, die letztendlich zur Explosion führen und unser Leben hier zunichtemachen wird.

Aber Connor jetzt dieses Zuhause wegzunehmen, würde seine Bitterkeit, seinen Selbstschutz, seine innere Wut nur noch verstärken. Er hat gerade erst damit begonnen, sich zu entspannen, sich als Teil von etwas zu fühlen. Ihm das jetzt zu nehmen, weil wir gefunden werden *könnten,* ist einfach grausam.

Trotzdem. Den Van bereitstehen zu haben, ist keine schlechte Idee.

Ich atme tief durch und rufe Javier an. Ich sage ihm, dass ich bald Zeit für den Umtausch von Jeep gegen Van habe, es aber nicht wirklich dringend ist. Er hat kein Problem damit.

Es fühlt sich an wie ein Plan.

Aber ein Teil von mir weiß, dass das noch nicht wirklich ausreicht.

Kapitel 4

Ich habe gelernt, niemandem zu vertrauen. Niemals. Daher verbringe ich die Nacht vorm Computer, grabe alles aus, was ich über Sam Cade finden kann – der tatsächlich ein Airforce-Veteran mit Einsätzen in Afghanistan ist. Er steht in keinem Sexualstraftäter-Register, hat keine Vorstrafen und sogar eine gute Bonitätsbewertung. Ich prüfe die typischen Abstammungsseiten; oft tauchen Namen in einem Familienstammbaum auf, und so kann man ihre Geschichte gut überprüfen. Aber seine Familie ist nicht vorhanden.

Cade hat ein paar Social-Media-Accounts und ein ziemlich langweiliges Profil auf einer Datingseite, das allerdings schon mehrere Jahre alt ist. Ich vermute, dass er es schon seit Längerem nicht mehr aufgesucht hat. Seine Beiträge sind die typische Art trockener Bemerkungen, die clevere Leute machen. Man liest eine Neigung zur Unterstützung des Militärs heraus, doch dabei bleibt er fast komplett unpolitisch, was an ein kleines Wunder grenzt. Es scheint nichts zu geben, bei dem er fanatisch reagiert.

Ich suche nach Schmutz, finde aber nichts.

Ich könnte Absalom kontaktieren und ihn tiefer graben lassen, aber im Grunde nutze ich ihn hauptsächlich für sehr spezielle Dienstleistungen, die mit Mel und den Stalkern im

Zusammenhang stehen. Wenn ich unsere zerbrechliche und gesichtslose Beziehung missbrauche, könnte ich eine lebenswichtige Ressource verlieren. Einen Nachbarn überprüfen zu lassen, ist vermutlich keine gute Art, Absaloms Zeit zu nutzen. *Vermutlich.* Bis ich einen besseren Grund als meine aktuelle Feld-, Wald- und Wiesenparanoia habe, Cade zu verdächtigen, werde ich es dabei belassen. Solange er mir aus dem Weg geht, tue ich es ihm gleich.

Allerdings beunruhigt es mich ein wenig, als ich durch die Tür nach draußen trete und mir klar wird, dass ich seine Veranda von hier sehen kann. Sie ist mir natürlich auch schon vorher aufgefallen, aber als wir eingezogen sind, stand das Haus leer. Und wenn ich während meiner Joggingrunden um den See daran vorbeikam, war nie jemand zu Hause. Wir sind genau auf Sichtlinie. Sein Haus ist klein und zwischen den Bäumen an der Straße versteckt. Durch die roten Vorhänge in den Fenstern zur Straße sehe ich Licht scheinen.

Sam Cade ist eine Nachteule, genau wie ich.

Ich sitze in der Stille, horche auf die Eulen und das entfernte Rascheln der Bäume. Der See gluckst leise und reflektiert das Mondlicht. Es ist einfach wunderschön.

Sehr spät ist es auch, daher trinke ich aus und gehe ins Bett.

* * *

Ich bringe Connor zum Röntgen. Er hat Prellungen, aber es ist nichts gebrochen, wofür ich überaus dankbar bin. Lanny kommt mit, meutert dabei aber die gesamte Zeit schweigend und funkelt mich und jeden, der ihr auch nur einen Blick zuwirft, missmutig an. Erneut frage ich Connor, ob er mir nicht sagen will, wer ihn geschlagen hat, treffe aber auf eine Mauer aus Schweigen. Ich gebe auf. Wenn er bereit ist, mir davon zu erzählen, wird er es tun. Ich denke darüber nach, den Kindern anzubieten, mehr Unterricht in Selbstverteidigung zu nehmen; Javier gibt einen Kurs im Fitnessstudio vor Ort. Als wir am Fitnessstudio vorbeigehen, erwähne ich das. Keiner von beiden sagt ein Wort.

Okay. So ein Tag ist das also.

Wir gehen im Diner essen, was für mich dank der fluffigen Baiserkuchen, die sie jeden Tag frisch backen, immer etwas Besonderes ist. Während wir dort sind, sehe ich Javier Esparza hereinkommen. Er setzt sich an einen Tisch nicht weit von uns entfernt und bestellt Mittagessen. Er sieht mich und nickt mir zu, und ich nicke zurück.

»Kinder? Ich gehe mich kurz mit Mr Esparza unterhalten.«

Lanny sieht mich grimmig an. Connor runzelt die Stirn und mault: »Schreib mich bloß nicht für irgendwas ein!«

Ich verspreche es ihm und schlüpfe aus unserer Sitzecke. Javier sieht mich kommen, und während die Kellnerin seinen Kaffee abstellt, deutet er auf den Stuhl ihm gegenüber. Ich setze mich. »Hey«, sagt er und trinkt einen Schluck. »Wie geht's? Bei dem Jungen alles in Ordnung?«

»Connor geht's gut«, versichere ich ihm. »Noch einmal danke, dass Sie bereit waren zu helfen.«

»*De nada.* Bin froh, dass es nicht nötig war.«

»Darf ich Ihnen eine Frage stellen?«

Er sieht zu mir auf und zuckt mit den Schultern. »Schießen Sie los – halt, Moment noch.« Die Kellnerin ist wieder da und bringt ihm eine Schüssel mit Suppe und ein Kokosbaiser. »Okay.« Er wartet, bis sie außer Hörweite ist und wieder ihren eigenen Angelegenheiten nachgeht, und obwohl die Vorsicht in diesem Fall unnötig ist, weiß ich sie doch zu schätzen.

»Kennen Sie Mr Cade? Sam Cade?«

»Sam? Ja. Klar. Kein schlechter Kerl, für einen Chairforce-Typen.«

»Chairforce?«

»Gefällt mir besser als Fliegerjunge. Schließlich arbeiten die doch die meiste Zeit im Sitzen.« Javier grinst, um mir zu zeigen, dass keine echte Anfeindung dahintersteckt. »Cade ist in Ordnung. Warum? Belästigt er Sie?«

»Nein, nichts dergleichen. Es ist nur – es war seltsam, wie er da mit Connor aufgetaucht ist. Ich wollte nur sichergehen ...«

Javier nimmt mich ernst. Er denkt einen Augenblick darüber nach, spielt währenddessen mit seinem Löffel in der Suppe herum. Schließlich kostet er von der Suppe, als hätte er eine Entscheidung getroffen. »Jeder, den ich kenne, der ihn kennt, kann ihn gut leiden«, sagt er. »Das bedeutet natürlich nicht, dass er nicht auch schlecht sein kann, Sie wissen schon, aber mein Instinkt sagt mir, dass er okay ist. Warum, wollen Sie, dass ich ihn mir genauer ansehe?«

»Wenn das möglich ist?«

»Okay. Für den Schießstand verantwortlich zu sein, hat den Vorteil, dass ich so gut wie jede verdammte Seele in dieser Stadt kenne.«

Allerdings ist Sam neu in der Stadt, hatte er das nicht gesagt? Er ist noch nicht allzu lange hier und will in sechs Monaten auch schon wieder gehen. Bei genauerem Nachdenken ist das beunruhigend. Es schreit geradezu nach jemandem, der den Problemen immer einen Schritt voraus ist.

Oder vielleicht bin ich nur mal wieder hoffnungslos paranoid. Warum ist mir das so wichtig? Ich kann ihn problemlos meiden; ich bin vorher nicht auf Cade gestoßen und kann ihn auch jetzt umgehen.

»Er hat angeboten, ein paar Arbeiten an meinem Haus durchzuführen«, erkläre ich Javier, um eine Art Erklärung für mein Interesse zu liefern.

»Ja, darin ist er gut«, bestätigt dieser. »Gleich nachdem er eingezogen ist, hat er das Dach meines Hauses neu gedeckt. Ich glaube, er hat zusammen mit seinem Dad im Baugewerbe gearbeitet, und der Preis war gut. Besser als der, den ich in der Stadt bekommen hätte, und keiner der Jungs hier in der Gegend kann Schindeln ordentlich festnageln. Und schießen können die auch alle nicht.«

Ich habe nicht nach einer Empfehlung gefischt, aber eine bekommen. *Nun,* sagt ein vernünftigerer Teil von mir, *das Dach muss so oder so repariert werden.*

Ich danke Javier. Er schwenkt den Löffel, um das abzutun.

»Wir Außenseiter müssen zusammenhalten«, sagt er. Und ich vermute, das glaubt er auch … dass er und ich dieselbe Art von Außenseiter sind. Das sind wir natürlich nicht. Aber es ist irgendwie angenehm, es sich vorzustellen.

Ich überlasse ihn seinem Kuchen und gehe zurück zu meinem – einem Schokobaiser –, und zwar gerade noch rechtzeitig, denn Lanny und Connor haben bereits begonnen, Stückchen vom Rand abzuschaben, in der Hoffnung, dass es mir nicht auffallen würde. Ihre eigenen haben sie bereits vertilgt.

»Lasst ja meinen Kuchen in Frieden«, warne ich sie streng, was mir zwei Paar rollende Augen einbringt. Lanny leckt ihre Gabel ab. »Das ist nämlich strafbar.«

Früher hätte ich es anders formuliert und gesagt, dass man dafür gehängt werden könnte. Ich frage mich, ob ihnen aufgefallen ist, dass ich diese Worte nicht mehr in den Mund nehme.

Ich esse meinen Kuchen, und wir fahren zurück nach Stillhouse Lake.

An diesem Nachmittag mache ich einen kurzen Spaziergang den Hügel hinauf zum kleinen, rustikalen Haus von Sam Cade und klopfe. Es ist drei Uhr nachmittags, was in der Gegend um den See eine vernünftige Zeit zu sein scheint, um Besuche abzustatten. Tatsächlich erwische ich ihn zu Hause.

Sam wirkt überrascht, mich zu sehen, ist aber höflich. Er hat sich nicht rasiert, und die goldenen Stoppeln auf seinem Kinn leuchten im Licht. Er trägt ein leichtes Jeanshemd, alte

Jeans und feste Stiefel. Er winkt mich herein und geht zurück Richtung Küche, die ich deutlich über eine Theke hinweg sehen kann. »Tut mir leid«, sagt er. »Machen Sie hinter sich zu, ja? Ich muss die Pfannkuchen wenden.«

»Pfannkuchen?«, wiederhole ich. »Wirklich? Um diese Zeit?«

»Für Pfannkuchen ist es nie zu früh oder zu spät. Und wenn Sie das nicht glauben, können Sie sich gleich wieder umdrehen und gehen, denn dann werden wir niemals Freunde.«

Das ist eine so skurrile Aussage, dass ich lachen muss, während ich die Tür hinter mir schließe. Das Lachen erstirbt mir jedoch auf den Lippen, als mir klar wird, dass ich mit einem fast fremden Mann allein im Haus bin, die Tür geschlossen ist und jetzt alles passieren könnte. Alles.

Ich schaue mich schnell um. Das Haus ist klein, und es steht nicht viel darin: eine Couch, ein Sessel, ein Laptop auf einem kleinen Holzschreibtisch in einer Ecke. Der Laptop ist aufgeklappt, und auf dem Display läuft einer dieser Nordlichter-Bildschirmschoner. Soweit ich das sehen kann, hat Sam keinen Fernseher, aber eine nette Vinyl-Stereoanlage und eine beeindruckende Schallplattensammlung, die garantiert jeden Umzug zur Hölle macht. An einer Wand stehen vollgestopfte Bücherregale. Nicht gerade die Art von Lebensstil, die ich entwickeln musste und die keinen Raum für Sentimentalitäten lässt. Ich bekomme das Gefühl, dass er tatsächlich ... ein *Leben* hat. Ein kleines Leben, in sich gekehrt, aber dafür echt und lebendig.

Die Pfannkuchen riechen köstlich. Ich folge ihm zur kleinen Küchenzeile und schaue zu, wie er mit der Geschicklichkeit von jemandem, der diese Aktion oft geübt hat, einen Pfannkuchen, die Pfanne in die Luft schwenkend, umdreht. Es ist beeindruckend. Er stellt die Pfanne wieder auf den Gasherd und schenkt mir ein offenes Lächeln. »Also«, sagt er, »mögen Sie Blaubeerpfannkuchen?«

»Klar«, sage ich, weil ich das wirklich tue, nicht aufgrund seines Lächelns. Gegen das Lächeln bin ich immun. »Steht das Angebot noch, das Sie mir bezüglich des Hauses gemacht haben?«

»Auf jeden Fall. Ich arbeite gern mit den Händen, und dieses Dach muss ausgetauscht werden. Wir können einen guten Preis verhandeln.«

»Wenn die Blaubeerpfannkuchen zu Ihren Verhandlungen beitragen sollen, könnten Sie Pech haben. Ich hatte heute schon Kuchen.«

»Das riskiere ich.« Er behält den Pfannkuchen in der Pfanne im Auge und holt ihn heraus, als er perfekt ist. Dann packt er ihn auf einen Stapel aus drei bereits fertigen Pfannkuchen und reicht mir den Teller.

»Aber nein, die haben Sie doch für sich selbst gemacht!«

»Und ich werde noch ein paar mehr machen. Na los, essen Sie. Sonst werden die nur kalt, während ich die nächsten mache.«

Ich nehme die Butter und den Sirup, die auf dem Tisch stehen, und als er sein Okay gibt, gieße ich mir noch eine Tasse Kaffee von der Kanne auf dem Stövchen ein. Er ist stark, und ich gebe etwas Zucker dazu.

Als ich die Hälfte der Pfannkuchen gegessen habe – und *verdammt*, die sind warm und fluffig und lecker, perfekt ergänzt durch die Süße und Frische der Blaubeeren –, zieht er sich einen Stuhl mir gegenüber heran und schenkt sich ebenfalls Kaffee ein. »Sind sie okay?«, fragt er.

Ich schlucke den Bissen herunter, den ich gerade im Mund habe, um zu antworten. »Wo zum Teufel haben Sie so kochen gelernt? Die sind fantastisch.«

Er zuckt mit den Achseln. »Hat mir meine Mom beigebracht. Ich war der Älteste, und sie brauchte Hilfe.« Irgendetwas zieht über sein Gesicht, als er das sagt, aber er schaut nach unten auf die Pfannkuchen. Ich weiß nicht, ob es Wehmut ist oder ein Zeichen, dass er sie vermisst, oder etwas völlig anderes.

Dann ist der Augenblick vorbei, und er schlägt mit ordentlichem Appetit zu.

Er arbeitet mit den Händen, kocht gern, ist recht ansehnlich ... ich frage mich langsam, warum er allein hier draußen am See ist. Aber gut, nicht jeder ist für den typischen Lebensweg Liebe, Ehe, Baby geschaffen. Ich bereue meine Kinder nicht. Ich bereue nur die Ehe, die sie hervorgebracht hat. Trotzdem kann ich das einsame Leben des Einzelgängers besser als viele andere verstehen.

Und wie harsch andere manchmal darüber urteilen.

Den Großteil der Zeit essen wir in kameradschaftlichem Schweigen. Zwischendurch fragt er mich nach meinem Budget für das Dach und bespricht die Möglichkeit, eine schöne Terrasse an der Rückseite des Hauses zu errichten, etwas, von dem ich bisher nur geträumt habe. Es ist ein großer Schritt – das Haus nicht nur zu reparieren, sondern zu verbessern. Es klingt verdächtig danach, wirklich Wurzeln zu schlagen. Wir feilschen ein wenig über den Preis für die Dachreparatur. Vor der Terrasse schrecke ich noch zurück.

Verpflichtungen sind nicht meine Stärke. Die von Sam Cade ebenso wenig, vermute ich, denn als ich frage, wie lange er noch in der Gegend sein wird, antwortet er ausweichend. »Ich bin mir noch nicht sicher. Die Mietzeit läuft im November ab. Vielleicht ziehe ich dann weiter. Kommt darauf an, wonach mir ist. Allerdings gefällt mir der Ort auch, also sehen wir mal.«

Ich frage mich, ob er mich in *den Ort* mit einbezieht. Ich suche nach Anzeichen für einen Flirt, erkenne aber keine. Er wirkt wie ein Mensch, der mit einem anderen Menschen zu tun hat, nicht wie ein Mann, der um eine vielleicht verfügbare Frau herumscharwenzelt. Gut. Ich suche nicht nach einer Beziehung, und ich kann Aufreißer nicht ausstehen.

Ich bin vor ihm mit meinen Pfannkuchen fertig. Ohne zu fragen, bringe ich meinen klebrigen Teller, die Gabel und die Tasse zur Spüle. Dort wasche ich sie ab und stelle sie auf der Ablage ab. Es gibt keinen Geschirrspüler. Er sagt nichts, bis ich nach der abgekühlten Pfanne und der Teigschüssel greife.

»Nicht nötig«, sagt er. »Ich kümmere mich darum, aber danke.«

Ich nehme ihn beim Wort und drehe mich zu ihm um, während ich meine Hände an einem zitronengelben Geschirrtuch abtrockne. Er wirkt völlig in sich ruhend und auf seine Pfannkuchen konzentriert.

»Was machen Sie wirklich hier, Sam?«, frage ich ihn.

Er unterbricht die Bewegung seiner Gabel, und ein paar Sekunden lang tropft Sirup von dem Stück Pfannkuchen, das in der Luft hängt. Dann isst er weiter. Er kaut, schluckt, trinkt einen großen Schluck Kaffee und legt dann seine Gabel hin. Schließlich lehnt er sich in seinem Stuhl zurück und erwidert meinen Blick.

Er sieht ehrlich aus. Und ein bisschen angepisst.

»Ich. Schreibe. Ein. Buch. Ich glaube, die Frage ist eher, was machen *Sie* hier? Denn ich möchte verdammt sein, wenn Sie nicht eine ganze Menge Geheimnisse haben, Ms Proctor. Und vielleicht sollte ich mich nicht hineinziehen lassen, selbst wenn es nur darum geht, gegen Geld auf Ihrem Dach herumzuklettern. Ihre Nachbarn kennen Sie kaum, wissen Sie? Der alte Mr Claremont auf der anderen Seite des Sees meint, Sie wären schreckhaft. Ein bisschen reserviert. Ich muss sagen, ich stimme ihm da zu, auch wenn Sie wie ein braver Gast dagesessen, meine Pfannkuchen gegessen und vernünftige Konversation betrieben haben.«

Ich finde, seine Antwort ist ein Musterbeispiel an Ablenkung. Ich fühle mich in die Defensive gedrängt, während ich noch vor einer Sekunde in der Offensive war. Ich hatte die

Hoffnung gehegt, eine aufschlussreiche Reaktion zu provozieren, für den Fall, dass Sam Cade nicht der ist, der er vorgibt zu sein. Stattdessen hat er mir den Spiegel vorgehalten und mich in eine Abwehrsituation gebracht. Und das ... bewundere ich. Nicht, dass ich ihm deswegen unbedingt vertraue, aber seltsamerweise bekommt er dafür Bonuspunkte von mir.

Ich bin fast schon amüsiert. »Oh, ich bin reserviert, das stimmt. Und was die Frage angeht, warum ich hier bin, das ist ja wohl eine Sache, die Sie nichts angeht, Mr Cade.«

»Dann lassen wir uns doch gegenseitig unsere Geheimnisse, Ms Proctor.« Er kratzt etwas Sirup zusammen und leckt ihn von der Gabel, dann bringt er sein Geschirr zur Spüle. »Darf ich?«

Ich trete beiseite. Mit effizienten Bewegungen wäscht er ab, widmet sich der Teigschüssel, der Pfanne und dem Wender. Ich lasse das laufende Wasser die Stille füllen, verschränke die Arme und warte, bis er den Hahn zugedreht, das letzte Teil auf der Ablage abgelegt und das Geschirrtuch in die Hand genommen hat, um abzutrocknen. Dann antworte ich. »Das ist wohl fair. Dann sehe ich Sie morgen wegen des Dachs. Neun Uhr, in Ordnung?«

Sein Gesichtsausdruck, immer noch ruhig und undurchdringlich, ändert sich auch beim Lächeln kaum. »Klar«, sagt er. »Um neun also. Barzahlung am Ende des Tages, bis ich fertig bin?«

»Sicher doch.«

Ich nicke. Er reicht mir nicht die Hand, also biete ich ihm meine ebenfalls nicht an und verlasse das Haus. Ich steige die Treppe vor seinem Haus hinab und halte auf dem sich nach unten windenden Weg inne, um die schwere Seeluft einzuatmen. Sie ist feucht und stickig in der schwülen Hitze von Tennessee. Als ich ausatme, rieche ich noch immer die Pfannkuchen.

Er ist wirklich ein toller Koch.

***

Die Kinder haben bis Ferienbeginn nur noch eine Woche Schule, was den Stress von Klassenarbeiten in letzter Minute mit sich bringt. Zumindest für Connor. Lanny kümmert das weniger. Ich verabschiede sie um acht Uhr zum Bus, und bis neun habe ich Kaffee gekocht und eine Schachtel gekaufter Backwaren rausgeholt. Mit Cades Pfannkuchen könnte ich sowieso nicht mithalten. Pünktlich klopft er an die Tür, und bei Kaffee und Krapfen erarbeiten wir gemeinsam, was er für die Reparatur brauchen wird. Er nimmt Geld entgegen, um die Sachen zu besorgen, und geht zurück zu seinem Haus; fünfzehn Minuten später sehe ich ihn in einem alten, aber großen grauen Pick-up vorbeifahren, der wohl irgendwann mal grün war.

Während er weg ist, kontrolliere ich die Perverslinge. Nichts Neues. Ich zähle die Anzahl der Beiträge, und sie ist wieder gesunken … Ich führe ein Häufigkeitsdiagramm in Excel und verfolge das Interesse, das unsere Namen online auslösen. Ich freue mich zu sehen, dass einige unserer Stalker langsam das Interesse zu verlieren scheinen, während Melvins Gräueltaten von anderen übertroffen werden – von Sexkillern, Serienmördern, Fanatikern, Dschihadisten. Eventuell kümmern sie sich langsam wieder um ihr eigenes Leben.

Vielleicht können wir das eines Tages auch tun. Es ist eine schwache Hoffnung, aber überhaupt Hoffnung schöpfen zu können, ist völlig neu für mich.

Cade kehrt zurück, als ich gerade dabei bin, die kurze Liste mit neuen Sachen auszudrucken und abzulegen; ich muss ein paar Dokumente in der Druckerschleife lassen, was mir immer Sorgen bereitet, aber ich habe keine Wahl. Ich verschließe die Bürotür und gehe nach draußen, um ihn zu begrüßen.

Er ist bereits dabei, eine Leiter an das Dach zu stellen, und prüft, dass sie fest im Gras steht. Er hat eine Ladung Dachpappe,

Schindeln und einen Werkzeuggürtel dabei, den er an seiner Hüfte befestigt und an dem bereits ein Zweckenhammer und Tüten mit Nägeln hängen. Er trägt sogar eine abgewetzte Basecap, um sich vor der Sonne zu schützen, und ein Bandana, das hinten heraushängt und seinen Nacken bedeckt.

»Hier.« Ich reiche ihm eine geschlossene Wasserflasche mit Karabinerclip. »Eiswasser. Brauchen Sie irgendwelche Hilfe?«

»Nein«, sagt er und sieht nach oben. »Ich müsste diese Seite bis Anbruch der Dunkelheit fertig bekommen. Gegen eins werde ich eine Pause einlegen.«

»Ich stehe dann mit dem Mittagessen bereit«, versichere ich ihm. »Dann ... überlasse ich Sie jetzt Ihrer Arbeit?«

»Klingt gut.« Er befestigt die Wasserflasche an seinem Gürtel und schnappt sich die erste Ladung, an der er ein Trageseil befestigt hat, das er sich wie einen sperrigen Rucksack über die Schultern schlingt. Ich halte die Leiter, während er nach oben spurtet, als würde er lediglich einen Sack voller Federn tragen. Dann trete ich zurück, um sicherzustellen, dass er festen Halt hat. Hat er. Die Neigung des Dachs scheint ihm so gut wie keine Probleme zu bereiten.

Sam winkt, und ich winke zurück. Als ich mich wieder umdrehe, um zurück ins Haus zu gehen, sehe ich einen Polizeiwagen langsam über den knirschenden Kies vorbeifahren. Hinter dem Steuer sitzt Officer Graham, der mir zunickt, als ich eine Hand zum Gruß erhebe, und dann in Richtung des Abzweigs bei den Johansens beschleunigt, wo weiter hinten sein Haus steht. Ich erinnere mich, dass er mich halb eingeladen hat, sich ihm beim Schießtraining anzuschließen, aber ich denke auch daran, dass er seine Kinder dabeihaben wird ... und ich will meine nicht mitnehmen. Also mache ich mir eine gedankliche Notiz, demnächst mit einer Keksdose oder etwas Ähnlichem vorbeizuschauen, was mich ... friedlicher wirken lässt. Aber nicht *interessiert*.

Bis zum Mittag habe ich zwei Kundenaufträge bearbeitet und mehr Arbeit angefragt; einer bezahlt in der Zeit, in der ich die Spaghetti mit Fleischbällchen und den Salat zubereite, und Sam Cade kommt herunter und isst mit mir am kleinen Esstisch; der andere Kunde zahlt am Ende des Tages, was eine willkommene Abwechslung ist. Ich muss vielen Zahlungen hinterherrennen. Das Geräusch von Cade auf dem Dach ist seltsam beruhigend, nachdem ich mich erst einmal daran gewöhnt habe.

Ich bin fast überrascht, als ich den Alarmton höre, der seine wiederholte Warnung schrillt, und dann die Eingabe des Codes. »Wir sind zu Hause!«, ruft Lanny aus dem Flur. »Nicht schießen!«

»Das war gemein«, wirft Connor ihr vor, und dann höre ich ein *Uff,* als hätte sie ihm den Ellbogen in die Rippen gerammt. »Doch, *war* es!«

»Klappe, Schiggy. Hast du nicht irgendwas Nerdiges zu tun?«

Ich verlasse das Büro und gehe nach unten, um sie zu begrüßen; Connor schiebt sich ohne ein Wort und mit finsterem Gesicht an mir vorbei und knallt die Tür zu seinem Zimmer hinter sich zu. Lanny zuckt mit den Achseln, als ich ihr auf dem Weg in ihr Zimmer begegne. »Der ist echt empfindlich«, sagt sie. »Was denn? Ist das etwa meine Schuld?«

»*Schiggy?*«

»Das ist ein Pokémon. Und sogar ein recht niedliches.«

»Ich weiß, dass das ein Pokémon ist«, versichere ich ihr. »Aber warum nennst du ihn so?«

»Weil er mich an eins erinnert, mit dem harten Panzer und dem weichen Bauch.« Das ist keine echte Antwort, aber sie zuckt nur nonchalant mit den Achseln und rollt die Augen. »Er ist einfach angepisst, dass er seine Klassenarbeit in den Sand gesetzt hat ...«

»Ich hab eine Zwei!«, brüllt Connor durch die Tür. Lanny hebt eine Augenbraue. Ich frage mich, ob sie das vorm Spiegel geübt hat.

»Siehst du? Er hat eine Zwei. Er ist eindeutig nicht mehr in Bestform.«

»Das reicht«, sage ich scharf, und wie um das zu untermauern, sind auf dem Dach über uns plötzlich drei Schläge zu hören. Lanny schreit auf, und mir wird klar, dass Cade im Augenblick auf der Rückseite des Hauses arbeitet und sie und Connor ihn beim Hereinkommen nicht gesehen haben können.

»Es ist alles in Ordnung«, beschwichtige ich sie, als Connor mit großen und panischen Augen die Tür aufreißt. »Das ist nur Mr Cade. Er ist auf dem Dach und tauscht die Schindeln aus.«

Lanny atmet tief ein und schüttelt den Kopf. Sie schiebt sich an mir vorbei in ihr Zimmer.

Connor hingegen blinzelt und zeigt unerwarteterweise Interesse. »Cool. Kann ich ihm helfen gehen?«

Ich denke darüber nach. Ich denke über das Risiko nach, dass mein Sohn vom Rand eines Dachs stürzt, von der Leiter fällt ... und wäge es gegen den Hunger ab, den ich in ihm sehe. Das Bedürfnis, einen erwachsenen Mann um sich zu haben, einen, der ihm Dinge zeigen kann, die ich ihm nicht zeigen kann. Der etwas anderes repräsentiert als den Schmerz, die Angst und den Horror, die sein Vater nun für ihn darstellen. Ist das schlau? Wahrscheinlich nicht. Aber es ist richtig.

Ich schlucke sämtliche Sorgen herunter und zwinge mich zu einem Lächeln. »Natürlich.«

* * *

Die nächsten Stunden verbringe ich draußen, räume all das Gerümpel weg, das Cade und Connor fröhlich nach unten werfen, und achte auf ein Zeichen, dass mein Sohn zu übermütig wird, das Gleichgewicht verliert und sich verletzt – oder schlimmer.

Aber es geht ihm gut. Er ist flink, hat einen guten Gleichgewichtssinn und die bisher schönste Zeit seines Lebens, während Cade ihm beibringt, wie man ein stabiles, sich überlappendes Dachmuster schafft. Es verschafft mir inneren Frieden, das stürmische, echte Lächeln von Connor zu sehen, und die Freude, die er an der Arbeit hat. *Das hier,* denke ich, *das ist ein Tag, an den er sich erinnern wird: ein guter Tag. Eine dieser Erinnerungen, die den Weg in eine bessere Zukunft für ihn bahnen werden.*

Allerdings macht es mich auch ein klein wenig traurig, dass nicht ich diejenige bin, die das mit ihm teilen kann. Mein Sohn sieht mich nicht mit derselben Heldenverehrung an, und das wird er wohl auch nie tun. Was wir haben, ist echte Liebe, aber echte Liebe ist chaotisch und kompliziert. Wie könnte sie es auch nicht sein, bei unserer Vorgeschichte?

In der Gesellschaft von Sam Cade fühlt er sich wohl, und dafür bin ich dankbar. Ich räume weiter auf, und obwohl die Hitze mir etwas zusetzt, tut mir die Arbeit doch auch gut.

Am Abend essen wir alle zusammen am Tisch, obwohl Cade eigentlich darauf bestanden hat, dass er in seinem Zustand nicht gesellschaftsfähig ist; Lanny hat die Küche übernommen und weist ihn streng an, nach Hause zu gehen, sich zu waschen und wiederzukommen. Ich kann sehen, dass er amüsiert darüber ist, von diesem strengen Goth-Kind in Blumenschürze herumkommandiert zu werden. Gehorsam geht er und kehrt frisch geduscht zurück. Seine Haare sind noch feucht und ringeln sich um sein Genick, und er trägt ein sauberes Shirt und frische Jeans. Und diesmal Deckschuhe.

Lanny hat Lasagne gemacht, und alle vier greifen wir hungrig zu; sie ist köstlich, würzig und bis auf die Nudelplatten, die sie im Laden gekauft hat, ist alles frisch. Connor redet wie ein

Wasserfall über all das, was er heute gelernt hat ... nicht in der Schule, sondern wie man einen Nagel mit einem festen Schlag gerade einhämmert, wie man Schindeln aneinanderreiht, wie man sein Gleichgewicht beim Dachgefälle hält. Lanny rollt natürlich die Augen, aber ich kann sehen, dass sie sich freut, ihn bei solch guter Laune zu erleben.

»Also hat sich Connor gut angestellt«, sage ich, als mein Sohn Luft holt, und Sam, den Mund voller Lasagne, nickt, kaut und schluckt.

»Connor ist ein Naturtalent«, sagt er. »Super Arbeit, Kumpel.« Er hält die Hand hoch, und Connor schlägt ein. »Nächstes Mal gehen wir die andere Seite an. Falls es nicht regnet oder stürmt, dürften wir in ein paar Tagen fertig sein.«

Bei dieser Aussicht sackt Connor leicht in sich zusammen. »Aber ... was ist mit dem Holz? Mom? Das Holz an der Hausseite, wo es verrottet ist?«

»Er hat recht«, sage ich. »Wir haben etwas Moder. Müssten vermutlich auch ein paar Leisten ersetzen, die hinüber sind.«

»Okay. Drei Tage.« Sam schaufelt sich eine weitere Portion Lasagne auf die Gabel, und die Käsefäden hängen herunter. »Vielleicht auch eine ganze Woche, wenn Sie die Terrasse hinten doch wollen.«

»Ja! Mom, bitte? Können wir die Terrasse bauen?« Connor sieht so ernst drein, dass es mich wie eine Flut überrollt und sämtliche Reste meiner Unruhe wegspült. Ich werde den Van von Javi trotzdem holen, aber wenn ich nach einem Grund gesucht habe hierzubleiben, habe ich ihn hier und jetzt gefunden. In den Augen meines Sohnes. Lange habe ich mir Gedanken über seine Introvertiertheit gemacht, seine stille Wut. Zum ersten Mal sehe ich, wie er sich öffnet, und es wäre grausam und falsch, das wegen eines *Was wäre, wenn* einfach zu zerstören.

»Eine Terrasse wäre schön«, stimme ich zu, und Connor hebt beide Arme in Siegespose. »Sam? Würde es Ihnen etwas ausmachen, nachmittags an der Terrasse zu arbeiten, wenn Connor aus der Schule kommt?«

Sam zuckt mit den Achseln. »Das macht mir nichts, aber es wird länger dauern. Vielleicht einen Monat, wenn wir nur halbtags arbeiten.«

»Das ist okay«, wirft Connor ein. »Ich muss nur noch eine Woche zur Schule. Danach können wir den ganzen Tag arbeiten!«

Sam Cade hebt die Augenbrauen und wirft mir einen amüsierten Blick zu. Ich erwidere den Blick und esse einen Happen. »Klar«, sagt Sam. »Wenn deine Mom damit einverstanden ist. Aber nur, wenn sie auch hier ist.«

Sam ist kein dummer Mann. Er weiß, wie empfindlich ich bin, wie sehr auf der Hut. Und er weiß, ein alleinstehender Mann, der in eine Familie platzt, wird schnell vieler unangenehmer Dinge verdächtigt. An seinem Gesicht kann ich ablesen, dass er sich dieser Sache bewusst ist und kein Problem damit hat, nach den Regeln zu spielen, die ich aufstelle.

Ich muss zugeben: Das rechne ich ihm hoch an.

Das Abendessen ist ein voller Erfolg, und während die Kinder zufrieden aufräumen, gehen Sam und ich mit unserem Bier auf die Veranda. Die Hitze des Tages weicht endlich einer kühlen Brise vom See, aber die Feuchtigkeit ist etwas, an das ich mich vielleicht nie so ganz gewöhnen werde. Das Bier verleiht dem Abend eine frische, herbstliche Note, auch wenn wir noch nicht mal Hochsommer haben. Ein paar Boote schippern über den See, während das Orange des Sonnenuntergangs verblasst – ein Sportboot mit vier Ruderern, ein schicker Kreuzer und zwei Ruderboote. Alle sind auf dem Weg zum Ufer.

Sam unterbricht die Stille. »Haben Sie einen Hintergrundcheck bei mir durchgeführt?«

Das kommt überraschend, und ich erstarre mit meiner Bierflasche auf halbem Weg zu meinen Lippen und werfe ihm einen Blick zu. »Wie kommen Sie darauf?«

»Weil Sie mir wie eine Frau vorkommen, die Hintergrundchecks durchführt.«

Ich lache, weil es stimmt. »Ja.«

»Wie ist meine Bonitätsbewertung?«

»Ziemlich gut.«

»Das freut mich. Ich sollte das wirklich selbst öfter mal nachschauen.«

»Sie sind nicht sauer deswegen?«

Er trinkt einen Schluck. Sieht mich nicht an. Seine Aufmerksamkeit scheint vollkommen auf die Boote auf dem Wasser gerichtet zu sein. »Nein«, sagt er schließlich. »Vielleicht ein bisschen enttäuscht. Ich meine, ich halte mich selbst für einen wirklich vertrauenswürdigen Kerl.«

»Sagen wir mal, ich habe früher schon den falschen Leuten vertraut.« Ich muss über den Unterschied nachdenken, wie Sam Cade gerade reagiert hat, und wie ich mir vorstelle, dass Melvin reagiert hätte, wenn er hier gesessen und mich gerade erst kennengelernt hätte. Mel wäre wütend gewesen. Beleidigt. Er würde es mir vorwerfen, dass ich ihm nicht automatisch vertraue. Oh, er hätte es übertüncht, aber ich hätte es an seinem steifen Verhalten gemerkt.

Sam ist nicht so. Er sagt einfach, was er meint. »Vernünftig«, sagt er. »Ich bin ein Angestellter. Sie haben das Recht, mich zu überprüfen, besonders, da ich in der Nähe Ihrer Kinder und in Ihrem Haus sein werde. Ist vermutlich das Cleverste, was Sie tun könnten, um ehrlich zu sein.«

»Haben Sie *mich* überprüft?«, frage ich.

Das überrascht ihn. Er lehnt sich ein wenig zurück und wirft einen Blick in meine Richtung. Zuckt mit den Achseln. »Ich hab mich umgehört«, sagt er. »Ich meine, so nach dem Motto ›Zahlt sie ihre Rechnungen‹. Wenn Sie meinen, ob ich Sie gegoogelt habe, dann nein. Wenn Frauen das bei Männern machen, gehe ich davon aus, dass es eine Vorsichtsmaßnahme ist. Machen das jedoch Männer bei Frauen, sieht es aus wie ...«

»Stalking«, beende ich den Satz für ihn. »Ja. Und, was hat man in der Stadt so über mich gesagt?«

»Wie ich schon sagte: dass Sie reserviert sind«, sagt er lachend. »Dasselbe wie über mich, um ehrlich zu sein.«

Ich halte ihm meine Bierflasche entgegen, und wir stoßen an. Einen Augenblick trinken wir einfach nur. Die Sportruderer erreichen das Dock. Die Ruderboote sind bereits im Hafen. Der Kreuzer ist das letzte Boot, das noch auf dem Wasser ist, und Gelächter schwebt durch die Luft. Auf dem Boot geht das Licht an und zeigt vier Leute. Schwach dringt Musik an meine Ohren. Drei von ihnen tanzen, während der Bootsführer das Schiff in ein privates Dock auf der anderen Seite des Sees lenkt. Der Lifestyle der Reichen und Gelangweilten.

»Ob die wohl Champagner trinken?«, fragt Sam mich mit unbewegter Miene.

»Dom Pérignon. Und dazu Kaviar.«

»Wie unzivilisiert. Ich bevorzuge meinen mit Räucherlachs auf Toast. Aber nur an Wochentagen, die mit *tag* enden.«

»Man darf ja nicht übertreiben«, stimme ich in meinem besten hochgestochenen New-England-Akzent zu. Den beherrsche ich dank meiner Mutter ziemlich gut. »Es ist ja so ordinär, sich an gutem Champagner zu berauschen.«

»Tja, da kann ich nicht mitreden, ich hatte nie was von dem guten Zeug. Ich glaube, ich hatte mal ein Glas von dem billigen Fusel bei einer Hochzeit.« Er hält sein Bier hoch. »Das ist mein Champagner.«

»Hört, hört.«

»Ihr Sohn ist ein toller Bursche, wissen Sie?«

»Ich weiß.« Ich sehe ihn nicht an, sondern lächle in den beginnenden Abend. »Ich weiß.«

Wir trinken unser Bier aus, und ich sammle die leeren Flaschen ein. Ich zahle Sam seinen Tageslohn aus und sehe zu, wie er den kurzen Weg den Hügel hoch zu seinem Haus geht. Beobachte, wie das Licht in seinem Vorderzimmer angeht und rot durch die Vorhänge leuchtet.

Ich gehe wieder hinein, um die Flaschen in den Glasmüll zu werfen, und finde die Küche ruhig und sauber vor. Die Kinder haben sich in ihre Zimmer zurückgezogen, wie sie es so oft tun.

Es ist ein schöner, friedlicher Abend, und während ich abschließe und die Alarmanlage aktiviere, kann ich nur denken, dass es kaum von Dauer sein wird.

* * *

Aber das ist es doch. Es überrascht mich mehr als alles andere, dass der nächste Tag – Samstag – ebenso glatt verläuft. Weniger Ergebnisse bei den Perverslingen. Keine Besuche von der Polizei. Ich bekomme mehr Arbeit. Der Sonntag verläuft genauso ruhig. Montag sind die Kinder wieder in der Schule, und pünktlich um vier Uhr am Nachmittag stehen Connor und Sam Cade auf dem Dach und hämmern drauflos. Lanny beschwert sich, dass es sie in den Wahnsinn treibt, aber ihre Kopfhörer auf voller Lautstärke lösen dieses geringfügige Problem.

Ein friedlicher Tag geht in den nächsten über, dann in eine Woche. Sehr zur Freude meiner Kinder haben die Ferien begonnen, und Cade gehört schon bald zur Einrichtung. Er isst mit uns Frühstück, dann steigt er mit Connor auf das Dach. Nachdem dieses Projekt abgeschlossen ist, widmen sie sich dem verrotteten Holz rund um die Fenster und Türen. Ich ziehe mich für meine Arbeit und die Überprüfung der Perverslinge in mein Büro zurück, und es fühlt sich … beinahe heimelig an, jemanden um mich zu haben, dem ich trauen kann, zumindest ein wenig.

Bis zum Sonntag hat die Außenfassade meines Hauses einen neuen Anstrich erhalten, und ich habe eine Menge aufzuräumen, aber ich bin nicht unzufrieden. Ganz im Gegenteil. Ich bin atemlos, voller Farbflecken und so glücklich, wie ich es schon seit einer ganzen Weile nicht mehr war, denn Lanny, Connor und Cade sind ebenso schmutzig und müde, und gemeinsam haben wir etwas geschafft. Es fühlt sich gut an.

Ich merke, wie ich Sam an diesem Tag zum ersten Mal völlig ohne Vorbehalt anlächle, und als er ebenso offen zurücklächelt, erinnere ich mich an das erste Mal, als Mel mich anlächelte. In diesem Augenblick wird mir klar, dass Mels Lächeln niemals so offen war. Wie gut er auch den braven Ehemann, den perfekten Vater mimte, für ihn war es reine Schauspielerei. *Niemals aus der Rolle fallen.* Ich sehe den Unterschied in der Art, wie Sam mit den Kindern redet, wie er Fehler macht und sie korrigiert, wie er dumme Sachen sagt und clevere, und einfach ein echter, natürlicher Mensch ist.

Mel war das nie. Es gab jedoch niemanden, mit dem ich ihn vergleichen konnte, um die Unterschiede zu sehen. Mein Vater war die meiste Zeit abwesend und nicht sonderlich warmherzig; Kinder waren da, um gesehen, aber nicht gehört zu werden. Im Laufe der Zeit ist mir klar geworden, dass Mel dieses Verlangen nach Anerkennung und Wärme in mir erkannt haben muss ... und das Bedürfnis, es zu stillen. Er muss für diese Rolle geübt haben. Es gab Zeiten, in denen seine Maske verrutschte, und ich erinnere mich an jeden einzelnen Vorfall ... der Moment, an dem ich wütend auf ihn wurde, weil er Bradys dritte Geburtstagsparty verpasst hatte, war das erste Mal. Er war mit solch einer plötzlichen und bösartigen Gewalt auf mich losgegangen, dass ich zurückzuckte und gegen den Kühlschrank stieß. Er schlug mich nicht, aber er hielt mich dort, die Hände zu beiden Seiten meines Kopfs, und starrte mich mit einem leeren Gesichtsausdruck an, der mich damals zu Tode erschreckte und es jetzt noch immer vermochte.

Selbst als Mel in seiner Tarnung perfekt gewesen war, war doch alles *oberflächlich* gewesen. Seine Ruhe hatte sich angespannt und unnatürlich angefühlt, ebenso wie seine Zuneigung.

Ich vermute, wenn er dann in seine Werkstatt verschwand, kam der wahre Mel zum Vorschein. Er muss dafür gelebt haben, diese Tür hinter sich zu schließen und den Riegel vorzulegen.

So sehr ich Sam auch beobachte, ich sehe nichts davon. Ich sehe nur einen Menschen. Einen echten Menschen.

Es macht mich krank und traurig zu erkennen, wie wenig ich das verstanden habe, was direkt vor mir war, direkt im *Bett* mit mir, und das über die gesamten neun Jahre meiner Ehe. Es ist *meine* Ehe gewesen. Nicht unsere. Denn für Melvin Royal war es nie eine Ehe.

Ich war nur ein Werkzeug, wie die Sägen und Hämmer und Messer in der Werkstatt. Ich war seine Tarnung.

Es zu verstehen, ist gleichzeitig erschreckend und auch beruhigend. Ich habe mir selbst nie gestattet, viel darüber nachzudenken, aber Sam so zu sehen, mit den Kindern um ihn herum, lässt mich all das erkennen, was in meiner Ehe falsch und künstlich war.

Das sage ich Sam natürlich nicht. Es gäbe auch eine verdammt seltsame Unterhaltung ab, besonders, da ich keinesfalls vorhabe, ihm zu erzählen, wer ich wirklich bin. Zum Teufel, nein. Aber es bedeutet etwas, dass die Kinder ihn mögen. Sie sind beide so clever, und ich weiß, wie wichtig es ist, diesen sicheren Ort für sie zu schaffen, damit sie gedeihen und aufblühen können. Es ist riskant, aber notwendig. Ich bin auch weiterhin bereit wegzulaufen, wenn es sein muss, aber erst, wenn es wirklich nötig sein sollte.

Bisher ist alles ruhig. Ruhiger, als es bisher jemals gewesen ist.

Bis Mitte Juni haben Connor und Sam das Haus in einen prächtigen Zustand gebracht, und Sam bringt meinem Sohn die Grundlagen des Bauhandwerks bei. Sie haben vor, den Boden hinten zu ebnen. Beton zu gießen und Pfosten aufzustellen. Lanny lauert am Rand und macht Vorschläge, bis sie schließlich auch mittendrin ist und Sam genauestens beobachtet, während er mit dem Auge eines Architekten Pläne zeichnet.

Es ist ein Langzeitprojekt. Niemand hat es damit eilig. Am wenigsten ich. Es kommt immer mehr Arbeit für mein freiberufliches Geschäft herein, sodass ich schon Sachen ablehnen muss. Ich kann es mir leisten, wählerisch zu sein und entsprechendes Geld zu fordern, und mein guter Ruf wächst. Es geht an allen Fronten aufwärts.

Ich hänge natürlich nicht vom Einkommen meiner Online-Arbeit ab, nicht völlig. Das muss ich nicht, denn eins hat Mel richtig gemacht: In diesem schrecklichen Lager, in dem er seine furchtbaren Tagebücher aufbewahrte, seine Trophäen, hatte er außerdem seinen Fluchtplan.

Einen Seesack voller Bargeld.

Fast zweihunderttausend Dollar, das Erbe des Anwesens seiner Eltern, von dem er mir gegenüber behauptet hatte, es in einen gemeinsamen Fonds investiert zu haben. Jahrelang hatte es in seinem Lager darauf gewartet, ihm die nötigen Mittel für eine Flucht zu verschaffen. Er hatte nie die Chance, es sich zu holen. Er wurde bei der Arbeit verhaftet und verbrachte danach keinen Tag mehr als freier Mann.

Natürlich übergab ich den Inhalt des Lagers an die Polizei, aber vorher verstaute ich den Seesack im Kofferraum meines Wagens. Ich fuhr durch die Stadt zu einem dieser Postlager in einem Einkaufszentrum und eröffnete ein Postfach unter falschem Namen. Dann brachte ich den Seesack zu einem UPS-Standort am anderen Ende der Stadt, um ihn an mein neues Postfach zu schicken. Es war entsetzlich. Ich dachte, man würde mich erwischen, oder schlimmer, jemand würde das Fach öffnen, und das Geld würde ohne eine Spur verschwinden. Ich hätte mich ja kaum darüber beschweren können.

Aber es kam an. Ich verfolgte den Weg online und zahlte extra, damit das Postzentrum es für mich aufbewahrte, bis ich es abholen konnte. Und das war auch gut so, denn nur zwei Tage später wurde ich trotz meiner Zusammenarbeit mit der Polizei verhaftet und ins Gefängnis gesteckt, wo ich auf meinen Prozess warten musste.

Das Fach mit dem Seesack darin war auch noch da, als ich fast ein Jahr später aus der Haft entlassen wurde. Er hatte im hintersten Winkel des Ladens, der zum Glück noch existierte, Staub angesetzt. Manchmal geschehen eben doch noch Wunder.

Die Hälfte davon habe ich für unsere Sicherheit, Unterkünfte und Identitäten vor Stillhouse Lake ausgegeben. Dieses Haus war bei der Auktion sehr günstig über den Tisch gegangen, aber ich habe zwanzigtausend für den Kauf ausgegeben und zusätzliche zehntausend, um es zu reparieren. Trotzdem habe ich, zusammen mit meinem aktuellen Einkommen, genug, um ab und zu ein bisschen etwas auszugeben. Ich stelle mir vor, dass Mel über den Verlust seines sorgfältig angehäuften Vermögens außer sich sein wird, und das macht mich sehr, sehr glücklich. Es beschwichtigt mich ein wenig, dass ich das Geld benutze, um uns ein neues Leben zu ermöglichen.

Als Cade mir anbietet, mit dem Garten zu helfen, den ich habe verwildern lassen, nehme ich das gern an, unter der Bedingung, dass er mich dafür bezahlen lässt. Was er tut. Wir verbringen Stunden damit, Pläne zu besprechen, die verschiedenen Sorten auszusuchen, sie gemeinsam einzupflanzen. Steinumrahmungen und kleine Wege zu bauen. Einen kleinen Teich zu errichten und ihn mit kleinen, flinken Goldfischen zu füllen, die in der Sonne schimmern.

Und ganz langsam wird mir klar, dass ich Sam Cade vertraue. Es gibt keinen bestimmten Augenblick, den ich greifen könnte, es ist auch nichts, was er sagt oder tut. Es ist *alles,* was er sagt, was er tut. Er ist der ruhigste, entspannteste Mann, den ich je um mich hatte, und immer wenn ich ihn lächeln oder mit meinen Kindern oder mir reden sehe, erkenne ich, was für eine schlechte Wahl ich früher getroffen habe. Wie tot mein Leben mit Melvin Royal gewesen ist. Es hat erfüllt *gewirkt.*

Aber es ist leblos gewesen, wie der Mond.

Bevor ich es überhaupt merke, sind zwei weitere Wochen vergangen. Mein Garten sieht aus, als entstammte er einem Haus- und Gartenprospekt, und sogar Lanny wirkt relativ zufrieden. Sie mäßigt ihren Goth-Stil zu einem ausgefallenen, aber coolen Auftreten, und eines Tages erzählt mir meine Tochter doch tatsächlich, dass sie eine Freundin gefunden hat. Zwar zuerst online, aber sie fragt mich, mit ihrer üblichen Mischung aus aggressivem Widerstand, ob ich sie ins Kino fahren würde, um Dahlia Brown zu treffen. Dahlia Brown, das Mädchen, das sie in der Schule geschlagen hatte.

Ich habe einige Zweifel angesichts dieses Wandels der Ereignisse, aber als ich Dahlia kennenlerne, scheint sie ein nettes Mädchen zu sein. Groß und etwas ungeschickt, und verlegen wegen ihrer Zahnspange. Wie sich herausstellt, hat ihr Freund sie wegen dieser Spange verlassen. Ist wohl das Beste, was ihr passieren konnte.

Connor und ich sitzen im Kino hinten, Dahlia und Lanny zusammen weiter vorn. Und als Dahlia zum Abendessen mit zu uns nach Hause kommt, scheint sie sich völlig wohlzufühlen. Und Lanny ebenso.

Das entwickelt sich im Laufe des Sommers zu einer regelmäßigen Angelegenheit: Lanny und Dahlia, beste Freundinnen, zusammen im Kino. Dahlia macht den schwarzen Nagellack und die starken Schichten Augen-Make-up nach, und Lanny übernimmt Dahlias Stil, fließende Blumenschals zu tragen.

Mitte Juli sind die beiden Mädchen unzertrennlich geworden und haben zwei weitere junge Leute in ihre Gruppe aufgenommen. Ich bin natürlich auf der Hut; der eine junge Mann ist Goth von Kopf bis Fuß, mit gepiercter Nase, aber sein Freund ist extrem adrett, und sie scheinen perfekt zueinanderzupassen. Und außerdem sind sie witzig, was auch meiner Tochter guttut.

Connor hat sich ebenfalls sehr verändert. Seine D&D-Kumpel sind jetzt echte Freunde, und zum ersten Mal verrät er mir, dass er einen Beruf für sich im Auge hat.

Mein Sohn möchte Architekt werden. Er möchte Dinge bauen. Und während er mir das erzählt, schleichen sich Tränen in meine Augen. Ich habe so verzweifelt gehofft, dass er Träume haben kann, ein Leben abseits vom Weglaufen und Verstecken, und jetzt ... jetzt ist das wahr geworden.

Sam Cade hat ihm Träume geschenkt, die ich ihm nicht geben konnte, und dafür bin ich unendlich dankbar. Ich rede mit Sam über Connors neue Leidenschaft, als wir am nächsten Abend mit unseren Getränken auf der Veranda sitzen. Er hört schweigend zu, sagt lange Zeit nichts, bis er sich endlich zu mir umdreht. Es ist ein wolkenverhangener Abend, in der schweren Luft liegt das Nahen eines Gewittersturms; in diesem Teil von Tennessee besteht Tornadogefahr, aber bisher hat es noch keinen Alarm gegeben.

»Du redest nicht viel über Connors Dad«, sagt Sam.

In Wahrheit habe ich gar nichts über ihn gesagt. Das werde ich auch nicht. Stattdessen weiche ich aus. »Da gibt's nicht viel zu reden. Connor brauchte jemanden, zu dem er aufsehen kann. Das hast du ihm gegeben, Sam.«

Im Dämmerlicht kann ich sein Gesicht nicht erkennen. Ich weiß nicht, ob ihn diese Aussage erschreckt oder freut, oder beides gleichzeitig. Schon seit Wochen besteht eine unterdrückte

Spannung zwischen uns, aber abgesehen vom gelegentlichen, fast schon beiläufigen Streifen unserer Fingerspitzen, wenn wir Werkzeug oder Bier weiterreichen, haben wir uns nicht einmal berührt. Ich weiß gar nicht, ob ich jemals wieder romantische Gefühle für einen Mann entwickeln kann. Und mir scheint, dass ihn ebenfalls etwas zurückhält. Vielleicht eine schlechte Beziehung. Eine verlorene Liebe. Ich weiß es nicht. Und ich frage auch nicht.

»Ich bin froh, dass ich helfen konnte«, sagt er. Seine Stimme klingt seltsam, ich kann aber nicht genau sagen, warum. »Er ist ein tolles Kind, Gwen.«

»Ich weiß.«

»Lanny auch. Du bist …« Für ein paar Sekunden verfällt er in Schweigen und trinkt, wie es sich anhört, einen ordentlichen Schluck Bier. »Du bist ihnen eine verdammt gute Mom.«

Donner erklingt in der Ferne, auch wenn wir keine Blitze sehen. Vermutlich hinter den Hügeln. Aber ich spüre das Gewicht des drohenden Regens. Die Luft ist unnatürlich dumpf und feucht, und ich möchte mir gleichzeitig zufächeln und zittern.

»Ich habe mein Bestes versucht«, erkläre ich. »Und du hast recht. Wir reden nicht über ihren Dad. Aber er war … er war böse.«

Die erwachten Emotionen lassen mich verstummen, als ich mehr zu sagen versuche, denn heute Morgen ist ein weiterer Brief von Mel angekommen. Er ist wieder in seinem normalen Zyklus, denn dieser Brief besteht nur aus Smalltalk, Erinnerungen und Fragen über die Kinder. Doch jetzt, wo ich gesehen habe, wie Sam mit den Kindern umgeht, sehe ich den Unterschied. Mel war nur oberflächlich ein *guter Dad:* Er tauchte auf, lächelte, posierte für Bilder. Aber ich weiß, was immer er gefühlt hat, was immer er jetzt fühlt, es ist nur ein blasser Schatten wirklicher Zuneigung.

Ich denke über Mel nach, während ich hier neben Sam sitze, und in mir erwacht der Wunsch, Sam zu berühren, die Wärme seiner Finger auf meinen zu spüren. Mehr zur Beruhigung als aufgrund einer Anziehung. Ich muss Mels Geist vertreiben und aufhören, an ihn zu denken. Erschrocken wird mir klar, dass ich kurz davor stehe, Sam die Wahrheit über Mel zu erzählen. Die Wahrheit über mich. Falls ich es tue, wäre er der Erste.

Der Gedanke kommt so überraschend, dass ich Sams Profil anstarre, während er sein Bier trinkt und auf den See hinausschaut. Ein entfernt aufleuchtender Blitz erhellt sein Gesicht, und für einen seltsamen Augenblick wirkt er *vertraut*. Nicht wie Sam. Wie jemand anderes.

Jemand, den ich nicht zuordnen kann.

»Was ist?« Er dreht den Kopf und erwidert meinen Blick, und ich fühle, wie mein Gesicht warm wird. Das ist so merkwürdig, dass es mich aus dem Konzept bringt. Ich werde nicht rot. Ich habe keine Ahnung, warum ich mich plötzlich so seltsam fühle, so überfordert, während ich auf meiner eigenen Veranda mit einem Mann sitze, der mir so vertraut geworden ist. »Gwen?«

Ich schüttle den Kopf und drehe mich weg, bin mir seiner plötzlichen Aufmerksamkeit jedoch nur zu bewusst. Sie fühlt sich an wie ein Suchscheinwerfer, der auf mein Gesicht gerichtet ist, sowohl warm als auch furchteinflößend verräterisch. Ich bin dankbar, dass die Wolken den Tag so künstlich verdunkelt haben. Ich spüre das kalte Glas der Bierflasche, die ich halte, spüre die kühle Nässe der Kondensationstropfen zwischen meinen Fingern.

Ich möchte diesen Mann küssen. Ich möchte, dass er den Kuss erwidert.

Es erschüttert mich; ich hatte diesen Impuls schon so lange nicht mehr. Ich dachte, er wäre fort, weggebrannt im Inferno von Melvins Verbrechen, im Vertrauensbruch, der mir bis ins Mark gedrungen ist. Doch hier bin ich nun, zittrig und voller

Verlangen, dass Sam Cade seine Lippen auf meine presst. Und ich glaube, ich kann erkennen, dass er es auch spürt. Es ist wie ein unsichtbarer Draht, der sich zwischen uns anspannt.

Das scheint ihn ebenso erschreckt zu haben wie mich, denn plötzlich trinkt er den Rest seines Biers in schnellen, hastigen Schlucken aus. »Ich sollte gehen, bevor dieser Sturm zuschlägt«, sagt er, und seine Stimme klingt jetzt anders, tiefer und dunkler. Ich sage nichts, denn dazu bin ich nicht in der Lage. Ich habe auch keine Ahnung, was ich sagen könnte. Ich nicke nur, und er steht auf und geht an mir vorbei zur Treppe.

Er hat zwei Stufen geschafft, als ich meine Stimme endlich wieder unter Kontrolle habe. »Sam«, sage ich.

Er hält inne. Ich höre wieder das Grummeln des Donners, und ein weiterer Blitz zerreißt den Himmel wie ein präziser Messerhieb.

Ich rolle die Flasche zwischen meinen Händen und ringe mich zu einer Frage durch. »Kommst du morgen wieder?«

Er dreht sich fast um. »Du willst noch, dass ich wiederkomme?«

»Natürlich«, sage ich. »Ja.«

Er nickt und geht dann schnell. Dabei schalten sich die Sicherheitslampen an, die wir installiert haben und die auf jede Bewegung reagieren. Ich sehe ihm zu, wie er zum Tor läuft, zur Straße, und er ist auf halbem Weg nach Hause, bevor sich die Lampe wieder abschaltet.

Fünf Minuten später beginnt der Regen. Zuerst zögerlich, dann als stetiges sanftes Klappern auf dem Dach, und schließlich schimmert ein dichter Vorhang am Rand der Veranda. Ich hoffe, Sam hat es rechtzeitig nach Hause geschafft. Ich hoffe, der Wolkenbruch wäscht nicht den Garten weg.

Ich sitze in der Stille, lausche auf das beständige Dröhnen des Regens und trinke mein Bier aus.

Ich stecke in Schwierigkeiten, denke ich.
Noch nie zuvor habe ich mich so verwundbar gefühlt. Nicht, seit ich nicht mehr Gina Royal bin.

* * *

Es dauert eine Weile. Langsam, fast unmerklich im Verlauf dieses heißen, feuchten Sommers, entspannen Sam und ich uns in der Gegenwart des anderen, legen unsere Schutzpanzer ab. Unsere Hände streifen einander, ohne dass wir zusammenzucken, wir können freigiebig lächeln. Es fühlt sich echt an. Solide.

Langsam fühle ich mich wie ein vollständiger Mensch.

Ich gebe mich nicht der Illusion hin, dass Sam das reparieren kann, was in mir zerbrochen ist. Ich glaube auch nicht, dass er selbst sich das einbildet. Wir haben beide unsere Narben – das wusste ich von Anfang an. Vielleicht können nur die wahrhaftig Beschädigten einander so akzeptieren, wie wir es tun.

Ich denke immer weniger an Mel.

Ich bin froh, als die Temperaturen Mitte September endlich kühler werden. Die Schule geht wieder los, und Connor und Lanny wirken beide glücklich. Wer auch immer Connors Angreifer waren (was er mir nie verraten hat), seine wachsende Freundesgruppe macht das mehr als wett. Jeden Donnerstagabend kommen sie für ihr D&D-Spiel zusammen, was sich bis in die späten Abendstunden zieht. Ich freue mich über ihren Enthusiasmus, ihre Leidenschaft, ihre Freude an der Vorstellungskraft. Lanny tut so, als würde sie es grauenvoll finden, aber das ist nur Fassade; sie leiht sich Fantasyromane aus der Bibliothek aus und gibt sie an ihn weiter, wenn sie durch ist. Sie hört auf, ihn Schiggy zu nennen, seit seine Freunde gesagt haben, dass sie das cool finden.

Ende September sitzen Sam und ich spät abends im Wohnzimmer und schauen einen alten Film. Die Kinder sind längst im Bett, ich habe ein Glas Wein in der Hand und lehne mich an ihn, genieße seine Wärme. Dieser ruhige Frieden ist die reine Wohltat. In diesem Augenblick denke ich weder an Mel noch irgendetwas anderes. Der Wein hilft, die beständige, aufmerksame Nervosität in mir zu beschwichtigen, und verwässert auch die Angst.

»Hey«, höre ich seine Stimme nahe an meinem Ohr. Sein Atem kitzelt und birgt ein Versprechen. »Bist du noch wach?«

»Vollkommen«, sage ich und trinke noch einen Schluck. Er nimmt mir das Glas aus der Hand und leert es. »Hey!«

»Tut mir leid«, sagt Sam. »Ich brauche jetzt ein Quäntchen Mut. Denn ich will dich etwas fragen.«

Ich erstarre. Kann nicht mehr atmen. Nicht mehr schlucken. Nicht *weglaufen*. Ich sitze einfach nur da und warte darauf, dass die Maske fällt.

Er fragt: »Würde es dir etwas ausmachen, wenn ich dich küsse, Gwen?«

Mein Kopf ist völlig leer. Ein Schneefeld auf einem Gletscher, kalt und glatt und leer. Ich bin wie betäubt von der Stille in mir, der plötzlichen und heftigen Abwesenheit von Angst.

Und dann spüre ich Wärme aufsteigen. Mit einem Mal ist sie da, als wäre sie immer dagewesen und hätte nur gewartet.

»Es macht mir etwas aus, wenn du es nicht tust«, sage ich.

Zuerst ist es eine vorsichtige Angelegenheit, bis wir beide an Zuversicht gewinnen. Seine Lippen sind gleichzeitig warm und fest, und ich kann nicht anders, als mich an Mels Küsse zu erinnern, die irgendwie immer wie *Plastik* waren. Hier gibt es keine einstudierten Bewegungen. Sam küsst mich wie jemand, der es auch so meint. Er schmeckt nach dem üppigen, dunklen Kirscharoma des Bordeaux. Alles an diesem Kuss zeigt mir, wie wenig ich über das Leben weiß, wie viel ich durch meine Heirat mit Melvin Royal verloren habe. Wie viel Zeit ich mit ihm verschwendet habe.

Sam ist derjenige, der den Kuss beendet. Schwer atmend zieht er sich zurück und sagt nichts. Ich lehne mich an ihn. Er legt seine Arme um mich, und anstatt mich eingesperrt zu fühlen, fühle ich mich wie ein Teil von etwas. Und beschützt.

»Sam ...«

»Schhhhh«, flüstert er, und ich sage nichts mehr. Mir kommt der Gedanke, dass er vielleicht ebenso viel Angst vor dem hier hat wie ich.

Nach dem Film bringe ich ihn nach draußen. Als er mich am Fuß der Treppe noch einmal küsst, fühlt es sich wie ein wundervolles Versprechen für die Zukunft an.

* * *

Am nächsten Tag kommt ein Brief über den Weiterleitungsdienst an. Mein Puls wird schneller, aber ich bin nicht mehr so schreckhaft wie zuvor. Trotzdem treffe ich sämtliche üblichen Sicherheitsvorkehrungen: Ich schlitze den Umschlag vorsichtig auf, trage meine blauen Gummihandschuhe und benutze Utensilien, um das Blatt Papier aufzufalten und offen zu halten.

Das ist der zweite Brief des Zyklus, wie ich erwartet habe. Mels Worte sind höflich und normal, wie die Maske seiner Menschlichkeit. Er redet über die Bücher, die er liest (er war schon immer ein Büchernarr, besonders interessiert an obskurer Philosophie und Wissenschaft); er beklagt das miese und geschmacklose Essen in der Cafeteria. Er sagt, dass er sich glücklich schätzen kann, Freunde zu haben, die Geld auf sein Bevollmächtigungskonto überweisen, sodass er Dinge kaufen kann, die seinen Gefängnisaufenthalt angenehmer gestalten. Er redet über seinen Anwalt.

Aber dann ... mit einem Anflug von Unruhe wird mir klar, dass an diesem Brief etwas anders ist. Neu.

Als ich am Ende angelangt bin, kommt es. Das böse Erwachen. Und es trifft mich hart.

Weißt du, mein Herz, was ich am meisten bedauere, ist die Tatsache, dass wir nie das Haus am See bekommen haben, von dem wir so oft geredet hatten. Es klingt doch wie das Paradies, nicht wahr? Ich kann es fast vor mir sehen, wie du im Mondlicht auf der Veranda sitzt und den See bei Nacht anschaust. Dieses Bild schenkt mir Frieden. Ich hoffe, du teilst es mit niemandem außer mir.

Ich denke an die Nächte, die ich hier draußen auf meiner Veranda gesessen, mein Abendbier getrunken und das Kräuseln auf dem See bei Sonnenuntergang beobachtet habe. *Dieses Bild schenkt mir Frieden*, schreibt er. *Ich hoffe, du teilst es mit niemandem außer mir.*

Er hat uns gesehen – zumindest ein Foto. Mich und Sam zusammen auf der Veranda.

Er weiß, wo wir sind.

»Mom?«

Ich zucke zusammen und lasse die beiden Löffel fallen, mit denen ich den Brief gehalten habe. Als ich aufsehe, steht Connor auf der anderen Seite der Küchentheke und starrt mich an. Hinter ihm sind Billy, Trent, Jason und Daryl, seine Donnerstagabend-Freunde. Ich habe vergessen, welcher Tag heute ist. Ich hatte vor, Rice-Krispies-Marshmallows zu machen, was ich ebenfalls völlig vergessen habe.

Schnell falte ich den Brief zusammen, schiebe ihn zurück in den Umschlag und streife die Handschuhe ab, um sie in den Mülleimer in der Ecke zu befördern. Ich stecke den Umschlag in meine Gesäßtasche. »Jungs, wie wär's mit ein paar Snacks?« Alle jubeln.

Alle bis auf Connor, der still geworden ist und mich beobachtet. Er weiß, dass etwas nicht stimmt. Ich versuche zu lächeln, um ihn zu beruhigen, aber ich kann sehen, dass ihn das nicht überzeugt. Mit wachsender Verzweiflung versuche ich, meine Gedanken zu ordnen, während ich zur Freude der jungen Männer Marshmallowcreme und Rice Krispies in der Pfanne vermenge. Mit den Gedanken bin ich weder bei ihnen noch den Jungs, nur dabei, *was ich tun muss.*

Lauf, schreit alles in mir. *Hol den Van. Pack die Kinder ein. Lauf. Fang von vorn an. Lass ihn weiter nach dir suchen.*

Aber Tatsache ist, dass wir weggelaufen sind. Wieder und wieder sind wir weggelaufen. Ich habe meinen Kindern einen unnatürlichen, schädlichen Lebensstil aufgezwungen, der sie von Familie, Freunden und sogar sich selbst abgeschnitten hat. Ja, ich habe es getan, um sie zu retten, aber zu welchem Preis? Denn wenn ich sehe, wo sie jetzt sind, ein ganzes Jahr an einem Ort, sehe ich, wie sie aufblühen. Gedeihen.

Weglaufen würde wieder ihre Wurzeln abtrennen, und früher oder später würde alles Gute in ihnen absterben.

Ich möchte nicht mehr weglaufen. Vielleicht ist es das Haus, das trotz meiner entgegengesetzten Bemühungen zu einem Zuhause geworden ist. Vielleicht ist es der See oder der Frieden, den ich hier verspüre.

Vielleicht ist es die fragile, zerbrechliche, vorsichtige Zuneigung, die ich endlich zu einem guten Mann verspüre.

Nein. Nein, ich laufe nicht weg, verdammt seist du, Mel. Nicht schon wieder. Es wird Zeit, einen Plan in Gang zu bringen, den ich schon vor langer Zeit vorbereitet habe, einen, von dem ich gehofft hatte, ihn niemals in die Tat umsetzen zu müssen.

Während die Jungs ihren klebrigen Snack essen und würfeln, gehe ich vor die Tür und rufe eine Nummer an, die Absalom mir vor Jahren gegeben hat. Ich weiß nicht, wem sie gehört, und ich weiß nicht einmal, ob sie überhaupt funktioniert. Es ist eine Art Panikknopf. Nur zur einmaligen Nutzung, und ich habe viel dafür bezahlt.

Es klingelt und wechselt sofort auf den Anrufbeantworter. Es gibt keine Begrüßung, nur ein Piepen.

»Hier ist Gina Royal«, sage ich. »Absalom sagt, Sie wüssten, was Sie für mich tun müssen. Tun Sie es.«

Ich lege auf, mir ist schlecht und schwindlig, als stünde ich am Rand eines tiefen und steilen Abgrunds. Dieser Name, *Gina Royal,* gibt mir das Gefühl, rückwärts zu fallen, in die Dunkelheit und in eine Zeit, die am besten gar nicht existieren dürfte. Gibt mir das Gefühl, dass meine sämtlichen Fortschritte lediglich eine Illusion waren, etwas, das Melvin mir jederzeit wieder wegnehmen kann.

Am Morgen darauf rufe ich das Gefängnis an, in dem Melvin sitzt, und vereinbare einen Termin für den nächstmöglichen Besuchstag.

Kapitel 5

Ich brauche jemanden, der bei den Kindern bleibt.
Ich denke darüber nach. Stundenlang grüble ich darüber nach, starre ins Leere, kaue mir die Innenseite meiner Lippe wund. Es gibt ein paar Leute, die ich fragen könnte, aber es sind wenige ... so wenige. Ich überlege, die Kinder in ein Flugzeug zu ihrer Oma zu setzen, aber als ich bei ihr anrufe, erfahre ich, dass sie nicht in der Stadt ist. Ich muss eine Entscheidung treffen. Ich kann Lanny und Connor nicht allein lassen, und ich kann sie nicht dahin mitnehmen, wohin ich gehe.

Es ist ein riesiger Schritt, ein *gigantischer* Schritt für jemanden, der kein Vertrauen mehr hat. Ich will Sam fragen. Ich hinterfrage diesen Wunsch, denn Mel hat mir bewiesen, dass ich meinem eigenen Urteil nicht trauen kann, und das Letzte, was ich will, das Allerletzte, ist es, meine Kinder in Gefahr zu bringen.

Ich wünschte, ich würde mehr Frauen kennen, aber die einzigen, mit denen ich bisher in Norton oder um den See herum in Kontakt gekommen bin, sind abweisend und unsympathisch, oder Fremden gegenüber völlig feindselig eingestellt.

Ich weiß nicht, was ich tun soll, und das lähmt mich für lange, lange Zeit, bis sich Lanny schließlich in den Sessel in meinem Büro schmeißt und mich so lange anstarrt, dass ich reagieren muss. »Was ist denn, Schatz?«

»Die Frage müsste ich wohl eher dir stellen, Mom. Was zum Teufel ist denn los?«

»Ich weiß nicht, was du meinst.«

»Doch, tust du«, sagt sie und starrt mich nieder. Sie kneift die Augen auf eine Art zusammen, die sie eindeutig von mir hat. »Du sitzt hier und kaust dir sämtliche Fingernägel ab. Du hast kaum geschlafen. Was ist los? Und sag ja nicht, dass ich zu jung bin, um das zu wissen. Das kannst du gleich stecken.«

»Ich muss die Stadt verlassen«, erkläre ich ihr. »Nur für einen Tag. Ihr werdet den Großteil des Tages in der Schule sein, aber … aber ich muss sehr früh los und komme erst sehr spät zurück. Ich brauche jemanden, der hier für euch da ist.« Ich atme tief ein. »Wen würdest du vorschlagen?«

Sie blinzelt, weil sie sich wahrscheinlich nicht an das letzte Mal erinnern kann, dass ich sie das gefragt habe. Und das kann sie auch nicht, denn solch eine Frage stelle ich normalerweise nicht. »Wohin gehst du denn?«

»Unwichtig. Bitte bleib beim Thema.«

»Okay, wirst du Dad sehen?«

Ich hasse es, sie das sagen zu hören, als wäre er noch immer *Dad,* mit diesem hoffnungsvollen Tonfall. Es lässt mich erschaudern, und ich weiß, dass sie das auch sieht. »Nein«, lüge ich, in so flachem und nichtssagendem Tonfall wie möglich. »Nur geschäftlich.«

»Hm-hm.« Ich kann nicht sagen, ob mir meine eigene Tochter das abkauft. »Okay. Na ja … ich schätze, Sam wäre okay. Ich meine, er ist sowieso hier und repariert Zeugs. Er und Connor arbeiten ja auch immer noch an der Terrasse.«

Sie Sams Namen nennen zu hören, ist eine große Erleichterung. Aber davon abgesehen hat sie recht; Sam wäre normalerweise sowieso hier. Das Terrassenprojekt hat an Tempo abgenommen, wird fortgesetzt, wie es gerade passt. »Ich bin nur ... Schatz, ich werde nicht da sein, um auf euch aufzupassen. Falls euch das nur *im Geringsten* unangenehm ist ...«

»Mom. Bitte.« Diesmal bekomme ich die volle Portion Augenrollen ab. »Würde ich glauben, dass er so ein Spinner ist, hätte ich ihm das nicht längst ins Gesicht gesagt? Und dir auch? Laut?«

Das hätte sie. Lily war schüchtern gewesen. Lanny ist es nicht. Etwas in mir entkrampft sich, auch wenn ich natürlich weiß, dass ich mich nicht auf das Urteil einer Vierzehnjährigen verlassen kann. Für wie gut ich es auch halten mag.

Bei dieser Angelegenheit kann ich mich nur auf mich selbst verlassen. Ich muss ein Risiko eingehen und zucke vor dem Gedanken zurück. Ich gehe Risiken für mich selbst ein. Aber für sie? *Für sie?*

»Mom.« Lanny beugt sich vor, und ich sehe den ruhigen Ernst in ihr. Ich sehe den Geist der Frau, zu der sie werden wird. »Mom, Sam ist okay. Er kommt klar. Wir kommen klar. Tu es einfach.«

Tu es einfach. Tief und langsam atme ich ein, lehne mich zurück und nicke. Lanny lächelt und verschränkt die Arme. Sie liebt es zu gewinnen.

»Ich werde ihn mit Argusaugen beobachten«, verspricht sie mir. »Und ich habe Javier und Officer Graham auf Kurzwahl. KP, Mom.«

Ich weiß, dass KP für *Kein Problem* steht. Doch das ist es. Aber ich muss über meinen Schatten springen, und diesmal tue ich es. Ich nehme mein Handy und sehe Lanny an, während ich die Nummer wähle.

Beim zweiten Klingeln hebt er ab. »Hey, Gwen.«

Die Normalität der Begrüßung gibt mir Stabilität. »Du musst mir einen Gefallen tun.«

Ich höre Wasser laufen. Ich höre, wie er es abstellt und etwas weglegt, um mir seine volle Aufmerksamkeit zu schenken. »Sag mir welchen, und ich tu's«, sagt er.

So einfach ist das.

* * *

»Ich bin nur für ungefähr zwölf Stunden weg«, erkläre ich Sam am Sonntagabend, dem Abend, bevor ich ins Flugzeug steigen muss, »aber ich weiß es zu schätzen, dass du hierbleibst. Lanny ist verantwortungsvoll, aber ...«

»Ja, aber sie ist vierzehn«, beendet er meinen Satz. Er trinkt einen Schluck vom Bier, das ich ihm gereicht habe – ein *Pecan Porter*, das er zu bevorzugen scheint. Craft-Biere sind ein Geschenk Gottes. Ich nippe an einem *Samuel Adams Organic Chocolate Stout*, cremig und sanft. Es beruhigt die Schmetterlinge in meinem Magen. »Du willst ja nicht zu einem zerstörten Haus und einem Berg Bierdosen zurückkommen, richtig?«

»Richtig«, sage ich, obwohl ich bezweifle, dass Lanny eine Party überhaupt in Betracht ziehen würde. Wenn ich weg bin, wird sie sich nicht frei fühlen, wie es bei den meisten Mädchen in ihrem Alter der Fall wäre. Sie wird sich verletzlich fühlen – und sie ist verletzlich. Falls ihr Vater weiß, wo wir sind, falls uns wirklich jemand für ihn überwacht ... ich versuche, nicht darüber nachzudenken. Ich bin mir der Tatsache bewusst, dass uns in diesem Augenblick jemand da draußen beobachten könnte. Auf dem See jetzt bei Sonnenuntergang sind ein paar Wasserfahrzeuge in Richtung Ufer unterwegs. Vielleicht hat eins von ihnen eine Kamera auf meine Veranda gerichtet. Es macht mich nervös. *Mel wird das hier zerstören. Er zerstört alles.*

Aber genau deshalb werde ich ihn besuchen. Um absolut sicherzugehen, dass er versteht, unter welchem Einsatz wir hier spielen.

Ich habe Sam nicht gesagt, wohin ich gehe. Ich wüsste gar nicht, wie ich dieses Gespräch überhaupt beginnen sollte. Ich sage ihm auch nicht, dass ich drahtlose Kameras installiert habe. Eine ist auf die Vordertür gerichtet, eine auf die Hintertür, eine ist abseits vom Grundstück installiert und verschafft einen kompletten Überblick, und eine befindet sich oben in den Lamellen der Klimaanlage im Wohnzimmer- und Küchenbereich. Auf dem Tablet, das es dazu gab, kann ich ganz einfach von einer Ansicht zur nächsten wechseln. Bei einem Notfall kann ich den Link an die Polizei von Norton schicken.

Es ist nicht so, dass ich ihm nicht vertraue. Ich brauche nur einfach eine zusätzliche Absicherung.

»Sam? Hast du eine Waffe?«, frage ich ihn.

Er ist gerade beim Schlucken und dreht sich hustend zu mir um. Sein Gesichtsausdruck ist seltsam. Ich ziehe eine Augenbraue hoch, und sein Husten geht in ein klägliches Lachen über. »Tut mir leid«, sagt er. »Du hast mich da gerade etwas überrumpelt. Ja, ich habe eine Waffe, klar. Warum?«

»Würde es dir etwas ausmachen, sie bei dir zu haben, während du hier bist? Ich mache mir nur ...«

»Du machst dir Sorgen um deine Kinder? Ja. Okay. Kein Problem.« Er beobachtet mich allerdings weiter und senkt die Stimme ein wenig. »Gibt es da irgendwelche bestimmten Bedrohungen, von denen ich wissen sollte, Gwen?«

»Bestimmte? Nein. Aber ...« Ich zögere und überlege, wie ich es formulieren soll. »Ich habe das Gefühl, dass wir beobachtet werden. Klingt das verrückt?«

»Am Killhouse Lake? Nein.«

»*Killhouse?*«

»Das stammt nicht von mir. Sondern von deiner Tochter. Ich glaube, einer ihrer Goth-Kumpel hat die Idee dazu gehabt. Ziemlich einprägsam, oder?«

Ich hasse es. *Stillhouse* war schon unheimlich genug für mich. »Na ja, es ist nur – pass einfach auf sie auf, um mehr bitte ich dich gar nicht. Ich bin weniger als vierundzwanzig Stunden weg.«

Er nickt. »Ich würde an der Terrasse weiterarbeiten, wenn das okay ist.«

»Klar. Danke.«

Spontan strecke ich meine Hand nach ihm aus, und er ergreift sie und hält sie einen Augenblick fest. Das ist alles. Es ist kein Kuss. Es ist nicht einmal eine Umarmung. Aber es ist etwas Starkes, und beide sitzen wir einen Augenblick lang nur da und genießen es.

Schließlich steht er auf, trinkt den Rest seines *Pecan Porter* aus und macht sich bereit zu gehen. »Ich bin morgen früh hier, bevor du losmusst, ja?«

»Ja«, stimme ich zu. »Ich starte vier Uhr nach Knoxville. Die Kinder müssen um acht zur Schule, und sie stehen selbst auf und gehen zum Bus. Du hast das Haus dann für dich, bis sie um fünfzehn Uhr wieder hier sind. Ich komme irgendwann nach Einbruch der Dunkelheit wieder.«

»Klingt gut. Ich werde dein gesamtes Essen auffuttern und teures Pay-TV schauen. Und hast du was dagegen, wenn ich über dein Konto ein paar Sachen beim Shopping-Kanal kaufe?«

»Du weißt wirklich, wie man Partys feiert, Sam.«

»Na, und ob.«

Er schenkt mir ein breites Grinsen und geht dann den Hügel hoch zu seinem kleinen Haus. Ich schaue ihm nach, fast ohne zu merken, dass ich ebenfalls lächle. Es fühlt sich normal an.

Normal, denke ich, als mein Lächeln schließlich verblasst, ist sehr gefährlich. Ich habe mir eingeredet, ich könnte in dieser Welt leben, aber meine Welt ist die darunter, die in den Schatten, die, wo nichts sicher oder gesund oder von Dauer ist.

Bei Sam habe ich das fast vergessen. Wenn ich hierbleibe, helfe ich meinen Kindern, riskiere aber auch alles.

Es gibt keine richtigen Antworten, aber diesmal werde ich nicht nur stark sein. Ich werde zurückschlagen.

Am nächsten Tag nehme ich einen grässlich frühen Morgenflug von Knoxville nach Wichita, wo wir einst gelebt haben, und miete von dort einen Wagen nach El Dorado. Das Gefängnis erweckt den Eindruck eines Industriekomplexes, wie ein großes Produktionsgelände, kilometerweit von nichts umgeben. Aber sobald man die schimmernden Zäune aus Stacheldraht erblickt, weiß man genau, was man vor sich hat. Ich bin noch nie hier gewesen. Ich weiß nicht, wie ich das schaffen soll. Die Luft riecht anders und erinnert mich an mein altes Leben, mein altes Haus, das längst nicht mehr existiert. Es wurde von der Bank zwangsversteigert, während ich im Gefängnis war. Einen Monat danach hat es jemand in Brand gesteckt, und es ist bis auf die Grundmauern niedergebrannt. Jetzt befindet sich dort ein Gedenkpark.

Wenn ich mich selbst bestrafen will, schaue ich mir auf Google Maps den Ort an, an dem ich einst gelebt habe. Ich versuche, das Haus aus dem Gedächtnis heraus über den Park zu legen. Es sieht aus, als wäre der große Gedenkstein genau in der Mitte dessen, was einst Mels Garage und Schlachtraum gewesen ist. Das scheint angemessen.

Ich mache auf dem Weg nach El Dorado keinen Umweg zu meinem ehemaligen Zuhause. Ich kann nicht. Ich bin nur auf die eine Sache konzentriert, während ich den Anweisungen des Wachmannes folge, wo ich parken soll und was ich mit hineinnehmen darf. Ich habe meine Glock im Waffensafe meines Jeeps in Knoxville gelassen, und das Einzige, was ich aktuell bei mir habe, ist die Kleidung an meinem Körper, eine mit fünfhundert Dollar aufgeladene Geldkarte, Handy und Tablet sowie meinen alten Personalausweis als Gina Royal.

Ich ertrage den Anmeldeprozess, bei dem mein Ausweis genau unter die Lupe genommen wird, mir Fingerabdrücke abgenommen werden und ich nicht nur von den Angestellten im Gefängnis angestarrt werde und ihr Flüstern hören muss, sondern auch von anderen Frauen, die gekommen sind, um ihre Familien zu besuchen. Ich sehe niemanden an. Ich bin Expertin darin, alles auszublenden. Die Wachen sind natürlich interessiert. Noch nie zuvor war ich hier, um Melvin zu besuchen. Sie werden es im gesamten Gefängnis diskutieren.

Als Nächstes wird mir alles bis auf meine Kleidung abgenommen und in einer Wachstation gelagert. Dann werde ich einer Leibesvisitation unterzogen; der Vorgang ist beschämend und invasiv, aber ich beiße die Zähne zusammen und stehe es durch, ohne eine Beschwerde zu äußern. Ich denke, dass das hier wichtig ist. Mel spielt gern Schach. Dieser Zug, mein Besuch, ist mein Schachmatt. Ich kann es mir nicht leisten, wegen dem, was es mich kostet, zusammenzuzucken.

Nachdem ich mich wieder angezogen habe, werde ich in ein weiteres Wartezimmer gebracht, wo ich die Zeit damit verbringe, in einer Klatschzeitschrift mit Eselsohren zu lesen, die irgendeine Frau vor mir hier zurückgelassen hat. Es dauert eine Stunde, bis ein Wachmann erscheint, um mich zu rufen – er ist jung, hat ein hartes Gesicht und einen emotionslosen Blick. Afroamerikaner. Ein Bodybuilder, denke ich. Niemand, mit dem ich mich anlegen möchte.

Er führt mich in eine kleine, klaustrophobisch anmutende Kabine mit einer fleckigen, abgenutzten Theke, einem Stuhl und einem Telefon, das an der Kabinenwand befestigt ist. Zerkratztes, dickes Plexiglas dient als Barriere. Eine ganze Reihe dieser Kabinen ist zu sehen, in jeder sitzen verzweifelte Menschen zusammengekauert und suchen nach etwas Frieden und Menschlichkeit an einem Ort, der nichts davon zu bieten hat. Ich höre das Geflüster von Gesprächen, während ich vorbeigehe. *Mama geht's nicht gut ... dein Bruder ist wieder im Kittchen, weil er betrunken gefahren ist ... Kann mir diesmal keinen Anwalt leisten ... ich wünschte, du könntest heimkommen, Bobby, wir vermissen dich.*

Ich sinke auf den Stuhl, ohne zu fühlen, ohne zu denken, denn durch die trübe Plastikbarriere erblicke ich Melvin Royal. Meinen Ex-Mann. Den Vater meiner Kinder. Einen Mann, der mein Herz mit Charme und Anmut im Sturm erobert hat, der mir in der Gondel eines Riesenrads auf dem Rummel einen Heiratsantrag gemacht hat – und mittlerweile erkenne ich, dass er damit gewartet hat, bis ich festsaß und isoliert war. Damals habe ich es für extrem romantisch gehalten. Ich könnte mir vorstellen, dass es ihm Spaß gemacht hat, sich vorzustellen, wie ich zu Boden stürze, oder dass er es erregend fand, wie sehr ich von seiner Gnade abhängig war.

Mittlerweile ist alles, was er je getan hat, für mich verdorben. Jedes Lächeln war reine Mechanik. Jedes Lachen war fabriziert. Jedes öffentliche Zeichen der Zuneigung war genau das: für die Öffentlichkeit.

Und immer, immer lauerte das Monster direkt unter der Oberfläche.

Mel ist kein großer Mann. Er ist überraschend stark, aber bei der Gerichtsverhandlung haben wir auch erfahren, dass er die Frauen mit List und Tücke anlockte und Elektroschocker und Kabelbinder verwendete, um sie unter Kontrolle zu halten, nachdem er sie in seiner Gewalt hatte. Er hat zugenommen. Eine wabblige Schicht Fett liegt über seinen Muskeln und hat seine einst kantige Kieferform aufgeweicht. Er war immer eitel, was sein Aussehen betraf. Und meins ebenso. Er wollte immer, dass ich adrett aussehe, damit er mit mir an seiner Seite gut dasteht.

Ansonsten erkenne ich aktuell nicht allzu viel von ihm wieder, denn er wurde windelweich geprügelt. Ich sehe mir die

Zerstörung an, die leuchtend blauen Flecken, die Schnitte, sein zugeschwollenes rechtes Auge, das linke Auge, das gerade so geöffnet ist. Hässliche rote Flecken erstrecken sich über seine Kehle, und ich erkenne den klaren Umriss von Fingern. Sein linkes Ohr ist verbunden. Als er nach dem Telefonhörer greift, bemerke ich, dass mehrere seiner Finger mit einer Schiene fixiert sind, wie man es erfahrungsgemäß bei Brüchen macht, damit die Knochen sauber zusammenwachsen.

Ich kann gar nicht sagen, wie glücklich mich das macht.

Ich nehme den Hörer in die Hand und halte ihn an mein Ohr, und Mels Stimme erklingt rau, aber kontrolliert wie eh und je. »Hallo Gina. Du hast ja lange gebraucht.«

»Du siehst toll aus«, erwidere ich, und zu meiner Überraschung klingt meine Stimme völlig normal. Innerlich zittere ich, und ich weiß nicht einmal, ob das von tief sitzender Furcht oder überschwänglicher Freude, ihn so verletzt zu sehen, herrührt. Er sagt nichts. »Nein, ganz ernsthaft. Der Look steht dir wirklich gut, Mel.«

»Danke, dass du gekommen bist«, sagt er, als hätte er mich eingeladen. Als wäre das hier eine Dinnerparty. »Wie ich sehe, hast du meinen Brief bekommen.«

»Und wie ich sehe, hast du meine Antwort bekommen«, gebe ich zurück und beuge mich vor, um sicherzustellen, dass er meine Augen deutlich sehen kann. Die Kälte, die wie Eis darin brennt. Er macht mir Angst, und das beständig, aber gleichzeitig bin ich nicht bereit, ihn das sehen zu lassen. »Das ist eine Warnung, Mel. Wenn du das nächste Mal mit mir spielst, *stirbst du.* Ist das klar genug? Brauchen wir noch eine weitere Runde dämlicher Drohungen?«

Er wirkt nicht ängstlich. Er trägt dieselbe Gleichgültigkeit zur Schau wie damals bei der Verhaftung, der Gerichtsverhandlung, der Strafverkündung – allerdings gibt es dieses eine Bild, bei dem er im Gerichtssaal über seine Schulter blickt, welches das

Monster in seinen Augen verrät. Und es ist angsteinflößend, weil es wahr ist.

Er scheint mir kaum zuzuhören. Der Lärm in seinem Kopf, die Fantasie, muss gerade sehr stark sein. Ich frage mich, ob er sich vorstellt, mich zu zerstückeln, während ich schreie. Und wie er auch unsere Kinder tötet. Ich glaube, dass ich damit richtigliege, denn die Pupille, die ich sehen kann, ist auf Stecknadelgröße geschrumpft. Er ist wie ein Schwarzes Loch: Nicht einmal Licht kann ihm entkommen. »Du hast dir wohl ein paar Freunde hier drin erkauft«, sagt er. »Das ist gut. Jeder braucht Freunde, nicht wahr? Aber du überraschst mich, Gina. Du warst nie gut darin, Freunde zu finden.«

»Ich spiele keine Spielchen mit dir, Arschloch. Ich bin gekommen, um dir klarzumachen, dass du mich vergessen und uns in Ruhe lassen musst. Uns verbindet nichts. Gar nichts. *Sag es.*« Meine Handflächen schwitzen – eine umklammert den Hörer, die andere ist auf die fleckige Ablage gepresst. Ich kann seine Augen nicht gut sehen. Ich muss seine Augen sehen, um zu wissen, was aus ihnen herausschaut.

»Ich weiß, dass du nicht wolltest, dass ich so verletzt werde, Gina. Du bist keine grausame Frau. Warst du nie.« Seine Stimme. *Gott.* Sie ist noch immer genau wie die in meinem Kopf. Perfekt ruhig und vernünftig, mit einem Hauch von Mitgefühl. Natürlich hat er das geübt, da bin ich mir sicher. Sich selbst zugehört. Sie so angepasst, dass sie genau die richtige Kadenz bekommt. Die Tarnung eines Raubtiers. Ich denke an all die Abende, an denen wir Seite an Seite gesessen haben, sein Arm um meine Schultern gelegt, während wir einen Film schauten oder miteinander redeten. An die Nächte, in denen ich mich in unserem Bett an ihn gekuschelt habe und er in demselben warmen, beruhigenden Tonfall etwas gesagt hat.

Du verfickter Lügner.

»Ich hab es so gewollt«, versichere ich ihm. »Jeden blauen Fleck. Jeden Schnitt. Bekomm es in deinen Schädel, Mel, das funktioniert bei mir nicht mehr.«

»Was meinst du?«

»Diese ... Scharade.«

Eine Weile ist er still. Fast könnte ich glauben, ich hätte seine Gefühle verletzt, wenn ich tatsächlich davon ausgehen würde, dass er welche hat. Die hat er jedoch nicht, jedenfalls keine, die ich auf irgendeine Weise erkennen könnte. Und falls es mir gelungen wäre, sie ebenso zu verletzen wie seine physische Gestalt, wäre mir das völlig egal.

Als er wieder spricht, ist seine Stimme anders. Ich vermute, es ist noch dieselbe *Stimme,* aber der Tonfall, das Timbre ... völlig anders. Er hat die Tarnung abgelegt, so wie er sie in jedem dritten Brief ablegt. »Du solltest mich nicht wütend machen, Gina.«

Ich hasse es, meinen alten Namen aus seinem Mund zu hören. Hasse die Art, wie er ihn beinahe säuselt.

Ich antworte nicht, da ich weiß, dass ihn das mehr aus dem Konzept bringt. Ich beobachte ihn einfach nur, sitze still auf meinem Stuhl, und plötzlich beugt er sich vor. Der Wachmann auf seiner Seite der Barriere hat seine ganze Konzentration auf ihn gerichtet und hält eine Hand in der Nähe des Tasers, den er trägt. Ich schätze, sie wollen Häftlinge nicht vor den Augen ihrer Familienmitglieder erschießen.

Mel scheint nicht wahrzunehmen, dass der Wachmann hinter ihm steht, oder es ist ihm egal. Er senkt seine Stimme noch weiter. »Weißt du, deine Internetfans da draußen sind immer noch auf der Suche nach dir. Es wäre doch zu schade, wenn sie dich finden würden. Ich kann mir kaum vorstellen, was sie tun würden. Und du?«

Ich lasse die Stille zwischen uns wachsen, dann beuge ich mich langsam vor, bis ich nur noch einen Zentimeter vom

Plexiglas entfernt bin. Zwei Zentimeter von ihm. »Wenn ich auch nur das geringste Anzeichen dafür erkenne, dass sie wissen, wo ich bin, *werde ich dich töten.*«

»Erzähl mir doch, wie du das zu tun gedenkst, Gina. Denn ich habe hier die Macht. Ich hatte immer die Macht.«

Ich starre ihn nur an. Er hält den Hörer in seiner rechten Hand, aber seine linke Hand befindet sich unter dem Tisch. Verborgen von seinem Körper vor dem Wachmann, der fast direkt hinter ihm steht. Der Wachmann sieht jetzt mich an, nicht Mel.

Schlagartig wird mir klar, dass Mel seinen Schritt massiert. Es macht ihn hart, gedanklich meinen Mord zu planen. Mir ist übel, aber ich bin nicht schockiert. Darüber bin ich längst hinaus. Ich kann seine Augen nicht sehen, aber ich weiß, dass das Monster aus ihnen heraussieht.

Und ich bin abgestoßen und koche fast vor Wut.

Ich halte meine Stimme gesenkt. »Nimm die Hand von deinem Schwanz, Melvin. Wenn du mir das nächste Mal Ärger machst, wirst du keinen mehr haben. Verstanden?«

Er schenkt mir ein unbekümmertes Lächeln. »Wenn ich hier drin sterbe, geht alles, was ich weiß, online. Ich habe Vorkehrungen getroffen. Genau wie du.«

Ich glaube ihm. Das ist genau die Art von Abrechnung, die zu Mel passt, ein letzter Stinkefinger aus dem Grab heraus. Es interessiert ihn nicht, dass das auch seine Kinder vernichten würde – nicht mehr. Er hat sie einst geliebt, das bezweifle ich nicht, aber es war eine egoistische Liebe. Er war stolz auf sie, weil er stolz auf sich war. Er liebte sie, weil sie ihn liebten, ohne Fragen oder Bedingungen.

Aber schlussendlich gibt es für Mel nur Mel selbst und die anderen, die er benutzen kann. Das habe ich in aller Härte gelernt.

Gewalt ist alles, was er versteht, weshalb ich diesen Gefallen von Absalom eingefordert habe. Ich will, dass Melvin genau spürt, was er riskiert, wenn er hinter uns her ist. Die Angst vor dem Tod ist das Einzige, was ihn möglicherweise davon überzeugt, dass es besser ist, uns in Ruhe zu lassen. Ich weiß nicht, ob er Schmerzen fürchtet; ich weiß, dass er sie spürt, aber auf Angst vor Schmerzen als Drohmittel zu bauen, ist, was ihn betrifft, eine heikle Sache. Eins ist jedoch sicher: Er will nicht sterben oder verstümmelt werden. Nicht, wenn es nicht von ihm selbst herbeigeführt ist. Nach wie vor spielt das Thema »Kontrolle« auf dieser widerlichen, perversen Ebene eine entscheidende Rolle.

»Hier kommt mein Angebot«, erkläre ich ihm. »Du lässt uns in Ruhe und versuchst nicht, uns eins auszuwischen, und ich sorge dafür, dass du nicht von einer Eisenstange gefickt und in der Dusche totgeprügelt wirst. Wie klingt das?«

Seine Lippen sind lädiert und geschwollen, aber er lächelt. Als er das tut, spannt sich die lilafarbene Haut, und ein dunkelroter Riss platzt auf, sodass frisches Blut sein Kinn heruntertropft. Es landet auf seinen kaputten Fingern und sickert in den sauberen Baumwollverband, wo es einen übelkeitserregenden roten Fleck hinterlässt. Da ist das Monster wieder, überall an ihm. Nicht mehr versteckt. Es scheint ihm nicht aufzufallen, geschweige denn ihn zu interessieren. »Herzchen«, sagt er. »Ich wusste ja gar nicht, dass so etwas in dir steckt. All diese Gewalt. Das ist echt sexy.«

»Fick dich.«

»Lass mich dir erklären, wie es ablaufen wird, Gina.« Es gefällt ihm, meinen alten Namen auszusprechen. Ihn in seinem Mund herumrollen zu lassen. Ihn zu schmecken. Na schön, soll er doch. Ich bin nicht mehr Gina. »Ich kenne dich. Du bist so mysteriös wie ein Aufziehspielzeug. Du wirst in dein kleines Dorf zurücklaufen und beten, dass ich meine Drohung nicht wahr mache. Du wirst einen Tag, vielleicht zwei zaudern und zweifeln. Dann wird dir klar werden, dass du dich nicht auf meinen guten Willen verlassen kannst, und du wirst dir meine Kinder schnappen und weglaufen. Wieder einmal. Du zerstörst sie mit all diesem Weglaufen und Verstecken, das ist dir schon klar, oder? Glaubst du, sie werden nicht daran zerbrechen? Brady dreht in aller Stille durch, und du erkennst es noch nicht einmal. Aber ich erkenne es. Der Apfel fällt nicht weit vom Stamm. Und du wirst weglaufen und ihr Leben wieder zerreißen und sie dazu verdammen, auf der Abwärtsspirale eine weitere Schleife nach unten zu drehen ...«

Mitten in seiner ruhigen, unheimlich gemäßigten Tirade hänge ich den Hörer ein, stehe auf und starre ihn durch das schmutzige Plastik an. Andere Leute vor mir haben sich schon gegen diese Barriere gelehnt. Ich sehe die verschwitzten Umrisse von Fingerabdrücken und den hauchdünnen Abdruck von Lippenstift.

Ich spucke.

Der Speichel trifft auf das Glas und läuft nach unten. Dadurch sieht es fast so aus, als würde er weinen, wäre da nicht das übelkeiterregende Dauergrinsen in seinem Gesicht. Einen Augenblick bin ich von all dem überwältigt – dem Gestank dieses Orts. Dem Anblick des frischen Bluts, das von seinem Kinn tropft. Der glitschigen, schrecklichen Art, wie sich seine Stimme noch immer durch mein Innerstes windet und Furcht und Abscheu und Selbstzweifel weckt, weil ich *diesem Ding* einst vertraut habe.

Er redet immer noch in den Hörer.

Ich nehme das Telefon nicht wieder in die Hand, sondern lege beide Handflächen auf die Ablage und starre das Monster an. Den Mann, den ich geheiratet habe. Den Vater meiner Kinder. Den Mörder von mehr als zwölf jungen Frauen, deren Leichen unter Wasser schwankten, während sie langsam, ganz langsam verrotteten. Eine von ihnen konnte nicht identifiziert werden. Sie ist nicht einmal eine *Erinnerung.*

Ich hasse ihn mit solch einer Intensität, dass es sich anfühlt, als würde ich sterben. Mich selbst hasse ich auch.

»Ich werde dich umbringen«, versichere ich ihm und artikuliere das so deutlich, dass er die Worte durch die schalldichte Scheibe ausmachen kann. »Du dreckiges, verfluchtes Monster.« Mir ist absolut klar, dass sie mich über die Kamera oben in der Ecke aufnehmen. Es kümmert mich einen Dreck. Wenn ich eines Tages auf der falschen Seite dieser Barriere lande, ist das vielleicht der Preis, den ich zahlen muss, um meine Kinder zu beschützen. Und damit kann ich gut leben.

Er lacht. Seine Lippen lösen sich voneinander, sein Mund öffnet sich, und ich sehe die rohe, dunkle Höhle seines Munds. Ich erinnere mich, dass er seine Opfer mit diesen Zähnen gebissen hat, von ihnen Teile abgebissen hat. Ich glaube, der Blick in seinen Augen war damals derselbe wie der, den er mir jetzt zuwirft, während er darum kämpft, diese zugeschwollenen Augenlider weiter zu öffnen. Er sieht nicht einmal mehr menschlich aus.

»Lauf«, sehe ich ihn sagen, und er artikuliert es so, dass ich seine Lippen lesen kann. »Lauf weg.«

Stattdessen gehe ich. Langsam. Ruhig.

Scheiß auf ihn.

× × ×

Auf dem Weg zurück zum Flughafen zittere ich so heftig von der verzögerten Reaktion, dass ich anhalten und mir ein süßes, zuckerhaltiges Getränk kaufen muss, um meine Nerven zu beruhigen; ich trinke es im geparkten Auto und beschließe dann, einen Umweg zu machen. Ich trage eine große Sonnenbrille, eine blonde Perücke und einen Schlapphut, und die Sonne geht langsam unter, als ich vier Blocks entfernt parke und zu der Freifläche gehe, auf der einst das Haus meiner Familie stand.

Er ist nett, der kleine Park. Dichtes, grünes Gras, gut gepflegt; eine Umrahmung von leuchtenden Blumen und ein nacktes Marmorquadrat mit einem Springbrunnen darauf, der ruhig vor sich hinplätschert. Ich lese die Inschrift, auf der nichts darüber steht, dass dies ein Tatort ist; nur die Namen von Mels Opfern wurden aufgelistet sowie ein Datum, und am Ende steht: MÖGE DIESEM ORT FRIEDEN GESCHENKT SEIN.

Ganz in der Nähe steht einladend eine Bank. Ein paar Meter weiter hinten gibt es auch noch einen kleinen gusseisernen Tisch und Stühle auf einer Betonfläche, wo möglicherweise früher unser Wohnzimmer war.

Ich setze mich nicht hin. Ich habe kein Recht dazu, es mir an diesem Ort gemütlich zu machen. Ich sehe mir nur alles an, neige einen Augenblick den Kopf und gehe wieder. Falls jemand diesen Ort beobachtet, möchte ich nicht, dass ich erkannt werde oder man sich mir nähert. Ich will nur eine Dame sein, die an einem schönen Tag einen Spaziergang macht.

Ich habe das Gefühl, beobachtet zu werden, aber ich glaube, das ist nur die Last der Schuld auf meinen Schultern. Sicher lauern hier noch Geister, wütend und hungrig. Das kann ich ihnen kaum vorwerfen. Nur mir selbst kann ich es vorhalten.

Auf dem Rückweg zu meinem Auto renne ich fast, und ich fahre etwas zu schnell los, also würde mich etwas verfolgen. Es dauert mehrere Kilometer, bis ich mich wieder sicher fühle und bereit bin, die erstickende, schwitzige Perücke und den Hut abzunehmen. Die Sonnenbrille behalte ich auf. Der Sonnenuntergang ist zu grell ohne sie.

Ich halte wieder an und hole mein Tablet heraus. Der Empfang ist nicht grandios, und ich muss eine Weile warten, bis die Feeds geladen sind, aber da ist es: mein Haus, sichtbar von der Vordertür aus, die Rückseite, der Weitwinkel, das Innere. Ich sehe Sam Cade draußen, wie er Bretter auf die unfertige Terrasse nagelt.

Ich rufe Sam an, und er versichert mir, dass alles okay ist. Alles klingt nach einem normalen, beschaulichen Tag. Ereignislos.

Normalität klingt wie der Himmel, unerreichbar und verboten. Ich weiß nur zu gut, wie viel Macht Mel noch immer über uns hat. Ich weiß nicht, wie er uns gefunden hat, und werde es wohl nie erfahren. Er hat eine Quelle; das ist klar. Wer auch immer ihm Informationen übermittelt, weiß möglicherweise nicht einmal, welchen Schaden er damit anrichtet. Mel ist ein guter Lügner. Er war schon immer ein meisterhafter Manipulator. Er ist ein heimtückisches, ansteckendes Virus, das auf die Welt losgelassen wurde. Ich hätte meine Chance nutzen und diesen Scheißkerl einfach umbringen lassen sollen. Wenn ich Absalom anrufe, um etwas Endgültigeres zu vereinbaren, würde das mehr kosten, als ich wirklich zahlen kann. Das weiß ich. Und wenn es darum geht, einen Mord zu erkaufen, selbst den Mord eines Mannes in der Todeszelle … schreckt etwas in mir davor zurück. Vielleicht ist es nur die Angst, dass ich erwischt werde und meine Kinder dann ganz allein auf der Welt sind. Hilflos und ungeschützt.

Für den Rest der Fahrt bin ich übervorsichtig, achte auf mögliche Leute, die mir folgen könnten. Gleichzeitig verspüre ich das dringende Bedürfnis, endlich nach Hause zu kommen. Jede Minute, in der ich weg bin, ist eine weitere Minute, die ich nicht da bin, um meine Kinder zu beschützen, um als ihr Schild zu fungieren. Ich nutze die Express-Abgabe für mein gemietetes Auto. Der Security-Check am Flughafen scheint eine Ewigkeit zu dauern, und ich würde am liebsten die Idioten anschreien, die nicht wissen, wie sie ihre Schuhe ausziehen, ihre Laptops herausholen oder ihre Handys aus den Taschen kramen sollen.

Letztendlich spielt das aber keine Rolle, denn als ich durch den Check bin, erfahre ich, dass der Flug nach Knoxville ausfällt. Ich muss weitere zwei Stunden auf den nächsten Flug warten und berechne stattdessen die Entfernung. Am liebsten würde ich die Strecke einfach fahren, *irgendetwas tun,* aber das würde natürlich noch viel länger dauern.

Ich muss warten und tue das neben einer Steckdose, an der ich mein Tablet auflade. Ich beobachte den Feed vom Haus, als die Sonne untergeht und die Aufnahme zu einem körnigeren Bild in Graustufe mutiert. Ich wechsle zur Innenkamera und sehe Sam mit einem Glas in der Hand auf dem Sofa sitzen und fernsehen. Lanny macht irgendetwas in der Küche. Ich sehe Connor nicht, aber er ist wahrscheinlich in seinem Zimmer.

Ich behalte weiter die Außenseite des Hauses im Auge. Nur für den Fall. Ich habe den Bildschirm sogar noch an, als endlich das Boarding für den Flug beginnt, und schalte ihn erst widerwillig aus, als mich die Stewardess bittet, die Internetfunktion zu deaktivieren. Ich versuche, nicht darüber nachzudenken, was passieren könnte, während ich mich in der Luft befinde. Der Flug dauert nicht lang, aber lang genug. Sobald das Signal angezeigt wird, dass die Geräte aktiviert werden können, schalte ich das Tablet wieder an und verbinde es mit dem teuren Flugzeug-WLAN.

Alles ist friedlich. Unheimlich ruhig. Ich denke an Mels blutiges Grinsen und zittere, als würde ich frieren. Vielleicht tue ich das auch. Ich schalte das Gebläse über mir aus und bitte um eine Decke. Den Rest des Flugs über schaue ich mir den langsamen, störanfälligen Feed an, bis wir am Flughafen ankommen.

Die Fahrt zum Gate und der Ausstieg dauern ewig. Ich beobachte die Kameras den gesamten, schlurfenden Weg bis zur Tür, und sobald ich hindurch bin, verstaue ich das Tablet und laufe durch den Verbindungstunnel, weiche anderen Passagieren aus und sprinte durch das Terminal bis zum Ausgang. Wieder spüre ich den heißen Atem in meinem Nacken. Ich habe das Gefühl, als würden mich zuschnappende Zähne streifen.

Dann bin ich draußen in der feuchten Dunkelheit und suche hektisch nach der Stelle, an der ich meinen Jeep geparkt habe. Als ich ihn gefunden habe, überprüfe ich noch einmal die Kameras und lasse das Tablet dann offen auf dem Beifahrersitz liegen, während ich vom Flughafen in Richtung Stillhouse Lake fahre. Ich rufe Sam an und gebe ihm Bescheid, dass ich unterwegs bin.

Immer wenn es während der Fahrt sicher ist, werfe ich einen kurzen Blick auf die Kamera-Feeds, während ich versuche, mir selbst zu versichern, dass es meinen Kindern gut geht, dass niemand ihnen zu nahe gekommen ist ... Und den gesamten Weg über erinnere ich mich an das unheimliche Lächeln auf Mels zerstörtem Gesicht.

Dieses Lächeln beweist mir, dass er noch nicht fertig ist.

Dass *wir* noch nicht fertig miteinander sind.

KAPITEL 6

Die Dunkelheit ist bereits hereingebrochen, als ich auf die Straße nach Stillhouse Lake einbiege. Ich fahre zu schnell, rase um die engen Kurven und hoffe, dass an diesem Abend niemand hier läuft oder ohne Licht fährt.

Glücklicherweise tut das auch niemand. Alles ist ruhig, und mit einem Gefühl der Erleichterung fahre ich in unsere Einfahrt. Dabei ist diese Erleichterung unlogisch, denn dieses Heim, dieser Zufluchtsort, ist nicht mehr sicher. Es ist eine Illusion. Es ist immer eine Illusion gewesen.

Als ich bremse und die Scheinwerfer des Jeeps ausschalte, sehe ich Sam Cade auf der Veranda sitzen und ein Bier trinken. Ich greife nach dem Tablet, um es abzuschalten, und stelle fest, dass der Akku völlig leer ist. Ich verstaue es und atme ein paarmal tief durch, um mich wieder unter Kontrolle zu bekommen. Irgendwie hatte ich nicht erwartet, anzukommen und alles in Ordnung vorzufinden.

Auch wenn das meine größte Hoffnung war.

Ich steige aus und geselle mich zu Sam auf die Veranda; er reicht mir schweigend ein kaltes *Samuel Adams*. Dankbar öffne ich es und trinke einen Schluck. Es hat den wundervollen Geschmack von zu Hause.

»Das war ja mal ein höllischer Kurztrip«, kommentiert er. »Ist alles okay?«

Ich überlege, was er in meinem Gesicht wohl abliest, um das zu fragen. »Ja. Ich glaube schon. Nur etwas Geschäftliches, um das ich mich kümmern musste. Ist erledigt.« *Nein, ist es nicht. Nichts ist erledigt. Ich dachte, er würde die Botschaft verstehen, aber stattdessen war er nicht einmal besorgt. Er hat keine Angst vor mir.*

Was bedeutet, dass ich Angst vor ihm haben sollte. Mal wieder.

»Na gut. Wir haben den Rahmen der Terrasse fertig. Noch ein paar Tage, um die Bretter zu befestigen und wasserdicht zu machen, dann kann sie benutzt werden.« Er zögert. »Gwen, vor ungefähr einer Stunde war die Polizei hier. Sie haben gesagt, sie wollten dich noch einmal wegen, du weißt schon, des Mädchens im See befragen. Ich habe ihnen gesagt, du würdest anrufen.«

Mir wird flau im Magen, aber ich nicke und hoffe, dass ich entspannt wirke. »Ich schätze, sie greifen noch immer nach Strohhalmen, was die tote Frau angeht. Ich hatte eigentlich gehofft, sie wären damit durch.« *Oder geht es um etwas Neues? Einen Gruß von Mel?*

»Ich schätze, sie sind noch nicht durch, da sie den Mörder noch nicht haben«, sagt er. Er trinkt noch einen Schluck. »Du hältst doch nichts verborgen, oder?«

»Nein. Natürlich nicht.«

»Ich frage nur, weil mir nicht gefallen hat, was ich bei denen gespürt habe. Sei einfach vorsichtig, wenn du mit ihnen redest, okay? Nimm vielleicht einen Anwalt mit.«

Einen Anwalt? Mein erster Impuls sind Schock und Ablehnung, aber dann überdenke ich das. Es könnte eine gute Idee sein. Einem Anwalt könnte ich alles hinsichtlich meiner Vergangenheit anvertrauen, und er müsste Schweigen bewahren. Vielleicht würde es sich gut anfühlen, diese Bürde endlich loszuwerden. Und vielleicht auch nicht. Wenn ich noch nicht einmal Sam vollständig mit all meinen Geheimnissen vertrauen kann, wäre es beinahe unmöglich, einem Wald- und Wiesenanwalt in Norton zu vertrauen. Das hier ist eine kleine Stadt. Die Leute reden.

Ich wechsle das Thema. »Wie geht's den Kindern?«

»Alles in Ordnung. Wir hatten Pizza zum Abendessen. Sie haben Hausaufgaben. Sind nicht sonderlich glücklich darüber. Über die Hausaufgaben, meine ich. Vom Essen waren sie begeistert.«

»Gut, das ist normal.« Mir wird plötzlich klar, dass ich am Verhungern bin; ich hatte den ganzen Tag nichts weiter als Kaffee und eine Limo. »Ist von der Pizza noch was übrig?«

»Bei zwei Kindern? Du träumst, wenn du glaubst, sie hätten eine große nicht allein aufgefuttert.« Sam lächelt ein wenig. »Aber genau deshalb hab ich zwei Pizzen bestellt. Sie muss nur noch etwas aufgewärmt werden.«

»Klingt himmlisch. Leistest du mir Gesellschaft?«

Und so sitzen wir in freundschaftlichem Schweigen am Küchentisch, während ich zwei Stück Pizza esse und über ein drittes nachdenke. Lanny kommt aus ihrem Zimmer, um sich einen Energydrink zu schnappen und ein Stück zu stibitzen. Sie hebt eine Augenbraue. »Du bist wieder da.«

»Brich bloß nicht gleich in Jubelstürme aus.«

Sie reißt die Augen auf, zappelt mit den Händen und hebt ihre Stimme auf ein nerviges, zuckersüßes Level. »*Du bist wieder da! Oh, Mom, ich hab dich ja so vermisst!*«

Ich ersticke fast an meiner Pizza. Sie grinst, geht zurück in ihr Zimmer und schlägt unnötigerweise die Tür zu. Das bringt Connor dazu, seinen Kopf aus der Tür zu stecken. Er sieht mich und lächelt. »Hallo Mom.«

»Hi, Schätzchen. Brauchst du Hilfe bei den Hausaufgaben?«

»Nein, das bekomm ich hin. Ist ganz einfach. Ich bin froh, dass du wieder da bist.«

Bei ihm klingt das ehrlich, und warm lächle ich zurück. Die Wärme schwindet, als sich Connor in sein Zimmer zurückzieht und ich mich der schrecklichen Realität stellen muss: *Mel weiß, wo wir sind. Er weiß es. Er hat über Brady gesprochen. Spezifisch über meinen Sohn.*

Die Antwort darauf ist offensichtlich. Der Van steht bei Javier bereit. Ich muss nur mit dem Jeep zu ihm fahren, den Van abholen, uns einladen, und es geht los. Einen neuen Ort finden, an dem wir von vorn anfangen können. Wir können die Notfallausweise benutzen, die ich im Geoversteck fünfzig Meilen von hier vergraben habe; dort befindet sich auch ein kleiner Teil des Geldes, den ich aber dort belassen werde. Ich habe so oder so dreißigtausend zur Hand. Ich muss Absalom in Bitcoin bezahlen, damit er uns neue, saubere Papiere und Hintergrundgeschichten besorgt, sobald wir diese Identität verbrannt haben. Und das wird uns mindestens weitere zehntausend kosten. Bei der Leichtigkeit, mit der er das tut, kann ich nur vermuten, dass er für irgendeinen undurchsichtigen Geheimdienst arbeitet, bei dem gefälschte Identitäten so normal wie Spam-Mails sind.

Melvin erwartet, dass ich weglaufe; das hat er mir auf den Kopf zugesagt. Aber jeder läuft vor dem Monster davon. *Jeder außer dem Monsterjäger,* protestiert eine Stimme in meinem Kopf. Diesmal nicht die von Mel. Meine eigene. Sie klingt ruhig und gelassen und völlig fähig. *Tu das nicht. Du bist glücklich hier. Lass ihn nicht gewinnen. Du hast die Oberhand, und das weiß er auch. Er will nicht sterben, und du kannst diesen Schalter jederzeit umlegen.*

Ich denke darüber nach, während ich den letzten Bissen der Pizza hinunterschlucke und mein Bier austrinke. Sam beobachtet mich, durchbricht die Stille jedoch nicht, stellt keine Fragen. Das gefällt mir.

Schließlich bin ich diejenige, die etwas sagt. »Sam ... ich muss dir etwas erzählen. Wenn du danach gehst, ist das okay; ich werde dir das nicht übel nehmen. Aber ich muss mich jemandem anvertrauen, und ich habe beschlossen, dass du dafür der Richtige bist.«

Er sieht leicht bestürzt aus. »Gwen ...«, beginnt er. Ich spüre, dass er mir etwas sagen will, und warte, aber er spricht nicht weiter. Schließlich schüttelt er den Kopf. »Okay. Leg los.«

»Draußen«, sage ich. »Ich möchte nicht, dass die Kinder mithören können.«

Wir treten hinaus an die frische Luft und setzen uns auf die Sessel. Wolkiger Dunst steigt vom See auf, sodass er unheimlich und mysteriös wirkt. Ein halber Mond leuchtet am klaren, sternenübersäten Himmel. Es ist hell genug, dass wir einander sehen.

Ich sehe ihn jedoch nicht an, als ich beginne. Ich will den Augenblick der Erkenntnis nicht sehen. »Mein echter Name ist nicht Gwen Proctor«, sage ich. »Sondern Gina Royal.«

Ich warte. Seine Körpersprache, die ich aus dem Augenwinkel sehe, ändert sich nicht. »Okay«, sagt er. Und mir wird klar, dass er den Namen nicht zu kennen scheint.

»Ich war einst die Frau von Melvin Royal. Vielleicht erinnerst du dich an ihn. Der Schrecken von Kansas?«

Er atmet scharf ein und lässt sich in seinen Sessel zurücksinken. Er hält sein Bier an die Lippen, trinkt es komplett aus und sitzt dann schweigend da und dreht die Flasche in seinen Händen. Ich höre ein Plätschern vom See. Ich schätze, jemand ist da draußen im Nebel. Kein Motor. Sie scheinen zu rudern. Die Nacht ist ziemlich dunkel dafür, aber manche Leute mögen die Dunkelheit.

»Ich wurde wegen Beihilfe vor Gericht gestellt«, rede ich weiter. »Man hat mich Melvins kleine Helferin genannt. Das war ich nicht. Ich wusste nichts von dem, was er getan hat, aber das spielte keine Rolle; die Leute wollten es eben glauben. Ich war mit einem Monster verheiratet, habe in seinem Bett geschlafen. Wie sollte ich es nicht gewusst haben?«

»Das ist eine gute Frage«, sagt Sam. »Wie?« Etwas Hartes liegt in seiner Stimme. Es tut weh.

Ich schlucke schwer und schmecke plötzlich etwas Metallisches auf meiner Zunge. »Ich weiß es nicht ... er war gut darin, vorzugeben, ein menschliches Wesen zu sein. Ein guter Vater. Gott steh mir bei, ich habe es nicht kommen sehen. Ich dachte einfach nur, er wäre ... exzentrisch. Dass wir uns etwas auseinandergelebt haben, wie das bei verheirateten Paaren so passiert. Ich erfuhr es erst, als der SUV durch die Wand der Garage fuhr und sie dort das letzte Opfer entdeckten ... ich habe sie gesehen, Sam. *Ich habe sie gesehen,* und diesen Anblick werde ich nie wieder vergessen können.« Ich halte inne und sehe ihn an. Er schaut mich nicht an. Er beobachtet das Kräuseln im See, den aufsteigenden Nebel. Sein Gesicht ist so leer, dass ich kein Gespür dafür bekomme, was er fühlt. »Ich wurde freigesprochen, aber das bedeutet nicht viel. Die Leute, die glauben, ich wäre schuldig, lassen nicht locker. Sie wollen mich bestrafen. Und das haben sie. Wir mussten wegziehen, weglaufen, mehr als einmal unsere Namen ändern.«

»Vielleicht haben sie recht damit«, sagt er. Er klingt jetzt anders. Steif und harsch. »Vielleicht glauben sie noch immer, dass du schuldig bist.«

»Aber das bin ich nicht!« Es tut weh, tief in meinem Inneren, an diesem Ort, an dem ich gehofft habe, dass irgendwann Hoffnung gedeihen könnte. Ich spüre, wie sie hier und jetzt stirbt. »Und was ist mit meinen Kindern? Sie verdienen nichts davon. Niemals.«

Für eine lange, lange Zeit schweigt er, steht jedoch nicht auf, um zu gehen. Er denkt nach. Ich weiß nicht, was in seinem Kopf vorgeht, und immer wieder glaube ich, dass er reden wird, aber dann überlegt er es sich anders, und der Augenblick ist vergangen.

Als er etwas sagt, ist es nicht das, was ich erwartet habe. »Du machst dir Sorgen darüber, aufgespürt zu werden. Von den Familien der Opfer.«

»Ja. Ständig. Es ist schwer für mich, irgendjemandem zu vertrauen. Verstehst du, warum? Wir haben hier endlich ein Zuhause, Sam. Ich will nicht weglaufen. Aber jetzt ...«

»Hast du sie umgebracht?«, fragt er mich. »Das Mädchen im See? Erzählst du mir deshalb jetzt davon?«

Ich bin sprachlos. Ich starre sein Profil an und bin wie betäubt, so wie man sich nach einer schweren Verletzung fühlt. *Ich habe einen schrecklichen Fehler begangen,* denke ich. *Dumme, dumme Gwen.* Nie hätte ich geglaubt, dass Sam so schnell so etwas von mir denken würde.

»Nein«, sage ich schließlich, denn was kann ich sonst sagen? »Ich habe noch nie jemanden getötet. Ich habe noch nie jemandem überhaupt wehgetan oder etwas Böses gewünscht.« Das stimmt nicht ganz, denke ich. Ich sehe Mels blaue Flecken und Schnittwunden vor mir, und erinnere mich an die bittere Befriedigung, die ich dabei empfand. Aber bis auf diesen einen speziellen Fall ist es die Wahrheit. »Ich weiß nicht, wie ich dich davon überzeugen kann.«

Er antwortet nicht. Eine Weile sitzen wir schweigend da. Es ist nicht angenehm, aber ich bin auch nicht willens, diejenige zu sein, die es beendet.

Schließlich tut Sam es. »Gwen, es tut mir leid. Nenne ich dich trotzdem ...«

»Ja«, unterbreche ich ihn. »Immer. Was mich betrifft, ist Gina Royal schon lange tot.«

»Und ... dein Mann?«

»Ex-Mann. Am Leben, im Gefängnis El Dorado«, sage ich. »Dort war ich heute.«

»Du *besuchst* ihn noch?« Ganz deutlich höre ich die Abscheu heraus. Den Verrat, als hätte ich ein Bild zerstört, das er von mir hatte. »Gott, Gwen ...«

»Das tue ich nicht«, erkläre ich. »Es war mein erster Besuch bei ihm, seit er verhaftet wurde. Ich würde mir lieber die Pulsadern aufschlitzen, als ihn zu sehen, glaub mir. Aber er hat mir gedroht. Hat meine Kinder bedroht. Das versuche ich gerade, dir zu erklären: Er hat herausgefunden, wo wir sind, Gott weiß wie. Er muss lediglich einem der Leute Bescheid geben, die hinter uns her sind. Ich musste ihn sehen, um ihm klarzumachen, dass ich dieses Spiel nicht mitspielen werde.«

»Und wie ist das gelaufen?«

»Ungefähr so, wie ich es erwartet habe«, sage ich. »Also muss ich jetzt eine große Entscheidung treffen. Weglaufen oder bleiben. Ich möchte bleiben, Sam. Aber ...«

»Aber es wäre um einiges cleverer zu gehen«, sagt er. »Hör mal, ich habe keine Ahnung, was du durchmachst, aber ich würde mir weniger Sorgen über einen Ex im Gefängnis machen als über ... die Verwandten der Opfer. Sie haben ein Familienmitglied verloren. Vielleicht glauben sie, wenn er auch eins verliert, ist das Gerechtigkeit.«

Darüber mache ich mir ja auch Sorgen. Ich mache mir Sorgen über echte, rechtschaffene Trauer und Wut. Ich mache mir Sorgen über die soziopathische, gleichgültige Bösartigkeit der Perverslinge, für die das nur ein Spaß ist. Ich mache mir über alles und jeden Sorgen. »Vielleicht«, sage ich. »Bei Gott. Ich kann nicht mal behaupten, dass ich das nicht verstehe, denn das tue ich.« Ich trinke einen Schluck Bier, nur um den schlechten Geschmack in meinem Mund loszuwerden. »Mel ist im Todestrakt, aber es wird noch lange dauern, bevor sie ihn auf einen Tisch schnallen, und ich glaube, er wird sich selbst umbringen, bevor das passiert. Er würde die Kontrolle über sein Leben nie aus der Hand geben wollen.«

»Dann solltest du vielleicht nicht weglaufen«, sagt Sam. »Das ist das, was er erwartet. Er will, dass du Angst hast und wegläufst.« Er stellt seine Flasche auf den Boden der Veranda. »Und hast du das? Hast du Angst?«

»Wahnsinnige Angst«, vertraue ich ihm an. Bei Mel hätte ich vermutlich *verfickte Angst* gesagt. Schon seltsam. In Mels Gegenwart habe ich geflucht wie ein alter Seebär, weil er die in mir aufgestaute Wut herausgekitzelt hat, aber bei Sam verspüre ich nicht den Wunsch, diese Sprache zu benutzen. Ich fühle mich nicht so defensiv. Ich brauche den Schild nicht. »Ich möchte nicht behaupten, dass es mir egal ist, was mit mir passiert; natürlich ist es das nicht. Aber meine *Kinder*. Sie haben schon genug damit zu kämpfen, die Kinder von jemandem wie ... ihm ... zu sein. Ich weiß, dass es für sie besser ist, wenn wir bleiben, aber wie kann ich dieses Risiko eingehen?«

»Wissen sie es? Das über ihren Vater?«

»Ja. Das meiste davon. Ich versuche, die schrecklichen Details von ihnen fernzuhalten, aber ...« Hilflos zucke ich mit den Achseln. »Das Zeitalter des Internets. Lanny weiß mittlerweile vermutlich fast alles. Connor – Gott, ich hoffe nicht. Es ist schwer genug für einen Erwachsenen, damit umzugehen, wenn er das Schlimmste weiß. Ich kann mir nicht vorstellen, was es mit jemandem in seinem Alter anstellen würde.«

»Kinder sind stärker, als du glaubst. Und auch morbide«, sagt Sam. »Ich war es zumindest. Ich habe in toten Dingen herumgestochert. Blutige Geschichten erzählt. Aber es gibt einen Unterschied zwischen Vorstellung und Realität. Lass sie nur nie die Bilder sehen.«

Ich erinnere mich, dass er in Afghanistan war. Aufgrund seines dunklen Tonfalls frage ich mich, was er dort gesehen hat. Vermutlich mehr als ich, obwohl ich mit all den schrecklichen Bildern zu tun hatte, dem Horror und der Wut der Familien der Opfer bei meiner Gerichtsverhandlung. Zumindest von denen, die noch die Nerven hatten zu kommen, was zu dieser Zeit nicht mehr so viele waren. Als ich freigesprochen wurde, waren nur noch vier übrig, die für die Urteilsverkündung geblieben waren.

Drei davon hatten gedroht, mich umzubringen.

Die meisten Familien waren bei Mels Gerichtsverhandlung anwesend gewesen, das hatte ich zumindest gehört. Und es hatte sie zerstört. Er hatte die ganze Angelegenheit sehr langweilig gefunden. Er hatte gegähnt, war eingeschlafen. Er hatte sogar gelacht, als eine Mutter in Ohnmacht fiel, nachdem sie zum ersten Mal ein Bild vom verwesenden Gesicht ihrer Tochter unter Wasser gesehen hatte. Ich hatte die Berichte darüber gelesen.

Für ihn war der Schmerz dieser Frau – der Schmerz dieser Mutter – schreiend komisch.

»Sam ...« Ich weiß nicht, was ich ihm sagen will. Ich weiß, was ich von ihm hören will: dass alles gut wird. Dass er mir vergibt. Dass der Frieden, den wir zwischen uns geschaffen haben, diese zerbrechliche, unbenannte Beziehung, nicht durch meine Worte zerstört worden ist.

Er steht auf, den Blick noch immer auf den See gerichtet, und steckt die Hände in seine Jeanstaschen. Ich brauche keinen Psychologen, um zu erkennen, dass er sich von mir zurückzieht.

»Ich weiß, wie schwer es für dich war, darüber zu reden. Und ich sage nicht, dass ich dein Vertrauen nicht zu schätzen weiß, aber ... ich muss über das Ganze nachdenken«, erklärt er mir. »Keine Sorge. Ich werde niemandem davon erzählen. Das verspreche ich.«

»Ich hätte es dir nie erzählt, wenn ich geglaubt hätte, dass du das tun würdest«, sage ich. Der schwere Teil, wird mir klar, ist nicht, ihm die Wahrheit zu erzählen; es ist die reißende Angst in mir, dass er sich jetzt von mir abwenden wird, dass dies der letzte Augenblick ist, in dem wir Freunde sind oder überhaupt freundlich miteinander umgehen. Ich hätte nie gedacht, dass es wehtun würde, aber das tut es. Die zerbrechlichen kleinen Wurzeln, die ich geschlagen habe, werden herausgerissen. Ich versuche, mir selbst einzureden, dass es vielleicht das Beste so ist, fühle aber nur Trauer.

»Gute Nacht, Gwen«, sagt er und geht die Treppe hinunter ... aber nicht bis ganz nach unten. Er zögert und sieht schließlich zurück zu mir. Ich kann seinen Gesichtsausdruck nicht gut lesen, aber zumindest ist er nicht wütend. »Kommst du klar?«

Für mich klingt das nach einem Abschied. Ich nicke und sage nichts, denn nichts, was ich sagen kann, würde helfen. Paranoia bricht aus all meinen Poren und schlingt ihre Tentakel um mich. *Was, wenn er sein Wort nicht hält? Wenn er redet? Online etwas schreibt? Was, wenn er unsere Identität aufdeckt?*

Auf gewisse Weise habe ich wohl die Entscheidung getroffen, ohne eine Entscheidung zu treffen. Mit diesem Gespräch habe ich mir Optionen genommen. Mel weiß, wo wir sind. Jetzt weiß auch Sam Cade alles. Freund oder nicht, Verbündeter oder nicht, ich kann ihm nicht vertrauen. Ich kann niemandem vertrauen. Das konnte ich nie. Ich habe mir monatelang selbst etwas vorgemacht, aber der Traum ist ausgeträumt. Vermutlich wird das meine Kinder zurückwerfen, aber ihr körperlicher Schutz hat Vorrang vor ihrem seelischen.

Ich sehe ihm nach, wie er in der Dunkelheit verschwindet, hole mein Handy heraus und schreibe eine SMS an Absalom.

Letzte Nachricht für eine Weile. Wir gehen. Müssen Identitäten und Handys verbrennen, brauchen schnellstmöglich neue. Benutzen vorerst Standby-Unterlagen.

Es dauert nur ein paar Sekunden, bis ich eine Antwort erhalte. Ich frage mich, ob Absalom jemals schläft.

Neue zum selben Preis in Bitcoin. Könnte etwas dauern. Sie wissen, wie es läuft.

Er fragt nie, was passiert ist, warum wir weglaufen müssen. Ich weiß auch nicht, ob es ihn überhaupt interessiert.

Ich gehe ins Haus und sehe nach den Kindern. Es geht ihnen gut, sie leben in ihren eigenen, separaten Welten; diesen Frieden, diesen Luxus wünsche ich mir auch. Die wilde, dunkle Freude in Mels starrenden Augen hat all das weggerissen, und jetzt, wo auch Sam weg ist, fühle ich mich der Welt gegenüber so schutzlos ausgeliefert wie nie zuvor.

Ich hole mir noch ein Bier und setze mich an den Computer. Ich befolge die Schritte, die Absalom mir eingedrillt hat, um die Bitcoin-Zahlung einzuleiten. Ich realisiere, dass ich diesen Computer auch werde verbrennen müssen; auf ihm befinden sich zu viele Informationen, und die muss ich mitnehmen, die Festplatte rösten, in kleine Stücke hauen und in einem Fluss versenken. Und später mithilfe des Sicherungslaufwerks einen neuen Computer einrichten.

Ein neuer Anfang, sage ich mir selbst und versuche zu glauben, dass es nicht nur ein weiterer Rückzug ist, eine weitere Schicht von mir, die ich abstreife. Ich bin schon fast bei den Knochen angelangt.

Im Kopf stelle ich eine Liste der Dinge zusammen, die ich zerstören muss, die ich packen muss, die ich zurücklassen werde. Aber bevor ich sonderlich weit gekommen bin, höre ich ein energisches Klopfen an der Vordertür. Es ist so laut und heftig, dass es mich vom Stuhl reißt. Ich nehme meine Handfeuerwaffe, dann schaue ich auf dem Feed der Sicherheitskamera nach, wer draußen steht.

Es ist die Polizei. Officer Graham, groß, breitschultrig und gebügelt und gestriegelt wie eh und je. Es gefällt mir nicht, aber ich lege die Waffe zurück in den Safe, verschließe ihn und öffne die Tür. Er war schon zu Besuch bei mir, hat an meinem Tisch gesessen, doch jetzt lächelt er nicht einmal.

»Ma'am«, sagt er. »Ich muss Sie bitten, mit mir zu kommen.«

Verschiedenste Dinge schießen mir durch den Kopf, während ich ihn anstarre: Erstens, er muss mich überwacht haben, um zu wissen, dass ich wieder zu Hause bin. Entweder das, oder Sam hat ihn angerufen, was ebenso möglich ist. Zweitens, diese späte Uhrzeit ist dazu gedacht, mich aus dem Konzept zu bringen. Taktik. Ich kenne das Spiel ebenso gut wie er; da bin ich mir fast sicher.

Ich warte ein paar Sekunden, ohne zu antworten, ohne mich zu bewegen. Ich bekämpfe den Ansturm an Erinnerungen und Furcht. Schließlich reagiere ich. »Es ist schon sehr spät. Sie können gern reinkommen, wenn Sie mir Fragen stellen möchten, aber ich lasse meine Kinder nicht allein. Auf keinen Fall.«

»Ich lasse einen Kollegen kommen, der bei ihnen bleibt«, sagt er. »Aber Sie müssen mit mir zur Wache kommen, Ms Proctor.«

Ich starre ihn nieder. Gina Royal, diese arme, schwache Frau, hätte gezittert und sich beschwert und wäre dennoch passiv mitgegangen. Sie wäre in allem einfach passiv geblieben. Zum Pech von Officer Graham bin ich nicht Gina Royal. »Wie steht's mit einem Haftbefehl«, frage ich in flachem, geschäftlichem Tonfall. »Haben Sie einen?«

Das trifft ihn unvorbereitet. Er mustert mich genauer, überdenkt seine Vorgehensweise, die Schock und Furcht hervorrufen sollte. Ich sehe, wie er ein paar Optionen abwägt und verwirft. Dann fährt er in einem freundlicheren Tonfall fort. »Gwen, das Ganze läuft viel unkomplizierter, wenn Sie einfach freiwillig mitkommen. Es gibt keinen Grund, all das durchzumachen, was passiert, wenn wir den Haftbefehl bekommen. Und was wird aus Ihren Kindern, wenn das alles bekannt wird und Sie einen Eintrag im Strafregister bekommen? Glauben Sie, Sie dürfen sie dann behalten?«

Ich blinzele nicht, aber seine Taktik ist gut. Gerissen. »Sie brauchen einen Haftbefehl, um mich dazu zwingen zu können, mit Ihnen zur Wache zu kommen. Bis dahin muss ich keine Fragen beantworten, und das werde ich auch nicht tun. Das ist mein gutes Recht. Gute Nacht, Officer Graham.«

Ich versuche, die Tür zu schließen. Mein Puls schießt in die Höhe, und meine Muskeln spannen sich an, als er seine Handfläche gegen die Tür drückt und sie offen hält. Wenn er sich mit seinem Gewicht dagegenstemmt, kann er mich aus dem Gleichgewicht bringen und reinkommen. Ich habe meine Optionen bereits überdacht. Der Waffensafe ist nutzlos; selbst das Fingerabdruckschloss dauert zu lang, er wird mich überwältigt haben, bevor ich es öffnen kann. Meine beste Möglichkeit ist ein Rückzug in die Küche, in der ich eine kleine .32 an der Rückseite der Kramschublade versteckt habe, ganz zu schweigen von dem Messerblock dort. Diese Gedanken kommen ganz automatisch, eingedrillt durch Jahre der Paranoia. Ich erwarte nicht wirklich, dass er gewalttätig wird.

Aber ich weiß, wie ich reagieren muss, falls er es doch wird.

Officer Graham steht da, hält die Tür geöffnet und wirkt leicht zerknirscht. »Ma'am, wir haben einen Tipp von jemandem in der Nachbarschaft erhalten, dass Sie in der Nacht, in der die Leiche der Frau im See versenkt wurde, mit einem Boot auf dem Wasser gesehen wurden. Wie der Zufall so will, passt die Beschreibung genau auf das Boot, das Ihre Tochter beschrieben hat. Entweder Sie kommen jetzt mit mir, oder die Detectives sind in einer halben Stunde hier. Und die akzeptieren kein Nein als Antwort. Wenn ein Haftbefehl nötig ist, um Sie zur Kooperation zu bewegen, werden die einen mitbringen. Es würde guten Willen Ihrerseits zeigen, wenn Sie jetzt mitkommen.«

»Wie ich also höre, haben Sie nichts weiter als einen anonymen Hinweis«, sage ich, während es in meinem Kopf schreit: *Sam, Sam könnte dir das angetan haben.* Aber die erschreckendere und wahrscheinlichere Möglichkeit ist, dass Mel irgendwie hinter der Sache steckt. »Viel Glück mit dem Haftbefehl. Ich habe keine Einträge im Strafregister. Ich bin eine gesetzestreue Frau mit zwei Kindern, und ich gehe nirgendwo mit Ihnen hin.«

Er gibt auf und lässt mich die Tür schließen. Ich schließe sie leise, obwohl ich sie am liebsten zuschlagen würde. Meine Hände zittern leicht, als ich sämtliche Schlösser und Riegel wieder in Position bringe und die Alarmanlage reaktiviere.

Ich drehe mich um und sehe Connor und Lanny im Flur stehen und mich anstarren. Lanny hat sich vor ihren Bruder gestellt. In ihrer Hand befindet sich ein Küchenmesser. In diesem Augenblick sehe ich deutlich, wie sehr meine Paranoia auf meine Kinder abgefärbt hat, besonders meine Tochter, die so offensichtlich bereit ist zu töten, um ihren Bruder zu schützen, selbst wenn keine unmittelbare Gefahr droht. Ich bin froh, dass sie keine Schusswaffe in die Finger bekommen hat.

Officer Graham hat recht. Ich muss sie zum Schießstand mitnehmen und es ihr richtig beibringen, denn ich kenne mein Kind, und bald wird meine Anweisung, die Waffen nicht anzufassen, nicht mehr ausreichen. Sie nimmt sich mich zum Vorbild, auch wenn sie nicht will, dass ich das weiß. Als ich sie so ansehe, wie sie da steht, das Messer in der Hand, blass und ängstlich und doch furchtlos, liebe ich sie mit einer Intensität, dass es schmerzt. Außerdem habe ich Angst vor dem, was ich aus ihr gemacht habe.

»Ist schon gut«, sage ich, sehr sanft, obwohl es natürlich nicht stimmt. »Lanny. Bitte leg das Messer weg.«

»Schätze, es wäre sowieso keine gute Idee, einen Cop zu erstechen«, sagt sie. »Aber Mom, wenn ...«

»Wenn die Polizei mit offiziellen Unterlagen wiederkommt, gehe ich anstandslos mit«, sage ich ihr. »Und *du* kümmerst dich um Connor. Connor, du wirst tun, was Lanny sagt. Verstanden?«

»Ich bin doch aber der Mann im Haus«, grummelt der, und es jagt mir einen Schauer über den Rücken, weil ich ein Echo seines Vaters darin höre. Aber im Gegensatz zu seinem Vater klingt es nicht aggressiv. Es ist nur eine Beschwerde.

Lanny rollt mit den Augen, während sie das Messer wieder in den Block steckt, sagt aber nichts. Stattdessen schiebt sie Connor sanft in Richtung seines Zimmers. Er stemmt die Füße in den Boden und bewegt sich nicht vom Fleck. Stattdessen schaut er mich an, die Stirn besorgt in Falten gelegt, die Augen wild vor Sorge. »Mom«, sagt er drängend. »Wir sollten hier verschwinden. Jetzt. Einfach gehen.«

»Was?«, stößt Lanny hervor, bevor sie sich stoppen kann, und ich kann sehen, dass ihr der Gedanke bereits selbst gekommen ist. Sie hat diese Nachricht befürchtet und gleichzeitig auch erwartet. Ich habe meine Kinder zu lange auf dieser Messerschneide balancieren lassen. »Nein. Nein, sollten wir nicht. Gehen wir wirklich? Müssen wir? *Noch heute Nacht?*«

Ich sehe das unmissverständliche Flehen in ihren Augen. Sie hat gerade erst Freunde gefunden, etwas, das sie in Wichita in einem unvorstellbaren Wirbelsturm des Horrors verloren hat. Sie hat, wenn auch nur kurz, ein wenig Glück gefunden. Aber sie bettelt nicht. Sie hofft einfach nur.

Ich muss nicht antworten, denn sie tut das selbst. Sie sieht nach unten. »Ja. Ja, natürlich gehen wir. Das müssen wir, oder? Wenn die Cops genauer nachforschen, werden sie herausfinden ...«

»Ja, wenn sie meine Fingerabdrücke nehmen, finden sie heraus, wer wir sind. Ich verzögere das, um uns etwas Zeit zu verschaffen.« Ich atme tief ein, so tief, dass es wehtut. »Geht und holt, was ihr braucht. Jeder einen Koffer, okay?«

»Du wirst schuldig aussehen, wenn wir jetzt weglaufen«, sagt sie. Und natürlich hat sie recht. Aber ich kann diesen Zug nicht mehr aufhalten; er ist schon längst außerhalb meiner Kontrolle. Wenn wir bleiben, riskiere ich, dass uns der Sturm von beiden Seiten einholt. Weglaufen mag mich schuldig *wirken* lassen, aber zumindest bekomme ich sie weg von hier, kann meine Kinder in Sicherheit bringen und wiederkommen, um mich zu entlasten.

Connor eilt blitzartig davon. Lanny sieht mich tieftraurig und schweigend an und folgt ihm dann.

»Es tut mir so leid«, sage ich an ihren Rücken gewandt.

Sie antwortet nicht.

Kapitel 7

Es ist verdammt spät, aber ich rufe Javier an und bitte ihn, mir den Van so schnell wie möglich zu bringen; ich sage ihm, dass er den Jeep mitnehmen kann und ich ihn für seine Mühen bezahle. Er stellt keine Fragen und verspricht, in einer halben Stunde bei uns zu sein. Die Angelegenheit wird knapp.

Ich gehe in mein Zimmer, hole meinen Laptop und verstaue ihn in meiner Tasche, um ihn später auseinanderzunehmen und loszuwerden. Es entgeht mir nicht, dass mein Ex-Mann und ich in dieser Angelegenheit etwas gemeinsam haben.

Diesmal ist es anders, nicht wahr?, flüstert Mels unheimliche Stimme mir zu, während ich die Sachen in meine Tasche packe, die ich behalten will. *Du läufst nicht nur vor den Stalkern davon, oder vor mir. Jetzt fliehst du vor der Polizei. Was glaubst du, wie weit du kommen wirst, sobald sie wirklich Jagd auf dich machen? Sobald alle Jagd auf dich machen?*

Ich halte mitten in der Bewegung inne, mit der ich nach dem Fotoalbum greifen wollte, das ich nie zurücklasse. Es befinden sich keine Bilder von Mel darin, nur von mir und den Kindern und Freunden. Als hätte Mel nie existiert ... Allerdings hat er recht. Der Mel in meinen Gedanken, meine ich. Wenn ich weglaufe, und sie beschließen, mir nachzujagen, wird die ganze Angelegenheit eine Stufe komplizierter. Ich bezweifle, dass Absalom mir helfen wird, vor dem Gesetz zu fliehen. Er wäre der Erste, der mich verrät.

Es klopft an der Tür. Ich schiebe das Fotoalbum in die Tasche, ziehe den Reißverschluss zu und lasse sie auf dem Bett liegen. Alles, was ich sonst noch besitze, wurde günstig gekauft, lässt sich leicht ersetzen und ist austauschbar.

Vor der Tür steht Javier.

»Danke«, sage ich ihm. »Ich hole Ihre Schlüssel ...«

In bedauerndem Tonfall unterbricht er mich. »Also, was das angeht: Wir sind nie dazu gekommen, darüber zu reden, aber nur, dass Sie es wissen, ich bin Hilfsdeputy. Hab über Funk gehört, dass man Sie befragen will, genau zu der Zeit, als Sie wegen des Vans angerufen haben. Sie gehen nirgendwohin, Gwen. Ich musste das melden.«

Direkt hinter ihm steht Detective Prester. Er trägt heute einen dunklen Anzug und eine blaue Krawatte, die so ungeschickt geknotet ist, dass ich mich frage, ob er einfach einen normalen Knoten gemacht und es dabei belassen hat. Er wirkt müde und genervt, und in seiner Hand befindet sich ein dreifach gefaltetes Blatt Papier mit einem offiziellen Stempel. Er meldet sich zu Wort. »Ich bin enttäuscht, Ms Proctor. Ich dachte, wir würden einfach eine vernünftige Unterhaltung führen. Aber Sie wollten weglaufen, und ich muss Ihnen sagen, das sieht nicht gut aus. Ganz und gar nicht.«

Ich fühle die Falle über mir zusammenschnappen. Als würden sich Seidenfäden zu einem undurchdringlichen Netz verweben. Ich kann schreien, ich kann wüten, aber ich kann nicht mehr davor weglaufen.

Was immer auch kommen mag.

Ich schenke Javier ein Lächeln, das ich nicht fühle. »Schon gut.« Er lächelt nicht zurück. Er mustert mich mit skeptischer Intensität. Ich denke, ihnen allen ist bewusst, dass ich die

Erlaubnis zum verdeckten Tragen einer Waffe habe. Sie wissen, dass ich gefährlich bin. Ich frage mich, ob sie da draußen in der Dunkelheit Scharfschützen positioniert haben.

Ich denke an meine Kinder und hebe die Hände hoch. »Ich bin nicht bewaffnet. Bitte. Überprüfen Sie mich.«

Prester erledigt das, streicht schnell und unpersönlich mit seinen Händen über meinen Körper. Ich erinnere mich an das erste Mal, als das Gina Royal passiert ist, vorgebeugt über die heiße Motorhaube des Familienwagens. Die arme, dumme Gina, die schon *das* für invasiv gehalten hat. Sie hatte ja keine Ahnung.

»Sauber«, sagt Prester. »In Ordnung. Erledigen wir das ohne großes Aufheben, in Ordnung?«

»Ich komme ohne Widerstand mit, wenn Sie mich erst noch mit meinen Kindern reden lassen.«

»Okay. Javier, gehen Sie mit ihr rein.«

Javier nickt, holt ein schwarzes Etui aus seiner Tasche und steckt es an seinen Gürtel. Dort funkelt ein goldener Deputy-Stern. Er ist jetzt offiziell im Dienst.

Ich gehe hinein und finde Lanny und Connor angespannt sitzend und die Tür anstarrend vor; Erleichterung überkommt sie, aber dann sehe ich die Veränderung in ihnen, als Javier hinter mir hereinkommt und an der Tür in Wachstellung geht. »Mom?« Lannys Stimme bricht ein wenig. »Ist alles okay?«

Ich sinke auf das Sofa, lege meine Arme um beide und halte sie fest. Ich küsse sie und rede dann, so sanft es mir möglich ist, auf sie ein. »Ich muss jetzt erst einmal mit Detective Prester gehen. Alles ist okay. Javier wird hier bei euch bleiben, bis ich zurückkomme.«

Ich sehe zu ihm auf, und er nickt und sieht weg. Lanny weint nicht, Connor aber schon, wenn auch sehr leise. Er wischt sich mit beiden Händen die Augen, und ich erkenne, dass er wütend auf sich selbst ist. Keiner von beiden sagt ein Wort.

»Ich hab euch beide so lieb«, sage ich und stehe auf. »Bitte passt aufeinander auf, bis ich zurückkomme.«

»Falls du zurückkommst«, sagt Lanny. Es ist fast nur ein Flüstern. Ich tue so, als hätte ich es nicht gehört, denn wenn ich sie jetzt ansehe, werde ich zerbrechen, und sie müssen mich von ihnen wegzerren.

Es gelingt mir, das Haus zu verlassen und die Treppe hinunterzugehen, und ich geselle mich zu Prester am Auto. Als ich zurücksehe, kann ich sehen, wie Javier hineingeht und von innen zuschließt.

»Ihnen wird nichts passieren«, versichert mir Prester. Er öffnet mir die Tür zu den Rücksitzen und duckt sich hinter mir in den Wagen. Es ist, als würde man sich ein Taxi teilen, denke ich, mit der Ausnahme, dass sich die Türen nicht von innen öffnen lassen. Zumindest ist dafür die Fahrt gratis. Graham setzt sich hinters Steuer und fährt los.

Prester spricht nicht, und ich empfange auch keine Schwingungen von ihm; als würde man neben einem Klotz sonnengewärmten Granits sitzen, der leicht nach irgendeinem Trockenreinigungsmittel und Old Spice riecht. Ich weiß nicht, wonach ich für ihn rieche. Vermutlich nach Angst. Das verschwitzte Aroma einer schuldigen Frau. Ich weiß, wie Cops denken, und sie wären nicht hinter mir her gewesen, wenn ich nicht eine – wie sie es gern nennen – *Person von Interesse* wäre. Also eine Verdächtige, für die sie noch nicht genug Beweise haben, um sie anzuklagen. Ich mache mir Sorgen um Lanny, die zur falschen Zeit in ihrem Leben so viel Verantwortung übernehmen muss. Dann wird mir klar, dass ich so denke, als wäre ich *tatsächlich schuldig*.

Was ich nicht bin. Ich trage keine Schuld am Mord auf dem See. Ich trage *überhaupt keine* Schuld außer der, den falschen Mann geheiratet zu haben und nicht zu bemerken, dass er der Teufel in Menschengestalt war.

Ich atme tief ein und wieder aus. »Was immer Sie glauben, dass ich getan habe, Sie liegen falsch.«

»Ich habe nicht gesagt, dass Sie irgendetwas getan haben«, sagt Prester. »Um es nett auszudrücken, Sie helfen uns bei unseren Ermittlungen.« Wirklich sehr nett.

»Ich bin eine Verdächtige, sonst hätten Sie keinen Haftbefehl«, sage ich flach.

Als Antwort faltet Preston das Blatt Papier auf. Es ist aus dem offiziellen Bestand und trägt das Logo der Stadt darauf, und das Wort »HAFTBEFEHL« ist in dicken Buchstaben aufgedruckt, aber wo die Spezifikationen stehen sollten, stehen nur Unsinnswörter, die Grafikdesigner verwenden, um den Platz auszufüllen. *Lorem ipsum.* Ein gängiger Blindtext, den ich schon oft selbst genutzt habe. Ich kann nicht anders, ich muss leise lachen. »Mit den Informationen, die wir im Augenblick haben, hätten wir keinen Haftbefehl bekommen, Ms Proctor, das sage ich Ihnen geradeheraus.«

»Eine nette Requisite. Funktioniert das oft?«

»Jedes verdammte Mal. Die Dummköpfe hier in der Gegend werfen einen Blick darauf und glauben, das wäre das offizielle Staatslatein oder irgend so ein Unsinn.«

Diesmal lache ich, denn ich kann mir vorstellen, wie ein betrunkener, wütender Kerl versucht, die Worte zu entziffern. *Offizielles Staatslatein.* »Also, was ist denn in Wahrheit so dringend, dass Sie mich mitten in der Nacht holen kommen mussten?«

Presters fast nur eingebildetes Lächeln verschwindet, und seine Miene ist wieder unlesbar. »Ihr Name. Sie haben eine ziemliche Lüge gelebt, und ich kann Ihnen sagen, das passt mir nicht in den Kram. Wir haben heute einen anonymen Anruf hinsichtlich Ihres wahren Namens erhalten und gehört, dass Sie vorhaben könnten, aus der Stadt zu fliehen, also mussten wir schnell zuschlagen.«

Mir wird innerlich etwas kalt, aber ich bin nicht wirklich überrascht. Es war ein logischer Zug für meinen Ex-Mann, um mir das Leben zu erschweren. Jede kleine Boshaftigkeit, um mir wehzutun. Außerdem hält es mich hier fest, in Norton, und verhindert, dass ich meinen Zyklus wieder von vorn starte. Statt zu antworten, wende ich den Kopf ab.

»Sie wissen, wie merkwürdig das alles aussieht«, sagt Prester. »Nicht wahr?«

Ich antworte nicht. Es gibt wirklich nichts, das ich sagen kann, um das Ganze irgendwie besser zu machen. Ich warte einfach nur, während der Polizeiwagen auf die Hauptstraße nach Norton einbiegt und wir in Richtung Stadt fahren.

* * *

Ich zucke nicht zusammen, als Prester die Fotos vor mir ausbreitet. Warum sollte ich auch? Ich habe Melvins grausame Arbeit schon Hunderte Male sehen müssen. Ich bin diesem Horror gegenüber abgehärtet.

Es gibt nur zwei, die noch immer ein Flattern in meiner Brust erzeugen.

Das Foto der nackten Frau, die schlaff mit einer Drahtschlinge um den Hals in meiner alten Garage hängt und durch die entfernten Hautstücke sogar noch entblößter wirkt.

Und das Foto, das unter Wasser von Mels morbidem Garten der Frauen gemacht wurde, die unheimlich im Dunkeln schweben, ihre Beine fest an Gewichte gekettet, manche kaum mehr als Skelette.

Er hatte aus der Leichenentsorgung mithilfe von Gewichten eine Wissenschaft gemacht. Hatte Berechnungen angestellt, Versuche mit toten Tieren durchgeführt, bis er sicher war, wie viel er benutzen musste, damit die Leichen unten blieben. Das alles kam vor Gericht heraus.

Mel ist schlimmer als ein Monster. Er ist ein *intelligentes* Monster.

Ich weiß, wie wenig förderlich es ist, dass mein Gesichtsausdruck beim Anblick all dieses Grauens so unbewegt bleibt und ich nicht zusammenzucke. Aber ich weiß auch, dass es durchschaubar wäre, würde ich nur so tun. Ich sehe über die Ansammlung von Fotos hinweg und begegne Presters Blick. »Falls Sie versuchen, mich zu schockieren, müssen Sie schon mehr auffahren. Versuchen Sie sich mal vorzustellen, wie oft ich mir diese Fotos schon anschauen musste.«

Er antwortet nicht. Stattdessen schiebt er ein weiteres Foto auf den Stapel. Ich erkenne, dass es an den Docks von Stillhouse Lake aufgenommen wurde, wahrscheinlich an dem nicht weit entfernt von meiner Vordertür. Am Rand des Fotos sehe ich die abgetragenen Schuhe, die Prester gerade trägt, ebenso polierte schwarze Schuhe, die zu einem uniformierten Offizier gehören müssen, vermutlich Officer Graham. Ich konzentriere mich auf die Schuhe, um nicht das anschauen zu müssen, was sich in der Mitte des Bilds befindet.

Die junge Frau ist kaum zu erkennen, nachdem ich mich dazu durchringe, mich endlich auf sie zu konzentrieren. Es sieht aus wie ein Bild aus dem Anatomieunterricht: die rosa Muskeln und trüben gelben Fasern, mit dem gelegentlichen Durchblitzen weißer Knochen. Eingesunkene, getrübte Augen und ein Wirrwarr aus nassen, dunklen Haaren, die einen Teil ihres enthäuteten Gesichts halb verbergen. Ihre Lippen sind intakt, was das Ganze noch obszöner wirken lässt. Ich will nicht darüber nachdenken, warum ihre Lippen noch immer voll und perfekt sind.

»Sie wurde durch Gewichte festgehalten«, erklärt Prester. »Das Seil wurde allerdings durch den Motor durchtrennt, und die Darmbakterien haben sie zurück an die Oberfläche gebracht. Wissen Sie, es hätte nicht viel bedurft, um sie auf dem Boden zu halten, da ihre Haut nicht mehr vorhanden ist. Eine Menge Stellen, an denen Gas entweichen kann. Aber ich schätze, Sie wissen alles darüber. War das nicht die Methode, die Ihr Mann verwendet hat?«

Mels Opfer sind nie zurück an die Oberfläche gekommen. Er hätte noch ein weiteres Dutzend für seinen schweigenden, treibenden Garten gesammelt, wenn es nicht zu *Dem Ereignis* gekommen wäre. Dieser einzigen Sache war Mel nicht schuldig: schlecht in dem zu sein, was er tat.

»Melvin Royal hat Frauen so etwas angetan, wenn Sie das meinen«, sage ich nur.

»Und er hat sie im Wasser entsorgt, nicht wahr?«

Ich nicke. Jetzt, da ich meinen Blick auf das tote Mädchen gerichtet habe, kann ich nicht mehr wegsehen. Es tut weh, als würde man in die Sonne starren. Ich weiß, dass sich das Bild für immer in mein Hirn einbrennen wird. Ich schlucke, und es klickt in meiner Kehle. Ich huste, und plötzlich überkommt mich der heftige Drang, mich zu übergeben; irgendwie halte ich ihn zurück, auch wenn auf meiner plötzlich kalten Haut der Schweiß ausbricht.

Prester bemerkt es. Er schiebt mir eine Flasche Wasser zu. Ich drehe sie auf und schlucke, dankbar für das kühle, glasklare Nass, das meinen Magen füllt. Ich trinke die halbe Flasche aus, schraube sie dann wieder zu und stelle sie beiseite. Natürlich ist das ein Schachzug, um meine DNS zu bekommen. Es ist mir egal. Wenn er die Geduld hat, darauf zu warten, könnte er auch eine Bestätigung meiner Identität von der Polizei von Kansas anfordern. Meine sämtlichen Daten wurden dokumentiert, gedruckt, fotografiert und abgelegt. Mag auch die alte Gina Royal für mich tot sein, wir teilen noch immer dasselbe Blut, dieselben Knochen, denselben Körper.

»Sie erkennen mein Problem«, sagt er in dieser warmen, langsamen Stimme. Sie hallt tief nach, und ich denke an die

Scharfrichter aus alten Zeiten, an Kapuzen, Seile, Galgen. Ich denke an das Mädchen, das mit einer Drahtschlinge um den Hals an einem Haken baumelte. »Sie waren in Kansas in einen Fall dieser Art verwickelt. Wurden als Komplizin vor Gericht gestellt. Es ist schwer, das nur als einen Zufall abzutun, wenn es wieder in Ihrer Nähe passiert.«

»Ich wusste nie etwas von dem, was Mel getan hat. *Niemals,* bis zum Tag des Unfalls.«

»Merkwürdig, dass Ihre Nachbarin da etwas anderes gesagt hat.«

Trotz meiner Bemühungen, ruhig zu bleiben, macht mich diese Aussage wütend. »Mrs Millson? Sie war ein rachsüchtiges Tratschweib und sah das als ihre Chance, ein Reality-Show-Star zu werden. Sie hat einen Meineid geleistet, um in die Nachrichten zu kommen. Mein Anwalt hat ihre Aussage im Zeugenstand zunichtegemacht. Jeder weiß, dass sie gelogen hat, und *ich hatte nichts damit zu tun.* Ich wurde freigesprochen!«

Prester blinzelt nicht. Sein Gesichtsausdruck ändert sich nicht. »Freigesprochen oder nicht, es sieht nicht gut aus für Sie. Dieselbe Art Verbrechen, dieselbe Signatur. Also lassen Sie uns das Ganze durchgehen, Schritt für Schritt.«

Er legt ein weiteres Foto über das erste. In gewisser Hinsicht ist es fast ebenso erschütternd wie das zuvor, denn ich sehe eine hübsche, junge, brünette Frau mit einem anzüglichen Lächeln, die ihren Kopf gegen den einer anderen Frau geneigt hat. Die andere Frau ist im selben Alter, blond, mit einem süßen und sehnsüchtigen Blick. Freundinnen, denke ich. Sie sehen sich nicht ähnlich genug, um verwandt zu sein.

»So hat sie ausgesehen, das Mädchen Rain Harrington, das wir in unserem See treibend gefunden haben. Hübsches Mädchen. Beliebt hier in der Gegend. Neunzehn Jahre alt. Wollte Tierärztin werden.« Er legt noch ein Foto hin, auf dem sie einen verletzten, bandagierten Hund im Arm hält. Es ist eine eklatante Manipulation, eine Sentimentalität, und dennoch durchfährt es mich wie ein kleines Erdbeben. Ich wende den Blick ab. »Ein nettes, liebes Mädchen ohne irgendwelche Feinde. *Sehen Sie nicht weg!*«

Den letzten Satz brüllt er, schockierend laut, aber wenn er erwartet, dass ich zusammenzucke, wird er eine verdammte Enttäuschung erleben. Wenn ich mich auf dem Schießstand beim Rückstoß der Waffe in meiner Hand zusammenreißen kann, werde ich ihm hier wohl kaum irgendeine Schwäche zeigen. Dennoch ist es eine gute Taktik. Die Polizei in Kansas hätte von Detective Prester etwas lernen können. Er hat so mühelos gewechselt, so schnell, dass ich keine Zweifel habe, dass er an einem rauen Ort trainiert wurde ... Seinem Akzent zufolge vielleicht Baltimore. Er hat echte Verbrecher zu Fall gebracht.

Sein Problem jetzt ist allerdings, dass ich keiner bin.

Ich starre die Fotos an, und mein Herz weint um dieses arme Mädchen. Nicht, weil ich ihr irgendetwas angetan habe, sondern weil ich *ein Mensch* bin.

»Sie haben ihr den Großteil der Haut abgezogen, als sie noch am Leben war«, sagt der Detective sanft und klingt dabei fast schon wie eine der vielen Stimmen, die ich in meinem Kopf höre. Wie Mels Stimme beispielsweise. »Sie konnte nicht einmal schreien, da man ihr die Stimmbänder durchtrennt hatte. Das ist wahrhaft teuflisch. So wie wir das nachvollziehen konnten, war sie an Hand- und Fußgelenken gefesselt und ihr Kopf mit einer Art Lederband fixiert. Sie haben bei ihren Füßen begonnen und sich nach oben vorgearbeitet. Wir können die genaue Stelle sehen, an der sie durch die Prozedur gestorben ist, wissen Sie? Lebendes Gewebe reagiert. Totes Gewebe nicht.«

Ich sage nichts. Ich bewege mich nicht. Ich versuche, es mir nicht vorzustellen, ihren Terror, ihren Schmerz, den absolut schrecklich sinnlosen Horror, den sie durchmachen musste.

»Tun Sie es für Ihren Mann? Für Mel? Bringt er Sie dazu, es für ihn zu tun?«

»Ich schätze, Sie glauben, dass das irgendeine kranke Art von Sinn ergibt«, erwidere ich und halte meine Stimme auf derselben Tonhöhe, derselben Lautstärke. Vielleicht hört Detective Prester auch Stimmen in seinem Kopf. Ich hoffe es. »Mein Ex-Mann ist ein Monster. Warum sollte ich es nicht auch sein? Welche *normale Frau* würde solch einen Mann heiraten, ganz zu schweigen davon, bei ihm zu bleiben?«

Er starrt durch mich hindurch, als ich aufsehe. Ich fühle das Brennen, weiche vor dem Blick aber nicht zurück. Lasse ihn mich ansehen. Lasse ihn *sehen*. »Als ich Melvin Royal geheiratet habe, tat ich das, weil er mir einen *Antrag* gemacht hat. Ich war nicht sonderlich hübsch. Ich glaube auch nicht, dass ich sonderlich clever war. Man hatte mir beigebracht, dass mein einziger Wert auf dieser Welt darin bestand, die brave Ehefrau eines Mannes zu werden und seine Kinder zu bekommen. Ich war *perfekt* für ihn. Eine unschuldige, behütet aufgewachsene Jungfrau, der die Fantasie eines Ritters in strahlender Rüstung vorgegaukelt wurde, der gekommen war, um sie für immer zu lieben und zu beschützen.«

Prester sagt nichts. Er tippt mit einem Stift gegen seinen Notizblock und beobachtet mich.

»Die Sache ist, ja, ich war eine Närrin. Ich habe mich dafür *entschieden,* seine perfekte Ehefrau, Hausfrau und Mutter zu sein. Mel hat gut verdient, und ich habe ihm zwei wundervolle Kinder geschenkt, und wir hatten ein glückliches Heim. Es war *normal.* Ich weiß, dass Sie das nicht glauben; verdammt, heute kann ich selbst nicht fassen, dass ich es geglaubt habe. Aber wir hatten all diese Jahre mit Weihnachten und Geburtstagen, Elternabenden und Tanzproben, Theaterclub und Fußball, und *niemand hat etwas vermutet.* Das ist seine Gabe, Detective. Er ist wirklich so gut darin, einen Menschen zu spielen, dass nicht einmal ich den Unterschied bemerkt habe.«

Prester hebt seine Augenbrauen. »Und ich habe geglaubt, Sie würden mit der Misshandelte-Ehefrau-Story aufwarten. Ist das nicht die gängige Erklärung?«

»Vielleicht«, sage ich. »Und vielleicht sind die meisten dieser Frauen Opfer. Aber Mel war nicht ...« Meine Gedanken springen zu diesem einen Augenblick im Schlafzimmer, als sich seine Hände um das gepolsterte Seil um meine Kehle gespannt hatten und ich die kalte Bedrohung hinter seinen Augen sehen konnte. Und ich instinktiv gewusst hatte, dass etwas nicht stimmte. »Mel ist ein Monster. Aber das bedeutet nicht, dass er nicht auch verdammt gut alles andere sein konnte. Was glauben Sie, wie es sich anfühlt zu wissen, dass Sie *damit* geschlafen haben? Dass Sie *Ihre Kinder bei diesem Ding gelassen haben?*«

Schweigen. Diesmal durchbricht Prester es nicht.

»Als ich in diese zerstörte Garage blickte und die Wahrheit sah, änderte sich etwas. Ich konnte es *sehen*. Ich konnte es *begreifen*. Rückblickend habe ich die Hinweise erkannt, die kleinen Dinge, die nicht passten und keinen Sinn ergaben. Aber ich weiß, dass ich sie damals nicht hätte sehen können, nicht so, wie ich erzogen worden war und demnach, an was ich glaubte.« Ich trinke einen Schluck Wasser, und das Plastik der Flasche knackt wie ein Pistolenschuss. »Nach meinem Freispruch habe ich mich selbst neu erfunden, und ich habe meine Kinder beschützt. Glauben Sie wirklich, ich würde jemals wieder etwas für Melvin Royal tun wollen? Ich hasse ihn. Ich verachte ihn. Falls er jemals wieder leibhaftig vor mir steht, werde ich eine ganze verdammte Ladung Kugeln in seinen Kopf jagen, bis nichts mehr übrig ist, um ihn zu erkennen.«

Ich meine jedes Wort genau so, und ich weiß, dass der Detective einen Instinkt für die Wahrheit hat. Es gefällt ihm nicht, aber scheiß auf das, was ihm gefällt, ich kämpfe hier um mein Leben. Um die zerbrechliche Sicherheit, die ich aufzubauen geschafft habe.

Prester sagt nichts. Er mustert mich nur.

»Sie haben keine Beweise«, sage ich schließlich. »Nicht, weil ich so clever bin wie ein Hannibal Lecter, sondern weil ich diesem armen Mädchen nichts angetan habe. Ich habe sie noch nie zuvor gesehen. Es tut mir leid, was ihr passiert ist, und nein, ich kann nicht erklären, warum es hier passiert ist, wo ich lebe. Ich wünschte bei Gott, ich könnte es. Ich meine, Mel hat Anhänger, die jedes Wort verehren, das er sagt, aber dennoch weiß ich nicht, wie er jemanden überzeugen könnte, *das* für ihn zu tun. Er ist kein Rasputin. Er ist nicht mal ein Manson. Ich weiß nicht, was einen Menschen so krank im Kopf macht. Sie?«

»Veranlagung«, sagt er flach. »Und die Umwelt. Hirnschäden. Verflucht, die Schlimmsten von denen haben überhaupt keine Entschuldigung.« Er hat *denen* gesagt, nicht *euch*. Ich frage mich, ob ihm das selbst aufgefallen ist. »Warum verraten Sie mir nicht, was es bei Melvin war, wo Sie doch so einen intimen Einblick hatten?«

»Ich habe keine Ahnung«, sage ich und meine es auch so. »Seine Eltern waren reizende Menschen. Ich habe sie nicht oft gesehen, und sie wirkten immer so zerbrechlich. Rückblickend glaube ich, sie hatten Angst vor ihm. Das war mir nie klar, bevor sie gestorben sind.«

»Was bringt dann *Sie* dazu, junge Mädchen so zu verstümmeln?«

Ich seufze. »Detective. Ich habe ein Monster geheiratet und war nicht clever genug, es rechtzeitig zu erkennen. Das ist das ganze Ausmaß meiner Schuld. Ich habe das nicht getan.«

Dieses Katz-und-Maus-Spiel setzt sich noch über vier Stunden fort. Ich verlange nicht nach einem Anwalt, denke allerdings darüber nach; jedoch ist die Qualität der Hilfe derjenigen, die in Norton zur Verfügung stehen, nicht sonderlich vielversprechend. Nein, ich bin besser dran, wenn ich bei der Wahrheit bleibe. So geschickt er auch sein mag, Detective Prester kann mir keine Lüge andichten. In den Tagen der alten, leicht zu beeindruckenden Gina Royal hätte er es vielleicht geschafft, aber das ist nicht mein erstes Verhör, und das weiß er. Er hat nichts. Er hat einen anonymen Anruf, der mich belastet, und der könnte von einem Troll stammen, der meine Identität aufgedeckt hat, oder einer anderen Person, die mein Ex bezahlt hat, um Ärger zu stiften. Trotzdem ist sein Instinkt richtig ... Es ist kein Zufall, dass diese arme junge Frau auf solch vertraute Art zugerichtet und im See direkt vor meinem Haus versenkt wurde.

Jemand schickt mir damit eine Nachricht.

Es muss Mel sein.

Plötzlich kommt mir der unangenehme Gedanke, dass ich beinahe schon darauf hoffe, denn zumindest kenne ich Mel. Ich weiß, wo er ist. *Aber er hat Hilfe,* denke ich. *Einen Helfer, der bereit ist, genau das zu tun, was Mel will.* Und ich werde nicht lügen, das macht mir schreckliche Angst. Ich will nicht als Nächstes Lanny tot auffinden. Oder Connor, hingerichtet in seinem Bett. Ich will nicht in einer Drahtschlinge hängend sterben und schreckliche Schmerzen erleiden, während ich lebendig gehäutet werde.

In den frühen Morgenstunden schickt Prester mich endlich nach Hause. Norton ist eine Geisterstadt, kein einziges anderes Fahrzeug ist auf den Straßen zu sehen, und die finstere Nacht wird immer dunkler und dunkler, während das Polizeiauto in Richtung See einbiegt. Officer Lancel Graham fährt mich – ich schätze, das bedeutet, er kann danach direkt nach Hause fahren. Er redet nicht mit mir. Ich versuche nicht, ein Gespräch zu beginnen. Ich lehne meinen Kopf gegen die kühle Scheibe und wünschte, ich könnte schlafen. Heute Nacht werde ich nicht schlafen und vermutlich auch morgen nicht. Die Fotos dieser ermordeten jungen Frau werden unter meinen Augenlidern in den schrecklichsten Farben Gestalt annehmen, und ich werde sie nicht wegblinzeln können.

Mel wird von seinen Opfern nicht verfolgt. Er hat immer tief geschlafen und ist ausgeruht aufgewacht.

Ich bin diejenige, die Albträume hat.

»Wir sind da«, sagt Graham, und ich bemerke erst, als der Wagen bereits gehalten hat, dass ich irgendwie meine Augen geschlossen habe und in einen unruhigen leichten Schlaf gefallen bin. Ich danke ihm, als er herumkommt und die Tür öffnet. Er bietet mir sogar eine Hand zum Aussteigen, die ich aus Höflichkeit annehme. Dann bin ich allerdings kurz beunruhigt, als er sie nicht sofort wieder loslässt. Ich sehe – nein, *fühle* – wie er mich beobachtet.

»Ich glaube Ihnen«, sagt er dann, was mich überrascht. »Prester ist auf der falschen Fährte, Ms Proctor. Ich weiß, dass Sie nichts damit zu tun haben. Tut mir leid, mir ist klar, dass das Ihr Leben auf den Kopf stellt.«

Ich frage mich, wie viel Prester gesagt hat und ob die Neuigkeit über meinen anderen Namen, über Gina Royal, bereits durchgesickert ist. Ich glaube es nicht. Graham sieht nicht aus wie jemand, der über meinen Ex-Mann Bescheid weiß.

Er wirkt nur entschuldigend und leicht besorgt.

Erneut danke ich ihm, diesmal etwas freundlicher, und er lässt mich los. Javier tritt auf die Veranda, als ich mich dem Haus nähere, und spielt mit den Autoschlüsseln in seiner Hand. Vermutlich hat er es eilig wegzukommen.

»Die Kinder ...«, fange ich an.

»Es geht ihnen gut«, unterbricht er mich. »Sie schlafen, oder zumindest tun sie so.« Er wirft mir einen scharfen, gnadenlosen Blick zu. »Er hat Sie lange dabehalten.«

»Ich war es nicht, Javier. Das schwöre ich.«

Er murmelt etwas, das nach einem *Sicher* klingt, aber es ist schwer zu hören, da Graham seinen Wagen im Hintergrund wieder startet. Die Rücklichter lassen Javiers Gesicht blutrot wirken. Er sieht müde aus und reibt sich das Gesicht wie ein Mann, der versucht, die letzten Stunden wegzuwischen. Ich frage mich, ob ich in ihm einen weiteren Freund verloren habe, wie es bei Sam Cade der Fall ist. Wie es auch bei Officer Graham der Fall sein wird, sobald er von meiner Vergangenheit erfährt – auch wenn er kein echter Freund ist. Nur freundlich.

Niemand bleibt auf Dauer, das sollte ich mittlerweile wissen. Niemand, bis auf die Kinder, die in der Angelegenheit keine Wahl haben, weil sie genauso tief in diesem Sumpf stecken wie ich.

»Lady, in was sind Sie da bloß involviert?«, fragt mich Javier, aber ich glaube nicht, dass er es wissen will. Nicht wirklich. »Hören Sie, ich hab Ihnen ja gesagt, ich bin ein Hilfsdeputy. Ich mag Sie, aber wenn es hart auf hart kommt ...«

»Werden Sie Ihre Pflicht tun, wie Sie es heute Nacht getan haben.« Ich nicke. »Das verstehe ich. Ich bin nur überrascht, dass Sie sich überhaupt bereit erklärt hatten, mir dabei zu helfen, die Stadt zu verlassen.«

»Ich dachte, Sie wären auf der Flucht vor einem Ex, der Sie misshandelt hat. Ich habe diesen Blick schon oft gesehen. Ich wusste nicht ...«

»Wussten was nicht?« Diesmal fordere ich ihn direkt heraus und starre in seine Augen. Ich kann ihn nicht lesen, aber ich glaube, er kann es bei mir auch nicht. Nicht vollständig.

»Dass Sie in eine solche Sache involviert sind«, beendet er den Satz.

»Ich bin *nicht* involviert!«

»Sieht aber nicht danach aus.«

»Javi ...«

»Seien wir mal realistisch, Ms Proctor. Wenn Sie entlastet werden, ist alles gut zwischen uns. Aber bis dahin sollten wir Abstand halten, okay? Und wenn Sie meinen Rat wollen, holen Sie die Waffen aus Ihrem Haus und übergeben Sie sie dem Schießstand zur Sicherung. Wir können sie für Sie aufbewahren, bis das Ganze durch ist, und ich kann eine eidesstattliche Erklärung bei der Polizei abgeben. Ich will einfach nicht daran denken müssen ...«

»Sie wollen einfach nicht daran denken müssen, dass die Cops kommen und ich hier drin ein kleines Arsenal habe«, sage ich sanft. »An den Kollateralschaden, den das anrichten könnte.«

Er nickt langsam. An seiner Körpersprache ist nichts aggressiv, und darunter liegt eine Stärke, eine Art von ruhiger, maskuliner Stärke, die mich wünschen lässt, ihm zu glauben. Ihm zu vertrauen.

Aber das tue ich nicht.

»Ich behalte meine Waffen, bis ich einen Gerichtsbeschluss sehe, der mich auffordert, sie abzugeben«, erkläre ich ihm. Ich blinzle nicht. Wenn er glaubt, dass das aggressiv ist, dann soll es so sein. In diesem Augenblick, ab jetzt in allen Augenblicken, kann ich es mir nicht leisten, als schwach wahrgenommen zu werden. Nicht für mich selbst. Ich habe zwei Kinder im Haus und bin verantwortlich für ihr Leben – ein Leben, das niemals sicher ist, niemals geschützt. Ich werde tun, was ich muss, um sie zu verteidigen.

Und ich gebe meine Waffen nicht her.

Javier zuckt mit den Achseln. Die Geste besagt, dass es ihm egal ist; die bedauernde langsame Art, mit der es tut, zeigt mir etwas anderes. Er verabschiedet sich nicht, dreht sich einfach nur um und geht zu dem weißen Van, mit dem er hergefahren ist; der, mit dem ich beinahe hätte entkommen können. Bevor ich sprechen kann, fährt er das Fenster herunter und wirft mir die Besitzurkunde für den Jeep zu. Er sagt nicht, dass der Handel geplatzt ist, aber das muss er auch kaum.

Mit der Urkunde in der Hand sehe ich zu, wie er mit dem großen Van davonfährt, dann drehe ich mich um und gehe ins Haus.

Drinnen ist alles dunkel und still. Leise prüfe ich alles doppelt, während ich den Alarm zurücksetze. Die Kinder sind an diese Klänge gewöhnt, und ich glaube nicht, dass es sie weckt ... aber als ich den Flur heruntergehe, um nach Connor zu sehen, öffnet Lanny die Tür. Einen Moment lang starren wir einander schweigend in der Finsternis an, dann bedeutet sie mir mit einer Geste, in ihr Zimmer zu kommen, und schließt die Tür hinter mir.

Meine Tochter rollt sich auf dem Bett zusammen, die Beine angezogen, die Arme darum geschlossen. Ich erkenne die Haltung, auch wenn sie es vielleicht nicht tut. Ich erinnere mich daran, dass ich sie in den Monaten nach meiner Haftentlassung oft so vorgefunden habe. Es ist ihre Abwehrhaltung, auch wenn sie es recht natürlich aussehen lässt.

»Sie haben dich nicht wieder ins Gefängnis gesteckt«, stellt sie fest.

»Ich habe nichts getan, Lanny.«

»Das hast du beim letzten Mal auch nicht«, erwidert sie, womit sie den Nagel auf den Kopf trifft. »Ich hasse es. Connor ist zu Tode erschrocken, weißt du?«

»Ich weiß«, sage ich. Ich lasse mich aufs Bett sinken, und sie zieht ihre Zehen ein, um mich nicht zu berühren. Es bricht mir ein klein wenig das Herz, aber ich bin etwas getröstet, als ich meine Hand auf ihr Knie lege und sie nicht zurückzuckt. »Schatz, ich werde dich nicht anlügen. Dein Vater weiß, wo wir sind. Ich hatte vor, uns hier rauszuholen, aber ...«

»Aber jetzt gibt es da ein totes Mädchen, und die Polizei weiß, wer wir sind, und wir können nicht gehen«, sagt sie. Cleveres Mädchen. Sie blinzelt nicht, doch ich sehe so etwas wie Tränen in ihren Augen glitzern. »Ich hätte nie etwas sagen sollen. Hätte ich nicht ...«

»Schätzchen, aber nein. Du hast das Richtige getan, in Ordnung? So darfst du niemals denken.«

»Hätte ich nichts gesagt, wären wir jetzt bereits fort«, fährt sie beharrlich fort und ignoriert mich. »Wir wären wieder heimatlos, aber zumindest wären wir sicher, und er wüsste nicht, wo wir sind. Mom, wenn er es weiß ...«

Sie redet nicht weiter, und die Tränen glitzern stärker und beginnen, über ihre Wangen zu laufen. Sie wischt sie nicht weg. Ich bin mir nicht sicher, ob sie überhaupt bemerkt, dass sie weint.

»Er wird dir wehtun«, flüstert sie leise und neigt den Kopf, um ihre Stirn an meine Knie zu legen.

Ich rücke näher an sie heran und halte mein Kind, dieses Knäuel aus Muskeln und Knochen und Trauer. Sie entspannt sich nicht in meiner Umarmung. Ich sage ihr, dass alles gut wird, aber ich weiß, dass sie mir nicht glaubt.

Schließlich lasse ich sie dort zurück, schweigend, eingeschlossen in ihren schützenden Kokon, und sehe nach ihrem Bruder. Er scheint zu schlafen, aber ich glaube nicht, dass er es wirklich tut. Er sieht blass aus. Unter seinen Augen sehe ich dunkle Schatten, zartlila wie bei der Reaktion auf eine Prellung. Er ist schrecklich müde.

Genau wie ich.

Leise schließe ich die Tür, gehe in mein eigenes Zimmer und falle in einen tiefen, traumlosen Schlaf, während sich die Stille von Stillhouse Lake auf mich presst.

* * *

Am nächsten Morgen treibt ein weiteres Mädchen tot im See.

KAPITEL 8

Ein Schrei reißt mich aus dem Schlaf. Ich schieße im Bett hoch und stehe schon, bevor ich überhaupt völlig wach bin, steige mit der Effizienz eines Feuerwehrmannes in meine Jeans, ziehe mir ein T-Shirt über, schlüpfe in Schuhe und eile zur Tür. Als ich aus dem Schlafzimmer stürme, wird mir klar, dass keins meiner Kinder schreit; ihre Türen öffnen sich ebenso krachend. Lanny blinzelt verschlafen in ihrem Flanellmorgenmantel, Connor trägt nur seine Schlafanzughose, und seine Haare stehen auf einer Seite hoch.

»Bleibt hier«, rufe ich ihnen zu und renne ins vordere Zimmer. Ich ziehe die Vorhänge auf und starre auf den See hinaus.

Das Schreien kommt von einem kleinen Ruderboot, das ungefähr sechs Meter vom Dock entfernt treibt. Zwei Leute befinden sich darin, ein älterer Mann mit Fischerhut und Outdoorweste und eine Frau, älter als ich, mit aschblondem Haar, die sich schockiert an ihn klammert. Er hält sie fest, und das Boot schaukelt heftig, als hätte sie sich so plötzlich zurückgelehnt, dass sie es fast zum Kentern gebracht hätte.

Ich deaktiviere den Alarm und renne hinaus. Meine Füße knirschen auf dem Kies und dann auf dem Holzdock. Als ich die Leiche sehe, werde ich langsamer.

Sie ist aus der Dunkelheit nach oben gestiegen. Diese hier ist nackt, schwimmt bäuchlings im Wasser, und ich sehe lange Haare, die wie Seetang auf der Oberfläche driften.

Die rosa Farbe der entblößten Muskelfasern ist trotz des trüben Morgenlichts unverkennbar und erregt auf der Stelle Übelkeit. Jemand hat den Großteil der Haut von ihrem Gesäß und ihrem Kreuz gezogen und mit einem breiten, nach oben verlaufenden Streifen auch das fremdartig weiße Gebilde ihrer Wirbelsäule freigelegt. Aber ihr wurde nicht die gesamte Haut abgezogen. Diesmal nicht.

Die Frau hört plötzlich auf zu schreien und beugt sich über die Seite des Boots, um sich zu übergeben. Der Mann hat kein Geräusch von sich gegeben. Die Bewegungen, mit denen er das Boot stabilisiert, vollführt er automatisch, sie sind die Reaktion von jemandem, der den Großteil seines Lebens auf dem Wasser verbracht hat, aber nicht wirklich *hier* ist. Schock. Sein Gesicht ist leer, er starrt geradeaus und versucht zu verarbeiten, was er sieht.

Ich hole mein Handy heraus und rufe 911 an. Ich habe keine Wahl. Das hier passiert *vor meiner Tür.*

Während ich dem Klingeln lausche, denke ich über die unausweichliche, schreckliche Tatsache nach, dass die Leiche dort in der Tiefe verharrte, wie wenn sie darauf gewartet hätte, bis es so weit war, dass sie langsam wie eine geisterhafte Blase nach oben stieg, bis sie die sanfte Oberfläche des Wassers durchdrang. Sie hat hier letzte Nacht getrieben, während ich mit Javier gesprochen habe. Sie hat hier getrieben, während ich geschlafen habe. An dem Abend, an dem ich mit Sam Cade auf der Veranda gesessen, Bier getrunken und über Melvin Royal geredet habe, hat sie vielleicht bereits unter dem Wasserspiegel gelauert.

Die Frau auf dem Boot übergibt sich erneut und wimmert.

Endlich nimmt beim Notruf jemand ab. Ich denke nicht über das nach, was ich sage, beschreibe einfach nur die Szene vor mir, nenne den Ort, gebe meinen Namen an. Ich weiß, ich klinge zu ruhig, und das wird mir später schaden, wenn sich Leute die Aufzeichnung anhören. Sie bitten mich, in der Leitung zu bleiben, aber das tue ich nicht. Ich lege auf und stecke mein Handy weg, während ich versuche *nachzudenken.*

Eine tote, schrecklich verstümmelte Frau hätte ein furchtbarer Zufall sein können. *Zwei* sind ein Plan. Die Polizei wird bald hier sein, und wenn sie kommen, wird man mich mitnehmen. Diesmal wird die Befragung strenger sein.

Ich werde verhaftet.

Ich werde meine Kinder verlieren.

Ich empfange eine SMS, hole mein Handy heraus und sehe, dass sie von Absaloms anonymer Nummer kommt. Ich streiche über den Bildschirm, um sie zu lesen.

Es ist nur ein Link. Ich klicke ihn an und sehe zu, wie sich der Bildschirm mit dem blockartigen Design eines Online-Forums füllt. Ich erkenne nicht, welches es ist, sondern vergrößere nur den Text, um den ersten Beitrag zu lesen.

Es geht um mich.

MÖRDERISCHE SCHLAMPE GEFUNDEN! HURRA, ICH HAB MELVINS KLEINE HELFERIN AUFGESPÜRT! BILDER UND ALLES. SOLIDE INFOS. SEINE BRUT IST BEI IHR, SIE HAT DIE KLEINEN BASTARDE ALSO NOCH NICHT ERTRÄNKT. UND NOCH BESSER: ES HAT EINEN MORD GEGEBEN!!! MEHR DAZU SPÄTER.

Es gibt eine Flut von Antworten, Hunderte davon, aber der ursprüngliche Schreiber spielt mit den Informationen, gibt nichtige Antworten, macht Andeutungen, wehrt Gerüchte ab. Und dann, nachdem ich ungefähr fünf Mal mit meinem Finger nach weiter unten streichen musste, gibt er einen tödlichen Fakt preis.

DIE SCHLAMPE VERSTECKT SICH IM VOLUNTEER STATE.

Bei diesem Hinweis muss vermutlich mindestens die Hälfte der Leser bei Google nachschlagen, aber mir ist sofort klar: Er weiß, dass ich in Tennessee bin. Was bedeutet, dass er auch mit ziemlicher Sicherheit weiß, dass ich in Stillhouse Lake bin. Vermutlich hat er dieselben Bilder, die Melvin gesehen hat, oder ist sogar seine Originalquelle.

Mein Schachzug bei meinem mordenden Ex-Mann hat nicht funktioniert. Er hat den Hammer fallen gelassen, und ich stelle mir gerade vor, wie er lachend auf seinem Bett liegt. Sich vorstellt, wie mir meine Sicherheit genommen wird, abgezogen wie Hautstreifen. Wie er beim Gedanken daran masturbiert.

Der Schmerz, den ich dabei fühle, ist grenzenlos.

Einen Augenblick lang fühle ich mich schwerelos. Nicht wirklich fallend, nicht wirklich stehend. Es ist raus. Wir wurden gefunden. All meine Arbeit, all mein Davonlaufen, all das Verstecken … es ist vorbei. Das Internet ist für die Ewigkeit.

Trolle vergessen nie.

Ich höre Sirenen in der Ferne. Die Polizei ist unterwegs. Das tote Mädchen treibt stetig dahin, ihre Haare drehen und kräuseln sich wie langsam aufsteigender Rauch. Das Ruderboot bewegt sich in Richtung Dock; der Fischer ist wohl endlich aus seiner Trance erwacht. Als ich aufsehe, erkenne ich, dass sein Gesicht eine kränkliche Farbe angenommen hat, als würde er kurz vor einem Herzinfarkt stehen. Er rudert, so heftig er kann. Seine Frau ist gegen ihn gesunken und sieht fast ebenso schlimm aus. So sehen Menschen aus, deren sichere, normale Welt unter ihren Füßen weggebrochen ist. Sie haben einen dunkleren Ort erreicht. Den Ort, an dem ich lebe.

Ich sehe die Lichter des Polizeiautos einen fernen Hügel hochsteigen, auf dem Weg von Norton hierher.

Ich schreibe Absalom:

Spielt jetzt keine Rolle. Ich werde gleich verhaftet.

Es dauert eine Ewigkeit, bis seine Antwort mit einem scharfen Vibrieren kommt, einem Summen wie dem einer wütenden Wespe vor dem Stich:

Scheiße. Waren Sie's?

Er muss fragen. Jeder muss fragen.

Ich schreibe ein *Nein* zurück und schalte das Handy wieder aus. Als das Ruderboot hart gegen das Dock stößt – und dabei fast zu Bruch geht –, werfe ich dem Fischer eine Leine zu. Sie trifft seine Frau, was nicht meine Absicht war, aber die scheint es nicht einmal zu bemerken.

Jetzt spüre ich, dass noch jemand anderes zusieht, und drehe mich um.

Sam Cade steht auf seiner Veranda, die ungefähr zwei Fußballfelder entfernt ist. Er trägt einen rot-schwarz karierten Bademantel und Hausschuhe, und er starrt mich an. Starrt die traumatisierten Bootsfahrer an. Ich spüre, wie sich seine Aufmerksamkeit auf die Leiche im See richtet, dann wieder auf mich.

Ich sehe nicht weg. Er auch nicht.

Er dreht sich um und geht wieder in sein Haus.

Ich helfe der älteren Frau aus dem Boot, dann ihrem Mann, und platziere sie auf einer Bank in der Nähe, während ich zurück ins Haus laufe, um warme Decken zu holen. Ich lege sie ihnen um die Schultern, als der erste Polizeiwagen mit einem Knirschen wenige Meter von uns entfernt zum Stehen kommt. Die Lichter sind noch an, aber die Sirene schweigt. Dahinter kommt der kastenförmige Kombi, und ich bin nicht überrascht, Detective Prester hinter dem Steuer zu sehen. Er sieht aus, als hätte er überhaupt nicht geschlafen.

Ich fühle mich tot. Betäubt. Ich richte mich auf, als er das Fahrzeug verlässt. Zwei andere junge uniformierte Beamte steigen aus dem Polizeiauto. Keiner davon ist Officer Graham, aber ich habe sie in Norton bereits gesehen. Es sind noch mehr unterwegs, eine ganze Schlange von Wagen auf dem Weg zu uns. Diese Dämmerung bringt ein Gefühl der Unvermeidbarkeit mit sich. Ich weiß, ich sollte Angst haben, aber das habe ich nicht; irgendwie ist alle Angst wie weggewischt, nachdem ich diese arme Frau im See gesehen haben, aufgegeben und zerstört. Als wäre das Ganze unausweichlich immer so gekommen und ich hätte es auf irgendeiner Ebene längst gewusst.

Ich sehe, wie Prester auf mich zukommt, und wende mich ihm zu. »Bitte sorgen Sie dafür, dass es meinen Kindern gut geht. Jemand hat im Internet unseren Aufenthaltsort verraten. Es gibt Morddrohungen gegen sie. Echte. Mir ist im Augenblick egal, was mit mir passiert, aber wenigstens sie müssen in Sicherheit sein.«

Sein Gesichtsausdruck ist hart, aber er nickt schweigend. Er bleibt neben mir stehen und sieht zu den zwei Unglücksraben hinüber, die im Boot gesessen haben. Ich drehe mich weg, als er sie befragt. Ich sehe in Richtung Sam Cades Haus und werde nach kurzer Zeit belohnt; er kommt wieder heraus, diesmal gekleidet in eine verwaschene Jeans und ein einfaches graues T-Shirt. Er verschließt seine Tür – beide Schlösser, wie ich bemerke – und läuft langsam die Treppe hinunter in unsere Richtung. Die Streifenpolizisten haben es noch nicht geschafft, eine Absperrung aufzustellen, und eigentlich gibt es dafür auch keinen Bedarf. Sam kommt direkt herübergelaufen und hält nur wenige Meter vor mir. Einen Augenblick lang sagt keiner von uns ein Wort. Er steckt seine Hände in die Jeanstaschen und wippt vor und zurück. Dabei starrt er nicht mich an, sondern die auf und ab hüpfende Leiche im See.

»Soll ich jemanden anrufen?« Er fragt es in die leere Luft hinein, als würde er das tote Mädchen fragen. Ich sehe ihn auch nicht wirklich an. Es ist eine Unterhaltung, in der sich keiner von uns wirklich verpflichten will. So typisch für uns beide.

»Ich schätze, dafür ist es etwas zu spät«, sage ich und meine das sowohl für das tote Mädchen als auch mich. Wir sind beide verloren und treiben dahin, der Welt wehrlos ausgesetzt ohne Hoffnung auf Zuflucht. Aber sofort schäme ich mich dafür, uns beide auf eine Stufe zu stellen. Ich habe keine Stunden, vielleicht Tage, unter einem Sadisten leiden und dann den Horror erleben müssen, durch seine Hände zu sterben. Ich war nur mit einem verheiratet. »Ich habe es schon Prester gesagt, aber vielleicht könntest du sicherstellen, dass er wirklich auf Connor und Lanny aufpasst – es ist raus, Sam. Man weiß, wo wir sind. Bist du dafür verantwortlich?«

Abrupt blickt er zu mir, mit einer Plötzlichkeit, die sich völlig natürlich anfühlt. Ich sehe das Aufblitzen der Überraschung, die Veränderung in dem, was er fühlt. »Wofür verantwortlich?«

»Hast du mich im Internet verpfiffen?«

»Natürlich nicht!«, platzt er stirnrunzelnd heraus, und ich glaube ihm. »Das würde ich nicht tun, Gwen. Was auch immer sonst zwischen uns ist. Ich würde dich oder die Kinder nicht solch einer Gefahr aussetzen.«

Ich nicke. Ich glaube auch nicht, dass er es war, auch wenn er ein logischer Verdächtiger wäre. Nein, ich vermute, eine echte Leuchte im Norton Police Department hat beschlossen, rechtschaffene, anonyme Gerechtigkeit walten zu lassen. Es könnte sogar ein Beamter sein. Jeder, der dort von meiner alten Identität wusste, bis hin zu Detective Prester. Ich kann es ihnen nicht einmal vorwerfen. Niemand hat Melvin Royal vergessen.

Und es hat auch niemand Melvins kleine Helferin vergessen. Männliche Serienkiller üben auf die Leute eine gewisse fanatische, ungesunde Faszination aus, weibliche Komplizen dagegen erregen ihren abgrundtiefen Hass. Es ist eine toxische Mischung aus Misogynie und selbstgerechtem Zorn. Und der einfachen, köstlichen Tatsache, dass es *okay* ist, diese Frau zu vernichten, während es bei anderen nicht okay ist.

Man wird mir niemals dafür vergeben, unschuldig zu sein, weil ich niemals unschuldig sein werde.

Sam sieht wieder weg, und ich habe das Gefühl, dass er mir etwas sagen will. Etwas gestehen will. Er wippt weiter vor und zurück und sagt nichts. Dann schüttelt er den Kopf und wendet sich in Richtung meines Hauses.

Ohne sich umzudrehen oder seine Aufmerksamkeit abzuwenden, sagt Detective Prester: »Mr Cade. Ich werde auch mit Ihnen sprechen müssen.«

»Sie finden mich in Ms Proctors Haus«, sagt der. »Ich sorge dafür, dass es den Kindern gut geht.«

Ich sehe, wie Prester überlegt, ob er das Gespräch mit Sam forcieren soll, aber er entscheidet wohl, dass es warten kann. Er hat den dicken Fisch am Haken. Es bringt nichts, mehr zu fangen, als er auf einmal filetieren kann.

Ich schreibe Lanny schnell, dass es okay ist, Sam hereinzulassen. Als er zur Tür kommt, reißt sie diese bereits auf und wirft sich in seine Arme. Connor ebenso. Es ist überraschend, wie bedenkenlos sie ihn willkommen heißen, und ich gebe zu, ich verspüre einen kleinen Stich der Eifersucht.

Zum ersten Mal frage ich mich, ob es ihnen schadet, wenn ich weiterhin Teil ihres Lebens bleibe. Und die Frage ist so groß, so schrecklich, dass sie mir den Atem raubt und meine Kehle schmerzlich anschwellen lässt. Aber diese Entscheidung könnte mir jetzt sowieso genommen werden. Möglicherweise landen meine Kinder beim Sozialdienst, und ich sehe sie nie wieder.

Hör auf. Du denkst so, wie ER will, dass du denkst. Wie ein hilfloses Opfer. Lass nicht zu, dass er dir wegnimmt, was du erreicht hast. Kämpfe darum.

Ich schließe die Augen und zwinge mich, die Sorge und den Schmerz loszulassen. Mein Atem kommt leichter, und als ich die Augen öffne, sehe ich, dass Detective Prester mit den zwei Bootsfahrern, die die Leiche gefunden haben, fertig ist. Er kommt in meine Richtung.

Ich warte nicht; ich drehe mich um und laufe in Richtung seines Kombis. Ich höre das leichte Klappern seiner Schuhe auf dem Dock, als er aus dem Konzept gerät, aber er sagt mir nicht, dass ich falschliege. Ich weiß, dass er mich privat befragen will.

Wir setzen uns auf den Rücksitz, ich auf der Beifahrerseite, er hinter dem Fahrer, und mit einem langsamen Seufzen lehne ich mich gegen die warme, billige Polsterung. Ich bin plötzlich so müde. Auf einer tief liegenden animalischen Ebene verspüre ich noch Angst, aber ich weiß auch, was immer jetzt passiert, kann ich nicht mehr ändern.

»Sie haben gesagt, die Informationen über Sie seien im Internet«, sagt Prester. »Bevor wir anfangen, möchte ich, dass Sie wissen, dass das nicht von mir ausgegangen ist. Wenn das irgendjemand bei uns war, finde ich es heraus und zerreiße ihn in der Luft.«

»Danke«, sage ich. »Aber das hilft mir jetzt auch nicht, oder?«

Er weiß, dass es das nicht tut, zögert jedoch nur eine Sekunde, bevor er einen Digitalrekorder aus seiner Tasche zieht und ihn anschaltet. »Detective Prester, Norton Police Department. Das heutige Datum lautet ...« Er schaut auf seine Uhr, was ich witzig finde, bis ich sehe, dass es eine altmodische Uhr mit Kalenderfunktion ist. »Dreiundzwanzigster September. Es ist sieben Uhr dreißig. Ich befrage Gwen Proctor, auch bekannt als Gina Royal. Ms Proctor, ich verlese Ihnen Ihre Rechte; das ist eine reine Formalität.«

Natürlich ist es das nicht, und meine Mundwinkel zucken kurz nach oben. Ich höre zu, während er sie mit der Leichtigkeit eines Mannes herunterrasselt, der eine Menge Übung im Verlesen der Belehrung hat. Als er fertig ist, erkläre ich, dass ich die Rechte verstanden habe, die er erklärt hat. Wir sind beide höflich, bringen die Grundlagen hinter uns. Zwei Veteranen in diesem Geschäft.

Presters Stimme wechselt in ein tiefes, ruhiges Brummen. »Ziehen Sie es vor, wenn ich Sie Gwen nenne?«

»So lautet mein Name.«

»Gwen, heute Morgen wurde eine zweite Leiche im See treibend innerhalb Sichtweite ihrer Vordertür gefunden. Sie müssen verstehen, dass das in Anbetracht Ihrer, nun ja, Vorgeschichte schlecht aussieht. Ihr Ehemann ist Melvin Royal, und er hat eine sehr spezifische Vergangenheit. Das erste Mädchen, das wir im See gefunden haben, hätte ein seltsamer Zufall sein können, das gebe ich zu. Aber zwei davon? Zwei sind ein Plan.«

»Nicht *mein* Plan«, sage ich. »Detective, Sie können mir eine Million Fragen auf Millionen Arten stellen, aber ich werde Ihnen ohnehin alles sagen, was ich weiß. Ich habe den Schrei gehört. Er hat mich regelrecht aus dem Bett geworfen. Ich bin zur selben Zeit wie meine Kinder aus meinem Zimmer geeilt; das können die beiden bestätigen. Ich bin direkt hierhergekommen, um zu sehen, was los ist, und habe die zwei Leute im Boot und die Leiche im Wasser gesehen. Das ist absolut alles, was ich über diese Situation weiß. Und über diese erste Leiche weiß ich sogar noch weniger.«

»Gwen.« Presters Stimme klingt tadelnd, als wäre er ein enttäuschter Vater. Auf intellektueller Ebene weiß ich seine Taktik zu schätzen. Viele Detectives würden mich hart angehen, aber er weiß instinktiv, was mich entwaffnet. Womit ich nicht umzugehen vermag, ist Freundlichkeit. »Wir wissen beide, dass es damit nicht getan ist, oder? Also, gehen wir zurück zum Anfang.«

»Das war der Anfang.«

»Nicht heute Morgen. Ich will zurück zum ersten Mal, als Sie eine solcherart verstümmelte Leiche gesehen haben. Ich habe die Abschriften der Verhandlung gelesen, sämtliche Videos angeschaut, die ich bekommen konnte. Ich weiß, was Sie an jenem Tag in der Garage Ihres Hauses gesehen haben. Wie hat sich das angefühlt?«

Eine kognitive Technik. Er versucht, mich zurück zu einem traumatischen Augenblick zu führen, mich wieder in diesen Zustand der Hilflosigkeit zu versetzen. Ich brauche einen Moment, um zu antworten. »Als würde mir mein gesamtes Leben unter den Füßen weggerissen. Als hätte ich in der Hölle gelebt und es nicht einmal gewusst. Ich war erschüttert. Ich hatte so etwas noch nie gesehen. Ich hatte mir es noch nicht einmal vorgestellt.«

»Und als Ihnen klar wurde, dass Ihr Mann schuldig war, nicht nur an diesem Mord, sondern auch noch an anderen?«

Ich gab meiner Stimme eine Spur von Schärfe. »Was *glauben* Sie denn, wie es sich angefühlt hat? Wie es sich noch immer anfühlt?«

»Keine Ahnung, Ms Proctor. Schlimm genug, um den eigenen Namen zu ändern, schätze ich. Oder vielleicht haben Sie das nur getan, damit die Leute Sie nicht weiter belästigen.«

Grimmig sehe ich ihn an, aber natürlich hat er recht, auch wenn er es herunterspielt. Die meisten Leute, die in der normalen Welt leben, der typischen Welt, würden es als Zeichen der Schwäche ansehen, die Bedrohungen eines Internet-Mobs ernst zu nehmen; und Prester ist da vermutlich keine Ausnahme. Plötzlich bin ich sehr froh, dass Sam bei den Kindern ist. Wenn das Telefon klingelt, kann er den Strom der Anschuldigungen abwehren. Er wird von der Intensität und Lautstärke geschockt sein. Das sind die meisten Männer.

Ich fühle mich seltsam leer und zu müde, als dass es mich noch kümmern würde. Ich denke an all die Mühen, all das Geld, und überlege, dass ich vielleicht doch einfach in Kansas bleiben und die Arschlöcher ihr Glück hätte versuchen lassen sollen. Wenn alles genauso endet, warum all die Zeit und Energie dafür aufbringen, ein neues, sicheres Leben aufzubauen?

Prester fragt mich etwas. Ich muss ihn bitten, es zu wiederholen. Er sieht geduldig aus. Gute Detectives sehen immer geduldig aus, zumindest anfangs. »Führen Sie mich durch Ihre Tage der letzten Woche.«

»Wann soll ich anfangen?«

»Beginnen wir mit letztem Sonntag.«

Das ist ein willkürlich ausgewählter Tag, aber ich füge mich. Es ist nicht schwer. Mein Leben verläuft normalerweise recht ruhig. Ich schätze, dass das zweite Opfer am oder um Sonntag herum verschwunden ist, dem Zustand der Leiche nach zu urteilen. Ich gebe einen detaillierten Bericht ab, aber während ich weiter voranschreite, wird mir klar, dass ich eine Entscheidung treffen muss. Der Flug, den ich genommen habe, um Melvin in El Dorado zu besuchen, fällt in diesen Zeitraum.

Soll ich Prester beichten, dass ich meinem Serienkiller-Ex einen Besuch abgestattet habe? Soll ich deswegen lügen und hoffen, nicht ertappt zu werden? Aber mir ist klar, dass das keine Option ist; er ist ein guter Detective. Er wird die Besucherprotokolle in Kansas überprüfen und herausfinden, dass ich Mel besucht habe. Und noch schlimmer, er wird sehen, dass ich ihn besucht habe, kurz bevor die Leiche aufgetaucht ist.

Keine guten Wahlmöglichkeiten. Ich bekomme das Gefühl, dass die ungesehene Macht, die mich vorwärtsschiebt, auch diesen Augenblick vorherbestimmt haben muss. Ich sehe hinunter auf meine Hände, dann wieder hoch, und schaue aus der Frontscheibe des Kombis. Es ist warm hier drin und riecht nach altem, abgestandenem Kaffee. Was Verhörzimmer angeht, könnte es schlimmer sein.

Ich drehe mich zu Prester um, sehe ihn an und erzähle ihm von meinem Besuch in El Dorado, von den Kopien der Briefe von Melvin Royal, die er in meinem Haus finden wird, über die Menge an Beleidigungen und Bedrohungen, die ich erhalte. Ich dramatisiere nichts. Ich weine oder zittere nicht, zeige ihm kein Zeichen der Schwäche; ich glaube, es würde auch keine Rolle spielen, wenn ich es täte.

Prester nickt, als würde er das alles bereits wissen. Vielleicht tut er es auch. Oder vielleicht ist er auch nur ein guter Pokerspieler. »Ms Proctor, ich muss Sie jetzt zur Wache mitnehmen. Das verstehen Sie sicher?«

Ich nicke. Er holt die Handschellen hinter seinem Rücken hervor; sie befinden sich in einem alten, abgetragenen Etui hinten an seinem Gürtel. Ich drehe mich ohne Beschwerde um und lasse ihn sie anlegen. Während er das tut, erklärt er mir, dass ich wegen Mordverdachts verhaftet bin.

Ich kann nicht behaupten, dass ich überrascht bin.

Ich kann nicht einmal behaupten, dass ich wütend bin.

* * *

Das Verhör erlebe ich als eine einzige verschwommene Masse. Es dauert Stunden; ich trinke schlechten Kaffee, Wasser, esse irgendwann zwischendurch ein kaltes Puten-Käse-Sandwich. Ich schlafe beinahe ein, weil ich so müde bin. Irgendwann ist die Taubheit fort und wird ersetzt durch Angst, die sich wie ein beständiger kalter Sturm in meinem Inneren anfühlt. Ich weiß, selbst wenn sich die Neuigkeit bisher noch nicht verbreitet hat, wird sie es innerhalb von Stunden tun, und in weniger als einem Tag wird sie um die Welt gehen. Der vierundzwanzigstündige Nachrichtenzyklus füttert den endlosen Hunger nach Gewalt und erzeugt Tausende neue eifrige Rekruten, die mich bestrafen wollen.

Meine Kinder sind dem Ganzen ungeschützt ausgesetzt, und das ist meine Schuld.

Ich halte mich an meine Geschichte, die mittlerweile die komplette Wahrheit ist. Man erzählt mir, es gäbe Zeugen, die schwören, dass ich am Tag, an dem das erste Mädchen verschwunden ist, in der Stadt gesehen wurde; wie sich herausstellt, hatte sie auch in der Bäckerei gegessen, in der Lanny und ich nach ihrer Schulsuspendierung Kuchen gekauft hatten. Ich erinnere mich kaum noch an sie – das Mädchen in der Ecke, mit dem iPad und dem Tattoo. Ich war auf niemanden außer auf meine Tochter und ausschließlich auf meine eigenen unwichtigen Probleme konzentriert.

Es jagt mir Schauer über den Rücken, wenn ich mir vorstelle, dass keiner das Mädchen mehr nach dem Aufenthalt in der Bäckerei gesehen hat. Dass jemand sie von diesem Parkplatz entführt hat, vielleicht während wir noch drinnen saßen, vielleicht direkt nachdem wir weg waren.

Wer immer das getan hat, muss uns die ganze Zeit beobachtet haben. Und noch schlimmer, er muss uns gefolgt sein, *mir* gefolgt sein. Hat gewartet, bis ich einem Opfer nahe genug war, das dem Profil entsprach und das er problemlos ergreifen konnte. Sogar dann war es noch ein großes Risiko, nichts für Amateure; selbst in einer Kleinstadt, besonders in einer Kleinstadt, fällt Leuten alles auf, was ungewöhnlich ist. Eine Frau am helllichten Tag zu entführen ...

Ein Gedanke schießt mir durch den Kopf, ein wichtiger Gedanke, aber ich bin zu müde, um den Sinn dahinter zu erfassen. Prester will schon wieder von vorn beginnen. Ich gehe mein Leben seit der Flucht aus Wichita durch. Detailliert beschreibe ich meine Bewegungen, von dem Augenblick, in dem das erste Mädchen verschwunden ist, bis zu dem Zeitpunkt, an dem das zweite im See aufgetaucht ist. Ich erzähle ihm alles, an das ich mich von meiner Unterhaltung mit meinem Ex-Mann erinnern kann. Nichts davon hilft ihm in irgendeiner Weise, aber ich *versuche* es, und ich weiß, dass er das erkennt.

Ein Klopfen ertönt an der Tür, ein anderer Detective bietet mir noch ein Sandwich und eine Limo an, und ich nehme an. Prester ebenso. Wir essen zusammen, und er versucht sich an Small Talk; ich bin nicht in Stimmung, und außerdem erkenne ich es als Taktik, nicht echtes Interesse. Schweigend beenden wir unsere Mahlzeit und kommen gerade wieder zurück auf die Fragen, als es erneut klopft.

Stirnrunzelnd lehnt sich Prester in seinem Stuhl zurück, als der andere Beamte den Kopf hereinsteckt. Ich kenne ihn nicht – er ist ebenfalls Afroamerikaner, aber weitaus jünger als Prester. Kaum alt genug, um das College abgeschlossen zu haben, denke ich. Er blickt mich an und richtet seine Aufmerksamkeit dann auf den Detective. »Tut mir leid, Sir«, sagt er. »Es hat eine Entwicklung gegeben. Das sollten Sie vermutlich hören.«

Prester wirkt erzürnt, schiebt sich aber vom Tisch weg und folgt dem anderen Beamten.

Bevor die Tür geschlossen wird, sehe ich jemanden, der den Flur entlang an der Tür vorbeigeführt wird. Ich erhasche nur einen flüchtigen Blick auf ihn, sehe einen weißen Mann in Handschellen. Ohne weiter nachdenken zu müssen, erkenne ich ihn sofort.

Ich lehne mich in meinem Stuhl zurück und umklammere die halb leere Limodose so fest, dass sie unter dem Druck knackt.

Warum zum Teufel ist Sam Cade in Handschellen hier?
Und wo zum Teufel sind meine Kinder?

KAPITEL 9

Die Tür des Befragungsraums ist natürlich verschlossen, und obwohl ich mit aller Kraft dagegenhämmere und brülle, erhalte ich keine Antwort ... nicht, bis meine Stimme heiser ist und meine Knöchel vom Klopfen gerötet sind.

Schließlich ist es Prester, der endlich die Tür aufschließt und sich selbst in den Weg schiebt, um mich daran zu hindern hinauszustürmen. Ich komme ihm nicht wirklich zu nahe. Ich trete einen Schritt zurück, atme schwer und frage mit harscher, heiserer Stimme: »Wo sind meine Kinder?«

»Es geht ihnen gut«, sagt er in diesem tiefen, beschwichtigenden Tonfall, während er die Tür hinter sich schließt. »Kommen Sie, Ms Proctor, setzen Sie sich hin. Setzen Sie sich. Sie sind müde, und ich sage Ihnen gleich alles, was Sie wissen müssen.«

Ich sinke wieder in den Stuhl, misstrauisch und angespannt, die Hände geballt auf meinen Oberschenkeln. Er starrt mich eine Sekunde lang an, setzt sich dann hin und stützt sich auf die Ellbogen. »Nun denn. Sie haben wohl gesehen, dass man Mr Cade vor einer Weile hergebracht hat.«

Ich nicke. Mein Blick ist auf ihn fixiert. Verzweifelt wünsche ich mir, ich könnte in seinem Gesicht lesen. »Hat ... Hat Sam meinen Kindern irgendetwas angetan?«

Presters Gesicht erschlafft kurz und spannt sich dann wieder an. Er schüttelt den Kopf. »Nein, Gwen, ganz und gar nicht. Es geht ihnen gut. Ihnen ist nichts passiert. Ich schätze, sie sind ein wenig ängstlich wegen dem, was vor sich geht und wo sie sich im Augenblick befinden.«

»Warum haben Sie Sam dann verhaftet?«

Diesmal starrt mich Prester für lange Zeit an, studiert mich. Ich sehe, dass er eine Akte in der Hand hält. Nicht dieselbe, die er vorher hatte. Diese hat eine neue, lederfarbene Hülle. Sie hat noch nicht einmal ein Etikett.

Er legt sie auf den Tisch, öffnet sie jedoch nicht. »Was genau wissen Sie über Sam Cade?«, fragt er.

»Ich ...« Ich will ihn anschreien, es mir einfach zu sagen, aber ich weiß, dass ich das Spiel mitspielen muss. Also kontrolliere ich meine Stimme, als ich antworte. »Ich habe einen Hintergrundcheck bei ihm durchgeführt. Eine Bonitätsprüfung. All diese Sachen. Das tue ich bei jedem, der mir oder meinen Kindern näherkommt. Er war sauber. Ein Veteran, der in Afghanistan gedient hat, genau wie er gesagt hat.«

»Das stimmt auch alles«, sagt er. Er öffnet die Akte und holt ein formelles Militärfoto heraus: Sam Cade, etwas jünger, etwas gepflegter, in einer adretten blauen Airforce-Uniform. »Ein dekorierter Hubschrauberpilot. Vier Einsätze, Irak und Afghanistan. Kam nach Hause, um vom Tod seiner geliebten Schwester zu erfahren.« Jetzt öffnet er meine Akte. Nimmt das Foto meines Albtraums heraus, die tote Frau, die an der Drahtschlinge baumelt. Plötzlich bin ich wieder dort, stehe in der Sonne auf dem ruinierten Rasen, starre in das zerbröckelte Heiligtum von Mels Garage. Ich rieche den Gestank von totem Fleisch und muss sämtliche Willenskraft aufbringen, nicht die Augen zu schließen, um mich davor zu verstecken.

»Das hier«, sagt Prester und tippt einmal mit einem harten Fingernagel auf das Foto, »ist seine Schwester, Callie. Es ist nicht überraschend, dass Sie seine Verbindung zu ihr übersehen haben; sie haben ihre Eltern nach einem Autounfall verloren, als er acht und sie vier war. Wurden in verschiedene Pflegefamilien gegeben. Er hat den Namen seiner Geburtseltern behalten, sie nicht. Sie wurde adoptiert und ist aufgewachsen, ohne ihn überhaupt zu kennen. Sie haben begonnen, einander zu schreiben, als er in den Einsatz musste. Ich vermute, er hatte sich wirklich darauf gefreut, den Kontakt zu ihr wiederaufzunehmen, sobald er nach Hause kommt. Und dann kehrt er zurück vom Dienst an seinem Land, um *das* zu finden.«

Mein Mund ist trocken geworden. Ich denke daran, wie nah ich dran war, diese Verbindung aufzudecken. Ich denke an die Nachforschungen, die nichts ergeben haben. Er muss einiges getan haben, um seinen Namen aus dem Netz fernzuhalten. Oder er hat jemanden angeheuert, um das zu bereinigen.

Sam Cade hat mich verfolgt. Daran besteht jetzt kein Zweifel mehr für mich; er ist eingezogen, nachdem ich hierhergezogen bin, in dieses Haus. Auch wenn er dafür gesorgt hat, dass wir uns erst viel später das erste Mal begegnen. Er hat es ganz natürlich aussehen lassen. Er hat sich bis zu meiner Tür vorgearbeitet, dann in mein Leben, in das Leben meiner Kinder, und *ich habe nichts bemerkt.*

Ich möchte mich übergeben. Gwen Proctor ist kein neuer Mensch. Sie ist einfach nur Gina Royal 2.0, bereit, auf alles hereinzufallen, was ihr ein Mann mit nettem Gesicht und Lächeln erzählt. *Ich habe ihn mit meinen Kindern alleingelassen. Mein Gott.*

Ich kann nicht mehr atmen. Mir wird klar, dass ich hyperventiliere, und ich senke den Kopf und versuche, meine Atmung wieder unter Kontrolle zu bringen. Mir ist schwindlig, und ich höre das Kratzen des Stuhls, als Prester aufsteht und um den Tisch herumkommt, um seine Hand sanft auf meinen

Rücken zu legen. »Ganz ruhig«, sagt er. »Ruhig, langsam jetzt. Tief atmen. Ein und aus. Gut.«

Ich ignoriere seinen Rat und keuche meine nächste Frage heraus. »Was hat er getan?« Wut ist jetzt das, was ich brauche. Wut bringt mir Stabilität, gibt mir ein Ziel und verdrängt die Panik. Ich setze mich auf und blinzle die Flecken in meinem Sichtfeld weg. Er tritt einen Schritt zurück. Ich frage mich, was er gerade in meinem Gesicht gesehen hat. »Ist er es? Ist Sam derjenige, der diese Mädchen umgebracht hat?« Denn wäre *das* nicht wirklich perfekt? Gina Royal, die sich zum *zweiten* Mal in einen Serienkiller verliebt. Ich scheine eindeutig einen bestimmten Typ zu bevorzugen.

»Dahin gehend ermitteln wir noch«, sagt Prester. »Zumindest ist Mr Cade eine Person von Interesse, und wir befragen ihn. Tut mir leid, so schnell damit über Sie herzufallen, aber ich wollte wissen …«

»Sie wollten erfahren, ob ich bereits wusste, wer er ist«, fauche ich zurück. »Natürlich wusste ich das nicht, verflucht noch mal. Ich hätte ja wohl kaum meine Kinder bei ihm gelassen, oder?«

Ich sehe, wie er diesen Gedanken durchgeht. Niemals hätte ich willentlich den Verwandten eines Opfers in mein Leben, in mein Haus gelassen, wenn ich davon gewusst hätte. Prester versucht, ein Szenario zu erschaffen, in dem Sam Cade und ich das gemeinsam getan haben, aber nicht nur passen die Puzzleteile nicht zusammen, sie gehören noch nicht einmal zum selben verdammten Puzzle. Entweder habe ich diese Mädchen umgebracht, oder Sam Cade war es, in irgendeinem irrsinnigen Versuch, mir die Schuld in die Schuhe zu schieben, damit ich die Gefängnisstrafe bekomme, der ich seiner Meinung nach ungerechtfertigterweise entgangen bin … oder es war keiner von uns beiden. Aber wir haben es nicht gemeinsam getan. Nicht anhand der Fakten, die er vor sich hat.

Prester gefällt das Ganze überhaupt nicht. Ich kann sehen, wie es in ihm arbeitet, und es wundert mich kein bisschen, dass er so aussieht, als würde er eine Flasche Bourbon und einen freien Tag brauchen.

»Wenn Cade das getan hat«, sage ich, »dann nageln Sie seinen Arsch fest. Himmelherrgott, tun Sie's!«

Er seufzt. Er hat einen weiteren langen Tag vor sich, und ich sehe, dass auch er das weiß. Er liest wieder in der Akte, blättert Seiten durch, und ich lasse ihn darüber nachdenken.

Als er endlich aufsteht, sammelt er seine Akten und Bilder zusammen. Ich erkenne, dass er eine Entscheidung getroffen hat, und tatsächlich hält er die Tür für mich auf. »Ihre Kinder sind den Flur runter nach rechts, im Pausenraum. Sam hat sie in Ihrem Jeep hergefahren. Bringen Sie sie nach Hause. Aber verlassen Sie nicht die Stadt. Wenn Sie das tun, mache ich es zu meiner persönlichen Mission, Ihnen das FBI auf den Hals zu hetzen, und werde das bisschen Leben ruinieren, das Ihnen geblieben ist. Haben Sie mich verstanden?«

Ich nicke. Ich danke ihm nicht, denn er tut mir keinen Gefallen. Ihm ist klar geworden, dass er nur wenig hat, um mich hierzubehalten, wenn er überhaupt etwas hat. Und ein guter Anwalt – sagen wir beispielsweise aus Knoxville – würde seinen Fall sprengen, ohne in Schweiß auszubrechen, besonders nachdem Sam Cade nun ein weiterer Faktor in der Gleichung ist. Gute Güte, in diesem Moment habe ich sogar ein bisschen Mitleid mit Prester.

Aber nicht genug, um zu zögern. Innerhalb einer Sekunde bin ich durch die Tür geschlüpft und eile an der kleinen Arrestzelle des Norton Police Department vorbei. Ich sehe Officer Graham, der Unterlagen ausfüllt. Er schaut auf, als er mich aus dem Augenwinkel vorbeigehen sieht. Ich nicke oder lächle nicht, da ich viel zu fixiert auf die Pausenraumtür bin. Sie besteht aus durchsichtigem Glas mit kleinen Jalousien, die schief hängen, und durch die Lücke sehe ich Lanny und Connor zusammen an einem quadratischen weißen Tisch sitzen. Lustlos picken sie in einer Tüte Popcorn herum, die zwischen ihnen steht. Ich atme ein, denn die beiden lebendig und wohlauf und unverletzt zu sehen, fühlt sich so gut an, dass es mir körperlichen Schmerz bereitet.

Ich öffne die Tür und trete ein, und Lanny steht so schnell auf, dass ihr Stuhl über die Kacheln nach hinten rutscht und beinahe umfällt. Sie eilt auf mich zu und erinnert sich gerade noch rechtzeitig daran, dass sie als die Ältere sich nicht wie ein Kleinkind in meine Arme wirft. Stattdessen rast Connor an ihr vorbei und stürzt sich auf mich. Ich drücke ihn fest an mich und öffne einen Arm für sie, den sie widerwillig akzeptiert. Ich spüre, wie die Erleichterung etwas Süßeres, Wärmeres, Freundlicheres durch meinen Körper strömen lässt.

»Sie haben dich verhaftet«, sagt Lanny. Ihre Stimme klingt dumpf, da sie an mich gedrückt ist, aber beim letzten Wort löst sie sich von mir, um mich direkt anzuschauen. »Warum haben sie das getan?«

»Sie glauben, dass ich möglicherweise verantwortlich bin für ...«

Ich führe den Gedanken nicht zu Ende, aber sie tut es. »Für die Morde«, sagt sie. »Klar. Wegen Dad.« Sie sagt es so, als wäre es die logischste Schlussfolgerung der Welt. Vielleicht ist es das auch. »Aber du hast es nicht getan.«

Sie spricht mit beiläufiger Überzeugung, und ich verspüre ein Anschwellen meiner Liebe für sie, für dieses blinde Vertrauen. Normalerweise ist sie so misstrauisch, was meine Motive angeht. Daher bedeutet es mir mehr als alles andere, dass sie mir das zugesteht.

Dann löst sich auch Connor von mir. »Mom, sie sind gekommen und haben uns geholt! Ich habe gesagt, wir sollten nicht gehen, aber Lanny hat gesagt ...«

»Lanny hat gesagt, dass wir uns nicht auf einen dummen Kampf mit den Cops einlassen«, wirft Lanny ein. »Was wir auch nicht getan haben. Außerdem sind sie nicht wirklich wegen uns gekommen. Sie konnten uns nur nicht allein dort lassen. Ich habe sie überredet, den Jeep mitzunehmen. Damit wir eine Möglichkeit haben, nach Hause zu kommen.« Sie zögert einen Augenblick und versucht, die nächste Frage beiläufig klingen zu lassen. »Äh ... also, haben sie dir erzählt, warum sie mit Sam reden wollten? Hatte das mit etwas zu tun, was du ihnen erzählt hast?«

Ich will nicht das Thema anschneiden, was ihr Vater getan hat, wie viele Menschen er zerstört hat, wie viele Familien er auseinandergetrieben hat, einschließlich seiner eigenen ... aber gleichzeitig weiß ich, dass ich es erklären muss. Sie sind keine kleinen Kinder mehr, und unser Leben – das weiß ich instinktiv – wird für uns alle bald noch schlimmer werden.

Aber es widerstrebt mir, die Bewunderung, die sie für Sam Cade empfinden, zu zerstören. Sie mögen ihn. Und soweit ich das beurteilen konnte, mochte er sie auch. Allerdings dachte ich auch, dass er mich mochte.

Vielleicht ist er ein Teil des Mordkomplotts, das diese zwei Mädchen das Leben gekostet hat. Ich kann mir zwar noch immer nicht vorstellen, dass Sam sie getötet hat, selbst jetzt nicht, und doch ... und doch kann ich auch verstehen, wie Trauer und Wut und Schmerz jemanden in einer Weise Grenzen überschreiten lassen können, die vorher undenkbar schien. Ich habe die alte Gina Royal zerstört und mich selbst neu erfunden. Er hat seine Wut nach außen gerichtet, auf mich – auf seinen eingebildeten Feind. Vielleicht waren die jungen Frauen für ihn auch nur ein Kollateralschaden, eine kalte, militärische Rechnung, um sein Ziel zu erreichen. Ich kann das beinahe, *beinahe* glauben.

»Mom?«

Ich blinzle. Connor sieht mich mit echter Sorge an, und ich frage mich, wie lange ich gedanklich abgedriftet bin. Ich bin so müde. Trotz des Sandwichs bin ich fast am Verhungern, und ich muss so dringend auf die Toilette, dass ich mich frage, ob meine Blase platzen wird, bevor ich es ins Bad geschafft habe. Witzig. All das waren unwichtige Details, bis ich wusste, dass meine Kinder in Sicherheit sind.

»Wir reden auf dem Weg nach Hause«, sage ich. »Ein kurzer Boxenstopp, dann fahren wir. Okay?«

Mit leicht zweifelndem Blick nickt er. Ich glaube, er macht sich Sorgen um Sam, und ich hasse es, ihm wieder das Herz brechen zu müssen. Aber diesmal ist es nicht meine Schuld.

Ich schaffe es noch rechtzeitig auf die Toilette, wo ich zittere und stumm ein paar Tränen vergieße. Nachdem ich mir Gesicht und Hände gewaschen und ein paarmal tief durchgeatmet habe, sieht das Gesicht, das mich aus dem Spiegel anstarrt, fast schon normal aus. Fast. Mir wird klar, dass ich zum Friseur muss. Ich brauche einen Haarschnitt und muss die Haare nachfärben; ein paar unwillkommene graue Haare zeigen sich. *Lustig. Ich dachte immer, ich würde sterben, bevor ich alt werde.* Das ist ein Flüstern der alten Gina, die den Tag *Des Ereignisses* als das Ende ihres Lebens angesehen hatte. Ich hasse die alte Gina, die so naiv an die Macht wahrer Liebe glaubte und davon überzeugt war, dass sie eine gute Frau und ihr Ehemann ein guter Mann waren. Und dass sie das verdiente, ohne sich dafür bemühen zu müssen.

Ich hasse sie noch mehr, jetzt, wo ich erkannt habe, dass ich ihr nach allem immer noch so ähnlich bin.

* * *

Die Fahrt nach Hause beginnt schweigend, aber ich spüre, wie bedrückt das Schweigen ist. Die Kinder wollen Bescheid wissen.

Ich will es ihnen erzählen. Ich weiß nur nicht, wie ich die richtigen Worte finden soll, also spiele ich am Radio des Jeeps herum, wechsle von New Country zu Southern Rock zu Old Country bis hin zu etwas, das nach blecherner Volksmusik klingt, bis Lanny schließlich mit einem entschiedenen Fingerdruck das Radio ausschaltet. »Hör auf«, sagt sie. »Und jetzt los. Spuck's aus. Was ist mit Sam?«

Lieber Gott, ich will nicht damit anfangen, aber ich schlucke den Impuls der Feigheit hinunter. »Sams Schwester – es hat sich herausgestellt, dass Sam nicht der ist, der zu sein er vorgegeben hat. Na ja, ist er schon, aber er hat uns nicht die ganze Wahrheit erzählt.«

»Du redest Unsinn«, erklärt mir Connor nüchtern. Vermutlich hat er recht. »Moment, war das Sams Schwester im See? Hat er seine Schwester umgebracht?«

»Hey!«, sagt Lanny scharf. »Springen wir nicht gleich zum Töten von Schwestern, okay? Sam hat niemanden umgebracht!«

Ich frage mich, warum ich es nicht schon vorher bemerkt habe, denn jetzt, mit einem einzigen Blick in ihr Gesicht, sehe ich, dass sie wütend, aufgewühlt und wirklich in der Abwehr ist. In Officer Graham hatte sie sich sofort verknallt, aber das hier ist anders. Das lese ich nicht als Verliebtsein, sondern als Bedürfnis. Sam, dieser Ruhepol in ihrem Leben, stark und freundlich und beständig. Er ist der beste Vaterersatz, den sie haben kann.

»Nein«, stimme ich zu und drücke kurz ihre Hand. Ich spüre, wie sie sich anspannt. »Natürlich hat er das nicht. Connor, sie haben ihn zur Wache gebracht, weil sie herausgefunden haben, dass er eine Verbindung zu uns hat. Von früher.«

Lanny zieht sich von mir zurück und drückt sich an die Tür des Fahrzeugs. Ich sehe, dass sich Connor ebenfalls zurücklehnt. »Von vorher?«, fragt mein Sohn leise. Seine Stimme zittert leicht. »Du meinst, von damals, als wir noch die anderen waren?«

»Ja.« Ich fühle mich schuldig und gleichzeitig erleichtert, dass sie das gleich begreifen. »Als wir noch in Kansas gelebt haben. Seine Schwester ... seine Schwester war eine von denen, die euer Vater umgebracht hat.«

Ich sage ihnen nicht, dass seine Schwester die letzte war. Irgendwie macht es das noch schlimmer.

»Oh«, sagt Lanny leise. Ihre Stimme klingt leer. »Also ist er uns hierher gefolgt. Nicht wahr? Er war niemals wirklich unser Freund. Er wollte uns beobachten. Uns wehtun, weil er wütend über das ist, was Daddy getan hat.«

Oh Gott. Sie hat ihn Daddy genannt. Das schneidet mir bis ins Mark, und ich leide Höllenqualen. »Schätzchen ...«

»Sie hat recht«, sagt Connor von hinten. Als ich in den Rückspiegel schaue, sehe ich ihn aus dem Fenster blicken, und in diesem Augenblick sieht er so beunruhigend aus wie sein Vater. So sehr, dass ich ihn viel zu lang anstarre und meine Fahrspur mit einer etwas zu scharfen Lenkung korrigieren muss, als wir die sich nach oben windende Straße zum See hochfahren. »Er war nicht unser Freund. Wir haben keine Freunde. Es war dumm zu denken, dass wir welche haben.«

»Hey, das stimmt nicht«, sagt Lanny. »Du hast die Geek Squad, die Nerd-Spiele mit dir spielt. Und was ist mit Kyle und Lee, diesen Graham-Kids? Sie fragen immer, ob du was mit ihnen machst ...«

»Ich habe gesagt, ich habe keine Freunde. Nur Leute, mit denen ich spiele, mehr nicht«, sagt Connor. Seine Stimme hat eine Schärfe angenommen, die ich so von ihm nicht kannte, und es gefällt mir ganz und gar nicht. »Und ich mag die Graham-Jungs nicht. Ich tue nur so, damit sie mich nicht wieder verprügeln.«

Der Gesichtsausdruck meiner Tochter zeigt mir, dass diese Information für sie ebenso neu ist wie für mich. Ich vermute, dass Connor sich Sam anvertraut hatte, und dass er jetzt durch

Sams Verrat keinen Nutzen mehr in seinem Geheimnis sieht. Ich bin wie erstarrt. Ich erinnere mich, wie steif sich Connor in Gegenwart der Graham-Jungen verhalten hat. Ich erinnere mich an seine Warnung beim ersten Mal, dass er sein Handy nicht verloren hatte, sondern einer von ihnen es genommen haben musste. Ich hasse mich selbst dafür, das nicht genauer hinterfragt zu haben. Bei allem, was vor sich ging, bei all der Sorge über den Mord und das, was Mel tat, habe ich es vergessen. Ich habe meinen Sohn im Stich gelassen.

Als Sam ihn mit der blutigen Nase und den blauen Flecken gefunden hatte, waren diese Blessuren das Werk der Graham-Brüder gewesen.

Ich beiße die Zähne zusammen und sage für den Rest der Fahrt nichts mehr. Lanny und Connor scheinen ebenfalls nicht reden zu wollen. Ich halte vor der Einfahrt, versetze den Jeep in den Parkmodus und drehe mich zu ihnen um. »Ich kann das, was für uns schiefgelaufen ist, nicht wiedergutmachen. Es ist einfach passiert. Ich weiß nicht, wessen Schuld das ist, und mittlerweile ist es mir auch egal. Aber ich verspreche euch eins: Ich werde mich um euch kümmern. Um euch beide. Und wenn irgendjemand versucht, euch wehzutun, müssen sie es erst mit mir aufnehmen. Verstanden?«

Das haben sie, aber ich sehe, dass es die Anspannung in ihnen nicht löst. Lanny spricht es aus. »Du bist nicht immer da, Mom. Ich weiß, das willst du sein, aber manchmal müssen wir aufeinander aufpassen, und es wäre besser, wenn du mir den Code gibst für ...«

»Lanny. Nein.«

»Aber ...«

Ich weiß, was sie will: Zugriff auf den Waffensafe. Und dazu bin ich nicht bereit. Ich habe das nie gewollt. Ich wollte meine Kinder nie zu Revolverhelden, Kriegern oder Kindersoldaten erziehen.

Solange es in meiner Macht liegt, sie zu beschützen, werde ich das nicht erlauben.

In der angespannten Stille lege ich den ersten Gang ein und fahre knirschend über den Kiesweg hoch zu unserem Haus.

Als die Scheinwerfer auf das Haus treffen, sehe ich Blut. Das ist alles, was ich im ersten Schock erkenne: ein leuchtend roter Spritzer über der Garagentür, Spritzer und Kringel und Tropfen. Ich trete so heftig auf die Bremse, dass es uns alle gegen die Gurte drückt. Die Halogenlampen heben das Rot hervor, und mir wird klar, dass es vermutlich kein Blut ist; dafür ist es zu rot, zu dickflüssig. Es ist jedoch noch feucht und schimmert im Licht, und während ich hinschaue, sehe ich, wie ein Tropfen weiter nach unten rinnt.

Diese Aktion ist noch nicht lange her.

»Mom«, flüstert Connor. Ich sehe ihn nicht an. Stattdessen starre ich auf die Worte, die auf unsere Fenster gekritzelt sind, über die Ziegel, auf die Vordertür unseres Hauses.

MÖRDERIN

SCHLAMPE

ABSCHAUM

KILLER

HURE

FICK DICH

STIRB

»Mom!« Connor greift nach meiner Schulter, und ich höre die Panik in der Stimme meines Sohnes, die blanke Angst. »Mom!«

Ich lege den Rückwärtsgang so hart ein, dass der Kies in alle Richtungen spritzt, und rase die Einfahrt zur Straße hinunter. Plötzlich muss ich bremsen, weil mir Fahrzeuge im Weg sind. Zwei Stück. Ein neuwertiger Mercedes SUV ohne ein Staubkorn und ein dreckiger Pick-up, der unter der Schmutzschicht rot sein könnte. Sie haben uns zugeparkt.

Die Johansens, das nette, ruhige Paar auf dem Hügel, diejenigen, denen ich mich vorgestellt habe, als ich eingezogen bin ... sie sitzen in ihrem SUV und schauen mich nicht an. Starren auf die Straße, als wäre ihre verfickte Blockade meiner Einfahrt ein *Versehen*. Als hätten sie nichts mit der Angelegenheit zu tun.

Das Arschloch in dem schmutzigen roten Pick-up und seine Freunde haben keine solchen Skrupel. Sie freuen sich, bemerkt zu werden. Drei von ihnen steigen aus der Fahrerkabine, drei weitere krabbeln ungeschickt hinten aus dem Pick-up heraus. Sie sind eindeutig betrunken und ziemlich begeistert von der ganzen Sache. Einen von ihnen erkenne ich wieder. Es ist der Idiot vom Schießstand, Carl Getts, der, den Javier wegen schlechten Verhaltens vom Platz verwiesen hatte.

Sie gehen auf uns zu, und es läuft mir eiskalt den Rücken runter, als mir klar wird, dass ich meine Kinder bei mir habe und unbewaffnet bin. Und, Herrgott, die Cops haben sich noch nicht einmal die Mühe gemacht, einen Streifenwagen in der Nachbarschaft zu platzieren, der solche Belästigungen verhindert. So viel zu Presters guten Absichten, falls er jemals welche hatte. Weniger als einen Tag wieder entlassen, und schon müssen wir um unser Leben fürchten.

Genau deshalb fahre ich den Jeep.

Ich lege den ersten Gang ein, fahre ein Stück den Hügel hoch und steuere das Fahrzeug dann über einen holprigen Weg den steilen Abhang hinunter, über wildes Grasland, übersät von versteckten, spitzen Steinen. Ich lenke um die schlimmsten

Stellen herum, aber ich muss beschleunigen, als ich bemerke, dass der Fahrer des Pick-ups samt seiner Crew wieder eingestiegen ist. Er hat ebenfalls Allradantrieb. Er wird, so schnell er kann, hinter uns herkommen. Ich muss Abstand zwischen uns bringen.

Ich brauche meine Waffe, denke ich verzweifelt. Hinten im Safe befindet sich aktuell keine. Ich hatte sie vor dem Tausch des Jeeps gegen Javiers Van herausgenommen. *Spielt keine Rolle,* sage ich mir. Sich auf irgendetwas oder irgendjemanden zu verlassen, ist schlecht. Ich muss mich als Erstes, Letztes und immer auf mich selbst verlassen. Das ist die Lektion, die Mel mir beigebracht hat.

Als Erstes muss ich uns in Sicherheit bringen. Als Zweites brauche ich einen Plan. Als Drittes muss ich meine Kinder von diesem Ort wegschaffen, wie auch immer ich das bewerkstelligen soll.

Ich schaffe es fast, *fast* bis zur rettenden Straße.

Doch da passiert es: Ich muss das Lenkrad scharf einschlagen, um in letzter Sekunde einen hervorstehenden Felsbrocken zu umfahren, der von einem großen Büschel Unkraut verdeckt war. Dadurch gerät das rechte Rad in eine breite, vorher nicht sichtbare Rinne. Der gesamte Jeep neigt sich, und einen kurzen, schrecklichen Augenblick denke ich daran, wie oft es zu Unfällen mit sich überschlagenden Wagen kommt. Dann sind wir jedoch wieder aufrecht und aus der Rinne heraus, bevor Lannys plötzlicher Aufschrei überhaupt meine Ohren erreicht hat, und ich denke: *Wir schaffen es.*

Wir schaffen es nicht.

Das linke Rad rutscht von einem halb vergrabenen Felsbrocken ab, und wir fahren über ihn. Ich höre das metallische Knirschen der Kollision, und die gesamte Lenkvorrichtung springt mir aus der Hand. Ich versuche, wieder nach dem Lenkrad zu greifen, während mein Herz in wildem Stakkato schlägt, und mir wird klar, dass die Achse gebrochen ist. Ich habe keine Kontrolle mehr über die Vorderräder und die Lenkung.

Ich kann den nächsten Felsbrocken nicht umfahren. Er ist so groß, dass die Motorhaube des Jeeps direkt an ihn kracht und der Aufprall uns alle nach vorn gegen die Gurte katapultiert, heftig genug, um ordentliche blaue Flecke zu verursachen. Ich merke, dass die Airbags ausgelöst haben, weil ich das Puffen an meinem Gesicht spüre, das Eintauchen, den brennenden Geruch des Abbrandgases. Mein Gesicht schmerzt und fühlt sich durch den Ansturm von Blut und die Reibung heiß an. Ich registriere eher Überraschung als Schmerz, aber mein erster Instinkt gilt nicht mir. Ich drehe mich im Sitz und sehe panisch nach Lanny und Connor. Sie wirken beide benommen, aber okay. Lanny wimmert ein wenig und tastet an ihrer Nase herum. Sie blutet. Ich merke, dass ich sie mit Fragen bombardiere – *geht es euch gut, seid ihr okay* –, und ich warte dabei überhaupt nicht auf die Antworten. Ich greife mir eine Handvoll Taschentücher, drücke sie gegen das Blut aus ihrer Nase und schaue gleichzeitig besorgt Connor an. Er scheint okay zu sein, in besserem Zustand als Lanny, allerdings hat er einen roten Fleck auf der Stirn. Die erschlaffte weiße Seide des entleerten Airbags hängt ihm über der Schulter. *Seitenairbags,* erinnere ich mich. Lannys hat ebenfalls ausgelöst, weshalb auch ihre Nase blutet.

Meine tut es vielleicht auch. Es ist mir egal.

Ich reiße mich genug zusammen, um mir ins Gedächtnis zu rufen, dass wir nicht versehentlich einen Autounfall hatten, sondern dass ein Pick-up voll betrunkener Männer auf der Jagd nach uns ist. Ich habe es vermasselt. Ich habe meine Kinder in tödliche Gefahr manövriert.

Und ich muss das in Ordnung bringen.

Ich klettere aus dem Jeep und falle dabei beinahe hin. Ich kann mich gerade noch an der Tür festhalten und sehe große Blutflecken auf der Vorderseite meines weißen Shirts. Spielt keine

Rolle. Ich schüttle den Kopf, sodass die roten Tropfen durch die Gegend fliegen, und bahne mir einen Weg zur Rückseite des Jeeps. Zwei Dinge habe ich: einen Reifenmontierhebel und eine Notfalltaschenlampe, die beim Umlegen eines Schalters desorientierend rot und weiß flackert. Sie hat sogar ein eingebautes, durchdringendes Alarmsignal. Die Batterien sind frisch, da ich sie erst letzte Woche ausgetauscht habe. Ich schnappe mir die beiden Teile und nehme auch das schwere Eisenwerkzeug. Bevor ich die Fahrertür wieder zuschlage, hole ich mein Handy heraus und werfe es Connor zu, der sich mehr im Griff zu haben scheint. »Ruf 911 an«, weise ich ihn an. »Sag ihnen, dass wir angegriffen werden. Und schließ von innen zu.«

»Mom, bleib nicht da draußen!«, ruft er, und ich mache mir Sorgen, dass er die Türen nicht verriegeln wird. Dass er zögern und herausgezerrt werden wird. Also öffne ich die Tür und aktiviere die Verriegelung, die nach unten einrastet. Dann lasse ich die Fenster hochfahren, sodass er, Lanny und die Schlüssel im Inneren sind.

Mit dem Reifenmontierhebel in der rechten und der Mehrzwecklampe in der linken Hand drehe ich mich um und warte darauf, dass der Pick-up näher kommt.

Er schafft es nicht. Auf der Hälfte des Hügels stoßen sie gegen etwas, rutschen zur Seite, und ich sehe zu, wie die Männer im hinteren Teil herausspringen und brüllen, als der Pick-up aus dem Gleichgewicht gerät. Einer schreit so laut, dass er sich vermutlich etwas gebrochen oder zumindest schwer verdreht hat. Die anderen zwei federn mühelos hoch, wie es nur Betrunkene können. Mit einem langgezogenen Kreischen von Metall und einem Scheppern von zerberstendem Glas kippt der Pick-up um, rollt aber nicht weiter den Hügel hinunter. Er bleibt mit sich drehenden Reifen auf der Seite liegen. Der Motor dröhnt weiterhin, als hätte der Fahrer nicht genug Menschenverstand, um den Fuß vom Gas zu nehmen. Die drei im Inneren schreien um Hilfe, und die zwei von der Ladefläche, die noch aufrecht stehen, eilen zu ihnen. Sie bringen das ganze Fahrzeug beinahe noch stärker zum Kippen, sodass es weiter den Hügel hinunterrollt. Es ist fast schon komisch anzusehen.

Ich sehe, wie der SUV der Johansens plötzlich beschleunigt und schnell auf die Straße abbiegt, als wäre ihnen gerade erst eingefallen, dass sie zu spät zu ihrer eigenen Party kommen. Ich schätze, sie können den Anblick von Blut nicht ertragen. Nicht mal meins. Ich weiß, dass sie nicht die Polizei rufen werden, aber das spielt keine Rolle. Connor hat das bereits erledigt. Meine Aufgabe ist es jetzt, jeden Angreifer zu beschäftigen, bis die Lichter und Sirenen auftauchen. Ich habe nichts falsch gemacht.

Jedenfalls noch nicht.

Einer der betrunkenen Kerle löst sich vom Pick-up und torkelt in meine Richtung. Ich bin kein bisschen überrascht, dass es Carl vom Schießstand ist. Der Kerl, der Javi beleidigt hat. Er brüllt mir etwas zu, aber ich höre nicht wirklich hin. Ich versuche nur festzustellen, ob er eine Waffe hat. Falls ja, bin ich erledigt; er kann mich dann nicht nur von dort töten, wo er steht, sondern auch behaupten, ich hätte ihn mit meinem praktischen Reifenmontierhebel angegriffen, und dass es Notwehr war. Ich kenne Norton gut genug, um zu wissen, wie das ausgehen wird. Sie werden kaum fünf Minuten brauchen, um den Bastard laufen zu lassen, selbst wenn meine Kinder eine Aussage machen. *Ich habe um mein Leben gefürchtet,* wird er sagen. Die Standardverteidigung mörderischer Feiglinge. Das Problem ist, dass sie sich dabei desselben Arguments bedienen, mit dem sich Menschen verteidigen, die wirklich um ihr Leben fürchten. Wie ich.

Kurz kann ich aufatmen: Er scheint keine Waffe zu haben, zumindest nicht, soweit ich das sehen kann. Und er wäre wohl kaum der Typ, der damit hinter dem Berg hält. Er würde sie wild herumschwenken. So gänzlich unbewehrt, wird mein Reifenmontierhebel eine echte Bedrohung für ihn.

Er hält inne, und ich realisiere, dass Connor gegen die Scheibe des Jeeps hämmert und versucht, meine Aufmerksamkeit zu erregen. Ich riskiere einen Blick. Sein Gesicht wirkt verzweifelt bleich. Ich höre ihn rufen. »Ich habe die Cops angerufen, Mom. Sie sind unterwegs!«

Ich weiß, dass du das hast, Schätzchen. Ich lächle ihn an, ein echtes Lächeln, denn das hier könnte das letzte Mal sein, dass ich das tun kann.

Dann wende ich mich dem betrunkenen Kerl zu, dessen anderer Freund jetzt ebenfalls in unsere Richtung unterwegs ist. »Verschwindet, ihr Scheißkerle.«

Beide lachen. Derjenige, der gerade erst dazugekommen ist, ist etwas breiter und ein wenig größer, aber gleichzeitig ist er noch betrunkener und muss sich an seinem Kameraden festhalten, als Steine unter seinen Füßen wegrollen. Es sieht nach Slapstick aus, doch die Gewalt, die sie im Sinn haben, ist todernst.

»Du hast unseren Truck auf dem Gewissen«, lallt er. »Dafür wirst du bezahlen, du Mörderschlampe.«

Am umgestürzten Pick-up weiter hinten öffnet sich die Beifahrertür quietschend nach oben, wie die Klappe in einem Panzer. Aber anders als bei einem Panzer – und das hätte ich den Idioten auch sagen können – sind Autotüren nicht dafür entwickelt, umzuklappen und flach liegenzubleiben. Der Versuch, die Tür aufzuwerfen und aus dem Weg zu bekommen, endet damit, dass diese den Scharnierpunkt erreicht und mit grausamer Geschwindigkeit auf den Mann zurückfedert, der ihr den Stoß versetzt hat.

Er brüllt und lässt gerade noch rechtzeitig die Seite des Pick-ups los, bevor seine Finger zerquetscht werden. Es wäre wirklich zum Lachen, wenn ich nicht Todesangst um meine beiden unschuldigen Kinder ausstehen würde, für die ich die Verantwortung trage, während diese Trottel noch nicht einmal für sich selbst Verantwortung übernehmen können.

Als die zwei vor mir beschließen, auf mich loszugehen, lege ich den Schalter für die Betäubungsfunktion der Taschenlampe um und halte sie von mir weg. Trotzdem ist es wie ein Schlag ins Gesicht; die stroboskopischen, asymmetrischen, unglaublich grellen Lichter und das ohrenbetäubende Kreischen sind schlimm genug hinter dem Ding – ich möchte nicht wissen, wie es ist, wenn man davor steht.

Carl und sein Freund gehen zu Boden, die Münder geöffnet in vermutlich panischem Gebrüll, das ich wegen des Lärms nicht hören kann. Ich verspüre einen bitteren, fantastischen Adrenalinschub, der alles in mir danach drängt, mit meinem Montierhebel auf die beiden einzuprügeln und dafür zu sorgen, dass diese Arschlöcher meine Kinder nie wieder bedrohen können.

Aber ich tue es nicht. Ich bin hart an der Grenze, aber mich stoppt der Gedanke, dass ich dadurch nur Prester recht geben würde. Beweisen würde, dass ich eine Mörderin bin. Mit dem Blut von Ortsansässigen an meinen Händen. So schnell, wie sie jemanden dafür freisprechen würden, mich zu erschießen, so schnell würden sie mich der Nadel übergeben, wenn ich diese Kerle schlage, während sie am Boden sind. Nur das sorgt dafür, dass ich stehen bleibe und das Stroboskoplicht und die Sirene auf sie gerichtet halte, anstatt das Ganze für immer zu beenden.

Obwohl ich selbst vom Stroboskoplicht geblendet werde, weiß ich, dass die Polizei kommt, als Connor die Scheibe neben mir herunterkurbelt und mich am Arm ergreift. Er zeigt die Straße hinunter, und als ich in die Richtung schaue, sehe ich einen Streifenwagen heranfahren, dessen Blaulicht die Nacht durchbricht. Ich sehe, wie zwei Gestalten aussteigen und den Hügel in meine Richtung hinaufkommen. Das Licht ihrer

Taschenlampen wandert auf und ab und beleuchtet Flecken von grünen Sträuchern und knochenbleichen Felsbrocken.

Ich schalte den Verteidigungsmodus der Taschenlampe aus, halte den Halogenstrahl aber weiter auf die beiden Betrunkenen gerichtet, die jetzt wutentbrannt wieder auf die Beine kommen. Sie halten sich noch immer die Ohren zu. Einer von ihnen beugt sich vor und übergibt sich, aber der andere – Carl – hält seinen Blick fest auf mich gerichtet. Ich sehe den Hass darin. Mit ihm lässt sich nicht vernünftig reden. Und mit ihm in der Nähe bin ich nicht sicher.

»Die Polizei kommt«, sage ich zu ihm. Er sieht sich um, als hätte er es nicht bemerkt – und vermutlich hat er das auch nicht –, und das Aufblitzen reiner Wut in seinen Augen veranlasst mich, meinen Griff um den Montierhebel wieder zu verstärken. Er will mir wehtun. Mich vielleicht umbringen. Und vielleicht will er seine Wut auch an den Kindern auslassen.

»Du verfickte Hure«, stößt er aus. Ich denke daran, welch ein befriedigendes Knirschen der Montierhebel beim Kontakt mit seinen Zähnen machen würde. Er ist eins siebzig groß, besteht nur aus schlechtem Atem und einer miesen Haltung, und ich glaube kaum, dass ich ein Licht in der Welt auslösche, wenn ich ihm den Garaus mache. Aber ich schätze, selbst er hat Leute, die ihn lieben.

Die habe schließlich sogar ich.

Officer Graham ist der Erste an meiner Seite. Ich bin froh, ihn zu sehen; er ist größer und breiter und sieht aus, als könnte er einfach jeden einschüchtern, wenn er es nur will. Er macht sich ein Bild von der Situation und runzelt die Stirn. »Was zum Teufel geht hier vor?«

Es ist in meinem besten Interesse, meine Geschichte als Erste zu erzählen, und ich lege sofort los. »Diese Idioten haben beschlossen, mir einen nicht so nett gemeinten Besuch abzustatten«, berichte ich. »Sie haben uns in der Einfahrt blockiert.

Jemand – wahrscheinlich auch sie – hat die Hausfassade verwüstet. Ich habe versucht, durch das Gelände zu fahren, aber ein Felsbrocken hat meine Lenkung außer Gefecht gesetzt. Ich hatte keine Wahl. Ich musste versuchen, sie von meinen Kindern fernzuhalten.«

»Verlogene Schlampe ...«

Graham streckt eine Hand in Richtung des Betrunkenen aus, ohne seinen Blick von mir zu nehmen. »Officer Claremont wird Ihre Aussage aufnehmen«, erklärt er ihm. »Kez?«

Grahams Partnerin ist heute Abend eine große, schlanke Afroamerikanerin mit Kurzhaarfrisur und einem sachlichen Auftreten. Sie führt die zwei Betrunkenen zum Wrack des Pick-ups und ruft Feuerwehr und Notarzt, um die drei aus der Fahrerkabine und den einen Verletzten etwas höher auf dem Hügel versorgen zu lassen. Sie stammeln in hoher, dringlicher, lallender Stimme. Ich kann mir kaum vorstellen, dass sie Spaß hat.

»Sie sagen also, dass das Ganze völlig ohne Provokation zustande gekommen ist«, hakt Graham nach.

Ich drehe mich um, um ihn anzusehen, dann stecke ich den Kopf in die offene Scheibe von Connor und küsse ihn auf die Stirn. »Lanny? Geht's dir gut, Schatz?«

Sie signalisiert mir, dass alles okay ist, und neigt den Kopf zurück, um ihr Nasenbluten zu verlangsamen.

»Würde es Ihnen was ausmachen, den Montierhebel runterzunehmen?«, sagt Graham trocken, und ich merke, dass ich ihn fest umklammert halte, als würde ich noch immer einer Bedrohung gegenüberstehen. Mein Daumen ruht ebenfalls noch auf dem Knopf für die Betäubungsfunktion der Taschenlampe. Ich trete von dieser unsichtbaren Klippe zurück und lege beide Dinge neben dem Jeep ab. Dann mache ich ein paar Schritte zurück. »Okay. Ein guter Anfang. Also, Sie sagen, diese Jungs hätten Sie blockiert. Hatten Sie Streit mit ihnen?«

»Ich kenne sie noch nicht einmal«, sage ich. »Aber ich vermute, die Nachricht über meinen Ex hat sich verbreitet. Sie wissen sicherlich auch davon.«

Er bemüht sich, eine Reaktion zu unterdrücken, aber ich sehe, wie sich etwas in den Tiefen seines Blicks rührt und er den Mund anspannt. Dann entspannt er ihn wieder. »Soweit ich das verstanden habe, ist Ihr Mann ein verurteilter Mörder.«

»Ex-Mann.«

»Hm-hm. Ein Serienkiller, wenn meine Informationen stimmen.«

»Das wissen Sie so gut wie ich«, sage ich. »Die Nachrichten verbreiten sich schnell. Ist in solch einer kleinen Stadt wohl nicht verwunderlich. Ich habe Detective Prester um Schutzmaßnahmen für meine Kinder gebeten ...«

»Wir waren unterwegs, um dafür zu sorgen«, erklärt er mir. »Wir hätten heute Nacht vor Ihrer Tür geparkt.«

»Ich schätze, bis dahin wäre die Farbe schon getrocknet gewesen.«

»Farbe?«

»Sie können es sich gern ansehen, sobald Sie hier fertig sind. Ist nicht zu verfehlen«, sage ich. Ich bin zu Tode erschöpft. Die Schmerzen vom Unfall melden sich. Meine linke Schulter ist druckempfindlich, wo ich vermutlich gegen den Gurt gepresst wurde. Zumindest hat mein Nasenbluten aufgehört, also habe ich mir wohl nichts gebrochen, und als ich sie vorsichtig abtaste, scheint sich nichts verschieben zu lassen. Ich glaube, es geht mir gut. Besser, als ich es verdient habe. »Das war gerade einmal Runde eins. Und genau deshalb habe ich gesagt, dass wir Schutz benötigen.«

»Ms Proctor, Sie sollten vielleicht in Betracht ziehen, dass von den sechs Kerlen, die hinter Ihnen her waren, mindestens vier irgendwelche Verletzungen haben«, sagt Graham, nicht unfreundlich. »Ich denke, diese Runde können wir für Sie verbuchen, wenn Sie eine Strichliste führen wollen.«

»Will ich nicht«, erwidere ich, aber das ist eine Lüge. Ich bin froh, dass der verfluchte Pick-up umgestürzt daliegt und Kühlerflüssigkeit zu Boden tropft. Ich bin froh, dass vier von denen die Chance bekommen, ihre Wunden zu lecken und darüber nachzudenken, dass es besser wäre, mich ein für alle Mal in Ruhe zu lassen. Es tut mir allerdings leid, dass sie nicht schwer genug verletzt sind, um so etwas nie wieder zu tun. »Sie werden mich nicht verhaften.«

»Sie haben das nicht mal als Frage formuliert.«

»Jeder vernünftige Anwalt würde Hundefutter aus Ihnen machen. Eine Mutter mit ihren Kindern, die von sechs betrunkenen Arschlöchern angegriffen wird? Wirklich? In einer halben Stunde wäre ich Twitter-Heldin.«

Er stößt ein tiefes Seufzen aus, das sich mit dem Schwappen der Wellen weiter unten am See vermischt. Nebel steigt vom Wasser auf, nachdem sich die Luft gerade genug abgekühlt hat, um diesen Kreislauf in Gang zu setzen. Es sieht aus, als würden sich Tausende Geisterschwaden daraus erheben. *Der See der Toten,* denke ich und versuche, nicht hinzusehen. Der Stillhouse Lake hat seine Schönheit für mich mittlerweile verloren. »Nein«, sagt Graham schließlich. »Ich verhafte Sie nicht. Ich nehme die anderen Burschen wegen Sachbeschädigung fest und den guten alten Bobby da drüben für Fahren unter Alkoholeinfluss. In Ordnung?«

Nicht wirklich. Ich will sie wegen tätlichen Angriffs verhaftet sehen, aber das scheint ihm noch nicht einmal in den Sinn gekommen zu sein.

Er muss das Argument in mir brodeln gesehen heben, denn er hebt eine Hand, um mich zu stoppen. »Hören Sie, die haben Sie nicht angerührt. Mindestens einer von denen ist nüchtern genug, um sich klar zu werden, dass er behaupten kann, sie hätten Ihren Unfall gesehen und wären runtergekommen, um zu helfen. Und dann wären Sie paranoid geworden und hätten das – was immer das auch sein mag – auf sie losgelassen. Und falls wir keine Farbe oder andere Beweise an ihnen oder ihrem Pick-up finden, können die einfach behaupten, sie hätten keine Ahnung, dass Ihre Hausfassade getaggt wurde ...«

»*Getaggt?* Das sind doch keine Kunstwerke!«

»Gut, dann eben verwüstet. Aber die Sache ist, dass sie alles im Zusammenhang mit Stalking oder Angriff gut leugnen können. Und Sie sind diejenige mit dem Montierhebel. Soweit ich das sehen kann, waren diese Männer unbewaffnet.«

Sechs Männer gegen eine Frau haben keine Waffe nötig, und das weiß er auch, aber natürlich hat er recht. Verteidiger können die Dinge so auslegen, wie es gerade passt.

Erschöpft lehne ich mich gegen das Wrack meines Jeeps. »Wir brauchen einen Abschleppwagen«, erkläre ich ihm. »Ohne kommt mein Jeep so schnell nirgends mehr hin.«

»Ich kümmere mich darum«, verspricht er. »In der Zwischenzeit sollten wir Ihre Kinder ins Haus bringen. Und uns davon überzeugen, dass niemand dort eingedrungen ist.«

Dessen bin ich mir sicher. Ich bekomme mobile Benachrichtigungen von meinem Alarmsystem, und bei Bedarf kann ich sofort auf mein Tablet schauen und die Aufnahmen zurückspulen, um zu sehen, wer hineingekommen ist. Niemand hat Fenster zerbrochen oder Türen eingetreten, trotzdem ist das Haus momentan der letzte Ort, an den ich meine Kinder bringen möchte. Nicht, solange diese rote Farbe noch immer heruntertropft. Ich vermute, sie haben mit Absicht die Garage für dieses besondere Spritzmuster ausgewählt. Um mich daran zu erinnern, wo Melvin seine grausame Arbeit zu verrichten pflegte.

Aber ich habe keine wirkliche Wahl. Grahams Gesichtsausdruck verrät mir, dass er uns für die Nacht nicht in einem Motel in Norton einquartieren wird, und ich gehe stark davon aus, dass ein Anruf bei Detective Prester nicht beantwortet werden würde. Jetzt, da der Jeep zerstört ist, müsste ich mich auf die Freundlichkeit von Fremden verlassen und … dafür bin ich viel zu paranoid. Meine nächsten Nachbarn, die Johansens, waren daran beteiligt, meine Einfahrt zu blockieren. Sam Cade hat mich von Anfang an angelogen. Javier ist Hilfsdeputy und würde vermutlich ebenfalls nicht auf meine Anrufe reagieren.

Ich greife in das offene Fenster des Jeeps, löse die Verriegelung, hole meine Schlüssel und helfe Lanny beim Aussteigen. Ihre Nase blutet kaum noch und sieht auch nicht gebrochen aus, aber sie könnte blaue Flecken davongetragen haben. Wie wir alle. Und ich bin schuld.

Ich halte sie fest, während wir drei langsam Officer Graham den Hügel nach oben folgen, zu einem Haus, das sich nicht mehr wie ein Zuhause anfühlt.

Kapitel 10

Pflichtbewusst dokumentiert Officer Graham den Schaden mithilfe von Fotos. Das Rot ist kein Blut; es ist noch immer leuchtend rot. Echtes Blut wäre mittlerweile zu einem braunen Farbton oxidiert. Es ist Farbe. Die meisten Ausdrücke wurden gesprüht, mit Ausnahme des Wortes *Killer,* das der Randalierer mit einem Pinsel hingekleckst hat, den er zuvor besonders großzügig in die Farbe getaucht haben muss, was den Buchstaben durch die heruntergelaufenen Tropfen einen besonderen Gothic-Touch verliehen hat. Ich entriegele die Tür und deaktiviere den Alarm. Dann überprüft Graham das gesamte Haus. Er findet nichts, aber das wusste ich ja auch vorher schon.

»In Ordnung«, sagt er und steckt die Waffe in sein Holster, als er zurück zu uns ins Wohnzimmer kommt. »Ich brauche Ihre Waffen, Ms Proctor.«

»Haben Sie dazu eine Vollmacht?«, frage ich. Er starrt mich an. »Das heißt dann wohl: Nein. Ich weigere mich. Besorgen Sie sich eine Vollmacht.«

Sein Gesichtsausdruck hat sich nicht verändert, seine Körperhaltung jedoch schon; er hat sich etwas weiter nach vorn gebeugt, wirkt einen Hauch aggressiver. Ich spüre es eher, als dass ich es sehe. Ich erinnere mich an das, was Connor auf der Fahrt nach Hause gesagt hat: Grahams Jungen haben meinen Sohn verprügelt. Ich frage mich, was genau sie von ihrem Vater gelernt haben. Ich will dem Mann vertrauen; er trägt ein Abzeichen und ist letztendlich im Augenblick das Einzige, was zwischen mir und dem wütenden Mob steht. Aber wenn ich ihn so ansehe, bin ich mir nicht sicher, ob ich diesen Vertrauenssprung wagen kann.

Vielleicht kann ich einfach niemandem mehr trauen. Mein Urteil war immer so falsch.

»In Ordnung«, sagt Graham, auch wenn er das eindeutig nicht in Ordnung findet. »Halten Sie die Türen verschlossen und aktivieren Sie die Alarmanlage. Ist sie mit der Wache verbunden?«

Warum, damit Sie sie ignorieren können? »Sie klingelt direkt dort«, bestätige ich. »Wenn der Strom ausfällt, geht sie ebenfalls los.«

»Und was ist mit dem Panikraum …?« Dazu sage ich nichts, sehe ihn nur an. Er zuckt mit den Achseln. »Will nur sichergehen, dass Sie irgendwie an Hilfe kommen, wenn Sie dort drin sind. Wir können kaum helfen, wenn wir nicht wissen, dass Sie dort sind.«

»Er hat eine separate Telefonleitung«, erkläre ich. »Wir kommen zurecht.«

Er erkennt, dass er mit mir nicht weiterkommen wird. Schließlich nickt er und geht zur Tür. Ich öffne sie, verabschiede ihn und versuche dabei, den Schaden an unserer Vordertür zu ignorieren. Sobald sie geschlossen ist, kann ich zumindest versuchen, einen Hauch von Normalität aufrechtzuerhalten. Ich gebe den Alarmcode ein. Das leise Piepen des Signals beschwichtigt eine tief sitzende Unruhe in mir, die mir bis zu diesem Zeitpunkt nicht einmal bewusst war. Ich lege sämtliche Riegel vor und lehne mich dann mit dem Rücken an die Tür.

Lanny sitzt auf der Couch, die Knie angezogen, die Arme darum geschlungen. Wieder ihre Abwehrhaltung. Connor hat sich an sie gelehnt. Das Kinn meiner Tochter ist blutverschmiert, daher gehe ich in die Küche, befeuchte ein Küchentuch und gehe zu ihr, um es sanft abzureiben. Als ich damit fertig bin, nimmt sie mir das Tuch schweigend ab und macht das Gleiche bei mir. Mir war gar nicht klar, dass ich so viel Blut an mir habe; das weiße Küchentuch ist danach voller leuchtend roter Flecken. Connor ist der Einzige, der nicht irgendwo geblutet hat. Ich lege das Tuch beiseite, setze mich zu meinen Kindern, lege die Arme um sie und wiege sie langsam. Keiner von uns hat etwas zu sagen.

Keiner von uns muss es.

Schließlich greife ich nach dem fleckigen Tuch und wasche es in der Küche mit kaltem Wasser aus. Lanny kommt herein, holt sich den Orangensaft und trinkt durstig. Connor nimmt ihr die Saftpackung ab, als sie fertig ist. Ich habe nicht einmal mehr die Energie, ihnen zu sagen, dass sie Gläser benutzen sollen. Ich schüttle nur den Kopf und trinke Wasser. Und davon eine ganze Menge. »Wollt ihr irgendetwas essen?«, frage ich. Beide Kinder murmeln ihre Ablehnung. »Okay. Dann versucht, etwas zu schlafen. Falls ihr mich braucht, ich bin unter der Dusche. Und danach schlafe ich heute Nacht hier im Wohnzimmer, okay?«

Sie sind nicht überrascht. Vermutlich erinnern sie sich, wie ich nach meiner Freilassung und vor unserer Flucht aus Kansas jede Nacht mit einer Waffe neben mir auf dem alten Sofa im kahlen Wohnzimmer unseres angemieteten Hauses geschlafen habe. Unsere Fensterscheiben wurden mit Ziegelsteinen eingeworfen, und einmal kam eine brennende Flasche hereingeflogen, die glücklicherweise erlosch, bevor sie einen Brand auslösen konnte. Vandalismus war vor unserem zweiten Umzug ein konstanter Bestandteil unseres Lebens.

Und ich hatte damals gewusst, genau wie auch heute, dass ich mich nicht auf die Hilfe meiner Nachbarn verlassen konnte. Oder auf die der Polizei.

Die Dusche fühlt sich himmlisch an, wie eine süße, erholsame, warme Ruhepause nach der Hölle dieses Tages. Ich rubble mein Haar mit dem Handtuch trocken und ziehe einen frischen Sport-BH und saubere Unterwäsche an; dann suche ich die weichste Jogginghose, die ich besitze, ein Mikrofasershirt und Socken heraus. Ich will so voll bekleidet wie möglich sein. Nur meine Laufschuhe lasse ich aus. Ich habe sie mit Elastikschuhbändern ausgestattet, um sie nicht mehr schnüren zu müssen und im Notfall schnell hineinschlüpfen zu können. Das Sofa ist recht bequem. Ich lege meine Waffe da ab, wo ich sie gut erreichen kann, den Lauf von mir weggerichtet. Zu viele paranoide Menschen haben schon dumme Sicherheitsfehler mit Waffen begangen.

Zu meiner Überraschung schlafe ich ein und träume noch nicht einmal. Vielleicht bin ich einfach zu müde. Ich erwache durch das leise Piepen des automatischen Kaffeebereiters, der den morgendlichen Kaffee kocht. Noch immer übermüdet, mache ich mir eine gedankliche Notiz, Lanny zu sagen, dass sie das verdammte Ding bei meiner nächsten Verhaftung ausstecken soll. Es ist noch dunkel draußen. Ich suche mein Schulterholster und ziehe es über mein Shirt, stecke die Waffe hinein und gehe in die Küche, um mir Kaffee einzuschenken. Ich laufe nur in Socken und bin sehr leise, trotzdem höre ich das Knarren einer sich öffnenden Tür im Flur.

Es ist Lanny. Mit einem Blick erkenne ich, dass sie nicht viel geschlafen hat. Sie trägt bereits eine schwarze Cargohose und ein halb zerrissenes graues T-Shirt mit einem Totenkopf darauf. Durch die Löcher blitzt ein schwarzes Tanktop. Ich glaube, in zwei Jahren werde ich mit ihr darum streiten müssen, dass sie das Tanktop darunter überhaupt noch anzieht. Sie hat sich die Haare gekämmt, aber nicht geglättet, und die leichte Naturwelle darin fängt das Licht ein, während sie sich bewegt. Die Prellung unter ihren Augen hat mittlerweile eine dunkle Purpurfärbung angenommen, die schon fast in Braun übergeht. Ihre Nase ist leicht geschwollen, aber nicht so stark, wie ich befürchtet hatte.

Selbst mit der Verletzung ist sie schön, so wunderschön, dass mir der Atem stockt von dem unerwarteten Schmerz, der mich übermannt. Ich muss mich damit ablenken, Zucker in meinen Kaffee zu rühren, um diese Emotionen vor ihr zu verbergen. Ich weiß nicht einmal, warum ich so fühle. Sie kommen als überwältigende, warme Welle, die in mir das Verlangen erweckt, die Welt zu zerstören, bevor diese ihr wieder wehtun kann.

»Weg da«, mault Lanny genervt, und ich springe aus dem Weg, während sie sich eine Tasse aus dem Regal greift. Sie schaut hinein – eine automatische Bewegung, seit sie mit zwölf in einem Miethaus eine Kakerlake in ihrer Tasse gefunden hat – und gießt sich Kaffee ein. Sie trinkt ihren schwarz, nicht weil ihr das schmeckt, sondern weil sie der Meinung ist, dass sie es so tun sollte. »Also. Wir leben noch.«

»Wir leben noch«, stimme ich zu.

»Hast du schon die Perverslinge kontrolliert?«

Ich schrecke davor zurück, aber sie hat recht. Das ist der nächste Schritt. »Mache ich demnächst.«

Sie stößt ein bitteres Lachen aus. »Ich schätze, ich werde heute nicht zur Schule gehen.«

Dafür ist sie sowieso nicht passend angezogen, denke ich, und natürlich hat sie recht. »Keine Schule. Vielleicht wird es wirklich Zeit, euch zu Hause zu unterrichten.«

»Oh, klar, super. Wir werden das Haus nie wieder verlassen können. Und müssen den UPS-Lieferanten überprüfen, bevor wir ihn sein Päckchen ausliefern lassen.«

Sie hat schlechte Laune, sucht Streit. Ich runzle die Stirn. »Bitte nicht«, sage ich sanft, und sie funkelt mich böse an. »Ich brauche deine Hilfe, Lanny.«

Das bringt mir zusätzlich zum bösen Blick noch ein Augenrollen ein. Etwas, das meiner Meinung nach nur ein Teenagermädchen so meistern kann. »Lass mich raten. Du willst, dass ich mich um Connor kümmere. So als Wärterin. Vielleicht solltest du mir ein Abzeichen geben und, du weißt schon ...« Sie deutet auf mein Schulterholster, flüchtig, aber bedeutsam.

»Nein«, lehne ich ab. »Ich will, dass du mir hilfst, die E-Mails durchzugehen. Hol deinen Laptop. Ich zeig dir, was zu tun ist. Und wenn wir damit durch sind, reden wir über die nächsten Schritte.«

Kurz verschlägt es ihr die Sprache, was ein Novum darstellt. Dann stellt sie ihre Tasse ab, schluckt und sagt: »Wurde auch Zeit.«

»Ja«, stimme ich zu. »Wurde es. Aber glaub mir, ich wünschte, ich könnte das für immer von dir fernhalten.«

Den ganzen Morgen über bin ich mit der schweren Aufgabe beschäftigt, sie langsam an das Ausmaß der Verworfenheit heranzuführen, auf das sie stoßen wird. Ich zeige ihr, wie sie die Beiträge sortieren und kategorisieren muss. Ich sortiere vor, was ich ihr schicke; keine Vergewaltigungspornos oder digital montierte Bilder unserer Gesichter auf Mordopfern. Das kann ich ihr nicht antun. Möglicherweise bekommt sie Derartiges noch früh genug zu sehen, aber dann nur, weil ich es nicht ändern kann, nicht weil ich es erlaube.

An diesem Morgen haben wir mit einer regelrechten Flutwelle des Hasses zu kämpfen, und obwohl wir das Ganze zu zweit durchgehen und an die verschiedenen Behörden melden, dauert es eine lange Zeit. Das meiste davon ist das Übliche – Morddrohungen. Bei einer Nachricht schließlich hält sie inne, rollt mit ihrem Bürostuhl vom Tisch weg und hebt die Finger vom Laptop, als hätte sie etwas Totes angefasst. Wortlos sieht sie mich an. Ich sehe, wie etwas in ihr erlischt. Ein kleiner Funken der Hoffnung. Ein kleines bisschen Glauben, dass die Welt dennoch gütig sein könnte, selbst zu Menschen wie uns.

»Es sind nur Worte«, beschwichtige ich sie. »Von Kleingeistern, die nur hinter der Tastatur und einem Internet-Handle versteckt mutig sind. Aber ich weiß, wie du dich fühlst.«

»Es ist schrecklich«, sagt sie und klingt dabei eher wie ein kleines Mädchen als wie die Erwachsene, die sie zu sein versucht. Sie räuspert sich und versucht es erneut. »Diese Leute sind bösartig.«

»Ja«, bestätige ich und lege ihr eine Hand auf die Schulter. »Es ist ihnen völlig egal, ob dich das, was sie sagen, verletzt, oder ob du es überhaupt liest; denen geht es nur darum, es zu schreiben. Es ist ganz normal, Angst zu haben und sich von all dem beschmutzt zu fühlen. So geht es mir die ganze Zeit.«

»Aber?« Meine Tochter weiß, dass es ein *Aber* gibt.

»Aber du hast die Macht«, erkläre ich. »Du kannst jederzeit den Computer abschalten und gehen. Es sind nur Pixel auf einem Bildschirm. Es sind einfach nur Arschlöcher, die sich auf der anderen Seite des Globus befinden könnten, oder im letzten Winkel des Landes. Und selbst wenn nicht, sind die Chancen astronomisch hoch, dass sie niemals etwas anderes tun werden, als einen Computerbildschirm anzuschreien. Okay?«

Das scheint ihr Halt zu geben. »Okay«, sagt sie. »Und … wenn es entgegen aller Wahrscheinlichkeit doch passiert?«

»Dann hast du mich, und ich habe das hier.« Ich berühre das Schulterholster. »Ich mag keine Waffen. Ich bin auf keinem Kreuzzug. Ich wünschte, man käme schwerer an Waffen und ich könnte mich auf einen Elektroschocker und einen Baseballschläger verlassen. Aber in dieser Welt leben wir nicht, Schatz. Wenn du also das Schießen lernen willst, machen wir das. Und falls nicht, ist das auch in Ordnung. Mir wäre es lieber, du würdest es nicht tun, glaub mir. Die Chance, erschossen zu werden, ist viel höher, wenn du bewaffnet bist. Ich tue das genauso sehr, um das Feuer von euch fernzuhalten, wie um es erwidern zu können. Verstanden?«

Ich kann sehen, dass sie es versteht. Zum ersten Mal begreift sie die Waffe, die ich trage, ebenso als Gefahr wie als Schild. Gut. Es ist eine harte Lektion für jemanden, dem beigebracht wurde, dass Waffen die Antwort sind ... zu erkennen, dass sie lediglich die Antwort auf eine simple, direkte Art von Problem sind: jemanden zu töten.

Ich will, dass sie niemals dazu gezwungen sein wird. *Ich* will nicht dazu gezwungen sein.

Ich aktiviere die Onlinefunktion ihres Laptops wieder, und schweigend arbeiten wir weiter. Connor taucht gähnend in der Tür auf, noch in seiner Schlafanzughose. Er blinzelt uns an und fährt sich mit den Fingern durch die Haare. »Ihr seid ja beide wach«, stellt er fest. »Warum gibt's kein Frühstück?«

»Halt die Klappe«, sagt Lanny, aus reinem Reflex. »Du bist mir einer. Bring dir selbst bei, wie man Pancakes macht, das ist keine große Wissenschaft.«

Er gähnt und wirft mir einen tieftraurigen Blick zu. »Mom.« Ich erkenne, dass er heute wie ein Kind behandelt werden will; er möchte geknuddelt und umsorgt werden und das Gefühl bekommen, geborgen zu sein. Das komplette Gegenteil von Lanny, die sich allem geradeheraus stellen will. Und das ist ebenfalls in Ordnung. Er ist jünger, und es ist seine Entscheidung. Und ihre ebenso.

Ich lege eine Pause vom Schwimmen im Säurebad des Hasses ein, bereite Pancakes mithilfe einer Fertigmischung zu und reichere sie mit Pekannüssen an, die sowieso aufgebraucht werden müssen. Und gerade, als wir mitten in einem sich überraschend normal anfühlenden Frühstücksritual sind, ertönt ein energisches Klopfen an unserer verschandelten Vordertür.

Ich stehe auf. Lanny hat bereits ihre Gabel abgelegt und ist im Begriff aufzustehen, aber ich bedeute ihr, sich wieder hinzusetzen. Connor hört auf zu kauen und sieht mich an. Meine Gedanken rasen angesichts der Möglichkeiten. Heute, am Tag aller Tage, sehen wir vollkommen neuen Risiken entgegen. Es könnte der Postbote sein. Es könnte ein Kerl mit einer Schrotflinte sein, der bereit ist, mir das Gesicht wegzuschießen, sobald er mich sieht. Es könnte sein, dass jemand ein verstümmeltes Haustier auf der Türschwelle abgelegt hat. Ohne nachzuschauen kann ich es nicht wissen, daher hole ich mein Tablet und versuche, es zu starten. Dabei fällt mir allerdings wieder ein, dass es tot ist. Der Akku war leer. *Verdammte Technologie.*

»Schon okay«, beschwichtige ich die beiden, auch wenn ich das unmöglich wissen kann. Vorsichtig schaue ich durch den Türspion und sehe eine müde aussehende Afroamerikanerin auf unserer Türschwelle stehen. Sie kommt mir bekannt vor, aber ein paar Sekunden lang habe ich Schwierigkeiten, sie zuzuordnen. Beim letzten Mal habe ich nur einen kurzen Blick auf sie werfen können, und da trug sie eine Polizeiuniform.

Sie ist der Cop, der letzte Nacht zusammen mit Graham auf unseren Notruf reagiert hat und sich mit den Betrunkenen befassen musste, während er mit mir sprach.

Ich deaktiviere die Alarmanlage und öffne die Tür. Einen Augenblick erstarrt sie, als sie mein Schulterholster erblickt. »Ja?«, frage ich, weder einladend noch ablehnend. Mit ihren dunkelbraunen Augen sieht sie in meine und zeigt mir vorsichtig, dass sie nichts in den Händen hat.

»Mein Name ist Claremont«, sagt sie.

»Officer Claremont. Ich erinnere mich an Sie von gestern Abend.«

»Ja«, sagt sie. »Mein Vater wohnt auf der anderen Seite des Sees. Er sagt, er wäre Ihnen und Ihrer Tochter einmal begegnet, als Sie joggen waren.«

Der alte Mann, Ezekiel Claremont. Easy. Ich zögere, dann reiche ich ihr die Hand, und wir begrüßen uns. Sie hat einen festen, trockenen, geschäftsmäßigen Griff. Aus der Nähe und in Freizeitkleidung ist ihre elegante Aufmachung zu erkennen; nicht nur an ihrer Kleidung, sondern auch an ihrer Frisur, ihren perfekt geformten Fingernägeln. Nicht unbedingt etwas, was ich vom Norton PD erwartet hätte. »Darf ich reinkommen?«, fragt sie. »Ich möchte helfen.«

Einfach so. Ihr Blick ist fest, und sie sagt es in einer ruhigen und kraftvollen Art.

Doch ich trete aus dem Haus und schließe die Tür hinter mir. »Tut mir leid«, erkläre ich, »aber ich kenne Sie nicht. Ich weiß nicht einmal Ihren Vornamen.«

Falls sie von meiner fehlenden Wärme und Höflichkeit überrascht ist, zeigt sie es nicht; sie verengt lediglich kurz die Augen und lächelt dann. »Kezia. Kurz Kez.«

»Schön, Sie kennenzulernen.« Eine leere Worthülse meinerseits. Ich frage mich, warum sie wirklich hier ist.

»Mein Vater wollte, dass ich nach Ihnen sehe«, erklärt sie. »Er hat von Ihren Problemen gehört. Und mein Pa ist kein großer Fan des Norton PD.«

»Das muss beim Sonntagsessen für leichte Verstimmungen sorgen.«

»Sie haben ja keine Ahnung.«

Ich zeige auf die Verandasessel, und es versetzt mir einen schmerzhaften Stich, als sie auf dem Stuhl Platz nimmt, auf dem Sam Cade sonst immer gesessen hat. Es überkommt mich mit einer unwillkommenen Wucht, dass ich den Bastard vermisse. *Nein, tue ich nicht. Ich vermisse jemanden, den es so nie gegeben hat, ebenso wie es meinen Mel nie wirklich gab.* Der echte Sam Cade ist mindestens ein Stalker und ein Lügner.

»Hübsch hier auf dieser Seite«, sagt sie, während sie auf den See blickt. Ich bin mir sicher, dass sie ebenso wie alle anderen denkt, wie gut meine Sicht auf eine direkt dort in den See geworfene Leiche gewesen sein muss. »Auf seiner Seite ist der See etwas mehr von Bäumen eingefasst. Aber dafür ist es billiger. Ich versuche, ihn dazu zu bewegen, weiter nach unten zu ziehen, damit er nicht mehr diesen Weg hochsteigen muss, aber ...«

»Ich würde ja wirklich gern Small Talk halten, aber meine Pancakes werden kalt«, erkläre ich ungerührt. »Was wollen Sie wissen?«

Sie schüttelt kurz den Kopf, ihren Blick noch immer auf den See gerichtet. »Wissen Sie, Sie machen es einem nicht leicht, Ihnen zu helfen. In Ihrer Lage sollten Sie diese Einstellung vielleicht etwas überdenken. Sie werden Freunde brauchen.«

»Diese *Einstellung* hat mich am Leben gehalten. Danke fürs Vorbeischauen.«

Ich stehe auf. Sie streckt ihre perfekt maniküre Hand aus, um mich daran zu hindern, und sieht mich endlich direkt an. »Ich denke, ich könnte Ihnen dabei helfen herauszufinden, wer Ihnen das antut«, sagt sie. »Denn wir wissen beide, dass es jemand in der Nähe ist. Jemand, der hier heimisch ist. Und jemand, der einen Grund dafür hat.«

»Sam Cade hat einen Grund.«

»Ich habe dabei geholfen, sein Alibi zu bestätigen, für beide Zeiträume, in denen die Mädchen verschwunden sind«, erklärt sie. »Er ist es mit Sicherheit nicht. Man hat ihn bereits wieder gehen lassen.«

»Ihn gehen lassen?« Ich blicke auf die Farbe auf meiner Garage, die Worte, die in blinder Wut auf die Ziegel gesprüht wurden. »Na fantastisch. Ich vermute, das erklärt das hier.«

»Ich glaube nicht ...«

»Hören Sie, Kez, danke für Ihren Versuch, aber Sie helfen mir kein bisschen, wenn Sie versuchen, mich davon zu überzeugen, dass Sam Cade kein übler Kerl ist. Er hat mich *verfolgt*.«

»Das hat er«, stimmt sie zu. »Und er hat es auch zugegeben. Er hat gesagt, er war wütend und wollte Rache, aber Sie entsprachen nicht der Person, die er sich vorgestellt hatte. Hätte er Ihnen schaden wollen, wäre genug Gelegenheit dazu gewesen, denken Sie nicht auch? Ich glaube, es ist jemand völlig anderes, und ich habe an einer Spur gearbeitet. Also, wollen Sie wissen, was ich denke, oder nicht?«

Es ist so verführerisch, Nein zu sagen, aufzustehen und sie einfach sitzen zu lassen ... aber ich kann mich nicht dazu bringen. Kezia Claremont hat vielleicht Hintergedanken bei der Sache, aber ihr Angebot wirkt aufrichtig. Und ich brauche einen Freund, selbst wenn das jemand ist, dem ich nicht weiter traue, als ich springen kann. Nicht mehr, als ich Sam vertrauen kann.

»Ich höre«, lenke ich schließlich ein.

»Okay. Also, Stillhouse Lake war schon immer eine ziemlich geschlossene Gemeinschaft hier oben«, sagt sie. »Überwiegend Weiße. Die meisten gut situiert, wenn nicht sogar wohlhabend.«

»Nicht seit der Rezession, als all diese Häuser zwangsversteigert werden mussten.«

»Das stimmt, ungefähr ein Drittel der Anwesen wurden letztes Jahr mit einem Mal verkauft oder vermietet. Wenn wir die Bewohner ausschließen, die schon immer hier gelebt haben, bleiben ungefähr dreißig Häuser übrig, die wir überprüfen müssen. Lassen wir Ihres weg, sind es noch neunundzwanzig. Ich hoffe, es macht Ihnen nichts aus, wenn ich meinen Vater rausnehme. Achtundzwanzig.«

Ich bin nicht bereit, viel zu gewähren, aber ich bin willens, bei diesem Gedankenspiel Easy Claremont auszuklammern. Er hatte schon nicht so ausgesehen, als könnte er den Hügel zu seinem Haus hochsteigen. Noch weniger würde ich ihm zutrauen, zwei gesunde und kräftige junge Frauen zu entführen, umzubringen und zu beseitigen. Mich selbst kann ich natürlich auch ausschließen. *Achtundzwanzig Häuser.* Das schließt Sam Cade ein, den die Polizei bereits ausgeschlossen hat. Also muss ich das wohl auch, wenn auch widerwillig. Also siebenundzwanzig. Das ist nicht allzu viel.

»Haben Sie Namen?«, frage ich sie. Sie nickt und zieht ein zusammengefaltetes Stück Papier aus der Tasche, das sie mir reicht. Es ist einfaches Kopierpapier, der Standard für jeden Bürodrucker, und darauf befindet sich eine Liste der Namen und Adressen und Telefonnummern. Sie ist gründlich gewesen. Einige Namen sind mit einem Sternchen versehen, das für Vorstrafen steht. Die zwei Typen mit der Vorstrafe fürs Kochen von Meth, die sich oben auf dem Hang ein Haus teilen, halte ich nicht für sonderlich verdächtig, aber es ist zumindest gut zu wissen. Es gibt auch einen Sexualstraftäter, aber in Kezias geschwungener Handschrift steht daneben, dass er bereits ausführlich befragt wurde. Zwar wurde er noch nicht vollständig ausgeschlossen, wird aber als Verdächtiger eher abgetan.

»Ich hätte noch mehr allein getan, aber ich dachte, Sie bräuchten vielleicht etwas, um sich abzulenken. Das passiert alles in meiner Freizeit, also ist es auch nirgends offiziell niedergeschrieben«, sagt Kezia.

Ich sehe sie an. Sie lächelt nicht. Sie hat etwas Unnachgiebiges an sich, etwas, das sich biegen, aber nicht brechen lässt, und ich erkenne es. Ich habe es in mir selbst auch gespürt. »Sie wissen, wer ich bin«, sage ich. »Warum wollen Sie mir helfen?«

»Weil Sie Hilfe brauchen und Easy mich gebeten hat. Und außerdem ...« Sie schüttelt den Kopf und sieht weg. »Ich weiß, wie es ist, für etwas verurteilt zu werden, über das man nie die Kontrolle hatte.«

Ich schlucke schwer und schmecke das flüchtige Aroma meiner kalt werdenden Pancakes mit Sirup. Ich brauche einen Kaffee. »Wollen Sie reinkommen?«, frage ich sie. »Es gibt Pancakes. Ich habe genug für einen weiteren Teller.«

Sie schenkt mir ein ruhiges Lächeln. »Ich hätte nichts dagegen.«

KAPITEL 11

Wie sich herausstellt, hat Kezia Claremont bei meinen Kindern gleich einen Stein im Brett. Anfangs sind sie noch still und vorsichtig, aber sie verfügt über einen natürlichen Charme, Schweigen in eine Unterhaltung zu verwandeln. Ich glaube, sie wird eines Tages eine tolle Ermittlerin. Es ist eindeutig eine Verschwendung ihrer Talente, sie in eine Uniform zu stecken und lärmende Betrunkene beruhigen zu lassen – auch wenn sie selbst darin perfekt war. Ich wärme mein Frühstück auf und bereite ihres zu. Dann essen wir gemeinsam, während die Kinder ihre Teller abwaschen und in ihre Zimmer verschwinden. Ich denke, Lanny würde gern bleiben, aber ich schüttle unauffällig den Kopf in ihre Richtung, und sie zieht sich zurück.

»Ich habe ein paar Kontakte«, erklärt mir Kezia ruhig, als wir allein sind. »Ich kann sie inoffiziell auf die Hintergrundarbeit ansetzen. Hören Sie, mein Vater hat gesagt, Sie hätten Probleme, und diese Rowdys sind wirklich schnell auf sie losgegangen. Sie brauchen unbedingt Schutz vor Ort.«

»Ich weiß«, stimme ich ihr zu. »Ich bin bewaffnet, aber ...«

»Aber Angriff ist nicht immer die beste Verteidigung. Sie kennen doch Javier. Er ist der andere Grund, aus dem ich hier bin. Er mag Sie. Er mag vielleicht noch nicht von Ihrer kompletten Unschuld überzeugt sein, aber er ist bereit mitzuhelfen, die Wölfe von Ihrer Türschwelle fernzuhalten, wenn Sie zustimmen.«

Ich denke darüber nach, wie anders alles gelaufen wäre, wenn ich gleich bei meinem ersten Impuls den Van beladen hätte und verschwunden wäre. Mit Karacho raus aus der Stadt, anstatt hier wie eine Närrin festzuhängen, die es nicht hat kommen sehen. Ich hatte gute Gründe dafür, aber diese Gründe scheinen jetzt ziemlich nutzlos. Als wären sie nur Illusionen. Jetzt, da der Jeep kaputt ist, kann ich ihn nicht mehr gegen den Van eintauschen, und Javier würde ihn mir sowieso nicht mehr geben. Keiner von uns will irgendwelche Papierspuren hinterlassen.

»Wenn er bereit ist, uns im Auge zu behalten, habe ich nichts dagegen«, sage ich. »Ich würde mich allerdings besser fühlen, wenn ich auch den Rest seines Regiments dazubekäme.«

Kez hebt eine ihrer scharf geschwungenen Augenbrauen. »Sie sollten lieber das nehmen, was Sie bekommen können. Im Augenblick sind Verbündete für Sie dünn gesät.«

Sie hat recht. Ich sage nichts mehr und nicke nur. »Ich übernehme die Hälfte der Liste«, sage ich. »Ich habe jemanden, der mir vielleicht bei den Nachforschungen helfen kann.« Absalom wird es nicht gratis tun, aber im Augenblick würde ich mir ins eigene Fleisch schneiden, wenn ich nicht bereit wäre, für Hilfe zu zahlen. Ich kann nicht weglaufen. Ich kann also mein Geld genauso gut dazu benutzen, mich aus diesem Netz zu befreien, in das Mel (denn es muss Mel sein) mich gewickelt hat. Ich kann kein neues Leben beginnen, wenn ich hinter Gittern lande. Und ich kann meine Familie nicht retten, wenn mir meine Kinder weggenommen und in Pflegefamilien gesteckt werden.

Kezia hat recht, im Augenblick muss ich jeden Verbündeten annehmen, den ich bekommen kann.

Als wir mit Frühstücken fertig sind, danke ich ihr und erhalte im Gegenzug ihre Handynummer. Mir wird klar, dass ich sie auch falsch eingeschätzt haben könnte und alles, was wir beredet haben, aufgezeichnet, dokumentiert und ein Teil der Polizeiunterlagen von Norton wird ... aber ich glaube eigentlich nicht, dass Prester solch einen Weg einschlagen würde.

Ich schreibe Absalom, der mit einem kurzen *WAS* antwortet, als hätte ich ihn mitten in einer wichtigen Angelegenheit gestört. In Kurzform erkläre ich ihm, was ich brauche. Seine Reaktion ist unverblümt und auf den Punkt:

Dachte, Sie sitzen im Knast.

Ich schreibe *Nicht schuldig* zurück und werde mit einer Minute Stille konfrontiert. Schließlich reagiert er nur mit einem Fragezeichen. Ich weiß, dass es seine Art ist, sich zu erkundigen, was ich brauche.

Also fotografiere ich das Blatt Papier voll mit Kezias sauberer Handschrift und erkläre ihm, welche Namen er für mich recherchieren soll. Er schickt mir einen Preis in Bitcoins, der mich zusammenzucken lässt. Aber er weiß, dass ich ihn bezahlen werde, und das tue ich von meinem Computer aus auch sofort. Ich schaue nicht in meine E-Mails. Es wird Zeit, den Account wieder einmal zu löschen; selbst wenn sich darin Hinweise finden ließen, ich kann nicht weiter in diesem giftigen Sumpf schwimmen, ohne dass meine Seele dauerhaften Schaden nimmt. Ich belasse es für den Augenblick dabei, sende das Geld an ihn und schicke eine E-Mail mit demselben Foto der Liste mit markierten Namen an die Privatermittlerin, die ich schon zuvor beauftragt habe, zusammen mit ihrem Standardhonorar.

Ich sitze gerade im Bad auf der Toilette, als mein Wegwerfhandy klingelt. Ich nehme es in die Hand und sehe mir die Nummer an. Ich erkenne sie nicht, aber es könnte Absalom sein.

Ich spüle schnell und nehme den Anruf dann entgegen. »Hallo?«

»Hallo Gina.«

Die Stimme raubt mir den Atem. Es ist die Stimme aus meinem Kopf, die Stimme, die ich niemals loswerde, so sehr ich auch darum beten mag. Meine Finger werden taub, und ich lehne mich gegen das Waschbecken und starre mein entsetztes Gesicht im Spiegel an.

Melvin Royal ist in der Leitung. *Wie kann das sein?*

»Gina? Bist du noch da?«

Ich möchte auflegen. Die Verbindung zu halten, fühlt sich so an, als hielte man eine Tasche voller Spinnen. Aber irgendwie gelingt es mir zu antworten. »Ja. Ich bin da.« Melvin prahlt gern. Genießt es, seinen Sieg auszukosten. Wenn er das alles eingefädelt hat, wird er es mir sagen. Und vielleicht, nur vielleicht, wird er etwas sagen, das mir nützlich sein kann.

Er hat meine Nummer. Woher hat er meine Nummer? Wie kann das sein?

Kez. Sie ist der neue Faktor in meinem Leben ... aber ich habe ihr diese Nummer nicht gegeben. *Sam.* Nein, nicht Sam. Bitte nicht Sam.

Moment.

Ich hatte mein Handy ins Gefängnis mitgenommen. Ich musste es auf dem Weg hinein abgeben und auf dem Weg hinaus wieder abholen. Jemand dort drin hat seine Post rausgeschmuggelt. Es ist nicht unmöglich, dass derjenige auch mein Handy gehackt hat. Dazu wäre genug Zeit gewesen. Es verursacht mir Übelkeit, dass ich daran nicht schon längst gedacht habe.

Mel redet noch immer. Seine Stimme hat im Augenblick wieder diese künstliche Wärme. »Liebes. Du hattest eine wirklich schlimme Woche. Ist es wahr, dass es noch eine Leiche gibt?«

»Ja. Ich habe sie gesehen.«

»Welche Farbe hatte sie?«

Ich hatte viele mögliche Reaktionen darauf erwartet. Doch nicht diese. »Wie bitte?«, frage ich verblüfft.

»Ich habe mal eine Farbtabelle aufgestellt, wie sie in verschiedenen Stadien ohne Haut aussehen. Hatte sie eher die Farbe von rohem Hühnchen, oder war es mehr ein schleimiges Braun?«

»Halt die Klappe.«

»Schließ du sie mir doch, Gina. Leg auf. Aber bedenke, wenn du das tust, *wenn du es tust,* findest du nie heraus, wer hinter dir her ist.«

»Ich werde dich umbringen.«

»Das solltest du auf jeden Fall tun. Aber dafür wirst du keine Zeit haben. Das verspreche ich dir.«

Noch nie zuvor im Leben war mir so kalt. Seine Stimme klingt noch immer so sehr nach ihm ... vernünftig, ruhig, bedächtig. Rational. Nur ist nichts, was er sagt, auch nur im Geringsten rational. »Dann erzähl's mir. Du verschwendest deine Zeit.«

»Ich schätze, du hast das über deinen neuen Freund Sam schon erfahren. Du hast einfach kein Glück mit Männern, oder? Ich wette, er hat über all die Dinge nachgedacht, die er dir antun wollte. Und diese Erwartung hat ihn jede Nacht angetörnt.«

»Ist es das, was dich antörnt, Mel? Weil es das Einzige ist, was du jemals bekommen wirst. Du wirst mich nie wiedersehen. Mich nie wieder berühren. Und ich werde das hier durchstehen.«

»Du weißt doch gar nicht, was dir bevorsteht. Du kannst es nicht sehen.«

»Dann erzähl's mir«, locke ich ihn. »Sag mir, was mir entgeht. Ich weiß doch, wie scharf du darauf bist, mir zu zeigen, wie dumm ich bin!«

»Das werde ich«, sagt er, und plötzlich wandelt sich sein Tonfall. Die Maske löst sich, und ich höre das Monster darunter. Seine Stimme ist jetzt völlig anders. Überhaupt nicht mehr menschlich. »Ich möchte, dass du weißt, wenn es kommt, wenn alles zusammenbricht, dass es *deine Schuld* war, du wertlose, dumme Schlampe. Ich hätte mit dir anfangen sollen. Aber schon bald werde ich mit dir aufhören. Du glaubst, dass ich dich nicht anrühren werde? Doch, das werde ich. Ich werde dein Innerstes nach außen kehren.«

Gänsehaut überzieht meinen gesamten Körper, und ich ducke mich in eine Ecke, als ob er irgendwie durch das Handy hindurch an mich herankommen könnte. *Er ist nicht hier. Er kann niemals herkommen.* Aber diese Stimme ...

»Du wirst diese Zelle nie wieder verlassen«, bringe ich heraus. Ich weiß, dass ich nicht mehr wie Gwen klinge. Ich klinge jetzt wie Gina. Im Augenblick bin ich Gina.

»Oh, hast du es noch nicht gehört? Mein neuer Anwalt glaubt, dass bei mir eine Menschenrechtsverletzung vorliegt. Ein paar Beweise könnten rausfliegen. Es könnte zu einer neuen Verhandlung kommen, Gina. Was meinst du, möchtest du das alles noch mal durchmachen? Möchtest du diesmal *aussagen?*«

Bei dem Gedanken wird mir übel, und ich spüre, wie die Magensäure in meiner Kehle aufsteigt. Ich antworte ihm nicht. *Leg auf.* Ich schreie mich selbst an, als hätte ich meinen Körper verlassen und würde von außen zusehen. *Leg auf, leg auf, leg auf!* Es fühlt sich an, als wäre ich in einem Albtraum gefangen, und ich kann mich nicht bewegen ... und dann atme ich tief durch, die Lähmung ist überwunden, und ich bewege meinen Daumen zur Taste, um die Verbindung zu unterbrechen.

»Ich habe meine Meinung geändert«, sagt er, aber ich drücke bereits. »Ich werde dir sagen ...«

Klick. Ich hab's getan. Er ist fort. Es fühlt sich an, als hätte ich einen Punkt erspielt ... habe ich das wirklich? Oder bin ich nur davongelaufen?

Oh Gott. Wenn die mein Handy gehackt haben, könnten sie noch mehr Informationen bekommen haben. Die Nummern der Kinder. Die von Absalom. Was war da noch drauf?

Ich sinke mit meinem Rücken an die Ecke zwischen Waschbecken und Türangel gedrückt zu Boden, lege das Handy vorsichtig neben mich und starre es an, als könnte es sich von jetzt auf gleich in verdorbenes Fleisch oder eine Flut aus Skorpionen verwandeln. Ich greife mir das Handtuch und beiße so hart darauf, dass meine Kiefermuskeln schmerzen. Ich schreie hinein.

Das mache ich so lange, bis ich endlich wieder klar denken kann. Es dauert ein paar Minuten. Schließlich jedoch kann ich mich mit den drängenden Fragen befassen. *Wie?* Jemand im Gefängnis muss meine Nummer aus dem Handy extrahiert haben, während ich dort war. *Aber wie hat er angerufen?* Melvins Telefonprivilegien sind komplett auf seinen Anwalt beschränkt; es ist ihm verboten, zu irgendjemand anderem Kontakt aufzunehmen. Ich stehe zualleroberst auf der Liste der Leute, die er nicht anrufen darf. Aber ich schätze, selbst im Todestrakt ist es möglich, sich irgendwie ein hineingeschmuggeltes Handy zu besorgen.

Ich hoffe, dass es diesen Bastard eine Menge gekostet hat.

Ich kann nicht im Haus bleiben. Ich habe das Gefühl, hier zu ersticken, bin verzweifelt, wütend. Eine Weile laufe ich unruhig im Wohnzimmer auf und ab. Dann rufe ich Kezia Claremont unter der Nummer an, die sie mir gegeben hat. Ich bitte sie, unbedingt meine Kinder im Auge zu behalten.

»Sehen Sie aus dem Fenster«, sagt sie. Das tue ich. Ich ziehe den Vorhang im Wohnzimmer beiseite und sehe, dass ihr Wagen noch immer in der Einfahrt parkt. Sie winkt. »Was ist denn los?«

Ich erzähle ihr von Mels Anruf. Sie wechselt in den Berufsmodus, notiert die Nummer, die ich ihr vorlese – er hat es nicht für nötig gehalten, sie zu unterdrücken –, und verspricht mir, der Sache nachzugehen. Ich habe keinen Zweifel, dass das in einer Sackgasse enden wird. Selbst wenn sie das Handy finden, spielt das keine Rolle. Er hat bewiesen, dass er mich jederzeit aus dem Gefängnis heraus erreichen kann. Beim nächsten Mal wird er es nicht persönlich sein. Es wird jemand anderes sein, der in seinem Auftrag handelt.

»Kezia ...« Ich vibriere vor Anspannung, und mir ist übel. »Können Sie hierbleiben und das Haus für ungefähr eine Stunde bewachen?«

»Klar«, sagt sie. »Ich hab frei. Und es ist ein schöner Tag. Warum? Hat er Ihnen mit etwas Konkretem gedroht?«

»Nein. Aber ... ich muss einfach mal raus. Nur für ein Weilchen.« Ich fühle mich hier drin eingesperrt. Ich stehe am Rand eines Nervenzusammenbruchs, das weiß ich genau. Ich brauche etwas Raum für mich, muss die Kontrolle zurückgewinnen. »Höchstens eine Stunde.« Ich muss die Konfrontation mit Mel aus meinem System spülen, bevor sie toxisch wird.

»Kein Problem«, sagt sie. »Ich muss sowieso ein paar Anrufe erledigen. Ich bleibe hier.«

Ich sage den Kindern, dass ich bald zurück bin und Kezia direkt vor der Tür ist. Außerdem lasse ich sie schwören, nicht die Tür zu öffnen, während ich weg bin. Wir gehen die Notfallmaßnahmen durch. Die Kinder sind still und aufmerksam; sie wissen, dass irgendetwas mit mir nicht stimmt, und das macht ihnen Angst. Es steht ihnen ins Gesicht geschrieben.

»Es ist alles gut«, versichere ich ihnen. Ich küsse Lanny auf die Stirn, dann Connor, und beide lassen es zu, ohne sich zu sträuben. Daran ist klar ersichtlich, wie besorgt sie sind.

Ich nehme mir einen verschließbaren Waffenkoffer, lege meine Waffe mit entferntem Ladestreifen und geleertem Patronenlager hinein. Das Schulterholster behalte ich an. Ich ziehe einen Kapuzenpulli mit Reißverschluss drüber und verstaue das Köfferchen in einem kleinen Rucksack.

»Mom?« Lanny meldet sich zu Wort. Meine Hand ist über der Alarmanlage, bereit, sie zu deaktivieren. »Ich hab dich lieb.« Sie sagt es leise, aber es trifft mich wie ein Hieb, und ich werde innerlich zu Boden geschlagen, ertrinke in einem Sturm aus Emotionen, der so heftig wütet, dass ich nicht atmen kann. Meine Finger zittern auf den Tasten des Tastenfelds, und für einen Augenblick kann ich vor lauter Tränen nichts sehen.

Ich blinzle sie weg und drehe mich um. Es gelingt mir, sie anzulächeln. »Ich hab dich auch lieb, Schatz.«

»Komm bald wieder«, sagt sie. Ich schaue zu, wie sie zum Messerblock geht und ein Messer herauszieht. Sie dreht sich um und kehrt in ihr Zimmer zurück.

Ich möchte schreien. Doch ich weiß, dass ich das hier nicht kann. Ich gebe den Code ein, mache einen Fehler, versuche es erneut und bin schließlich erfolgreich. Ich hatte die Tür etwas zu früh geöffnet, es aber gerade noch rechtzeitig geschafft. Ich setze den Alarm zurück und verschließe die Tür hinter mir. *In Ordnung.* Meine Kinder sind in Sicherheit. Werden beschützt. Kezia telefoniert, als ich an ihrem Wagen vorbeigehe, und sie nickt mir zu, während sie Notizen in einem Spiralbuch macht.

Ich renne los. Kein Joggen, sondern ein echter Sprint, die Straße hinunter. Mit jedem Schritt halte ich gerade noch die Balance, bin am Rand zum Kontrollverlust. Eine falsche Bewegung, und ich werde hinfallen, mir vermutlich etwas brechen, aber es ist mir egal, völlig egal. Ich muss das Gift von Melvin Royal aus meinem System bekommen.

Ich renne, als stünde ich in Flammen.

Ich erreiche die Straße und laufe im Uhrzeigersinn, den Hügel nach oben. Mit hochgezogener Kapuze bin ich nur eine von vielen anonymen Joggern am See. Ich passiere ein paar andere Leute. Einige gehen spazieren, andere sind an den Docks. Ein paar Blicke streifen mich, weil ich so schnell unterwegs bin, mehr nicht. Rechts von mir steht Sam Cades Haus, doch ich halte nicht an. Stattdessen lasse ich meine Muskeln noch härter arbeiten und laufe bis auf den Gipfel der Anhöhe. Der Parkplatz des Schießstands bietet eine willkommene flache und einfache Oberfläche. Ich werde langsamer und gehe jetzt nur noch, damit meine Muskeln zur Ruhe kommen können. Ich gehe im Kreis. Mein Pullover ist schweißdurchtränkt. Noch immer spüre ich die Wut in mir schreien.

Ich werde Mel nicht gewinnen lassen. Niemals.

Bevor ich die Tür zum Schießstand öffne, nehme ich die Kapuze ab – aus reiner Höflichkeit und gleichzeitig Vorsicht – und pralle fast auf Javier, der mit dem Rücken zur Tür steht, während er etwas an der Pinnwand befestigt. Das hier ist der Ladenbereich, wo Munition, Jagdausrüstung, Utensilien für die Jagd mit Pfeil und Bogen verkauft werden ... und sogar tarnfarbenes Popcorn. Die junge Frau hinter dem Tresen heißt Sophie. Sie ist in siebter Generation in Norton heimisch. Das weiß ich, weil sie es mir am Tag, an dem ich mich hier angemeldet habe, lang und breit erzählt hat. Sie war gesprächig und freundlich.

Jetzt wirft sie nur einen Blick auf mich, und ihr Gesichtsausdruck wird leer. Von ihr kann ich wohl keinen Small Talk mehr erwarten. Sie hat den angespannten, glasigen Blick eines Menschen, der bereit ist, von einem Augenblick auf den anderen nach der Waffe unter dem Tresen zu greifen und loszuballern.

»Mr Esparza«, sage ich, und Javier steckt den letzten Pin in ein Poster und dreht sich zu mir um. Er ist nicht überrascht. Mit seinem fantastischen Raumgefühl hat er mit Sicherheit schon gewusst, wer hereinkommt, als ich die Tür öffnete.

»Ms Proctor.« Sein Blick ist nicht unfreundlich wie der von Sophie, nur höflich und emotionslos. »Ich hoffe, Sie haben da nichts in diesem Holster. Sie kennen die Regeln.«

Ich öffne den Reißverschluss meines Kapuzenpullis, um ihm zu zeigen, dass es leer ist. Dann nehme ich den Rucksack ab, um ihm den Waffenkoffer zu zeigen. Er zögert. Er könnte mir das Betreten des Geländes verbieten – das ist sein Recht als Leiter des Schießstands. Er kann es jederzeit und aus jedem Grund tun. Aber er nickt nur. »Bahn acht ganz hinten ist frei. Sie wissen, wie's läuft.«

Das weiß ich. Ich nehme einen Hörschutz aus dem Regal und laufe schnell nach hinten, vorbei an den Schützen, die mit dem Rücken zu mir stehen. Vielleicht nicht ganz zufällig ist das Oberlicht von Bahn acht etwas dunkler als beim Rest. Normalerweise schieße ich auf den Bahnen näher zur Tür. Ich erinnere mich, dass genau hier auch Carl Getts geschossen hat, an dem Tag, an dem Javi ihn wegen ungebührlichen Verhaltens auf dem Schießstand rausgeworfen hat. Vielleicht parkt er hier die Außenseiter.

Ich lege meine Waffe und die Patronen ab und ziehe die schweren Ohrschützer über. Die jähe Erleichterung, die stetigen Explosionen nicht mehr hören zu müssen, geht mir bis in mein Innerstes. Mit gleichmäßigen und ruhigen Bewegungen lade ich die Waffe. Für mich ist das mittlerweile wie Meditation; ein Ort, an dem ich die Emotionen aus mir herauslassen kann, bis es nichts mehr gibt außer mich, die Waffe und das Ziel.

Und Mel, der wie ein Geist vor dem Ziel steht. Wenn ich schieße, weiß ich genau, wen ich töte.

Ich zerstöre sechs Ziele, bevor ich mich wieder rein und leer fühle. Dann senke ich die Waffe, leere die Trommel und das Patronenlager und lege die Waffe ab, Auswurffenster nach oben, Mündung in Richtung Zielscheibe. Genau, wie es verlangt wird.

Als ich damit fertig bin, wird mir klar, dass ich kein Schießen mehr höre. Es ist völlig still auf dem Schießstand, was gleichzeitig schockierend und seltsam ist. Schnell nehme ich den Ohrschutz ab.

Ich bin allein. Außer mir ist kein einziger Mensch auf den Bahnen. Nur Javier steht hinten nahe der Tür und beobachtet mich. Aufgrund seiner Position kann ich sein Gesicht nicht klar erkennen; er befindet sich direkt unter einem der Scheinwerfer, der hell auf seinen Kopf leuchtet, sodass die kurz geschorenen braunen Haare glänzen und sein Gesicht im Schatten liegt.

»Schätze, ich bin nicht gut fürs Geschäft.«

»Im Gegenteil, Sie sind fantastisch fürs Geschäft«, erwidert er. »Ich hab in den letzten Tagen so viel Munition verkauft, dass ich zweimal aufstocken musste. Zu schade, dass ich keinen Waffenladen besitze. In einer Woche könnte ich in Rente gehen. Paranoia kurbelt die Verkäufe an.«

Er klingt normal, aber irgendetwas an der ganzen Sache fühlt sich seltsam an. Ich packe alles in meinen Waffenkoffer und verschließe ihn. Ich schiebe ihn gerade zurück in den Rucksack, als Javier einen Schritt vortritt. Seine Augen sind ... tot. Es ist beunruhigend. Er ist nicht bewaffnet, aber das macht ihn nicht weniger bedrohlich. »Ich habe eine Frage an Sie«, sagt er. »Sie ist ganz einfach. Haben Sie's gewusst?«

»Was gewusst?«, frage ich, obwohl es nur eine Sache gibt, die er damit meinen könnte.

»Was Ihr Mann getan hat.«

»Nein.« Ich sage die Wahrheit, aber meine Hoffnung ist gleich null, dass er mir glaubt. »Mel hat meine Hilfe weder gebraucht noch gewollt. Ich bin eine Frau. Für jemanden wie ihn sind Frauen keine *Menschen.*« Ich schließe den Reißverschluss des Rucksacks. »Wenn Sie unbedingt Selbstjustiz üben wollen, tun Sie es. Ich bin jetzt nicht bewaffnet. Selbst wenn ich es wäre, könnte ich es nicht mit Ihnen aufnehmen, das wissen wir beide.«

Er rührt sich nicht. Sagt kein Wort. Er sieht mich einfach nur an, schätzt mich ein. Ich erinnere mich, dass Javier ebenso wie Mel weiß, was es bedeutet, ein Leben zu nehmen. Im Gegensatz zu Mel ist der Grund für seine Wut jedoch weder Selbstsucht noch Narzissmus; Javier sieht sich als Beschützer, als einen Mann, der für das Recht eintritt.

Dennoch bedeutet das nicht, dass ich außer Gefahr bin.

Als er endlich spricht, ist es leise, beinahe ein Flüstern. »Warum haben Sie es mir nicht erzählt?«

»Die Sache mit Mel? Warum wohl? Ich habe all das hinter mir gelassen. Ich wollte es so. Würden Sie das nicht wollen?« Ich seufze tief. »Kommen Sie schon, Javi. Bitte. Ich muss zurück zu meinen Kindern.«

»Es geht ihnen gut. Kez passt auf sie auf.« Etwas an der Art, wie er ihren Namen ausspricht, macht alles klarer für mich. Kezia Claremont ist nicht nur gekommen, weil ihr Vater sich Sorgen gemacht hat; ihr Vater ist mir genau einmal begegnet. Zwar schien er ein netter alter Mann zu sein, aber das Ganze hatte für mich nicht völlig plausibel geklungen. Sie hatte Javier erwähnt, als wäre das nur etwas Geschäftliches. Aber so, wie Javier von ihr spricht, ist die Sache eindeutiger. Ich kann die Verbindung sofort sehen; Javier mag starke Frauen, und das ist Kez eindeutig. »Die Sache ist, ich hätte Ihnen beinahe dabei *geholfen,* nach diesem ersten Mord aus der Stadt zu verschwinden. Das passt mir nicht, Gwen. Ganz und gar nicht. Sie haben in meiner Küche gesessen und mein Bier getrunken. Und ich denke mir, was, wenn Sie es doch gewusst haben? Was, wenn

Sie damals in Kansas in Ihrer eigenen Küche gesessen und den Schreien der Frauen in der Garage gelauscht haben, während Ihr Mann sein Ding durchgezogen hat? Glauben Sie, das wäre mir egal?«

»Natürlich nicht«, versichere ich und setze den Rucksack auf. »Sie haben nicht geschrien, Javier. Das konnten sie nicht. Mel hat ihnen nach der Entführung immer als Erstes die Stimmbänder durchtrennt. Dafür hatte er ein spezielles Messer; die Polizei hat es mir gezeigt. Ich habe sie niemals schreien gehört, weil sie nicht schreien konnten. Von daher, ja. Ich habe Mittagessen in meiner Küche zubereitet, ich habe den Kindern ihre Mahlzeiten bereitet, ich habe gefrühstückt, mittag- und abendgegessen, und zur selben Zeit *sind auf der anderen Seite dieser verdammten Wand Frauen gestorben, und glauben Sie nicht, dass ich es zutiefst hasse, es nicht verhindert zu haben?*« Gegen Ende des Satzes ist mir meine Kontrolle entglitten, und das Echo meines Geschreis prallt wie Kugeln auf mich zurück und trifft mich hart. Ich schließe die Augen und atme tief ein, rieche verbranntes Schießpulver und Waffenschmiere und meinen eigenen Schweiß. In meinem Mund ist ein säuerlicher Geschmack, die vergorene Süße des Frühstücks. Blitzartig sehe ich sie wieder, diese junge Frau ohne Haut, wie sie da so baumelt. Ich muss mich vorbeugen und meine Hände auf die Knie legen. Der Waffenkoffer rutscht vor und prallt gegen meinen Hinterkopf, aber das ist mir egal. Ich will einfach nur atmen.

Als Javier mich berührt, zucke ich zurück, aber er hilft mir lediglich dabei, mich wieder aufzurichten, und stützt mich, bis ich nicke und mich von ihm löse. Ich schäme mich für mich selbst. Wegen meiner Schwäche. Ich will schreien. Schon wieder.

Stattdessen sage ich: »Ich habe sämtliche Munition aufgebraucht, die ich mitgebracht habe. Kann ich noch ein paar Schachteln kaufen?«

Schweigend geht er und kehrt mit zwei Schachteln zurück, die er auf der Ablage von Bahn acht ablegt. Dann wendet er sich zum Gehen. Ich nehme den Rucksack ab, stelle ihn an die Wand der Bahn gelehnt vor meine Füße und sage: »Danke.«

Er antwortet nicht. Er geht einfach.

Ich verbrauche den Großteil der zwei Schachteln, zerfleddere Ziel um Ziel – Mittelpunkt, Kopf, Mittelpunkt, Kopf, zur Abwechslung mal die Extremitäten –, bis meine Ohren trotz aufgesetztem Hörschutz klingeln und der Lärm in meinem Inneren endlich abebbt. Dann packe ich zusammen und gehe.

Javier ist nicht im Laden. Ich bezahle die Munition; Sophie nimmt das Geld in meuterndem Schweigen entgegen und schleudert mir das Wechselgeld regelrecht hin, anstatt es mir einfach zu reichen. Gott behüte, sie könnte dabei ja versehentlich die Ex-Frau eines Mörders berühren. Wer weiß, ob das nicht ansteckend ist.

Ich gehe und halte dabei weiter Ausschau nach Javier. Aber sein Truck ist weg, und abgesehen von Sophies gewöhnlichem blauen Ford, der auf einem Schattenplatz parkt, ist der Parkplatz ziemlich verlassen.

Ich laufe den gleichen Weg zurück nach Hause. Als ich an Sam Cades Haus vorbeikomme, sehe ich ihn auf der Veranda sitzen und eine Tasse Kaffee trinken. Gegen meine bewusste Entscheidung werde ich langsamer, um ihn anzusehen. Er schaut zurück, stellt die Tasse ab und steht auf.

»Hey«, sagt er. Es ist nicht viel, aber mehr, als ich auf dem Schießstand bekommen habe. Er sieht aus, als würde er sich unwohl fühlen. Seine Wangen sind leicht gerötet, aber er wirkt auch entschlossen. »Also. Wir sollten vermutlich reden.«

Eine Sekunde lang starre ich ihn an. Ich denke darüber nach loszulaufen, so schnell ich kann zu verschwinden. Rückzug. Aber zwei Dinge, die Kezia gesagt hat, hallen in meinem Kopf nach: Erstens hat Sam Cade Alibis für die Entführungen der Mädchen. Zweitens brauche ich Verbündete.

Ich sehe hinunter zum Haus. Kez' Auto steht noch da.

»Sicher«, stimme ich zu und gehe die Treppe zu seiner Veranda hoch. Seine Anspannung wächst, ebenso wie meine. Eine Sekunde lang herrscht eine ebenso tiefe Stille wie auf dem Schießstand. »Also dann. Rede.«

Er schaut hinunter in seine Kaffeetasse, und von meinem Standpunkt aus sehe ich, dass sie leer ist. Er zuckt mit den Achseln, öffnet die Tür seines Hauses und geht hinein.

Kurz halte ich auf der Schwelle inne, dann folge ich ihm.

Drinnen ist es dunkel, und ich muss ein paarmal blinzeln, während er ein paar trübe Oberlichter anschaltet und einen der karierten Vorhänge vor den Fenstern zurückzieht. Er geht geradewegs auf eine Kaffeekanne zu, füllt seine Tasse, holt eine weitere heraus und gießt sie voll. Wortlos reicht er sie mir, zusammen mit dem Zucker.

Es sollte sich gut anfühlen, aber es fühlt sich an wie eine Anstrengung. Als befände sich zwischen uns eine Barriere, um die wir herumzukommen versuchen. Ich trinke einen Schluck Kaffee und erinnere mich, dass er die Haselnussmischung mag. Genau wie ich. »Danke.«

»Du riechst nach Schießpulver«, sagt er. »Warst du beim Schießstand?«

»Ich werde so lange dort hingehen, bis man es mir verbietet«, gebe ich zurück. »Die Cops haben dich also freigelassen.«

»Sieht so aus.« Vorsichtig mustert er mich über seine Tasse hinweg, die dunklen Augen wachsam. »Dich auch.«

»Weil ich verdammt noch mal unschuldig bin, Sam.«

»Ja.« Er trinkt einen Schluck. »Das hast du gesagt. *Gwen.*«

Dafür schütte ich ihm beinahe den Kaffee ins Gesicht, aber ich kann mich noch zurückhalten. Hauptsächlich deshalb, weil man mich wegen tätlichen Angriffs verhaften würde. Außerdem ist er nicht heiß genug, um ihn zu verbrühen. Dann frage ich mich, warum ich so verdammt wütend bin. Er hat das Recht, mich zu hassen. Ich habe kein Recht, ihn ebenfalls zu hassen. Ich kann natürlich wütend über seine Täuschung sein, aber letztendlich gibt es nur einen von uns, der wirklichen Grund für Groll hat. Wirklichen Schmerz empfindet.

Ich lasse mich – plötzlich sehr müde – in einen Stuhl sinken und bekomme nur am Rand mit, dass ich den Kaffee trinke. Ich bin zu sehr darauf konzentriert, ihn zu betrachten, mich zu fragen, wer er wirklich ist.

Und wer *ich* wirklich bin. Wie wir jemals wieder die Anspannung zwischen uns lösen können.

»Warum bist du hierhergekommen?«, frage ich ihn. »Und diesmal die Wahrheit.«

Sam verliert seinen Fokus nicht. »Ich habe nicht gelogen. Ich schreibe ein Buch. Es geht um den Mord an meiner Schwester. Ja, ich habe dich aufgespürt. Es hat eines Freundes beim militärischen Geheimdienst dazu bedurft. Der war übrigens sehr beeindruckt davon, wie du immer wieder verschwunden bist. Ich habe dich viermal hintereinander verpasst. Ich bin das Risiko eingegangen, dass du hierbleiben würdest, nachdem du diesmal das Haus gekauft hast.«

Also geschah das Stalking nicht nur in meiner Einbildung. Ganz und gar nicht. »Das erklärt das Wie. Nicht das Warum.«

»Ich wollte, dass du gestehst, was du getan hast«, sagt er. Er blinzelt, als wäre er überrascht, es laut ausgesprochen zu haben. »Das war alles, woran ich gedacht habe. Im Geiste habe ich dich zu ... Hör zu, ich habe geglaubt, dass du ein Teil der ganzen Sache warst. Alles gewusst hast. Ich dachte, du ...«

»Wärst schuldig«, beende ich für ihn. »Da bist du kaum allein. Noch nicht einmal in der Minderheit.« Ich schlucke den Kaffee, ohne ihn zu schmecken. »Dafür gebe ich dir keine

Schuld. Wirklich nicht. Ich an deiner Stelle hätte ...« *Ich hätte alles getan, um Gerechtigkeit zu bekommen.*

Ich hätte mich umgelegt.

»Ja.« Er sagt es seufzend. »Das Problem ist, nachdem ich dir begegnet bin, mit dir geredet, dich kennengelernt habe ... war ich nicht mehr überzeugt. Ich sah eine Frau, die gerade so das überlebt hatte, was sie durchmachen musste, und die nur ihre Familie beschützen wollte. Du warst einfach nicht ... *sie*.«

»Gina war auch nicht schuldig«, gebe ich zu bedenken. »Sie war nur naiv. Und sie wollte glücklich sein. Er wusste, wie er das zu seinem Vorteil nutzen konnte.« Schweigen fällt zwischen uns. Schließlich breche ich es. »Ich habe deine Schwester gesehen. Sie war ... sie war die Letzte. Ich habe sie an dem Tag gesehen, an dem der Wagen in die Garage gerast ist.«

Sam erstarrt, dann stellt er seine Kaffeetasse ab. Sie landet etwas zu hart auf dem Tisch. Zwischen uns befindet sich eine matte, polierte Holzfläche, keine unsichtbare Barriere. Und vielleicht ist das besser so. Ich könnte meine Hand nach ihm ausstrecken. Er ebenso.

Keiner von uns tut es.

»Ich habe die Fotos gesehen«, sagt er, und ich erinnere mich, wie er gesagt hatte, ich solle meinen Kindern niemals derartige Bilder zeigen. Jetzt weiß ich, warum. Es war nicht nur vage Sympathie und hatte auch nichts damit zu tun, was er in Afghanistan gesehen hatte. »Ich vermute, du kannst es auch nicht vergessen.«

»Nein.« Ich trinke den Kaffee, trotzdem fühlt sich mein Mund trocken an. Ich sitze auf dem Platz in der Nähe des offenen Fensters, und das weiche Licht beleuchtet ihn auf gleichzeitig schmeichelhafte und unschmeichelhafte Weise. Es zeigt die feinen Linien um seine Augen, umrahmt seinen Mund, eine kleine Einkerbung nahe seiner linken Augenbraue. Ein blasses, beinahe unsichtbares Spinnennetz einer Narbe, die von unter seinem Haaransatz bis zu seiner rechten Wange verläuft. Es lässt Farben in seinen Augen aufleuchten, die sie betörend wirken lassen. »Ich sehe sie die ganze Zeit vor mir. In Gedankenblitzen. Immer, wenn ich die Augen schließe, ist sie da.«

»Ihr Name war Callie«, erklärt er. Das weiß ich bereits, aber irgendwie ist es so viel leichter, von ihr als *Leiche, Frau* und *Opfer* zu denken. Ihr einen Namen zu geben, ihn diesen Namen mit einer Mischung aus Trauer und Liebe sagen zu hören – es schmerzt. »Ich habe ihre Spur verloren, als wir im Pflegesystem getrennt wurden, aber ich habe sie gefunden – nein, sie hat mich gefunden. Sie hat mir geschrieben, als ich in den Einsatz musste.«

»Ich kann mir nicht einmal vorstellen, wie du dich fühlen musst«, sage ich. Das meine ich auch so, aber er scheint mich kaum zu hören. Er denkt an das lebendige Mädchen, nicht an das tote, an das ich mich erinnere.

»Sie hat mit mir geskypt, wenn sie konnte. Sie hatte gerade an der Wichita State angefangen. Wusste ihr Hauptfach noch nicht, weil sie sich nicht zwischen Computerwissenschaften und Kunst entscheiden konnte, und ich habe ihr gesagt – ich habe ihr geraten, praktisch zu denken und Computerwissenschaften zu wählen. Vermutlich hätte ich sie darin unterstützen sollen, das zu tun, was sie glücklich macht. Aber weißt du, ich dachte ...«

»Du dachtest, sie hätte noch Zeit«, beende ich die Stille für ihn. »Ich kann es mir nicht vorstellen, Sam, es tut mir so leid. So ...« Zu meinem Schrecken bricht meine Stimme plötzlich, und ich zerspringe innerlich. Bis eben war mir nicht klar gewesen, dass ich aus Glas bin. Doch plötzlich bricht alles in mir zusammen, und die Tränen kommen. Mit einer Wucht, die ich noch nie zuvor gefühlt habe, überfährt mich ein Wirbelsturm aus Trauer und Wut und Zorn und Verrat und Terror, aus *Schuld*. Ich stelle meine Tasse ab und schluchze in meine Hände, als würde mein Herz wie alles andere in mir ebenso brechen.

Er sagt nichts. Bewegt sich nicht, außer, um eine Papierrolle über den Tisch zu schieben. Ich greife mir mehrere Handvoll und benutze sie, um meine Trauer, meine Schuld, den schrecklichen Schmerz zu dämpfen. Gefühle, die ich so lange nur aus der Ferne gefühlt und denen ich mich nie direkt gestellt habe.

Ich kann nicht sagen, wie lange wir dort so sitzen. Lang genug, dass die Handvoll Papiertücher mit Tränen getränkt sind. Als ich sie fallen lasse, geben sie ein feuchtes *Plopp* von sich. Ich murmele eine zittrige Entschuldigung, räume hinter mir auf und bringe alles in den Müll. Als ich zurückkomme, spricht Sam. »Ich war während der Verhandlung deines Mannes im Ausland, habe sie aber jeden Tag verfolgt. Ich dachte, es wäre deine Schuld. Und dann, als du freigesprochen wurdest ... ich dachte ... ich dachte, du wärst damit davongekommen. Ich dachte, du hättest *geholfen*.«

Das glaubt er jetzt nicht mehr; ich höre es in dem Schmerz in seiner Stimme. Ich sage nichts. Ich weiß, warum er es gedacht hat; warum es jeder gedacht hat. Was für eine Idiotin muss man sein, dass so etwas im eigenen Haus, im eigenen Bett, der eigenen Ehe vorgehen konnte und man *kein* Teil davon war? Ich bin noch immer leicht überrascht, dass ich überhaupt freigesprochen wurde. Mir selbst ist es noch nicht gelungen, Gina Royal zu vergeben.

»Ich hätte es wissen müssen. Hätte ich ihn aufgehalten ...«

»Dann wärst du jetzt tot. Und deine Kinder vielleicht ebenfalls«, sagt er ohne eine Spur von Zweifel. »Ich habe ihn besucht. Melvin. Ich musste ihm in die Augen sehen. Ich musste es wissen ...«

Das raubt mir den Atem. Der Gedanke, dass er im selben Gefängnisstuhl gesessen und Melvin ins Gesicht gesehen hat. Ich denke an den zerstörerischen Terror, den Mel in mir erweckt. Ich kann mir nicht vorstellen, wie es sich für Sam angefühlt hat.

Impulsiv greife ich nach seiner Hand, und er lässt es zu. Unsere Finger liegen locker aufeinander, ohne Zwang, mit nur dem leisesten möglichen Kontakt. Seine oder meine Hand zittert leicht, ich kann nicht genau sagen, wessen. Ich spüre nur die Bewegung.

Hinter ihm im Fenster sehe ich plötzlich etwas aufblitzen. Es ist nur eine Form, ein Schatten. Als mein Gehirn es endlich als Mensch identifiziert, spielt das schon keine Rolle mehr, denn der Schatten hält etwas in seiner Hand, mit dem er zielt.

Es ist eine Schrotflinte, und sie ist auf Sams Hinterkopf gerichtet.

Ich denke nicht nach. Mit aller Kraft packe ich Sams Hand und reiße ihn zur Seite. Er verliert das Gleichgewicht. Gleichzeitig werfe ich mich von meinem Stuhl zu Boden, zerre ihn mit mir, sodass er aus dem seinen kippt und halb über dem Tisch hängt. Der Stuhl unter ihm rutscht weg, und er fällt schwer zu Boden. In genau diesem Augenblick höre ich ein unglaublich lautes *Bumm*. Schwach registriere ich, wie die Kaffeetasse vom Tisch fällt und meinen Schenkel trifft. Heiße Feuchtigkeit ergießt sich über mein Bein, warm wie Blut, und es regnet Glasscherben über mich. Schützend halte ich die Hände vor mein Gesicht.

Hätte ich es nicht gesehen, nicht reagiert, wäre Sams Hinterkopf jetzt Mus. Er wäre innerhalb einer Sekunde tot gewesen.

Sam liegt neben mir auf dem Boden. Er lässt mich los, rollt sich über die Scherben und robbt mit erschreckendem Tempo in eine Ecke, in der halb verborgen im Schatten ebenfalls eine Schrotflinte lehnt. Er ergreift sie noch im Rollen, kommt, die Ellbogen auf den Boden gestützt, in Position, hebt die Schrotflinte und zielt auf das Fenster. Dann zieht er die Knie nach vorne und geht in die Hocke. Ich bewege mich nicht. Langsam steht er auf, bereit, sich jederzeit wieder fallen zu lassen. Aber er sieht nichts, und schnell wendet er sich der Vordertür zu. Er hat recht; von dort könnte die nächste Bedrohung kommen.

Ich nutze die Gelegenheit, zu meinem Rucksack zu kriechen, öffne ihn und entriegele den Koffer. Mit schnellen, geübten Bewegungen setze ich meine Waffe zusammen, fülle das Patronenlager und platziere die Ellbogen auf dem Boden. Wir haben eine unausgesprochene Vereinbarung: er schießt oben, ich unten.

Aber da ist nichts. Auf dem See hören wir entfernt jemanden rufen. *Die Person hat sich durch die Bäume seitlich des Hauses genähert,* denke ich. Die Seite, die von der Straße oder vom See aus am schwierigsten einzusehen ist. Man wird letztendlich nur sicher sagen können, dass jemand eine Waffe abgefeuert hat. Man wird feststellen, dass der Angriff aus dieser Richtung kam. *Und ich bin übersät mit Schießpulverrückständen,* denke ich und frage mich, ob das auch Teil des Plans war. Ich wäre nicht überrascht. Ganz und gar nicht. Dennoch, die Sachlage ist eindeutig: Wir waren im Haus am Tisch. Jemand hat von draußen auf uns drinnen geschossen.

Ich höre weitere Rufe aus der Seegegend, vernehme das Wort »Polizei«, wohl aus dem Satz: *Ruft die Polizei!* Sam erhebt sich aus der Hocke. Er senkt die Schrotflinte nicht; mit militärischer Vorsicht nähert er sich der Tür, wirft einen prüfenden Blick zum Fenster, reißt die Tür auf und wartet. Hinter ihm sehe ich den See, die Boote in Richtung der Docks eilen. Es wirkt friedlich. Weit weg. Völlig im Missklang mit dem Adrenalin, das durch meinen Körper rast und heiße und kalte Blitze durch mich schießt, die sämtliche Verletzungen überdecken, die ich haben könnte.

Nichts passiert. Niemand schießt. Sam wirft mir einen wortlosen Blick zu, und ich komme auf die Füße und drücke mich an die Wand neben ihn. Als er das Haus verlässt, folge ich ihm dichtauf und beobachte jeden anderen Winkel, während er sich nach vorn konzentriert.

Wir umkreisen das ganze Haus.

Niemand ist da. Sam zeigt auf ein paar aufgescharrte Stellen am Boden – Abdrücke von Stiefeln mit Waffelsohle, aber die Spuren sind undeutlich und unvollständig. Jedoch ist klar erkennbar, dass jemand dort gestanden, gezielt und direkt auf seinen Hinterkopf geschossen hat – und ich ihm das Leben gerettet habe.

Das Zittern setzt ein. Ich bin extravorsichtig, als ich die Patronen aus dem Lager nehme, dann stecke ich die Waffe zurück in das Schulterholster. Das vertraute Gewicht fühlt sich gut an, auch wenn es mir etwas in die Brust schneidet. Ich hocke mich hin, um mir die Fußabdrücke genauer anzuschauen. Ich bin keine Expertin und kann nichts Eindeutiges daraus ablesen.

»Du solltest die Sig lieber wieder in den Koffer stecken«, sagt Sam, während er die Schrotflinte an seine Schulter lehnt. »Na komm. Die Cops sind bestimmt schon wieder auf dem Weg.«

Sam hat recht. Ich habe meine Waffe nicht abgefeuert und will verdammt noch mal sicher nicht bewusst oder zufällig dafür erschossen werden, eine legale Waffe zu tragen.

Im Inneren des Hauses nehme ich die Waffe auseinander und schließe sie ein; gerade, als ich den Koffer wieder in meinen Rucksack stecke, lehnt Sam seine eigene Schrotflinte in die Ecke und öffnet die Tür, was mir einen guten Blick auf einen Wagen gibt, der auf der Straße zu uns angerast kommt.

Es ist nicht Officer Graham. Es ist Kezia Claremont, die mit gezogener Waffe aus dem Wagen steigt. »Mr Cade. Mir wurde gemeldet, dass hier Schüsse gefallen sind.«

Ich sehe die Straße zu meinem Haus hinunter, das ruhig am Abhang steht. *Sie hat sie gerade erst verlassen. Alles ist gut.* Das Einzige, was leicht abweicht, ist ein SUV, der über den Hügel auf der anderen Seite zu verschwinden scheint. Vielleicht die Johansens.

»Ja«, sagt er, so ruhig, als wäre das Ganze nur auf das schlechte Zielvermögen eines Jägers zurückzuführen. »Sehen Sie sich um. Das Fenster ist zerbrochen. Sie finden drinnen auch Schrotmunition.«

»Dann hatten Sie wohl Glück«, sagt Kezia und sieht Sam an. »Schätze, Sie haben es kommen sehen?«

»Nein. Ich saß mit dem Rücken zum Fenster.« Er nickt mit seinem Kinn in meine Richtung. »*Sie* hat es kommen sehen.«

Ich starre zu meinem Haus hinunter. Hoffe, dass sich niemand nähert, während ich weg bin. *Niemand ist zu sehen. Es geht ihnen gut.* Alles ist gut. »Ich habe nicht viel gesehen«, sage ich. »Nur etwas Verschwommenes. Er ... ich glaube, es war ein weißer Mann, aber ich könnte es nicht beschwören – ist von unter dem Fenster hochgekommen. Um ehrlich zu sein, habe ich vorwiegend auf den Lauf geachtet und darauf, uns aus der Schusslinie zu bekommen.«

Kezia nickt. »In Ordnung. Setzen Sie beide sich dorthin, wo Sie waren.«

»Ich muss nach Hause«, sage ich.

»In einer Sekunde. Setzen Sie sich einfach hin. Ich muss das sehen.« Ihre Stimme hat einen Befehlston angenommen. Ich gehe rückwärts, ohne mein Haus aus den Augen zu lassen, und setze mich an den Tisch.

Nach einem kurzen Augenblick stellt Sam seinen Stuhl wieder hin und setzt sich ebenfalls. Ich erkenne an der Art, wie er seine Fäuste auf den Tisch presst, dass es für ihn im Augenblick nicht angenehm ist, mit dem Rücken zum Fenster zu sitzen. Kaffee tropft vom Tischrand auf meine Laufschuhe und versickert im Stoff.

Ich hasse es. Von meinem Platz aus sehe ich die Straße. Aber nicht das Haus. »Machen Sie schnell!«, rufe ich Kezia zu, die ist allerdings bereits draußen unterwegs Richtung Fenster.

Schweigend starren Sam und ich einander an. Er ist blass, auf seiner Stirn haben sich Schweißperlen gebildet.

»Du behältst meinen Rücken doch im Auge, oder?«, fragt er. Ich nicke. Er rutscht ein wenig hin und her. Ich frage mich, welche Disziplin es ihm abverlangt, dort zu bleiben, wo er ist, mit einem virtuellen Ziel auf seinem Kopf. Welche Art Trauma das zurückbringen könnte. »Danke, Gwen. Wirklich. Ich hätte es nicht kommen sehen.«

»Er ist weg«, beschwichtige ich Sam. »Wir haben es überstanden.« Mir tut alles weh, ich blute an mehreren Stellen von den Glasscherben, und ich glaube, ich habe mir meine linke Schulter leicht gezerrt. Und ich muss gehen. *Jetzt.*

Kezia taucht im zerbrochenen Fenster hinter ihm auf, und Sams siebter Sinn meldet sich; ich sehe, wie ihn ein Schaudern überläuft. Er bemüht sich, an Ort und Stelle zu bleiben. »Ist okay«, beruhige ich ihn. »Es ist Officer Claremont. Alles ist gut.« Er ist mittlerweile extrem blass. Eine Schweißperle läuft ihm über das Gesicht, aber er rührt sich nicht.

Hinter ihm streckt Kezia die Arme aus und tut so, als würde sie mit einer Schrotflinte zielen. »Der Täter muss mindestens so groß wie ich gewesen sein«, sagt sie. »Für ihn war das etwas Persönliches, er ist sehr nahe herangekommen. Ich stehe hier, von wo aus ich schießen würde, aber seine Fußabdrücke sind noch einige Zentimeter näher am Fenster. Die Waffe muss verdammt dicht an der Scheibe gewesen sein.« Sie senkt ihre imaginäre Waffe. »Ein dreister Hurensohn. Sie haben beide Glück, noch zu leben.«

Sie hat recht. Ich habe die Munitionsreste in der Wand hinter mir gesehen. Sams Gehirn wäre dort gelandet, und eine Sekunde lang sehe ich die Wand vor mir, rot, blassrosa, mit scharfen Knochensplittern. Ich wäre mit seinem Blut getränkt worden. Sein Schädel hätte funktioniert wie ein Schrapnell.

»Ich komm rein«, sagt Kezia und verschwindet vom Fenster. Sam entspannt sich etwas, steht auf und zieht seinen Stuhl zur Seite des Tisches, außer Sichtweite vom Fenster. Ich bewege mich nicht. Ich denke, es ist das Beste, wenn ich das Fenster von meinem Platz aus weiter im Blick behalte, denn im Augenblick hat ein Teil von Sams Paranoia meine eigene ersetzt.

»Mein Gott«, sagt Sam und greift nach der Rolle Papiertücher, die auf wundersame Weise noch immer auf dem Tisch steht. Sie hat allerdings ein paar Löcher abbekommen. Er rollt ein paar Blätter ab und wischt den verschütteten Kaffee auf. »Dieser Bastard hat meine Lieblingstasse gekillt.«

Diese Aussage ist so willkürlich, dass ich beinahe lachen muss. Aber ich weiß, wenn ich jetzt anfange, gerät es außer Kontrolle, also reiße ich mich zusammen. Ich schiebe die Scherben der Kaffeetasse in meiner Nähe zusammen. Doch dann wird mir klar, was ich gerade tue. Was er tut. »Sam.« Ich lege eine Hand auf seinen Arm, und er zuckt ein klein wenig zusammen. »Hör auf. Das ist ein Tatort.«

»Verflucht.« Er lässt das mittlerweile mit brauner Flüssigkeit vollgesogene Papiertuch mitten auf dem Tisch fallen. »Du hast recht.«

Kezia kommt wieder rein. Sie macht sich Notizen und spricht gleichzeitig. »Okay, ich muss Sie beide bitten, jetzt rauszugehen. Sobald eine weitere Einheit da ist, lasse ich den Tatort sichern. Die Detectives sind unterwegs.«

Ich stehe auf und gehe zur Tür, von wo aus ich mein Haus wieder im Blick habe. Nichts hat sich verändert. Ich hole mein Handy aus der Tasche. »Sie haben das Haus doch erst verlassen, als Sie hergekommen sind, oder?«

»Nein«, sagt Kez. »Ich musste zur Hauptstraße. Uns war gemeldet worden, ein Officer sei in Gefahr. Sämtliche Einsatzkräfte wurden gerufen. Ich war gerade erst zurück, als ich diesen Anruf bekam. Tut mir leid. Aber bevor ich los bin, habe ich geklopft und den Kindern Bescheid gegeben, dass ich gehe. Ihre Tochter hat gesagt, dass sie zurechtkommen.«

Es überläuft mich eiskalt, und ich sehe, dass sich auch Sams Augen weiten. »*War* denn wirklich ein Officer in Gefahr?«, fragt er und kommt mir damit um einen Sekundenbruchteil zuvor.

Kez' Gesichtsausdruck wird leer, dann hart. »Nein. Ich konnte nichts finden.«

Die Erkenntnis, dass die Meldung und auch das Attentat hier … lediglich eine *Ablenkung* waren, trifft uns drei wie ein Donnerschlag.

Im Bruchteil einer Sekunde springt Sam auf, greift seine Schrotflinte und meinen Rucksack. Im Laufen wirft er mir den Rucksack zu, und ich renne, renne, als wäre mir das Monster auf den Fersen.

»Warten Sie!«, ruft Kezia hinter mir her. Das tue ich nicht. Ich renne schneller, immer schneller, ich kann nicht mehr anhalten. Ich höre das Dröhnen eines Motors hinter mir und weiche zur Seite aus. Kezia wird langsamer, Sam reißt die Tür auf und winkt mir zu. Ich springe in den Wagen und lasse die Tür zuknallen, die beinahe meine Beine erwischt. Sie hat recht. So geht es schneller.

In höchster Anspannung beobachte ich, wie die Straße unter uns dahingleitet. Kezia Claremont fährt wie eine Wahnsinnige, aber es ist sonst niemand auf der Straße, und die Strecke ist kurz. Sie biegt in meine Einfahrt ein, kommt auf dem Kies ins Schleudern und drückt noch einmal aufs Gas, um uns nach oben zum Haus zu befördern. Die rote Farbe an der Garage starrt uns zornig entgegen und wird immer größer. Wie eine frische Wunde, die noch immer blutet.

Ich stürze aus dem Auto. Renne zur Vordertür. Sie ist verriegelt, und als ich aufschließe und sie öffne, beginnt der Alarm sein warnendes Piepen. Ich gebe den Code ein und atme tief durch. *Gott sei Dank.* Der Alarm ist noch aktiviert. Die Kinder sind nirgends zu sehen. *Alles ist gut, sie sind in Sicherheit.*

Ich lasse den Rucksack auf die Couch fallen und laufe den Flur hinunter. »Lanny! Connor! Wo seid ihr?«

Keine Antwort. Überhaupt kein Geräusch. Ich bewege mich noch mit derselben Geschwindigkeit, aber die Zeit scheint sich zu verlangsamen. Der Flur wird dunkler. Die geschlossenen Türen auf beiden Seiten wachsen in eine bedrohliche Größe. Ich will mich umdrehen, auf die anderen warten, aber tue es nicht. Ich *kann nicht.*

Ich stoße Lannys Tür auf und sehe ihr Bettzeug in einem Haufen auf dem Boden liegen; das Spannbetttuch hat sich auf einer Seite gelöst, sodass es auf der anderen locker aufliegt. Ihr Laptop liegt ebenfalls auf dem Boden, aufgeklappt und in einem spitzen Winkel wie ein Zelt auf dem Kopf stehend. Ich hebe ihn hoch und starre darauf. Der Bildschirmschoner mit einem bunten »Tag der Toten«-Schädel hüpft hämisch von einer Ecke in die nächste. Ich weiß, dass sie ihren Bildschirmschoner auf eine kurze Zeit eingestellt hat, nach der ihr Computer in den Ruhemodus wechselt. *Mehr als fünf Minuten, weniger als fünfzehn.* Hier war nicht sie am Werk. Sie würde nie so mit ihrem Laptop umgehen.

Ich lege den Computer auf der Matratze ab und sehe mich um. Ich öffne den Wandschrank, auch wenn ich Angst habe, was ich dort finden könnte. Ich sehe unter dem Bett nach.

»Gwen ...«, höre ich Sams Stimme hinter mir. Ich sehe über meine Schulter. Er blickt ins Zimmer meines Sohnes. Seine Stimme ist leise und drängend, und als er mich ansieht, haben sich seine Pupillen zu Stecknadeln verkleinert, als würde er in ein gleißendes Licht schauen. Ich gehe auf ihn zu. Er streckt seine freie Hand aus, um mich zu stoppen – wie ein Wächter, der versucht, mich vor dem Todesfall zu bewahren. Aber um mich aufzuhalten, müsste er schon diese Schrotflinte in seiner anderen Hand benutzen.

Ich schlüpfe an ihm vorbei und halte mich am Türrahmen fest, um ihn daran zu hindern, mich zurückzuziehen.

Ich sehe das Blut.

Es ist wie eine Szene aus meinem Albtraum. Connors hellblaue Bettwäsche ist voller Blut. Auch auf dem Boden finden sich dunkle Streifen. Eines der Kissen weist einen langen, geraden Riss auf, aus dem blutbefleckte Daunen quellen.

Mein Sohn ist nicht da.

Meine beiden Kinder sind fort.

Ich fühle, wie meine Knie nachgeben, und kralle mich am Türrahmen fest, um mich aufrecht zu halten. Sam spricht mit mir, berührt mich an der Schulter, aber ich kann ihn nicht hören. Als ich endlich wieder Kontrolle über meine Beine gewinne und ins Zimmer will, ist es Kezia Claremont, die einen starken Arm um meine Taille schlingt, mich wegzieht und mit dem Rücken an die Wand drückt. Ihre Waffe befindet sich wieder im Holster, und sie schaut mich mit ihren braunen Augen eindringlich an.

»*Denken Sie nach,* Gwen«, sagt sie. »Sie dürfen da nicht rein.« Sie holt das Handy heraus, wählt und erhält sofort Antwort. »Detective? Ich brauche Sie sofort hier in Gwen Proctors Haus. Wir haben es mit einer möglichen Kindesentführung zu tun. Mehrere Opfer. Schicken Sie sämtliche Einsatzkräfte her.« Sie legt auf und hält mich weiterhin fest. »Alles in Ordnung? Gwen? Gwen!«

Es gelingt mir zu nicken. Nichts ist in Ordnung, das kann es auch nicht sein, aber es bringt nichts, zu diskutieren. Und außerdem meint sie das auch nicht. Sie fragt, ob ich mich unter Kontrolle habe, und das habe ich. Zumindest kann ich es versuchen.

Sam steht ebenfalls da, und erst, als ich ihm ins Gesicht schaue und die Essenz seiner Gedanken dort erkenne, den *Zweifel,* wird mir klar, dass diese Szene hier zwei verschiedene Dinge bedeuten könnte.

Erstens die Wahrheit: Meine Kinder wurden entführt.

Zweitens die sehr plausible Unterstellung: Bevor ich das Haus verlassen habe, habe ich meinen eigenen Kindern etwas angetan. Irgendjemand wird das denken. Kezia nicht; sie war hier und hat aufgepasst, und sie hat durch die Tür mit Lanny gesprochen. Aber ich werde als Erste verdächtigt werden. Und vielleicht als Einzige, egal, was sie aussagt.

»Nein«, sage ich. »Kezia, Sie wissen, *dass ich das nicht war!*«

»Das weiß ich. Aber wir sollten dort nichts hinterlassen, was den Tatort verwässern könnte«, erklärt sie ruhig und schiebt mich mit Leichtigkeit in Richtung Wohnzimmer, zur Couch. Die Spielcontroller liegen im Weg, und automatisch hebe ich sie auf, um sie wegzuräumen. Eine schlechte Angewohnheit von Connor, sie überall liegen zu lassen. Mir kommt in den Sinn, dass seine Hände als letzte diese Controller berührt haben, und vorsichtig halte ich einen fest, als könnte er zerbrechen, verschwinden, als hätte mein Sohn außerhalb meiner Vorstellung niemals existiert.

»Gwen.« Sam hockt sich neben mich und starrt mir ins Gesicht. »Wenn das stimmt, was du sagst, dann *wusste* jemand, dass du nicht im Haus sein würdest. Wem hast du davon erzählt?«

»Niemandem«, antworte ich wie betäubt. »Dir. Und den Kindern. Ich habe den Kindern gesagt, ich wäre bald zurück. Es ging ihnen gut.« Das ist meine Schuld. Ich hätte nicht gehen sollen. Niemals. »*Sie sollten doch aufpassen!*« Den letzten Satz schleudere ich Kezia entgegen.

Sie reagiert nicht darauf, versteift sich allerdings, und ich habe das Gefühl, dass es ihr wehtut. Dass sie weiß, dass sie versagt hat, und der Preis ... der Preis höher sein könnte, als wir verkraften können.

»Wen würden sie reinlassen?«

»*Niemanden!*« Das weine ich schon beinahe, aber gleichzeitig wird mir klar, dass es nicht stimmt. Sam Cade hätten sie vermutlich reingelassen, aber Sam ... hätte Sam Zeit gehabt, das zu tun? Ja. Er konnte mich den Hügel hinauflaufen sehen. Das hätte ihm mindestens eine Stunde Zeit verschafft, hierherzukommen und ... was zu tun? Die Kinder zu überreden, ihn reinzulassen, sie irgendwie zu entführen, ohne irgendeinen Kratzer abzubekommen? Und sie wohin bringen? Nein. Nein, ich kann nicht glauben, dass es Sam war. Es ergibt keinen Sinn, nicht emotional. Nicht einmal logistisch. Meine Kinder hätten sich gewehrt. Er hatte keinen Tropfen Blut an sich, als ich bei seinem Haus gehalten habe. Und Kezia hätte ihn gesehen.

Es sei denn, sie stecken unter einer Decke?

Währenddessen spüre ich, dass er das Gleiche über *mich* gedacht hat. Versucht, herauszufinden, wie ich das meinen eigenen Kindern hätte antun können. Jeder von uns misstraut wieder dem anderen. Vielleicht war genau das der Plan.

Wen sonst? Wen sonst noch außer Sam? Ich glaube nicht, dass meine Kinder Kezia Claremont reingelassen hätten, trotz der Tatsache, dass sie sie mochten und sie ein Polizeiabzeichen hat. Detective Prester? Vielleicht.

Und in einem kalten, schrecklichen, gänsehauterregenden Augenblick überkommt es mich. Ich habe jemanden vergessen. Jemanden, dem sie vertraut haben. Jemanden, den sie ohne zu zögern hereinlassen würden, weil *ich* ihn bereits einmal hineingelassen habe, um auf sie aufzupassen. Javier Esparza. Javier, der verschwunden war, nachdem er mir meine Munition gebracht hatte.

Sein Truck stand nicht mehr auf dem Parkplatz, als ich gegangen bin.

Er könnte den Code für das Alarmsystem kennen. Er hat mich die Anlage aktivieren und deaktivieren sehen, und auch, wie die Kinder das taten. Javier Esparza war ein trainierter Soldat. Er wüsste, wie man Leute entführt, ohne Aufsehen zu erregen.

Ich versuche, es zu sagen, aber ich kann nicht. Ich kann nicht sprechen. Meine Lungenflügel schmerzen, und hastig atme ich ein, um sie zu beruhigen. Das Plastik von Connors Spielcontroller fühlt sich warm in meinen Händen an, fast wie Haut. Und ich denke, *Connors Haut könnte jetzt kalt sein, er könnte ...* aber mein Gehirn schützt sich selbst und lässt mich nicht weiterdenken. Javier hätte leicht Zugang zu einer Schrotflinte vom Schießstand gehabt oder aus dem Heck seines Trucks. Javier, dem ich genug vertraut habe, um ihn auf meine Kinder aufpassen zu lassen. Dem sie genug vertraut haben, um den Alarm für ihn zu deaktivieren und ihn reinzulassen. Der problemlos den Code von den Kindern bekommen haben könnte, um ihn auf dem Weg nach draußen wieder zu aktivieren.

Du vergisst etwas, flüstert mir Mels Stimme zu. Ich zucke zusammen, denn ich will das nicht, will seine Stimme nicht in meinem Kopf. Aber die Stimme hat recht. Ich vergesse etwas ...

»Ich rufe die Sicherheitsfirma an«, sagt Kez. »Sie müssen denen die Erlaubnis erteilen, mit mir zu reden, okay? Die müssten Aufzeichnungen darüber haben, wann der Alarm losging und ...«

»Kameras!«, platze ich heraus. Ich schieße davon, dorthin, wo ich das Tablet zum Aufladen abgelegt habe. Die Kameras senden auf das Gerät. Ich kann genau sehen, was passiert ist.

Aber das Tablet ist weg. Nur das Kabel hängt noch dort.

Ich nehme das Ende in die Hand, als könnte ich nicht glauben, dass es nicht angeschlossen ist. Wortlos sehe ich Kezia an, als könnte sie das irgendwie für mich lösen. Sie runzelt die

Stirn. »Sie haben Kameras? Sind die in das Sicherheitssystem integriert?«

»Nein«, sage ich. »Nein, separat, ich habe ein Tablet ...« Ich weiß nicht, was mein Gehirn von einer Idee zur nächsten springen lässt; es passiert alles so schnell, dass meine Gedanken völlig verschwommen sind, irgendetwas vom Aufpassen auf meine Kinder, damit sie sicher sind, zu einem sicheren Raum. Und dann wird mir klar, was ich *wirklich* vergessen habe.

Der Panikraum.

Blitzartig springe ich auf, laufe an der Küchentheke vorbei auf die Wand zu, während die beiden mich völlig verblüfft anstarren.

Der Panikraum dieses Hauses, den die alten, reichen Besitzer eingebaut hatten, ist hinter einer aufklappbaren Vertäfelung in einer Ecke des Küchenbereichs versteckt, ganz in der Nähe des Frühstückstischs. Ich schiebe den Tisch mit Wucht beiseite, sodass er beinahe gegen Kezia prallt, die sich mir nähert. Hektisch drücke ich gegen die Vertäfelung. Sie müsste sich lösen, doch sie bleibt geschlossen. Ich habe ein seltsames körperloses Gefühl, als hätte ich mir die Existenz dieses Raums nur eingebildet, als hätte sich die Realität um mich herum in eine irre Spiegelversion meines Lebens verwandelt und der Panikraum wäre zusammen mit meinen Kindern verschwunden. Wieder drücke ich, und wieder und wieder, und endlich kommt die äußerste Ecke mit einem Klicken hoch. Ich ergreife sie und zerre sie auf. Dahinter befindet sich eine schwere Stahltür, mit einem Tastenblock daneben.

Die Zahlen sind blutverschmiert. Mir stockt der Atem, aber gleichzeitig bedeutet es, dass sie dort drin sind, dass es ihnen gut geht. Es kann gar nicht anders sein.

Ich tippe das Passwort, aber meine Finger zittern so sehr, dass ich es falsch eingebe. Ich atme tief durch und zwinge mich, langsamer vorzugehen. Sechs Zahlen. Diesmal mache ich alles richtig, ein Ton erklingt und ein grünes Licht blinkt. Ich drehe den Griff und schreie »Connor! Lanny!«, noch bevor das Siegel bricht.

Der Panikraum ist völlig zerstört. Wasserflaschen liegen auf dem Boden verstreut, von einem Regal gestoßen, und eine Schachtel mit Notrationen wurde umgeworfen und über dem Boden verstreut. Einige sind bei einem Handgemenge zerquetscht worden.

Ich sehe Blut. Tropfen. Lange Streifen, die Bewegung anzeigen. Eine kleine Pfütze in der Ecke, unter einem gelben Schild, auf dem »ACHTUNG ZOMBIES« steht. Connors Schild.

Auf dem Boden liegt eine kaputte Armbrust. Ebenfalls von meinem Sohn, denn er ist ein großer Fan des Mannes, der sie in dieser Zombie-Serie trägt. Das Telefon wurde mitsamt der Leitung aus der Wand gerissen und in die entgegengesetzte Richtung geschleudert.

Ich schaue immer wieder auf das Blut. Es ist frisch. Frisch und rot.

Meine Kinder sind nicht hier.

Ich war mir so sicher, sie hier zu finden, dass ich einen Augenblick nur dastehe und das Ganze verständnislos anschaue; sie *müssen* hier sein, sonst ergibt nichts Sinn. Dies ist ihre Zuflucht, ihr sicherer Ort. Ihr Fluchtpunkt. Hier könnte niemand an sie herankommen.

Aber irgendjemand hat es geschafft. Sie waren hier drin. Sie haben hier gekämpft. Hier geblutet.

Und sie sind fort.

Ich eile zum einzigen möglichen Versteck im Raum, dem kleinen Toilettenverschlag. Er hat nur eine Milchglastür, und ich sehe bereits, dass sich niemand darin befindet. Trotzdem reiße ich die Tür auf und muss vor Angst würgen, als ich die saubere, leere Kabine sehe.

Ich stehe da, völlig regungslos, und die Stille des Raums dringt wie eisige Kälte in mich ein. Die Abwesenheit meiner Kinder fühlt sich an wie eine klaffende Wunde, und das Blut ist so rot, so frisch, so grell, dass es mich blendet.

Kezia legt mir eine Hand auf die Schulter. Die Wärme ist ein starker Kontrast zu der Kälte in meinem Inneren. Mir ist klar, dass ich fröstele. Es ist der Schock. Ich zittere, ohne es wirklich zu spüren. »Kommen Sie«, fordert sie mich sanft auf. »Sie sind nicht hier drin. Kommen Sie raus.«

Ich will nicht. Ich habe das Gefühl, wenn ich diese seltsame, kalte Zuflucht verlasse, lasse ich etwas Schreckliches geschehen. Etwas, vor dem ich mich verstecken will, wie ein Kind, das sich die Bettdecke über den Kopf zieht.

Völlig irrational überkommt mich plötzlich das Verlangen, Mel hierzuhaben. Es löst Terror in mir aus, aber ich will jemanden, an den ich mich wenden kann, jemanden, der dieses Gefühl der Leere mit mir teilen könnte. Vielleicht will ich nicht Mel. Vielleicht will ich die Idee von ihm. Jemanden, der meine Trauer, meine Furcht um unsere Kinder teilt. Ich will seine Arme um mich spüren. Ich will, dass Mel mir sagt, dass alles wieder gut wird, auch wenn dieser Mel eine Lüge ist und immer war. Selbst dann.

Kezia zieht mich heraus. Wir lassen den Panikraum offen, und ich sinke in einen der Küchenstühle – den, auf dem Lanny beim Frühstück gesessen hat. An allem hier hängt eine Erinnerung: die Fingerabdrücke auf dem Holz des Tisches, der fast leere Salzstreuer, den Connor auffüllen sollte, was er ganz offensichtlich vergessen hat.

Eine von Lannys Haarnadeln mit Schädelmotiv liegt vergessen auf dem Boden unter dem Stuhl, und ein einzelnes, seidiges Haar klemmt noch darin. Ich hebe sie auf und halte sie in meiner Hand. Als ich sie an meine Nase halte, rieche ich den Duft ihrer Haare. Mir kommen die Tränen.

Sam sitzt jetzt neben mir, und seine Hand liegt nahe neben meiner. Ich weiß nicht, wann er sich hingesetzt hat; es kommt mir vor, als wäre er einfach aufgetaucht, als hätte die Zeit einen Sprung nach vorn gemacht. Als wäre die Realität wieder aufgehoben. Alles fühlt sich jetzt weit entfernt an, doch ich spüre die Wärme seiner Haut selbst Zentimeter von meiner entfernt.

»Gwen«, sagt er. Nach einer kurzen Verzögerung, in der ich verarbeiten muss, dass das mein Name ist, dass ich mir selbst beigebracht habe zu glauben, dass es mein Name ist, hebe ich den Kopf und begegne seinem Blick. Irgendetwas darin gibt mir Halt. Holt mich einen oder zwei Zentimeter zurück aus der Dunkelheit, zu etwas, das zumindest eine schwache Hoffnung verspricht. »Gwen, wir finden sie, okay? Wir finden die Kinder. Hast du irgendeine Idee ...«

Das Klingeln meines Handys unterbricht ihn. Panisch greife ich danach, lasse es auf den Tisch fallen und beantworte den Anruf per Lautsprecher, ohne überhaupt auf die Anruferkennung zu achten. »Lanny? Connor?«

Ich erkenne die Stimme nicht, die mir antwortet. Es ist eine Männerstimme, denke ich, aber sie wird durch einen Stimmenverzerrer geschickt, um sie zu tarnen. »Du glaubst, du wärst mit deinen Verbrechen davongekommen, du kranke Schlampe? Du kannst laufen, dich aber nicht verstecken, und wenn wir dich erwischen, wirst du dir wünschen, dein verfickter Mann hätte dich aufgehängt und lebendig gehäutet!«

Es trifft mich unerwartet und nimmt mir die Luft. Eine Sekunde lang kann ich mich nicht bewegen, nicht denken. Sam lehnt sich mit einem Ruck zurück, als hätte man ihm einen Fausthieb verpasst. Kezia, die sich vorgebeugt hatte, tritt einen Schritt nach hinten. Die gehässige Schadenfreude, selbst durch die bearbeitete Stimme, ist schockierend zu hören.

Es fühlt sich an, als wäre eine halbe Stunde vergangen, bevor ich wieder Worte finden kann, aber es kann nicht länger als einen Pulsschlag gedauert haben. »*Gib mir meine Kinder zurück, du Bastard!*«, kreische ich in den Hörer.

Stille am anderen Ende der Leitung. Als hätte ich ihn auf frischer Tat ertappt. Als würde ich irgendein Skript nicht befolgen. Dann spricht die synthetisierte Stimme, dank der Algorithmen, die sie verändern, bar jeglicher Überraschung. »Was zum Teufel?«

»Geht es ihnen gut? Wenn du meinen Kindern wehgetan hast, du Hurensohn, dann werde ich dich finden, ich werde dich in Stücke reißen ...« Mittlerweile stehe ich, beuge mich mit steifen Armen über das Telefon, meine Stimme scharf und schneidend.

»Ich, äh, habe nicht ... verflucht. Scheiße.« Mit einem Knacken bricht der Anruf ab, und das ruhige Piepen des Telefons zeigt mir, dass es das Signal verloren hat. Ich sinke zurück auf den Stuhl, greife mir das Handy und wische zur Anruferkennung. Natürlich war es eine blockierte Nummer.

»Er hat nichts davon gewusst«, sage ich. »Er wusste nicht mal, dass sie weg sind.« Ich hätte es kommen sehen müssen; meine Adresse ist mittlerweile bekannt. Jemand, der mir nahegekommen ist, hat sie weitergegeben, hat Fotos gemacht. Mel hat meine Nummer garantiert auch weitergegeben. Ich kann noch eine Flut solcher Anrufe erwarten: Todesdrohungen, Vergewaltigungsdrohungen, Drohungen, meine Kinder und meine Haustiere umzubringen, mein Haus abzufackeln, meine Eltern zu foltern. Ich habe das alles schon durchgemacht. Es gibt nicht mehr viel, das mich in der Welt der Perverslinge noch schockieren könnte. Außerdem weiß ich – worauf mich die Polizei auch jedes Mal, wenn ich es melde, hinweist –, dass die meisten dieser traurigen, kranken kleinen Männer ihre bösartigen Versprechen niemals in die Tat umsetzen werden. Sie ziehen ihr Vergnügen aus dem psychischen Schaden, den sie anrichten.

Der Troll hat nicht aufgelegt, weil er sich schuldig fühlte, mir das anzutun. Er war überrascht und hatte Angst, in einen Entführungsfall hineingezogen zu werden. Zumindest *er* wird nicht mehr anrufen.

Aber hinter ihm haben sich bereits tausend andere eingereiht.

Kezia unterbricht meinen Gedankengang, indem sie mir das Handy aus der Hand nimmt. »Ich gehe für Sie ran, bis wir entschieden haben, wie wir damit umgehen, in Ordnung?« Ich nicke, obwohl ich weiß, dass es ein Schachzug ist, um mein Telefon als Beweis zu bekommen. Sam wendet den Blick ab, als würde er sich schämen. Ich frage mich, ob er damals auch ein paar wütende Nachrichten auf meinem Anrufbeantworter hinterlassen hat. Mir ein paar wutentbrannte E-Mails über ein anonymes Konto geschickt hat. Von ihm wäre nicht eine der wirklich soziopathischen Nachrichten gekommen; seine hätte Schmerz ausgedrückt, echten Verlust und gerechtfertigten Zorn.

Jetzt wünsche ich mir, er hätte mit seinem Namen unterschrieben, dass wir miteinander ehrlich gewesen wären, einander verstanden, einander von Anfang an *gesehen* hätten.

Es dauert nicht lang, bis die Polizei eintrifft. Es wird hektisch. Wir werden nach draußen gescheucht, während die Polizei das Haus einer gründlichen Durchsuchung unterzieht und mit den Ermittlungen beginnt. Prester kommt zusammen mit einem anderen, jüngeren Detective an – abgesehen von ihm scheinen alle zu jung zu sein, um wirklich Erfahrung zu haben – und schüttelt den Kopf, als er mich mit Kezia und Sam dort stehen sieht. Die Tatsache, dass Sam bei uns ist, lässt ihn die Stirn runzeln. Ich sehe, wie er mental alles neu überdenkt, seine vormaligen Urteile und Annahmen noch einmal durchgeht. Ich frage mich, ob er dabei Sam und mich wieder in die Schublade der gemeinsamen Verschwörer steckt.

Falls ja, hätte das einen Hauch von Authentizität. Wir haben eine gemeinsame Vergangenheit, auch wenn ich es nicht gewusst hatte. Wir kennen einander. Wir mögen einander mittlerweile, auf einer gewissen Ebene. Der Versuch, wie Prester zu denken, bereitet mir Kopfschmerzen, aber ich habe den Eindruck, dass er uns bereits in einem ganz anderen Licht sieht.

»Erzählen Sie mir alles«, sagt Prester.

Sobald ich begonnen habe, kann ich nicht mehr aufhören.

Kapitel 12

Ich will das Haus nicht verlassen, und gleichzeitig will ich auch nicht hier sein ... es fühlt sich längst nicht mehr wie unsere sichere Zuflucht an. Es ist verdorben, zerstört wie das Haus damals in Wichita, und hat seinen hässlichen Kern enthüllt. Der besteht diesmal nicht aus Mels Bösartigkeit. Es ist die Abwesenheit ... die Abwesenheit der einzigen Menschen, die es für mich zu irgendeinem Zuhause machen könnten.

Ich sitze draußen auf der Veranda mit Prester, der mich und Sam detailliert befragt. Kezia ist in der Nähe, um bei Bedarf zu ergänzen und zu bestätigen. Ich stelle mir die Zeitleiste vor, die er in seinem Notizbuch skizziert. Und ich frage mich, an welcher Stelle er das rote Sternchen setzt, das den Augenblick markiert, in dem jemand in mein Haus eingedrungen ist und mein Herz herausgerissen hat. Mit Sicherheit wägt er auch ab, ob ich es getan haben könnte, aber das ist mir mittlerweile egal. Das Einzige, was zählt, ist, dass sie gefunden werden MÜSSEN.

Ich muss daran glauben, dass es ihnen gut geht – dass sie zwar Angst haben, es ihnen aber gut geht. Dass es sich bei dem Blut nur um Theater- oder Tierblut handelt, dort platziert, um mir Angst einzujagen. Dass ein Lösegeldanruf kommen wird.

Dass alles, einfach alles andere wahr ist – nur nicht das, was ich instinktiv und voll Grauen glaube.

Ich gebe Prester die Handynummern meiner Kinder, und er gibt sie Kezia; eine halbe Stunde später kommt sie zurück. »Die Handys sind ausgeschaltet und geben kein GPS-Signal ab.«

»Nicht überraschend«, sagt er. »Heutzutage weiß jeder Idiot, der fernsieht, dass man diese verdammten Handys loswerden muss.« Er schüttelt kurz den Kopf und schließt sein Notizbuch. »Jeder Cop im gesamten County ist unterwegs und sucht nach ihnen, Ms Proctor. Aber in der Zwischenzeit müssen Sie mir erzählen, was heute Morgen passiert ist, nachdem Officer Claremont mit Ihnen gefrühstückt hat.«

»Das habe ich Ihnen bereits erzählt.«

»Dann erzählen Sie es mir noch mal.« Seine Augen sind frostig und unerbittlich. In diesem Augenblick hasse ich ihn mit einer klaren, fokussierten Wut; als wäre er derjenige, der meine Kinder hat und sie von mir fernhält. »Ich muss genau verstehen, wie das hier passiert ist. Nachdem Sie sich von Officer Claremont verabschiedet haben, was haben Sie getan?«

»Die Tür verschlossen. Den Alarm zurückgesetzt. Abgewaschen. Den Anruf von Mel bekommen. Mein Schulterholster angelegt, meine Waffe aus dem Safe genommen und den entsprechenden Waffenkoffer geholt. Meinen Kapuzenpulli angezogen.«

»Und haben Sie an die Türen der Kinderzimmer geklopft? Ihnen gesagt, wo Sie hingehen?«

»Ich habe es Lanny erzählt. Ich habe ihr gesagt, ich würde ungefähr eine Stunde weg sein. Dann habe ich Kezia gebeten, das Haus im Auge zu behalten.«

Er nickt. Ich denke, er verurteilt mich dafür, sie verlassen zu haben, aber ich habe sie in einem verschlossenen, zusätzlich gesicherten Haus mit einem Panikraum gelassen, mit klaren Plänen, was zu tun ist, falls irgendetwas schiefläuft. Mit einem Polizeiwagen direkt vor der Tür. *Es war nur eine Stunde!* Letztendlich sind es zwanzig Minuten mehr gewesen, weil ich noch bei Sam gehalten habe und jemand versucht hat, ihn umzubringen. Eine Stunde und zwanzig Minuten. So lange hat es gedauert, mein Leben zum Einsturz zu bringen.

»Also ungefähr eine halbe Stunde, nachdem Kezia nach dem Frühstück Ihr Haus verlassen hat und bis Sie losgegangen sind?«

»Ich habe sie gesehen, als sie an meinem Haus vorbeigekommen ist«, mischt sich Sam ungefragt ein. »Das dürfte stimmen. Fast auf den Punkt eine Stunde später ist sie vom Schießstand zurückgekommen, und ich habe sie hereingebeten.«

Prester wirft ihm einen scharfen Blick zu, und Sam hebt die Hände und lehnt sich zurück. Aber er hat recht. »Höchstens eine halbe Stunde, bis ich das Haus verlassen habe«, bestätige ich Prester. »Und dann hat mich Sam auf der Straße gesehen. Hören Sie, das spielt doch alles keine Rolle. Reden Sie mit Kezia. Sie hat mit meiner Tochter gesprochen.«

»Im Moment bin ich an ihrer Aussage nicht interessiert. So. Es liegt also eine halbe Stunde zwischen der Zeit, als Officer Claremont Ihre Kinder das letzte Mal gesehen hat, und als Sie dabei gesehen wurden, wie Sie allein zum Schießstand hochlaufen. Ist das richtig so?«

»Glauben Sie, ich habe innerhalb von einer halben Stunde meine Kinder ermordet und weggeschafft und bin dann ohne auch nur den geringsten Blutfleck auf mir laufen gegangen?«

»Das habe ich nicht gesagt.«

»Das müssen Sie auch gar nicht!« Ich beuge mich vor, die Hände auf die Knie gestützt, und starre ihn mit all der Intensität an, die ich aufbringen kann. Ich durchbohre ihn mit meinem Blick, aber Prester weicht nicht zurück. »Ich. Würde. Meinen. Kindern. Niemals. Wehtun.« Meine Stimme bricht, und vor meinen Augen verschwimmt alles, aber ich rede weiter. »Ich bin nicht Melvin Royal. Ich bin nicht einmal Gina Royal. Ich bin die, die ich sein musste, um meine Kinder vor den Leuten zu retten, die ihnen wehtun wollten und es noch immer tun wollen. Wenn Sie Verdächtige wollen, gebe ich Ihnen die Akten. Vielleicht könnten Sie zur Abwechslung mal etwas Nützliches damit tun!« Ich würde ihn nur zu gern mit den Akten bewerfen, den bösartigen Bildern, den Wälzern voll von tödlichen, gewalttätigen Worten, die darauf abzielen, meine Hoffnung und meinen Frieden zu ersticken. »Sie finden alles in meinem Büro. Und reden Sie mit Melvin. Er weiß etwas darüber. Garantiert!«

»Sie glauben, er ist aus der Todeszelle entkommen und hat es irgendwie bis nach Stillhouse Lake geschafft, ohne dass ihn auch nur eine Menschenseele gesehen hat?«

»Nein. Ich glaube, dass Melvin Verbündete hat. Was weiß denn ich, vielleicht hatte er ja doch einen Partner. Man hat versucht, mir diese Rolle anzulasten, aber ich war es nicht. Vielleicht hat sein echter Partner ...« Ich halte inne, denn selbst für meine eigenen Ohren klinge ich, als würde ich den Verstand verlieren. Melvin Royal hatte keinen Partner. Er hatte keinen nötig. Er war der König seines kleinen, schrecklichen Reiches, und ich kann mir nicht vorstellen, dass er es mit sonst jemandem geteilt hat. Aber Anhänger? Ja. Er hätte es geliebt, Anhänger zu haben. Er hielt sich selbst für charismatisch, so einflussreich wie ein Kultführer. Wenn er mich nicht selbst quälen kann, würde es ihm gefallen, jemanden zu haben, der als seine Marionette agiert.

Aber Prester schüttelt bereits den Kopf. »Wir haben Ihren Ex schon überprüft«, sagt er. »Der Mann unterliegt einem wirklich strengen Regiment. Überhaupt keine Computerzeit. Ihm sind pro Monat eine Handvoll Bücher gestattet sowie etwas Zeit mit seinem Anwalt, und er darf ein paar Briefe schreiben, die allerdings alle von Gefängnisbeamten überprüft werden. Er bekommt etwas ... ich schätze, man könnte es Fanpost nennen ... von Frauen, die ihn nicht für schlecht, sondern nur für missverstanden halten. Eine von ihnen will ihn heiraten. Er sagt, er denkt darüber nach, seit – seine Worte, nicht meine – seine Frau ihn verlassen hat.«

»Können Sie überprüfen ...«

»Ist längst passiert«, schneidet er mir das Wort ab. »Frau Möchtegern-Royal hat ihr Zuhause nie verlassen, das sich auch noch ausgerechnet in Alaska befindet. Sie wäre beinahe ebenso auffällig wie Melvin, wenn sie irgendeine Aktion starten würde. Die Cops von dort meinen, sie sei geistesgestört, aber harmlos. Die Behörden von Kansas überprüfen bereits die gesamte Liste seiner Briefpartner, und die ist kurz.«

»Sie erwischen aber nicht alle. Ich weiß nicht, wie er es schafft, seine Briefe an mich zu schicken, aber irgendwie gelingt es ihm.«

»Und das untersuchen wir. Ebenso wie die Schießerei bei Mr Cades Haus. Und die falsche Meldung über einen Officer in Gefahr. Und den Anruf, den Sie angeblich erhalten haben. Wir haben gerade eine Menge abzuarbeiten, und das erledigen wir so schnell, wie es uns möglich ist.« Er stützt sich auf seine Ellbogen. »Ich habe auch Leute, die die Freunde Ihrer Kinder unter die Lupe nehmen. In den sozialen Medien haben wir nicht viel gefunden ...«

»Sie wissen, warum!«

»Ja. Aber wenn Ihnen irgendjemand einfällt, mit dem wir reden sollten, sagen Sie es jetzt. Wir müssen sofort jede mögliche Spur verfolgen.«

Er verliert kein Wort darüber, wie die Chancen stehen. Die grausame Wahrheit ist, falls meine Kinder noch am Leben sind, werden sie es vermutlich nicht mehr lange sein. Besonders nicht, wenn sie von jemandem entführt wurden, der einen Groll gegen mich oder Mel hegt. Vermutlich haben wir noch weniger

Zeit, wenn sie vom Stillhouse-Lake-Killer entführt wurden. Ich muss wieder an das Blut denken, und die Angst, dass wir es nicht schaffen, raubt mir die Luft.

Noch immer ist da etwas, das meinem Gedächtnis entschwunden zu sein scheint. Ich bekomme es einfach nicht zu fassen. Es ist etwas, das ich gesehen habe, etwas, das in der Situation eigentlich unbedeutend war. Und jetzt kann ich meinen Kopf nicht genug zermartern, um diese nagende, flüsternde, flüchtige Sache zum Vorschein zu bringen. Es hat etwas mit Connor zu tun. Ich schließe die Augen und sehe ihn vor mir, wie er heute Morgen war: mein ernster Sohn, so ruhig, eigenständig, charmant nerdig.

Nerdig.

Ich versuche, diesen Gedanken weiterzuverfolgen, aber es gelingt mir nicht; er zerspringt in tausend Stücke, als Prester wieder spricht. »Sie müssen zur Wache. Es gibt hier viel zu tun, und Sie stehen uns nur im Weg. Mr Cade, ich möchte, dass Sie ebenfalls mitkommen. Wir brauchen noch ein paar weitere Informationen über dieses Attentat.«

Ich sage etwas Bedeutungsloses, irgendetwas Zustimmendes, aber ich stimme nicht wirklich zu. Meine Gedanken drehen sich in tausend verschiedene Richtungen, und nichts ergibt mehr Sinn. Aber mir fällt ein, dass ich etwas tun kann. Eine Sache.

Ich bitte um mein Handy und schreibe Absalom:

Jemand hat meine Kinder. Ich weiß nicht, wer. Bitte helfen Sie mir.

Ich drücke auf »Senden«, ohne zu wissen, ob dies ein Stoßgebet in die Dunkelheit oder ein Verzweiflungsschrei ist. Ich kann es ihm nicht verübeln, wenn er nicht in die Sache involviert werden möchte; die Nachricht an Absalom ist eine Flaschenpost, die im riesigen, dunklen Ozean des Internets schwimmt. Und wie ich nur zu gut weiß, ist das Internet kein freundlicher Ort.

Es kommt keine Antwort. Ich bitte Prester zu warten, was er ungeduldig fünf Minuten lang tut. Dann nimmt er mir das Handy weg und steckt es in eine Beweistüte.

Falls es piept, höre ich das nicht mehr, denn es landet in einer braunen Pappschachtel, als Teil von Beweisen, die aus dem Haus nach Norton gebracht werden. Nicht aus meinem *Zuhause*. Nicht mehr. Das hier sind nur Ziegel und Holz und Metall, mit einer nicht ganz vollendeten Terrasse hinten. Ich bedauere, dass wir nicht fertig geworden sind und wenigstens einmal dort gemeinsam gesessen haben, die Kinder, Sam und ich. Vielleicht hätte ich dann wenigstens eine letzte schöne Erinnerung an diesen Ort.

Sam hält mir seine Hand hin, und verständnislos starre ich sie an, bis mir klar wird, dass Prester am Kombi wartet. Es ist Zeit zu gehen.

Ich werde nicht mehr hierher zurückkommen, denke ich.

Es ist nicht mehr mein Zuhause.

* * *

Der Verhörraum auf der Polizeiwache ist mir mittlerweile unangenehm vertraut, bis hin zur abgesplitterten Tischkante. Unruhig kratze ich mit dem Fingernagel daran herum und warte. Sam wurde in einen anderen Raum geführt – wir werden natürlich separat befragt –, und Kezia hat uns verlassen, um ihre Uniform anzulegen und sich dem Rest der Polizisten anzuschließen, die unterwegs sind, um nach meinen Kindern zu suchen. Ich habe nicht viel Vertrauen in die Polizei, egal, wie viel Prester mir von Straßenblockaden, Geländekunde und einigen der besten Spürhunde der Gegend erzählt hat, die den Geruch in Connors Zimmer aufnehmen sollen.

Ich vermute, dass sie dadurch höchstens an einen Ort geführt werden, an dem ein Auto, Pick-up oder Van gestanden hat. Im richtigen Winkel geparkt, wäre der Van, den Javier mir ursprünglich verkaufen wollte, perfekt für diesen Zweck, denke ich … platziert in passender Position zur Vorderseite des Hauses, eine Schiebetür hinter dem Beifahrersitz. Die perfekte Deckung, um bewusstlose Kinder aus dem Haus in den Van zu tragen und darin einzusperren.

Die Hunde können uns nicht zu ihnen führen. Sie führen uns nur dahin, wo sie zuletzt gewesen sind, vielleicht bis zur Straße.

Erst während der Autofahrt hierher fällt mir auf, dass es mittlerweile dunkel geworden ist. Die Luft ist schwer und feucht, der Himmel von Wolkenschichten bedeckt. Als ich dann im Verhörraum warte, höre ich das entfernte Trommeln von Regen. Regen, der sämtliche Witterung wegwaschen wird, die die Hunde aufnehmen könnten.

Regen, der alle Spuren und Beweise wegspült, bis irgendwann die Leichen meiner Kinder langsam an die Oberfläche treiben und wie bleiche Fleischblasen platzen.

Ich bedecke mein Gesicht mit den Händen und versuche, nicht zu schreien. Zumindest kann ich den Schrei dämpfen, aber irgendjemand öffnet von draußen die Tür, schaut stirnrunzelnd hinein und schließt sie dann wieder, als er sieht, dass ich weder blute noch bewusstlos bin. Ich weiß nicht, wie sie die Mutter von zwei anderen vermissten Kindern behandelt hätten, aber Gina Royal? Gina Royal ist zuallererst, zuallerletzt und auf ewig eine Verdächtige.

Prester lässt sich Zeit, um zu mir zu kommen. Als er es endlich tut, hat sich der Regen auf dem Dach in einen tosenden Sturm verwandelt, und obwohl der Raum keine Fenster hat, höre ich das entfernte Dröhnen von Donner über die Berge rollen. Es ist deutlich kühler hier drin. Feuchter.

Er war draußen im Sturm, das ist nicht zu übersehen, denn er benutzt ein Handtuch, das vermutlich aus dem Pausenraum stammt, um sich Gesicht und Haare abzutrocknen und das Gröbste des Regens von seiner Anzugjacke zu wischen. Die Nässe hinterlässt dunkle Flecken auf dem Boden, und ich denke an die Tropfen und Streifen in Connors Zimmer. Die mittlerweile mit Sicherheit braune Streifen, braune Tropfen sind und nicht mehr so aussehen wie das, was Leute erwarten, wenn sie an Blut denken.

Connors Blut ist bereits Stunden alt, und ich sitze hier frierend und zitternd und verzweifelt in diesem Raum, während Prester mir berichtet, dass er sie noch nicht gefunden hat.
»Javier Esparza haben wir ebenfalls nicht gefunden«, erzählt er. »Sophie vom Schießstand sagt, er wäre zum Angeln gefahren.«
»Wie praktisch.«
»Das ist kein Verbrechen, jedenfalls nicht in dieser Gegend. Etwa zehn Prozent der Bevölkerung von Norton sind so gut wie jede Woche campen, angeln oder jagen. Aber wir suchen mit Hochdruck. Wir haben die Parkbehörden darauf angesetzt, die Campingplätze zu überprüfen. Wir haben Knoxville um einen Hubschrauber gebeten. Wir müssen noch etwas warten, bis er frei ist, aber er kommt.« Er zeigt mir eine Karte des Gebiets um Stillhouse Lake, erzählt mir von den Suchtrupps, den Straßensperren, davon, dass sie jeden Bewohner von Stillhouse überprüfen. Ich wiederum erzähle ihm von den Johansens in ihrem glänzenden SUV, die weggeschaut haben, während sie uns dem betrunkenen Mob ausgeliefert haben, um verprügelt zu werden. Oder Schlimmeres. Ich balle meine Fäuste und presse sie gegen den Tisch. Dort, wo das Holz abgekratzt wurde, ist die gehärtete Oberfläche ein wenig gebogen, scharf. Mit etwas Anstrengung könnte man sich hier die Pulsadern aufschneiden.
»Kann ich gehen?«, frage ich ihn ruhig. Er mustert mich über den Rand seiner Lesebrille, die er aufgesetzt hat, um

sich die Karte anzuschauen. Er sieht aus wie ein nüchterner Uniprofessor, als wäre die schreckliche Entführung meiner Kinder irgendein akademisches Problem. »Ich will nach meinen Kindern suchen. Bitte.«

»Es sind ziemlich schwierige Bedingungen da draußen«, erklärt er. »Der Boden ist schlammig. Es schüttet wie aus Eimern, und man kann zwischen den Bäumen kaum sehen. Da kann man sich leicht verirren, hinfallen, sich etwas brechen, Sie wissen schon. Im Augenblick sollten Sie das den Experten überlassen. Morgen wird es vielleicht einfacher. Dann kommen wir besser voran und haben noch den Hubschrauber zu Hilfe.«

Ich kann wirklich nicht sagen, ob er glaubt, nett zu mir zu sein, oder ob er nur vorhat, mich so lange wie möglich hierzubehalten, falls doch noch Beweise gefunden werden. Ich habe mittlerweile etwas anderes an; Kezia hat eine Jeans und ein Shirt aus meinem Schrank geholt – und mit unheimlicher Präzision ausgerechnet die Sachen ausgewählt, die ich am wenigsten mag. Meine anderen Klamotten – der Kapuzenpulli, das Shirt, die Jogginghose, die Laufschuhe und Socken – wurden ins Labor geschickt, vermutlich, um sie auf das Blut meiner Kinder zu testen.

Ich will schon wieder schreien, aber ich bezweifle, dass Prester das verstehen würde. Und es bringt mir nichts. Im schlimmsten Fall führt das nur dazu, dass er mich noch länger hierbehält.

Ich starre ihn nur an. Ich will blinzeln, kann es aber irgendwie verhindern. Schließlich seufzt Prester und lehnt sich zurück. Er nimmt die Brille ab, legt sie auf der Karte ab und reibt sich die Augen. Er ist müde. Er sieht völlig fertig aus, und seine Haut ist schlaff und fahl, als hätten ihn die letzten Tage Gewicht und Jahre gekostet. Ich würde ihn bemitleiden, wenn ich mich nicht noch viel schlimmer fühlen würde.

»Sie können gehen«, sagt er. »Ich kann Sie nicht hierbehalten. Es gibt keinerlei Beweise bis auf die, dass Sie heute das Opfer von nicht nur einem, sondern zwei Verbrechen geworden sind. Tut mir leid, Ms Proctor. Ich weiß, das ist nicht viel, aber das tut es wirklich. Ich weiß nicht, was ich tun würde, wenn meine Mädchen auf diese Weise verschwunden wären.« Ich stehe bereits. »Warten Sie noch eine Sekunde. *Moment.*«

Ich will nicht warten. Ich stehe da, innerlich zitternd, bereit zu gehen, aber Prester hievt sich hoch und verlässt den Raum. Er verschließt die Tür, ich höre den Riegel zuschnappen. *Dieser Hurensohn!* Ich bin bereit, sie einzuschlagen, aber er ist nicht lange weg. Er kommt zurück und trägt ... meinen Rucksack. Und die Beweistüte mit meinem Handy darin.

»Hier«, sagt er. »Wir haben Ihre Waffe bereits überprüft und einen Testschuss abgegeben. Sophie hat Ihre Zeitangaben bestätigt, und Officer Claremonts Aussage entlastet Sie ebenfalls. Wir haben Ihr Handy geklont.«

Ich nehme an, dass er mir diese Dinge nicht hätte geben dürfen. Die Polizei gibt nicht einfach so Beweise heraus. Aber ich sehe in seinen müden Augen, dass er sich Sorgen um meine Kinder macht, und um mich. Und das aus gutem Grund.

Ich nehme den Rucksack, hänge ihn mir über die Schulter, hole mein Handy aus der Beweistüte und schalte es an. Der Akku ist noch gut voll, was ein Glücksfall ist, denn ich kann nicht nach Hause gehen, um das Aufladegerät zu holen. Ich stecke es in eine Seitentasche des Rucksacks.

»Danke«, sage ich und drücke den Türgriff. Die Tür lässt sich widerstandslos öffnen. Ein Polizist geht vorbei, wirft mir lediglich einen Blick zu und geht weiter. Niemand hält mich auf.

Ich drehe mich um und sehe zurück zu Prester. Er sieht besiegt aus. Frustriert.

»Lassen Sie diese Tischkante mit Sandpapier abschleifen«, weise ich ihn an. »Daran könnte sich jemand eine Ader aufschlitzen.«

Er sieht in die Ecke, auf die ich zeige, und streicht mit einem Finger darüber.

Bevor er noch etwas sagen kann, falls er es überhaupt vorhat, bin ich schon raus aus der Arrestzelle. Ich schnappe mir den ersten Detective, den ich sehe – den jungen, der heute Morgen Presters Kaffee in der Hand hatte –, und frage ihn, wo Sam Cade ist. Er berichtet mir, dass Cade mit einem der Suchtrupps draußen ist. Ich bitte darum, dass mich jemand dorthin bringt. Sein Blick zeigt mir deutlich, dass er nicht hier ist, um Taxi für mich zu spielen.

»Ich nehme sie mit«, erklingt eine Stimme hinter mir. Ich drehe mich um und sehe Lancel Graham vor mir stehen. Er ist nicht in Uniform, sondern trägt ein helles Flanellhemd, zerschlissene alte Jeans und Wanderstiefel. Er hat sich mindestens einen Tag lang nicht rasiert und blonde Stoppeln im Gesicht. Er sieht aus, als wäre er einem skandinavischen Wanderposter entsprungen. »Ich bin gerade auf dem Weg, um mich ihnen anzuschließen. Gwen, es tut mir leid. Ich war mit meinen Jungs im Gebirge zelten. Bin so schnell wie möglich zurückgekommen, als ich das von Ihren Kindern gehört habe. Geht's Ihnen gut?«

Ich schlucke und nicke. Sein Mitgefühl und die ruhige Art, mit der er mich anschaut, setzen mir zu. Freundlichkeit ist manchmal schwerer zu ertragen als Feindseligkeit. Der Detective, der mich überhaupt nicht ansieht, gerade so, als könnte ich ihn mit der Serienmörderverwandtschaft-Krankheit anstecken, wirkt erleichtert. »Ja«, sagt er zu Graham, »tun Sie das.« Ich spüre, dass die beiden einander nicht sonderlich freundschaftlich gesinnt sind. Graham hat nicht einmal einen Blick für den anderen Mann übrig. Er geht durch die Tür voran, und die plötzlich frostige Luft überrascht mich. Mein Atem bildet kleine weiße Wölkchen.

Der Regen fällt in einem schimmernden Silbervorhang, aufgehalten nur durch das Vordach über uns. In der Ferne erkenne ich rote und grüne Ampeln und die Straßenbeleuchtung über dem Parkplatz, aber die Details sind alle verschwommen. »Warten Sie hier«, weist mich Graham an. Schnell läuft er durch den Regen. In ungefähr einer Minute ist er am Steuer eines riesigen SUV zurück. Ein Fahrzeug, das auf rauen Straßen unterwegs war, deren Spuren nicht einmal der aktuell wütende Monsun abspülen kann. Es ist dunkelgrau oder schwarz. Die orangefarbene Straßenbeleuchtung erschwert eine genaue Beurteilung.

Er öffnet die Beifahrertür, und ich springe schnell hinein – aber nicht schnell genug, um einem Sturzbach kalten Wassers zu entgehen, der meine Haare durchnässt und sich anfühlt wie kalte Finger, die über meinen Nacken und Rücken streichen. Mein Rucksack rutscht zu Boden und verschmilzt mit der Dunkelheit im Fußraum. Graham hat die Heizung angeschaltet, und dankbar wärme ich meine Hände davor. »Wohin fahren wir?«, frage ich ihn. Er legt einen Gang ein, und die Automatik lässt die Türsperre mit einem harschen Schnappen einrasten. Ich lege meinen Gurt an. Dieser Wagen ist viel höher als mein Jeep, sodass man beinahe glaubt, in einem Doppeldeckerbus zu sitzen. Aber ich muss zugeben, dass das Fahrzeug ruhig in der Spur liegt, als er vom Parkplatz auf die regennassen, beinahe verlassenen Straßen von Norton einbiegt.

»Sie wollten doch Sam Cade finden, oder?«, sagt Graham. »Ich habe ihn ins Hinterland gefahren, zum Berg hinter meinem Haus. Ist allerdings ziemlich raues Gebiet. Er hat sich einem Trupp angeschlossen, der sich nach oben arbeiten wollte. Es ist im Augenblick möglicherweise nicht ganz einfach, zu ihm aufzuschließen. Wollen Sie das wirklich versuchen?«

Ich habe sonst keinen Ort, an den ich gehen kann. Und ganz sicher kann ich nicht zurück in dieses Haus, das entstellt, zerstört und leer ist. Ich bin nicht passend gekleidet, besonders nicht bei diesem Regen und der Kälte, aber ich werde nicht nach Hause gehen. Ich denke darüber nach, Sam anzurufen, aber wenn er draußen unterwegs ist, hört er sein Handy bei dieser Wetterlage vielleicht überhaupt nicht.

Mein Rucksack zu meinen Füßen vibriert. Eine Sekunde lang weiß ich nicht, warum, bis mir wieder einfällt, dass ich das Handy zum Schutz vor dem Regen dort hineingesteckt hatte. Ich beuge mich vor und hole es heraus. Die Nummer ist blockiert, aber ich muss jede Chance ergreifen, also gehe ich ran. Es ist ein weiterer Troll. Dieser masturbiert, während er mir erzählt, dass er mir die Haut abziehen wird. Ich lege auf. Dabei sehe ich, dass ich zwei SMS bekommen habe. Beide von blockierten Nummern.

»Irgendetwas Nützliches?«, fragt Graham.

»Nein. Das war ein Perversling, dem einer dabei abgeht, mich zu quälen«, erkläre ich. »So ist es eben, die Ex-Frau von Melvin Royal zu sein. Ich bin keine Person. Ich bin ein Ziel.«

»Hart«, sagt er. »Ich muss zugeben, Sie haben Mumm, wie Sie Ihre Familie zusammengehalten und versucht haben weiterzumachen. War sicher nicht leicht.«

»Nein«, stimme ich ihm zu. Aber meine Familie ist nicht mehr zusammen. Der Gedanke schmerzt so heftig, dass ich kaum atmen kann. »War es nicht.«

»Ich bin etwas überrascht, dass Prester Ihnen das Handy überlassen hat«, sagt Graham. »Normalerweise behalten sie es und überwachen die Anrufe auf der Wache. Schätze, es wird irgendwie nachverfolgt.«

»Er hat gesagt, sie hätten es geklont. Vielleicht erwischen sie ja die Arschlöcher, die mich anrufen.«

Während ich das sage, lese ich die erste SMS. Sie ist von Absalom, zu erkennen an dem kleinen Symbol. Sie besagt:

In Ihrer Nähe wohnt ein Cop. Hab ihn überprüft. Vertrauenswürdig.

Das ist ein Schock. Absaloms Standardrat lautet, *vertraue keinem Bullen.*

Ich lösche die Nachricht. Ich hatte verzweifelt gehofft, dass er irgendwelche Informationen über meine Kinder hat, aber stattdessen gibt er mir nichts, was ich nicht längst weiß. Ich habe das Gefühl, dass er sich aus unseren Problemen raushalten will.

»Bei dem Wetter heute Nacht können Sie nicht hier draußen herumlaufen«, erklärt Graham jetzt. »Ich werde wenden und zurück zu meinem Haus fahren. Sie können heute Nacht auf der Couch schlafen und sich beim ersten Tageslicht morgen früh der Suchmannschaft anschließen. Was halten Sie davon?«

»Nein, ich muss ... ich muss mitsuchen, wenn der Suchtrupp noch unterwegs ist. Ich schaffe das schon.«

Graham sieht mich leicht stirnrunzelnd an. »Nicht mit dem, was Sie da anhaben. Die Stiefel sind in Ordnung, aber mit den nassen Sachen, die Sie tragen, sind Sie innerhalb von einer Stunde da oben unterkühlt. Hinter Ihrem Sitz liegt eine Jacke. Die können Sie anziehen.«

Ich lege das Handy ab. Mit den Händen taste ich auf dem Boden hinter mir herum, bis ich auf den seidigen Stoff einer Daunenjacke mit pelzbesetzter Kapuze stoße. Ich ziehe sie ein Stück in meine Richtung, und dabei streift mein Handrücken etwas, das auf dem Lederpolster des Sitzes hinter mir verschmiert ist. Ziemlich weit unten. Es fühlt sich klebrig und leicht feucht an. Dann schaffe ich es, die Jacke ganz hervorzuziehen, und lege sie mir auf den Schoß. Dabei sehe ich, dass meine Fingerknöchel mit etwas befleckt sind, das wie Schmiere aussieht. Ich greife nach einem Taschentuch aus der Box zwischen uns und wische sie ab. Aber noch während ich das tue, denke ich, *das fühlt sich nicht nach Schmiere an.*

Ich hebe die Hand ein wenig, und ein unverkennbarer Kupfergeruch steigt mir in die Nase. Dieser Fleck auf meinem Handrücken ist keine Schmiere.

Wir haben Norton mittlerweile verlassen, und Graham hat das Gaspedal fest durchgedrückt und rast schneller über den nassen Asphalt, als ratsam wäre. Der Anstieg hoch nach Stillhouse Lake ist kaum zu erkennen, lediglich ein paar Lichter und ein Streifen der grauen Straße sind zwischen den Regentropfen auszumachen.

Auf meinem Handrücken befindet sich Blut.

Diese Erkenntnis lässt alles andere in den Hintergrund treten. Ich fühle mich innerlich leicht und klar und leer. Ein paar Sekunden lang überwältigt mich die enorme Tragweite dieser Erkenntnis so sehr, dass ich beinahe das Bewusstsein verliere. Lancel Graham hat Blut in seinem SUV. Und plötzlich ergibt alles, einfach *alles* Sinn. Ich darf es nur nicht zeigen.

Ich wische mir die Hand ab, knülle das Taschentuch zusammen und stecke es in meine Jeanstasche. »Sind Sie sicher, dass es Kyle nichts ausmacht, wenn ich die eine Weile trage?« Es ist vermutlich die Jacke seines älteren Sohnes. Sie hat diesen ganz bestimmten Geruch eines heranwachsenden Jungen. »Ich glaube übrigens, er hat da hinten etwas verschüttet.«

»Ja, das wollte ich eigentlich noch saubermachen. Wir haben ein Reh angefahren, und ich hatte es hinten drin. Ich habe es auf dem Weg zur Wache bei mir zu Hause abgeladen. Tut mir leid«, erklärt Graham. »Hören Sie, Kyle macht das mit der Jacke nichts aus. Behalten Sie sie, solange Sie sie brauchen. Er hat genug.«

Seine Stimme ist so angenehm. Mehrschichtig, nuanciert, freundlich. Er hat sofort eine Erklärung für das Blut parat, aber ich fühle mittlerweile nichts mehr. Ich bin innerlich betäubt. Nicht mehr wirklich anwesend. Ich bestehe nur noch aus Gedanken, setze einzelne Puzzleteile zusammen, während sämtliche Emotionen blockiert sind – wie ein Blutgefäß, das sich verstopft, um den Blutverlust einzudämmen. Das ist der Schock, wird mir klar. Ich stehe unter Schock. *Auch gut.* Das kann ich für mich nutzen.

Ich erinnere mich daran, wie er vor einer gefühlten Ewigkeit bei uns zu Hause vorbeigekommen ist, um das Handy meines Sohnes zurückzubringen ... oder ein Handy, das genauso aussah. Ein anderes Prepaid-Handy hätte mit allem programmiert werden können, was sich im Handy meines Sohnes befunden hatte – und das war einfach, denn er hatte lediglich Telefonnummern und SMS darin gespeichert. Es hätte geklont werden können, wie Prester es demonstriert hat. Der Verlauf rüberkopiert. Sogar die Nummer repliziert.

Und was dann wieder in unser Haus kam, könnte ein *anderes Handy* gewesen sein. Ein Handy, das uns abhören konnte. Eine Kamera, die uns *sehen* konnte, wenn es draußen lag. Ich denke daran, wie das Handy neben Connors Bett gelegen und unsere Gewohnheiten und Muster gelernt hat, wann Connor aufsteht und ins Bett geht. Es könnte in der Lage gewesen sein, die Töne aufzuzeichnen, um unseren Alarmcode herauszubekommen.

Auch wenn der vielleicht das Einfachste von allem gewesen war. Vielleicht hat Officer Graham mich einfach beobachtet, als ich ihn an jenem ersten Abend seines Besuchs eingegeben habe.

Etwas in mir zerbricht, nur ein wenig. Ich spüre den ersten heftigen Anfall von Panik, als der Schock abebbt und allen anderen Emotionen Platz macht. Ich schließe die Augen und versuche nachzudenken.

Denn das hier ist der wichtigste Augenblick in meinem gesamten Leben.

Im Wagen herrscht Stille; die herausragende Geräuschunterdrückung dämmt das Trommeln des Regens zu einem eintönigen Zischen. Es sind keine anderen Autos hinter uns auf der Straße, keine freundlichen grellen Scheinwerfer, die sich uns von vorn nähern. Es fühlt sich an, als wären wir die einzigen Menschen in der ganzen weiten Welt.

Mein Handy summt wieder. Ich positioniere die Jacke so, dass sie das Handy abdeckt, und lese die zweite SMS:

Wir sind auf der Wache, wo bist du?

Sie ist von Sam Cade. Er ist nicht mit dem Suchtrupp auf dem Berg. Dieser ganze Trip war eine Lüge.

Mein Handy ist stummgeschaltet, also geben die Tasten keine Geräusche von sich, als ich vorsichtig und ganz langsam meine Antwort tippe:

Graham hat mich.

Ich drücke gerade auf »Senden«, als der Wagen wild schlingert. Hart schlage ich gegen die Beifahrertür. Das Handy entgleitet meinen Händen, und mein letzter Blick darauf zeigt mir nicht, ob die SMS wirklich abgeschickt wurde. Ich greife danach.

Gleichzeitig greift auch Graham nach dem Handy und stößt es – meiner Meinung nach absichtlich – heftig gegen eine der Metallstreben unter dem Sitz. Das Glas zerspringt, der Bildschirm verdunkelt sich. Es geht aus.

»Verflucht!«, sagt er und hält es hoch. Er schüttelt es, als könnte er es dadurch auf magische Weise wieder reparieren. Ein großartiges Schauspiel. Er sieht sogar besorgt aus, und wäre ich jetzt nicht so angsterfüllt, so wütend, hätte ich es ihm vermutlich abgekauft. Ich versuche, das in meinen Blutkreislauf pumpende Adrenalin zu verlangsamen, denn ich brauche es jetzt nicht. Ich muss *nachdenken*. Ich muss planen, bevor ich handle. Soll er doch denken, dass er mich sicher hat.

Ich muss diesen Mann umbringen. Aber zuerst muss ich herausfinden, wohin er meine Kinder gebracht hat. Langsam, ganz langsam ziehe ich meinen Rucksack zu mir nach oben. Ich hoffe, dass das Zischen des Regens und die Straßengeräusche das Geräusch des aufgezogenen Reißverschlusses überlagern. Der Schock und mein Herzrasen lassen meine Hände heftig zittern. Ich taste im offenen Rucksack herum, bis meine Finger den Waffenkoffer berühren.

Er liegt falsch herum. Ich muss ihn drehen, um an das Schloss zu gelangen.

Lancel Graham schaut das kaputte Handy kummervoll an. »Verdammt noch mal, das tut mir leid. Aber wahrscheinlich bekommen sie auf der Wache sowieso Kopien der Anrufe. Soll ich das mal prüfen?« Er wartet meine Antwort nicht ab. Er holt sein eigenes Handy heraus und scheint einen Anruf zu machen; der Bildschirm leuchtet auf. Es sieht echt aus, aber nach allem, was ich weiß, könnte er ebenso gut mit einer Aufnahme sprechen. »Hey Kez ... ich hab gerade Ms Proctors Handy zerstört. Ja, ich weiß. Hab's idiotischerweise fallen gelassen, es ist völlig hinüber. Sag mal, werden ihre Anrufe abgefangen? Aufgenommen?« Er sieht mich an und lächelt mit scheinbar aufrichtiger Erleichterung. »Gut. Das ist gut. Danke, Kez.« Er legt auf. »Keine Sorge. Sie überwachen die Anrufe. Kez ruft mich an, wenn es irgendetwas Neues über Ihre Kinder gibt, okay?«

Es ist die reinste Schmierenkomödie. Er hat mit absoluter Sicherheit nicht bei der Wache angerufen.

Der Waffenkoffer im Rucksack ist schwer. Wenn ich mich zu auffällig verhalte, wird er mir einen Fausthieb verpassen. Und ein Schlag von einem Mann seiner Größe auf so engem Raum könnte mich außer Gefecht setzen. Ich muss meine Angst unter Kontrolle bekommen. Ich *muss* es.

Zentimeter um Zentimeter arbeite ich mich vor, ziehe den Koffer nach oben und drehe ihn gleichzeitig. Es scheint ewig zu dauern. Ich bete, dass Graham nicht erkennt, was ich da mache. Es ist düster im Auto, und wir fahren auf einer sehr dunklen Straße. Aber ich merke, dass er zu mir herübersieht.

Mittlerweile ist es mir gelungen, den Koffer zu drehen, aber auf dieser Seite befindet sich das Scharnier. Ich muss ihn noch zweimal drehen, um zum Schloss zu gelangen. Ich möchte weinen, ich möchte schreien, ich möchte den Rucksack nehmen und ihn gegen seinen Kopf schlagen, aber das würde mir im Augenblick keinen Vorteil verschaffen. Nicht hier, auf dieser verlassenen Straße, in dieser verregneten Nacht. Ich bin mir sicher, dass er bewaffnet ist.

Und ich bin mir sicher, dass er viel leichter an seine Waffe gelangt als ich an meine. Wenn ich nicht die Ruhe bewahre, wenn ich rein emotional reagiere, *werde ich verlieren.*

Ich muss besser sein als dieser Psychopath.

Wir biegen in Richtung Stillhouse Lake ein. Heute sind keine Boote auf dem See. In fast jedem Haus, an dem wir vorbeifahren, brennt Licht. Licht, um das Dunkel fernzuhalten, und die Monster, die darin lauern. An dem Abzweig, der zum Haus der Johansens führt, biegt er nach links ab, den Hügel hoch. Wir kommen an ihrer Einfahrt vorbei, und ich sehe das Paar in ihrer Küche stehen, ein Glas Rotwein in der Hand. Sie reden, während sie ihre Teller zum Esstisch bringen. Das komfortable Leben völlig Fremder. Im nächsten Augenblick ist dieser unheimliche Einblick in die idyllische Normalität wieder in der Dunkelheit verschwunden.

Wir fahren weiter. Ich sehe Grahams Haus rechts von uns auftauchen. Es ist im Country-Stil erbaut worden, ein breites Ranchhaus, nicht so elegant wie die moderne, scharfkantige Glasmonstrosität der Johansens weiter unten. Es ist ein Haus, an dem Generationen gebaut haben. Man erkennt die Unterschiede an den verschiedenen Ziegelfarben.

In der Einfahrt stehen ein weiterer SUV, ein paar Mountainbikes und ein Quad. Ein mittelgroßes Boot hängt am Schleppseil, bereit, zum See gebracht zu werden. All das, was ein Mann braucht, der den Traum vom Haus am See lebt.

Wir fahren an seinem Haus vorbei. Jetzt wird der Weg rauer, und das Fahrzeug federt beim Fahren durch den Schlamm auf und ab, als der Kiesweg endet. Ich habe meine Gelegenheit verpasst. Irgendwie hatte ich wirklich geglaubt, er würde an seinem Haus halten. Mein Plan war rauszuspringen, im Dunkeln zu verschwinden und ein oder zwei Schüsse auf die Fensterscheiben der Johansens abzufeuern. Das hätte sie unter Garantie veranlasst, 911 anzurufen, selbst wenn sie mich nicht ins Haus lassen würden.

Aber er hält nicht, und ich drehe den Waffenkoffer weiter. Schneller. Meine suchenden Finger ertasten eine weitere leere Seite.

»Ich habe Sam oben auf diesem Kamm abgesetzt«, erklärt er mir. *Lügner.* »Die Straße führt bis dorthin, aber dann gibt es nur noch Wildpfade. Sie wollten doch zum Trupp aufschließen, richtig? Das ist die einzige Möglichkeit. Tut mir leid, dass die Fahrt so ungemütlich ist.«

Mir ist völlig bewusst, dass dieser Mann ein Spiel mit mir spielt. Seine Stimme ist warm und ruhig und einen Hauch erfreut. Im geisterhaften Leuchten des Armaturenbretts kann ich es nicht genau erkennen, aber ich glaube, er ist von seinem Erfolgserlebnis leicht berauscht. Er hat Spaß, versucht jedoch, es nicht zu zeigen. Dieser Teil gefällt ihm, der Teil, bei dem er die Kontrolle hat, wo er sagt, wie es läuft, und sein Opfer noch nicht einmal weiß, wie schlecht es steht.

Aber ich weiß es.

Ich drehe den Waffenkoffer gerade das letzte Stückchen, als wir plötzlich über eine große Bodenwelle hüpfen, mir der Rucksack wegrutscht und ich völlig meinen Griff verliere. *Gott. Oh Gott, nein.* Das läuft nicht gut. Gar nicht gut.

Lancel Graham greift nach dem Rucksack, der sich zwischen uns eingekeilt hat. Kommentarlos hebt er ihn hoch und wirft ihn auf den Rücksitz. Ich spüre, dass das Spiel bald ein Ende hat. Mir läuft die Zeit davon. Mir läuft die Zeit davon, *und ich habe keine Waffe.* Mein Gott, er wird mich und meine Kinder töten, und *er wird damit durchkommen.*

Ich muss handeln. Jetzt sofort.

»Hat die Suchmannschaft Funkgeräte bei sich?«, frage ich und greife nach seinem Polizeifunk, der zwischen uns hängt. »Wir sollten versuchen herauszufinden, wo genau ...«

Er greift nach meiner Hand, und einen Augenblick lang denke ich, *das war's,* und wäge meine Optionen ab. Innerhalb von Sekundenbruchteilen habe ich alles durchdacht: Er hat eine Hand am Lenkrad, mit der anderen hält er meine linke Hand. Wenn ich mich vorbeuge, kann ich ihm so hart wie möglich ins Gemächt treten; seine Beine sind entspannt und breit geöffnet. Das würde mir mindestens eine oder zwei Minuten verschaffen. Aber was dann? Er ist groß, und ich vermute, dass er auch schnell ist. Ich kenne seine Schmerzgrenze nicht, meine hingegen schon. Wenn er mich aufhalten will, wird er den Kampf seines Lebens abliefern. Ich muss ihn lang genug außer Gefecht setzen, um meine Waffe aus dem Rucksack zu bekommen, sie zusammensetzen und schießen, *bis er mir sagt, wo meine Kinder sind.* Und dann weiterschießen, bis er vom Angesicht dieser Erde getilgt ist.

In einem Fach hinter mir befindet sich eine Schrotflinte. Ich sehe sie aus dem Augenwinkel, wie ein langes metallisches Ausrufezeichen. Ich sehe außerdem das Vorhängeschloss schaukeln, während der Wagen auf und ab hüpft. Die Schrotflinte ist gut gesichert. Keine Option.

Ich bin bereit zu handeln, alles zu entfesseln, was ich geben kann, als Graham meine Hand loslässt. »Tut mir leid, Gwen. Es ist nur, das ist Eigentum der Polizei. Das darf ich Sie nicht einfach so benutzen lassen.« Es genügt, um mich zu stoppen. Mit seinem Daumen gibt er einen Code ein und schaltet den Funk an. Der Bildschirm leuchtet in einem unirdischen Blau, und er wechselt zu einem Kanal, den ich nicht sehe. »Suchtrupp zwei, hören Sie mich? Suchtrupp zwei, wir brauchen Ihren Standort. Bitte geben Sie Ihre Koordinaten durch.«

Es überrascht mich, dass er das tatsächlich bis zum Ende durchspielt. Die Angst in mir lässt nicht nach, wird jetzt jedoch von Zweifeln überlagert. Ich weiß nicht, was zum Teufel er da treibt. Ich blinzle und weiche zurück. Nutzlos pulsiert das Adrenalin durch meine Venen und bringt meine Muskeln zum Zittern. Er lässt die Taste los und horcht. Aus dem Gerät kommt nichts als Rauschen, das sich anhört wie der Regen. Der SUV fährt in eine tiefe Schlammpfütze, und er lächelt mich entschuldigend an, als er das Funkgerät loslassen muss, um sich auf die Lenkung zu konzentrieren. »Das Wetter bringt diese Dinger manchmal ziemlich aus dem Konzept. Außerdem hat man in den Bergen auch nicht immer das beste Signal. Wollen Sie's mal versuchen? Nur zu.«

Ich behalte ihn im Auge, während ich das Funkgerät nehme, den Schalter drücke und die Worte wiederhole. »Suchtrupp zwei, hören Sie mich? Geben Sie Ihre Koordinaten durch.« Ich weiß, was er tut. Er spielt mit mir, so wie Mel in der Werkstatt mit seinen Opfern gespielt hat. Er testet mich. Nur kleine Schnitte, um mich bluten zu sehen. Es erregt ihn.

Natürlich kommt keine Antwort. Wieder nur statisches Rauschen. Ich blicke auf den leuchtenden Bildschirm, dann hinaus durch die Frontscheibe. Der Regen lässt alles verschwimmen, aber ich erkenne, dass wir uns dem Ende der Straße nähern. Sobald wir den Kamm erreicht haben, werden wir weit weg von der Zivilisation sein. Hier draußen im Regen und Schlamm wird niemand nach uns suchen.

Genau, wie er es geplant hat.

Ich kann nicht feststellen, was mit dem Funk nicht stimmt. Es könnte sein, dass er den falschen Kanal benutzt oder dass er etwas mit der Antenne angestellt hat. Wahrscheinlich ist es nutzlos für mich, nutzlos, auch nur zu versuchen, es ...

Meine Gedanken zerfasern, als ich eine Änderung in der statischen Frequenz bemerke. Schwach höre ich eine Stimme. »Suchtrupp zwei, verstanden. Unsere Koordinaten lauten ...« Die Stimme geht in ein erneutes statisches Rauschen über, bevor ich mehr als zwei der Zahlen hören kann. Ich vergesse meine Pläne. Ich drücke auf die Taste.

»Wiederholen Sie das, Suchtrupp zwei. Wiederholen Sie das!« Ist es *irgendwie* möglich, dass ich das Ganze falsch gedeutet habe? Dass Graham doch die Wahrheit sagt? Es scheint unmöglich, aber ich habe in letzter Zeit schon so oft falsch gelegen.

Noch mehr statisches Rauschen. Diesmal keine erkennbare Stimme. Ich versuche es wieder und wieder. Als ich aufsehe, ändert sich die Neigung des Wagens, und wir sind auf dem Kamm am Ende der Straße angelangt.

Graham hält den Wagen unter den überhängenden Ästen eines riesigen Baums an; die von den Zweigen fallenden Tropfen sind dicker und lauter als der Regen ringsum und klingen wie das Klopfen eines Hammers. Ich höre sie ganz deutlich, als er den Motor ausmacht, die Handbremse anzieht und sich zu mir dreht. Erneut drücke ich auf die Taste des Funkgeräts, aber er nimmt es mir aus der Hand und schaltet es aus. Er legt es zwischen uns ab. »Hat keinen Sinn«, sagt er. »Wie schon gesagt, es ist schwer, ein Signal zu bekommen.«

Er klingt amüsiert. Ich habe nicht falschgelegen. Bei keinem Punkt. Nicht, was das Blut angeht. Nicht, was seine Taten angeht.

Nicht, was Lancel Graham selbst angeht.

Ich habe überhaupt nicht mit einem Suchtrupp des Norton Police Department gesprochen.

»Wir sind hier ganz allein, Gina«, sagt er. Es klingt obszön, als wäre es ein Anmachspruch. Ich will schreien. Ich will ihm in die Weichteile treten, aber er ist bereit, ich weiß, dass er bereit ist, *und ich bin es nicht.*

»Mein Name ist nicht Gina. Sondern Gwen«, sage ich. »Welchen Weg hat Sam eingeschlagen? Ich habe die Karte von Prester gesehen, hat er die nordöstliche Route genommen?« Ich teste meine Tür. Wie befürchtet, lässt sie sich nicht öffnen. Nutzlos. Etwas in mir stirbt, die letzte Hoffnung auf Rückzug. Jetzt habe ich keine Wahl mehr. Ich werde kämpfen. Und ich bin zu Tode erschrocken, allein, unbewaffnet und muss es mit einem viel größeren Mann aufnehmen.

Aber ich darf nicht verlieren. Auf keinen Fall.

»Sie wollen nicht wirklich da raus«, belehrt er mich. »Sie verirren sich da draußen nur und brechen sich noch das Genick, wenn sie irgendwo abstürzen. Hey, ich hab eine Idee. Ich rufe Sam direkt an. Vielleicht kommen wir zu ihm durch.« Er spielt das Spiel noch immer.

Ich jedoch nicht.

Ich greife nach dem Funkgerät und schmettere es mit so viel Kraft, wie ich in diesem engen Raum aufbringen kann, gegen seine Schläfe. Dabei höre ich mich selbst schreien. Es ist erschreckend laut im Innenraum des SUV. Mein erster Treffer reißt ihm eine Wunde, aus der Blut strömt. Lancel Graham schreit und fuchtelt in Richtung Funkgerät, als ich ihn wieder schlage und wieder, völlig hemmungslos. Mein einziger Impuls ist es, ihn vernichten zu wollen. Die Plastikummantelung splittert ab.

Ein Stück davon bleibt in seiner Wange stecken. Er ist benommen. Hastig beuge ich mich über ihn zur Türsteuerung auf seiner Seite, die ich bereits im Blick hatte, und höre das dumpfe Rumpeln, als die Sperre aufgehoben ist. Während ich mich zurückziehe, ramme ich meine Faust direkt nach unten in sein Gemächt und sehe, wie er erstarrt, als der Schmerz durch ihn pulsiert. In der Sekunde, in der ich über ihm bin, treffen sich unsere Blicke, und dann bin ich schon wieder weg, bevor ich sein Aufheulen höre.

Ich greife nach meinem Rucksack auf dem Rücksitz.

Ich stoße die Beifahrertür auf und rolle mich hinaus, wobei ich den Rucksack und die Jacke fest umklammert halte.

Mit einer Hand bekommt er das Ende der Jacke zu greifen und packt zu. Der kalte Schlamm unter meinen Füßen gibt nach, und ich rutsche, verliere das Gleichgewicht und gerate in Panik. Er darf mich nicht in die Finger bekommen. Ich lasse die Jacke los, halte mich kurz am Türrahmen fest und renne los.

Denn diesmal werde ich wirklich den Atem des Monsters in meinem Nacken spüren.

Kapitel 13

Sowie ich den Schutz der Bäume verlasse, trifft mich der Regen wie ein kaltes Messer, schneidet förmlich in mich hinein. Trotzdem werde ich nicht langsamer. Ich keuche, bin fast blind vor Panik, aber ich dränge sie zurück. Ich muss *nachdenken*.

Ich habe Graham verletzt, ihn aber nicht außer Gefecht gesetzt. Ich weiß nicht, welche Waffen er bei sich hat – eine Schrotflinte, vermutlich eine Handfeuerwaffe, zweifellos auch Messer. Ich habe meine Sig Sauer und die kläglichen Überreste der Munition, die ich auf dem Schießstand gekauft habe. Der Verlust der Jacke ist tödlich, das wird mir schnell klar. Die Kaltfront, die das Gebiet gerade durchzieht, hat die Temperaturen auf unter zehn Grad absinken lassen. Durch die Feuchtigkeit fühle ich die beißende Kälte bereits, auch wenn meine Furcht und Wut noch in mir glühen und mich in ihre ganz eigene Wärme einhüllen. Der Schlamm macht den Boden rutschig und gefährlich. Und ich kenne diesen Wald nicht. Ich bin nicht von hier. Ich hatte kein Militärtraining, wie Sam, wie Javier. Ich habe nicht den geringsten Vorteil.

Aber das ist mir verdammt egal. *Ich werde nicht verlieren.*

Ich schaffe es bis zum dichten Unterholz und presche hastig hindurch. Dabei handle ich mir Schnitte und Prellungen ein, außerdem ist mir klar, dass es furchtbar dumm ist, im Dunkeln so zu rennen. Ich werde langsamer, taste mich voran und kann gerade noch vermeiden, mich selbst an einem scharf abgebrochenen Ast aufzuspießen. Ich taste ihn ab, dann hocke ich mich hin und öffne den Rucksack. Ich ziehe den Waffenkoffer heraus und öffne ihn. Blind setze ich meine Waffe zusammen und überprüfe das Magazin. Es ist leer. Ich suche nach den Ersatzpatronen und muss feststellen, dass die Schweinehunde vom Norton Police Department fast alles für ihre Tests verfeuert haben, was ich hatte.

Ich lade den kümmerlichen Rest in die Trommel. Noch sieben Kugeln. Nur sieben.

Ich brauche nur eine, sage ich mir. Das ist natürlich eine Lüge. Ich weiß es. Adrenalin sorgt dafür, dass die Leute weitermachen, gefährlich bleiben, selbst wenn sie eigentlich längst umgefallen sein müssten.

Aber immerhin gilt das auch für mich. Ich werde mich nicht einfach hinlegen. Ich werde nicht aufgeben.

Meine Angst macht mich jetzt stark. Aufmerksam. Standfest.

Plötzlich blitzt ein weißes Licht auf, und ich spüre ein elektrisches Zischen an sämtlichen Härchen auf meinem Körper. Und dann ertönt ein ohrenbetäubendes Dröhnen. Der Blitz hat auf dem nächsten Hügel eingeschlagen, und sofort steht eine Kiefer in Flammen. Die Hälfte des Baums stürzt um und zieht eine Feuerspur hinter sich her.

Im Licht des Blitzes sehe ich den dunklen Umriss von Graham, der sich durch das Unterholz kämpft. Er ist nur noch drei Meter entfernt.

Ich muss hier weg. Garantiert hat er mich ebenfalls gesehen.

Die ganze Sache ist ein Albtraum, untermalt durch den in Flammen stehenden Baum in der Ferne. Gestrüpp, Baumstämme, Regen, der feuchte Matsch unter meinen Füßen, der sich an meinen Stiefeln und Hosenbeinen festsetzt. Mir ist kalt, doch ich spüre es kaum. Mein kompletter Fokus liegt darauf, schnell und möglichst sicher voranzukommen. Ich weiß nicht, wo Graham ist. Ich kann keinen Schuss riskieren, bis ich klare Sicht habe. Einfach aus Panik zu schießen, wäre höchst dumm.

Und ich darf ihn auch nicht versehentlich töten. Ich brauche ihn lebendig. Ich muss erfahren, wo meine Kinder sind.

Ich habe von uns beiden die schwierigere Aufgabe. Seltsamerweise höre ich in diesem Augenblick die Stimme von Mel, wie sie mir zuflüstert. *Du schaffst das. Ich habe dich stärker gemacht.*

Ich hasse es, das zuzugeben, aber er hat recht.

Zur Hälfte habe ich einen glitschigen Pfad nach oben erklommen, als ich das Stechen von Schrotmunition spüre. Es fühlt sich nach etwas Heißem auf meinem linken Arm an, als wäre ich von einem Feuerwehrschlauch mit kochendem Wasser bespritzt worden. Schock durchzuckt mich, und ich rutsche, zappele, greife verzweifelt nach Baumstämmen, um mich aufrecht zu halten. Der scharfe, durchdringende Geruch nach verbranntem Schießpulver dringt durch den Regen, und irgendwie denke ich tatsächlich überrascht: *Er hat mich getroffen.* Der logische Teil meines Gehirns sagt mir, dass es nicht schlimm ist. Es war nur ein Streifschuss, nicht die volle Kraft der Schrotflinte. Sonst wäre mein Arm zerfetzt worden. Das hier ist lediglich … unangenehm. Ich kann meinen Arm noch bewegen, kann noch nach Dingen greifen. Alles andere muss warten. Der Terror in mir versucht, sich in den Vordergrund zu drängen, und ich stehe kurz davor, vom Pfad abzuweichen, mir ein Versteck zu suchen, mich dort zusammenzurollen und zu sterben. Ich darf nicht zulassen, dass dieser Sog die Oberhand gewinnt.

Durch das Dröhnen des Regens und das entfernte Rumpeln des Donners höre ich etwas.

Graham lacht.

Ich schlüpfe hinter einen dicken Baumstamm, um zu Atem zu kommen. Als ich mich umdrehe, kommt mir ein Blitz zugute, der den Weg erhellt. Graham ist nicht weit hinter mir und hält eine Hand hoch, um seine Augen vor dem hellen Blitz zu schützen – und da sehe ich, dass er eine Nachtsichtbrille trägt.

Er kann mich im Dunkeln laufen sehen.

Eine Welle der Verzweiflung überläuft mich. Ich habe sieben Kugeln als Konter für seine Schrotflinte, ich kann in dieser finsteren und nassen Hölle keine akkuraten Schüsse abgeben, und er hat eine *Nachtsichtbrille.* Ich spüre, wie mir alles entgleitet. Ich werde meine Kinder niemals finden. Ich werde hier draußen sterben und auf diesem Berg verrotten, und niemand wird je erfahren, wer mich umgebracht hat.

Was mich wieder aufrichtet, ist der Gedanke daran, was die Perverslinge zu meinem Schicksal sagen werden. *Geschieht der Schlampe recht. Die Gerechtigkeit hat gesiegt.*

Ich werde nicht zulassen, dass die über mich triumphieren.

Ich warte, während Graham zu mir aufschließt. Wenn ich schieße, muss es ein guter Schuss werden. Ich kann es schaffen. Ich warte einfach auf den nächsten Blitz, der ihn blendet, trete hinter dem Baum hervor und eröffne das Feuer. Er ist einfach nur ein Papierziel auf dem Schießstand, und ich kann es schaffen.

Alles läuft perfekt. Der heiße, blauweiße Blitz erhellt Graham perfekt, und ich ziele, plötzlich völlig ruhig und gelassen. Doch bevor ich den Abzug drücken kann, spüre ich den Lauf einer Schrotflinte in meinem Nacken. Kyle Graham, der ältere Sohn, brüllt: »Ich hab sie, Dad!« Überraschung betäubt den Anfall von Panik. Ich denke nicht, ich reagiere einfach.

Ich wirbele nach links, dank des Schlamms in einer grazilen und schnellen Bewegung – endlich wirkt er auch einmal zu meinem Vorteil –, schiebe den Lauf mit der Handkante weg, ergreife das Metall und drehe es um. Während dieses Vorgangs trete ich Kyle hart in die Leistengegend. Im letzten Moment reiße ich mich noch zusammen und reduziere die Wucht, weil mir durch den Kopf schießt, dass ich nicht gegen einen Mann kämpfe. Er ist ein Junge, nur ein Junge, ungefähr im Alter meiner Tochter. Und es ist genauso wenig seine Schuld, dass er einen Psychopathen erster Güte zum Vater hat, wie die von Lanny, dass sie Mels Tochter ist.

Immerhin genügt all das, um Kyle zu schockieren. Er würgt, stolpert zurück und lässt die Schrotflinte los. Ihr Gewicht macht meinem verwundeten linken Arm zu schaffen. Ich stecke die Pistole in meine Jeanstasche, wobei ich hoffe, mich nicht selbst zu erschießen, und stoße Kyle hart in den Rücken. »Lauf, sonst bring ich dich um!«, schreie ich ihn an. Der nächste Blitz zeigt mir, wie er durch das Unterholz stolpert, den Hügel nach oben, nicht runter. Ich frage mich, warum, habe aber keine Zeit nachzudenken. Ich hebe die Schrotflinte, drehe sie in die Richtung, in der sich sein Vater befinden muss, und drücke den Abzug.

Der Rückstoß der Waffe reißt mich auf dem glitschigen Untergrund beinahe zu Boden, doch es gelingt mir, mich an der dicken, feuchten Rinde einer Kiefer abzustützen. Das Aufblitzen des Waffenfeuers hat mir gezeigt, dass ich ihn verfehlt habe. Allerdings nicht um viel. Vielleicht habe ich ihm auch ein paar Schrotstückchen verpasst, damit er mich nicht vergisst.

»Schlampe!«, brüllt Graham. »Kyle! Kyle!«

»Ich hab ihn laufen lassen!«, rufe ich zurück. »Wo sind meine Kinder? Was haben Sie ihnen angetan?« Ich ducke mich im Dunkeln hinter einen Baum.

»Du wirst schon bald bei ihnen sein, du verfickte ...« Obwohl der Donner den Schuss aus der Waffe übertönt, spüre ich, wie der Baum leicht erzittert, als die Schrotkugeln in ihn eindringen. Ich frage mich, wie gut bewaffnet Graham ist. Wenn ich so lange durchhalten kann, bis ihm die Munition ausgeht ... aber nein. Lancel Graham hat das ebenso detailliert geplant wie alles andere. Ich kann mich nicht auf etwas so Simples verlassen.

Beim Aufleuchten eines weiteren Blitzschlags erkenne ich, dass ich nicht weit von einem anderen Pfad entfernt stehe, einem, der nach Westen abzweigt. Er scheint weiter in diese Richtung und vermutlich weiter nach unten zu führen. Die Blitze nehmen an Häufigkeit zu, und ich habe die Hoffnung, dass sie die Effektivität von Grahams Nachtsichtgerät verringern. Bei all den Blitzen wird er Probleme haben, mich zu erkennen.

Ich ducke mich, damit er eventuell denkt, ein Reh vor sich zu haben, falls er mich wahrnimmt. Ich erreiche den Punkt, an dem sich der Pfad nach unten zu winden beginnt. Wenn ich es bis zum Kamm schaffe, gibt es die Möglichkeit, dass Graham zu den Trotteln gehört, die einen Ersatzschlüssel im Auto versteckt halten, und ich eine Magnetbox in der Radmulde finde. Dann könnte ich seinen Wagen stehlen und verschwinden, Hilfe holen, *meine Kinder finden.* Er hat garantiert GPS. Vielleicht wurde aufgezeichnet, wo er gewesen ist.

Auf der Hälfte des Abstiegs stürze ich, rutsche und stoße mit dem Kopf hart gegen einen herausragenden Felsbrocken. Ich sehe Sterne und Funken und spüre einen eisigen, prickelnden Schmerz, der alles seltsam weich erscheinen lässt. Einen Augenblick lang liege ich keuchend im kalten Regen und spucke Wasser wie eine Ertrinkende. Mir ist kalt. Mir ist so kalt, und ich frage mich plötzlich, ob ich in der Lage sein werde, wieder aufzustehen. Mein Kopf fühlt sich seltsam *falsch* an, und ich merke, dass ich stark blute. Ich fühle geradezu, wie die Wärme aus mir heraussickert.

Nein. Ich werde hier nicht sterben. Niemals. Ich weiß nicht, ob Graham mich noch immer verfolgt. Ich weiß nur, dass ich aufstehen muss, ganz egal, ob mir kalt ist oder ich verletzt bin. Ich muss es bis zum Kamm schaffen und Hilfe besorgen. Irgendwie. Wenn es sein muss, werde ich eins der verdammten preisgekrönten Gemälde der Johansens durchlöchern, um meinen Standpunkt klarzumachen.

Auf Händen und Knien rutsche ich herum. Und erinnere mich, dass ich eine Schrotflinte hatte, aber ich kann sie nicht mehr finden. Sie ist fort, bei meinem Sturz in der Dunkelheit verschwunden, und ich habe jetzt keine Möglichkeit, sie wiederzufinden. Ich besitze noch immer die Pistole, die wie durch ein Wunder kein großes, verheerendes Loch in meinen Oberschenkel geschossen hat. Ich nehme sie aus der Tasche und halte sie fest umklammert, während ich aufstehe und mich an einen Felsbrocken gestützt ausruhe. Blut fließt mir in einem warmen Strom seitlich am Gesicht herunter und wird beinahe augenblicklich vom Regen verwässert.

Rutschend kämpfe ich mich den Weg hinunter und halte mich dabei an allem fest, was ich zu greifen bekomme.

Der Abstieg ist ein Albtraum, aus dem ich nicht entkommen kann. In meinem Kopf formt sich der Gedanke, dass Graham direkt hinter mir steht, grinst und mich verhöhnt. Dann verwandelt sich Graham in Mel, den Mel hinter dem Plexiglas im Gefängnis, der mich mit blutigen Zähnen angrinst. Es fühlt sich so unheimlich echt an, aber als ich mich schließlich atemlos umdrehe, zeigt mir der nächste Blitz, dass hinter mir auf dem Pfad niemand steht.

Ich bin allein.

Und ich habe es fast bis zum Kamm geschafft.

Als ich bei dem dichten Gestrüpp ankomme, das den Ort markiert, an dem sich der Wald lichtet, bringt mich irgendetwas dazu, anzuhalten und mich hinzuhocken. Ich starre durch die Blätter. Ich spüre, wie schnell mein Herz schlägt, gleichzeitig fühlt es sich aber auch träge und matt an, als würde es jederzeit aussetzen können. Ich habe wohl mehr Blut verloren, als ich gedacht habe. Und die Kälte lässt meinen Körper härter und immer härter arbeiten. Ich zittere. Ich weiß, dass das der letzte Schritt ist, bevor die falsche Wärme einsetzt und der Drang, mich hinzulegen und zu schlafen. Ich habe nicht mehr viel Zeit. Ich muss zum Wagen gelangen und Kyles Jacke in die Finger bekommen. Sie wird mir beim nächsten Schritt helfen: den Hügel hinunterzulaufen. Ob es mir gefällt oder nicht, ich werde von der Hilfe der Johansens abhängig sein.

Das kleine Aufflackern einer Bewegung am SUV lässt mich erstarren. Der Regen hat etwas nachgelassen, auch wenn der Donner über uns weiterhin gnadenlos und beinahe ununterbrochen dröhnt. Durch den jetzt etwas durchsichtigeren Regenschleier sehe ich den Bruchteil einer Wölbung, die es nicht geben dürfte; eingebettet in die hintere Seite des Wagens und geschützt durch den stabilen Motorblock. Es ist ein Kopf, und er ist zu groß, um Kyle zu gehören. Kyle ist den Hügel nach oben gelaufen, nicht nach unten.

Lancel Graham liegt auf der Lauer. Er hat die klassische Raubtiermethode gewählt. Während ich ihn beobachte, erinnere ich mich an die gelassene, nonchalante Art, in der Melvin in einem Interview vor ein paar Jahren über seine *Arbeitsweise* geredet hat: Er hockte sich genau an dieser Stelle eines Wagens hin und wartete darauf, dass sich die Frau näherte. Dann schlug er blitzartig zu, wie eine Gottesanbeterin. Es hatte fast immer funktioniert.

Graham ist ein echter Fanboy. Er kennt die Gewohnheiten meines Ex-Mannes, seine Aktionen, seine Strategien.

Aber er kennt mich nicht. Ich habe Melvin überlebt.

Und ich werde auch dieses Arschloch überleben.

Ich bin nicht weit entfernt von dem ursprünglichen Pfad, auf dem wir den Berg hochgekommen sind. Vorsichtig arbeite ich mich um ihn herum weiter vor. Ich positioniere mich an genau der richtigen Stelle.

Ich ziele, doch dann zögere ich. Mir ist kalt. Ich bin langsam. Ich bin verwirrt durch die Kopfwunde. *Was, wenn das hier nicht funktioniert? Was, wenn er mich einfach erschießt?*

Nein. Er hat mich gejagt, um mich zu fangen, nicht, um einfach nur ein Problem zu beseitigen. Mithilfe seiner Nachtsichtbrille hätte er mich längst erschießen können. Er will mich.

Er spielt gern Spielchen.

Na gut, Lance. Spielen wir.

Langsam humpelnd komme ich um einen Baum herumgelaufen; ich achte darauf, genauso miserabel und elend auszusehen, wie ich mich fühle. Und als ich die Öffnung direkt am Eingang des Pfads erreiche, wappne ich mich und lasse mich dann nach links in den Schlamm fallen. Die Pistole ist unter mir verborgen, ich bin weit genug nach vorn gerollt, um sie zu verdecken. Ich tue so, als würde ich versuchen, genug Stärke aufzubringen, um mich wieder aufzurichten.

Ich warte.

Über das stetige, langsame Trommeln der Regentropfen hinweg kann ich ihn nicht kommen hören, aber ich spüre ihn, beinahe wie eine Hitzequelle am Rand meines Bewusstseins. Er ist vorsichtig. Er umkreist mich aus der Ferne. Verschwommen erkenne ich ihn durch meine Augenlider. Der Regen erschwert die Sicht. Er hat die Schrotflinte in der Hand. Er kommt näher. Näher.

Und dann ist er da.

Ich sehe die dreckigen Spitzen seiner Stiefel näher kommen, erkenne den Saum seiner schlammverschmierten Jeans. Der Lauf seiner Schrotflinte ist nicht auf mich gerichtet, sondern auf den Boden zwischen uns. Er kann mich noch immer umbringen. Es bedarf nur einer kleinen Bewegung, die Mündung auf mich zu richten und zu schießen. Aber er hat Spaß an der Sache. Er sieht mich gern am Boden.

»Dummes, dummes Weibsstück«, sagt er. »Er hat recht gehabt, dass du auf diesen Scheiß hereinfallen würdest.« Grahams Stimme wird härter. Schärfer. »Heb deinen wertlosen Arsch, und ich bring dich zu deinen Kindern.«

Ich frage mich, wo Grahams Frau ist. Ich verspüre überwältigendes Mitleid mit seinen Söhnen, die von diesem Mann großgezogen werden. Aber all diese Gedanken sind nur flüchtig. Darunter fühle ich mich so kalt und hart wie der Lauf dieser Schrotflinte. Als wäre ich ebenfalls eine Waffe.

Denn ich werde hier nicht sterben.

Niemals.

Ich bewege mich nur wenig und tue so, als würde ich versuchen, ihm zu gehorchen, und wäre nur unglaublich schwach. Ich bewege meine rechte Hand, drücke mich auf die Knie. Und dann stehe ich in einer flüssigen Bewegung auf und hebe ruhig die Waffe.

Er sieht seinen Fehler, kurz bevor ich abdrücke.

Ich habe gut gezielt. Ich wollte weder seinen Kopf noch seinen Rumpf treffen. Ich habe es auf den Plexus in Grahams rechter Schulter abgesehen. Er ist Rechtshänder, genau wie ich.

Die Kugel – ein Hohlgeschoss – dringt genau dort ein, wo ich sie haben wollte. Ich kann beinahe sehen, wie sie sich beim Einschlag in eine das Fleisch durchtrennende Sichel der Zerstörung verwandelt. Sie wird seine Schulter zerstören, Nerven durchtrennen, Knochen brechen. Eine Schulterverletzung ist nicht die saubere, einfache Angelegenheit, die sie im Fernsehen immer zeigen; das kann man nicht einfach so abschütteln. Mit einem guten Treffer kann eine Schulterwunde dafür sorgen, dass der Verletzte den Arm nie wieder benutzen kann.

Und ich habe gut getroffen.

Grahams Schrei ist kurz und scharf. Er stolpert zurück und versucht, die Schrotflinte zu heben. Der Schock hätte ihm das vielleicht sogar möglich gemacht, allerdings habe ich die erforderlichen Nerven und Muskeln für diese Bewegung zerstört. Sofort lässt er sie fallen und tastet blind mit Fingern danach, die nicht mehr in der Lage sind, sie aufzuheben. Er ist verletzt, schwer verletzt, aber mit einer Sache hat das Fernsehen in Bezug auf Schulterwunden recht: Sie ist wahrscheinlich nicht tödlich.

Zumindest nicht sofort.

Ich rolle mich auf die Füße. Mittlerweile ist mir warm. Ich bin ruhig und gelassen, wie am Schießstand. Graham versucht noch immer, die Schrotflinte aufzuheben. Ich nehme sie ihm weg. Er wirft mir ein seltsames, müdes Grinsen zu. »Du verfluchte Schlampe«, sagt er. »Mit dir hätte es ganz leicht sein sollen.«

»Mit Gina Royal wäre es leicht gewesen«, stimme ich ihm zu. »Sagen Sie mir, wo sie sind.«

»Fick dich.«

»Ich hab Ihren Sohn laufen lassen. Ich hätte ihn umbringen können.«

Das kommt an. Ich sehe etwas in seinem Gesicht zucken.

»Ich lasse Sie am Leben, wenn Sie mir sagen, wo meine Kinder sind. Ich will Sie nicht umbringen.«

»*Fick. Dich.* Sie gehören nicht dir. Sie gehören *ihm*. Und er will sie wiederhaben. Er braucht sie. Hier geht es nicht um dich, *Gina*.«

»Okay«, sage ich. Ich trete einen Schritt nach rechts, und argwöhnisch macht er einen Schritt in dieselbe Richtung, um vor mir zu bleiben. Ich wiederhole das Ganze, bis ich diejenige bin, die mit dem Rücken zum Kamm steht, während er den Pfad im Rücken hat. »Dann auf die harte Tour.«

Er ist nicht darauf vorbereitet, als ich vortrete und ihm einen Stoß verpasse. Außerdem ist er vom Schock noch etwas gelähmt und reagiert nur langsam. Ich hätte das nie versucht, wenn er nicht bereits verletzt wäre, aber es funktioniert perfekt.

Graham stolpert nach hinten und schreit auf. Seine Füße geben unter ihm nach, er stürzt, und ich sehe das blutige, spitze Ende des Asts, an dem ich mich vorhin beinahe selbst aufgespießt hätte, auf ungefähr der Höhe seiner Leber durch ihn dringen. Es ist keine sofort tödliche Wunde, aber sie ist ernst. Sehr ernst. Er zappelt und bricht den Ast ab. Der Schlamm behindert ihn. Er fällt hin. Mit all seiner Kraft versucht er, das Holzstück zu greifen und herauszuziehen, aber es ragt nicht viel heraus, und seine rechte Hand funktioniert nicht richtig.

»Hol es raus! Hol es raus!« Seine Stimme ist mittlerweile hoch und verzweifelt. »Herrgott noch mal!«

Der Regen hat jetzt beinahe aufgehört. Er krümmt sich im Schlamm, und seine Finger betasten die scharfe Spitze, die mit seinem Blut getränkt ist. Ich hocke mich hin und halte ihm meine Waffe an den Kopf.

»Gott mag es gar nicht, wenn man seinen Namen missbraucht«, belehre ich ihn. »Und das eben klang nicht wie ein Gebet. Sagen Sie mir, wo meine Kinder sind, und ich besorge Ihnen Hilfe. Falls nicht, lasse ich Sie einfach hier. In diesen Wäldern gibt es Schwarzbären, Berglöwen und Wildschweine. Die werden nicht lange brauchen, um Sie zu finden.«

Der Schmerz in meinem Arm ist kaum noch zu ertragen. Es fühlt sich an, als stünde er in Flammen. Trotz allem halte ich ihn ruhig, denn das muss sein. Jegliches Anzeichen von Schwäche könnte meinen Tod bedeuten.

Sein Gesicht ist blass geworden, im Dunkeln fast durchsichtig. Ich nehme die Wagenschlüssel aus seiner Tasche. Er hat ein Jagdmesser in einer Hülle dabei, das ich ebenfalls an mich nehme. Ich durchsuche seine Taschen nach seinem Handy. Es lässt sich nur durch Daumenabdruckerkennung freischalten, und ich benutze seine heftig zitternde Hand und presse sie darauf. Bei den ersten zwei Versuchen funktioniert es nicht, da er sich wehrt, aber endlich habe ich es geschafft.

»Ihre letzte Chance«, sage ich und hebe die Schrotflinte. »Sagen Sie mir, wo sie sind, und ich verschone Sie.«

Er öffnet den Mund, und eine Sekunde lang glaube ich, dass er es mir sagen wird. Er hat plötzlich Angst. Ist verletzlich. Doch dann schließt er ihn wieder, ohne etwas zu sagen, und schaut mich nur an. Ich frage mich, was ihm solche Angst eingejagt hat. Ich? Nein.

Melvin.

»Mel ist es völlig egal, ob Sie leben oder sterben«, erkläre ich ihm. Ich habe fast schon Mitgefühl mit ihm. »Sagen Sie es mir. Ich kann Sie retten.«

Ich erkenne den Augenblick, in dem er bricht. Der Augenblick, in dem sich seine Fantasie auflöst und ihm die kalte Wahrheit seiner Situation bewusst wird. Melvin Royal wird nicht kommen, um ihn zu retten. Niemand wird kommen. Wenn ich ihn hierlasse, wird er an Blutverlust sterben, und die Tiere werden ihn in Stücke reißen – oder, wenn er Pech hat, passiert es umgekehrt. Die Natur ist brutal.

Und ich ebenso, wenn es sein muss.

»Es gibt da eine Jagdhütte«, verrät er mir. »Oben auf dem Berg. Hat mal meinem Großvater gehört. Dort sind sie.« Er leckt sich die bleichen Lippen. »Meine Jungs passen auf sie auf.«

»Sie Bastard. Das sind doch alles *Kinder*.«

Darauf antwortet er nicht. Wut und Müdigkeit durchfahren mich, und ich will einfach nur, dass das alles ein Ende hat. Ich drehe mich um und bahne mir einen Weg durch den Schlamm zum SUV. Er versucht natürlich aufzustehen, aber dank der Schulterwunde und der durchstochenen Leber geht er nirgendwohin. Die Kälte wird ihn fürs Erste am Leben halten; sie verlangsamt den Blutverlust. Während ich in den Wagen steige und den Motor anmache, blättere ich durch die gespeicherten Nummern und suche nach Kezia Claremont.

Bei *A* halte ich plötzlich inne, denn gleich ganz oben befindet sich ein Name, den ich erkenne. Er ist nicht gewöhnlich. Abgesehen von der Bibel habe ich ihn sonst nirgends gesehen.
Absalom.
Und hier und jetzt wird mir plötzlich erst das ganze Ausmaß der Täuschung bewusst. Das Spiel. Absalom, der Troll, der mein beständiger Verbündeter geworden war. Absalom, der mein Geld genommen und neue Identitäten für mich geschaffen hat. Der mich überall sofort aufspüren konnte. Mich *dorthin lenken konnte, wo er mich haben wollte.*

Es erklärt, warum wir an der falschen Stelle gesucht haben. Lancel Grahams Familie war schon seit Generationen hier. Sein Haus in Stillhouse Lake war ein Erbe der Familie. Kezia und ich hatten ihn sofort als nicht verdächtig von der Liste gestrichen. *Zum Teufel.* Ich hatte Absalom sogar Namen geschickt, die er überprüfen sollte. Er hat das sicher zum Totlachen gefunden.

Er hat mir niemals geholfen. Die ganze Zeit hat er Melvin geholfen, der mich wie eine Schachfigur bewegt, mich aufgestellt, mich umgeworfen hat.

Mich in Reichweite seines Fanboys platziert hat.

Einen Augenblick lang muss ich die Augen schließen, um den weißglühenden Zorn einzudämmen, der in mir tobt. Aber dann suche ich weiter. Ich finde Kezias Nummer und rufe an.

Das Netz zeigt nur zwei Balken, aber der Anruf geht durch. Sie ist in einem Auto. Ich höre das Motorengeräusch, und dann spricht sie, vorsichtig: »Lance? Lance, *ich weiß es.* Du musst diese Frau gehen lassen, und zwar sofort, und mir sagen, wo sie sind. Lance, hör mir zu, okay? Wir können das in Ordnung bringen. Du weißt, dass es anders nicht geht. Rede mit mir.«

Ich hatte befürchtet, sie wäre ebenfalls in diese Sache verstrickt, aber ich höre die angespannte Wut in ihrer Stimme, auch wenn sie versucht, sie zurückzuhalten. Sie versucht, ihn zu beruhigen.

Sie versucht, mich zu retten.

»Ich bin's«, sage ich. »Gwen.«

»Mein Gott!« Ich höre verwirrende Geräusche, als hätte sie beinahe das Handy fallen gelassen. Ich höre auch noch eine zweite Stimme, verstehe aber nicht, was diese sagt. »Gott, Gwen, wo sind Sie? Wo zum Teufel sind Sie?«

»Oben auf dem Kamm hinter Grahams Haus. Wir brauchen hier einen Krankenwagen«, sage ich. »Er ist angeschossen und hat eine Stichwunde. Ich brauche die Polizei. Er hat mir gesagt, meine Kinder wären oben in der Hütte seines Großvaters. Wissen Sie, wo die ist?«

Ich zittere so sehr, dass meine Zähne aufeinanderklappern. Der Motor des Wagens hat sich etwas erwärmt, und die warme Luft aus der Heizung fühlt sich fantastisch an. Ich ziehe Kyles Jacke heran und lege sie mir um die Schultern. Mein linker Arm brennt noch immer, aber als ich ihn mir im Licht der Autolampe genauer anschaue, sehe ich, dass die Schrotkugeln nicht tief genug eingedrungen sind, um wirklichen Schaden anzurichten. Meine Kopfwunde hingegen ... mir ist übel, ich fühle mich schwach und schwindlig. Ich blute noch immer. Ich hebe die Hand und fühle warmes, wässriges Blut aus der Schnittwunde an meinem Kopf pulsieren. Ich greife nach Taschentüchern, die ich dagegendrücke. Fast hätte ich dabei Kezias Antwort verpasst.

Nein, das ist gar nicht Kezia. Es ist Sam. Er ist bei ihr im Auto. »Gwen, geht es dir gut? Gwen?«

»Es geht mir gut«, lüge ich. »Aber meine Kinder. Grahams Söhne sind auch in dieser Hütte. Ich weiß nicht, ob sie bewaffnet sind, aber ...«

»Mach dir deshalb keine Sorgen. Wir kommen sofort zu dir, okay?«

»Graham braucht einen Krankenwagen.«

»Scheiß auf Graham«, sagt er, und seine Stimme klingt hart. »Was ist mir dir?«

Die Taschentücher, die ich mir auf die Wunde gepresst habe, sind bereits durchtränkt. »Ich muss vielleicht genäht werden«, sage ich. »Sam?«

»Ich bin hier.«

»Bitte. Bitte hilf mir, die Kinder zu holen.«

»Es wird alles gut. Wir retten sie. Bleib du einfach, wo du bist. Halt durch. Kez weiß, wo die Hütte ist. Wir kommen zu dir. Wir kommen direkt zu dir.«

Kezia sitzt am Steuer, und ich bin bereits mit ihr im Auto gefahren; sie nutzt Polizeitaktiken und fährt mit kontrollierter Wildheit und extremem Tempo. Ich blicke in den Rückspiegel. Ich sehe die Scheinwerfer eines Streifenwagens über die Hauptstraße kurven. Ich sehe, wie sie beim Abzweig der Johansens einbiegen.

Sam redet noch, aber ich bin müde. Das Handy liegt auf meinem Bein. Ich bin mir nicht sicher, wann ich es hingelegt habe. Mein schmerzender, pulsierender Kopf ruht an der Scheibe. Ich zittere nicht mehr.

Ich sage noch *Hol meine Kinder,* oder zumindest denke ich es, bevor alles um mich herum dunkel wird.

Kapitel 14

»Gwen? Mein Gott.«

Ich öffne die Augen. Sam hockt neben mir, und er sieht ... seltsam aus. Er dreht den Kopf. »Ich brauche den Erste-Hilfe-Kasten!«, sagt er, nach hinten gewandt.

Kezia ist direkt hinter ihm und stellt eine große rote Tasche neben ihm ab. Er reißt den Klettverschluss auf und wühlt darin herum.

»Was machst du da?«, frage ich ihn. Ich bin nicht klar im Kopf. Definitiv nicht, aber zumindest habe ich kaum noch Schmerzen. Schon beeindruckend, was ein bisschen Schlaf bewirken kann. »Es geht mir gut.«

»Nein, tut es nicht. Sei still.« Er nimmt eine dicke Wundauflage und presst sie fest gegen meinen Kopf. Der Schmerz kommt mit einem plötzlichen Dröhnen zurück. »Kannst du das für mich halten? Halt es.« Er drückt meine Hand gegen die Auflage, und es gelingt mir, das zu tun, was er sagt, während er Mullbinden heraus holt und alles festbindet. »Wie viel Blut hast du verloren?«

»Eine Menge«, antworte ich. »Aber das ist egal. Wo ist die Hütte?«

»Du gehst nicht zu dieser Hütte.« Ich taste nach meiner Waffe. Mühelos nimmt er sie mir aus der Hand, leert die Kammer und das Magazin in einer Bewegung und wirft die Teile auf den Rücksitz des SUV. »Du gehst nur noch ins Krankenhaus. Dein Kopf muss geröntgt werden. Mir gefällt gar nicht, wie das aussieht. Könnte eine Impressionsfraktur sein.«

»Mir egal. Ich gehe.« Und das werde ich auch, in einer Minute. Es scheint im Augenblick enorm viel Mühe zu kosten, aus dem Wagen zu steigen. »Hast du meine SMS bekommen?«

Er wirft mir einen merkwürdigen Blick zu. »Wann?«

»Ach, schon gut.« Graham war also erfolgreich mit seiner Aktion gewesen. Es war ihm gelungen, mein Handy zu zerstören, bevor die SMS abgeschickt wurde. »Wie habt ihr herausgefunden, dass er der Täter ist?«

»Er ist nicht zur Suche erschienen«, erklärt Sam. Er ist damit beschäftigt, meine Augen mit einer Stiftlampe zu untersuchen, was nervtötend und schmerzhaft ist. Ich versuche, seine Hand wegzuschieben. »Kez hat ein wenig genauer nachgeforscht. Wie sich herausgestellt hat, ist er zum Zeitpunkt jeder Entführung einen ganzen Tag nicht bei der Arbeit gewesen. Und ebenso an den Tagen, an denen wir vermuten, dass er die Leichen entsorgt hat. Sie hatte schon eine Weile ein komisches Gefühl, was ihn anging. Als wir erfahren haben, dass er auf der Wache aufgetaucht ist und angeboten hat, dich mitzunehmen …«

»Danke«, sage ich. Er schaut grimmig drein.

»Na ja, ist ja nicht so, als wären wir rechtzeitig zu deiner Rettung erschienen.«

Ich stoppe eine seiner Hände, die meinen Nacken auf Verletzungen untersucht, und halte sie fest. »Sam. Danke.«

Ein paar Sekunden lang blicken wir einander an, dann nickt er und fährt mit seiner Untersuchung fort.

Kezia ist losgezogen, um nach Graham zu sehen. Sie kommt wieder, holt das Erste-Hilfe-Set, und schon bald darauf sehe ich die Blinklichter des Krankenwagens. Hier draußen im Nirgendwo kommt der Krankenwagen mit Allradantrieb. Er fährt am SUV vorbei und zum Beginn des Pfads, wo ich im Licht der Scheinwerfer Kezia sehe, die sich um Graham kümmert.

»Weißt du, wo die Hütte ist?«, frage ich Sam. Er hat die Schrotkugeln in meinem linken Arm gefunden. »Bitte. Ich muss es wissen. Es geht mir gut, Sam, hör auf.«

»Es geht dir nicht gut.«

»*Sam!*«

Er seufzt und setzt sich zurück, die Hände auf seinen Oberschenkeln. »Es ist ein weiter Marsch bis nach oben, den schaffst du nicht.«

»Ich hab's dir doch schon gesagt. Es geht mir gut. Sieh doch.« Ich zwinge mich zu Höchstleistungen und steige aus dem Wagen. Ich stehe fest. Ich strecke meine Hände aus. Sie zittern nicht. »Siehst du?«

Ich bin leicht schockiert, als er mich an sich drückt, aber es fühlt sich gut an. Sicher. Ich habe immer den falschen Leuten vertraut und die richtigen weggeschoben. Und das hier stellt alles auf den Kopf, was ich glaubte, über mich selbst zu wissen.

»Es geht dir nicht gut, aber ich verstehe, dass du das tun musst«, sagt er. »Ich weiß, dass du es auch ohne mich tun wirst.«

»Verdammt richtig, das werde ich«, stimme ich ihm zu. »Gib mir meine Waffe wieder.«

Es gefällt ihm nicht. Er küsst mich auf die Stirn, direkt unter den Verband, und prüft, ob er fest sitzt. Dann beugt er sich nach hinten, steckt die Kugeln in das Magazin, setzt meine Sig zusammen und reicht sie mir. Ich stecke sie in die Tasche.

Die Sanitäter kümmern sich um Lancel Graham, aber Kezia hat sie ihrer Arbeit überlassen und kommt zu uns zurück. Unter einer dicken Jacke trägt sie ihre Uniform und hat ihre

Waffe an die Hüfte geschnallt. Sie geht an uns vorbei zu ihrem Streifenwagen, öffnet den Kofferraum und holt zwei kugelsichere Westen heraus. Eine streift sie sich selbst über, die andere bringt sie zu uns. Sie reicht sie Sam.

Sam legt sie mir an. Als ich protestieren will, schüttelt er den Kopf. »Nein. Keine Widerrede.« Ich lasse es durchgehen. Er und Kez holen Schrotflinten aus dem Wagen, und sie hat noch ein Versorgungspaket, das sie sich über die Schulter hängt. Ich wette, es ist randvoll mit Notrationen und Munition.

Kezia redet kurz mit den Sanitätern, dann macht sie einen Anruf. Anschließend kommt sie wieder zu uns zurück. »Prester schickt Verstärkung, aber es wird eine Weile dauern, bis sämtliche Suchtrupps wieder zurück sind und zu uns gelangen.«

»Hat er gesagt, dass wir gehen können?«, fragt Sam.

Sie hebt die Augenbrauen. »Verdammt, nein, hat er nicht. Er hat gesagt, wir sollen warten. Wollen Sie warten?«

Er schüttelt den Kopf.

»Wo geht's lang?«, frage ich.

* * *

Sam hat recht, ich bin nicht in der Verfassung für das hier, aber das spielt keine Rolle. Mein Schwindelgefühl wird stärker, doch ich ignoriere es. Sam behält mich genau im Auge. Das Gewicht der kugelsicheren Weste unter der Daunenjacke erdrückt mich; es ist heiß, und ich schwitze. Die Nacht ist dennoch kalt. Mein Körper läuft im Notprogramm, damit ich es den Berg nach oben schaffe.

Kezia ist so trittsicher wie ein Berglöwe, während sie uns den Pfad nach oben führt – nicht den, den ich vorhin genommen habe, sondern den, den ich hinuntergerutscht gekommen bin. Wir kommen am Felsen vorbei, an dem ich mir den

Kopf aufgeschlagen habe, und ihre Taschenlampe trifft auf das feuchte, rote Glitzern meines Bluts. Es ist eine ganze Menge. Sie sagt nichts. Sam ebenso wenig, aber er tritt noch näher an mich heran, während wir weiter hochsteigen.

Der Pfad biegt in nordwestlicher Richtung ab, führt dabei aber weiterhin nach oben. Es blitzt mittlerweile nicht mehr, auch der Regen hat sich beruhigt, aber dafür hat der Wind aufgefrischt, unter dessen Kraft sich die Kiefern über uns in einem flüsternden Tanz einander zuneigen. Ich verspüre den Drang, hinter mich zu sehen, falls Lancel Graham sich anschleichen sollte. *Graham ist im Krankenhaus. Er hat Glück, wenn die seine verdammte Leber retten können.* Aber das kann die schrecklichen Bilder in meinem Kopf nicht vertreiben. Und einmal sehe ich ihn.

Ich beginne zu halluzinieren. Ich höre jemanden weinen. Lanny. Ich höre meine Tochter weinen, und alles in mir zieht sich zusammen. Ich drehe mich zu Sam um. Beinahe frage ich ihn, ob er sie auch hören kann, doch ich weiß, dass er es nicht tut.

Ganz offensichtlich verliere ich die Kontrolle über meinen Körper.

Eine halbe Stunde später öffnet sich der Pfad zu einer schmalen Lichtung. Eine winzige Hütte drängt sich in den Überhang eines Felsvorsprungs. Von weiter oben wäre sie beinahe unsichtbar. Man muss schon wissen, wo man suchen muss. Und sie ist alt. Zwar wurden Reparaturen vorgenommen, aber etwas an der Konstruktion zeigt, dass sie aus rustikaleren Zeiten stammt.

Kezias Taschenlampe taucht die Hütte in einen blauweißen Schimmer. »Kyle und Lee Graham! Kommt sofort raus! Hier ist Officer Claremont!« Sie hat einen Befehlston angenommen, wie eine Lehrerin, die Schüler wegen schlechten Benehmens rügt. Ich glaube, bei mir hätte das in diesem Alter funktioniert.

Hinter einem Fenster mit Vorhang ist eine kurze Bewegung zu sehen, dann öffnet sich die Tür knirschend, und ein Junge steht da. »Wo ist mein Dad?«

Kezia tritt vor und bedeutet uns beiden zurückzubleiben. »Lee? Lee, du kennst mich. Deinem Dad geht's gut. Er ist auf dem Weg ins Krankenhaus. Komm jetzt da raus. Sieh mal, ich lege auch meine Waffe weg, okay? Komm heraus.«

Der jüngere Graham-Sohn schlüpft durch die Tür. Er trägt eine Jacke, die ihm viel zu groß ist, und sieht bleich und angsterfüllt aus. »Ich wollte es nicht tun«, sagt er eilig. »Das wollte ich nicht! Ich will keinen Ärger bekommen!«

»Das wirst du nicht, Schätzchen, das wirst du nicht. Komm hierher.« Kezia winkt ihn zu sich. Nachdem er bei ihr ist, gibt sie Sam ein Zeichen. Er tritt vor, ergreift den Jungen am Ellbogen und zerrt ihn beinahe schon zu mir. Lee öffnet den Mund, um zu protestieren. Ich lege eine Hand auf seine Schulter und gehe vor ihm in die Hocke, um direkt in seine Augen zu sehen.

»Sind meine Kinder da drin?«, frage ich ihn.

Endlich nickt er. »Es war nicht meine Schuld«, erklärt er mir. »Ich habe Kyle gesagt, dass wir das nicht tun sollten. Aber ...«

»Aber ihr könnt nicht Nein zu eurem Dad sagen«, beende ich den Satz und sehe, wie sich Erleichterung auf seinem Gesicht ausbreitet. Sehe das Trauma. Und obwohl er zwischen mir und meinen eigenen Kindern gestanden hat, möchte ich ihn am liebsten umarmen. Das tue ich nicht, aber ich spüre, wie verloren er ist. »Ich verstehe dich. Es ist alles gut. Bleib du einfach hier. Setz dich hin und rühr dich nicht von der Stelle.«

Kezia ist etwas näher gekommen. »Kyle! Kyle, du musst rauskommen. Kannst du mich hören? Kyle?«

Ich wende mich an Lee, der sich in sich selbst zurückgezogen hat und weder die Hütte noch sonst irgendjemanden anschaut. »Lee. Ist dein Bruder bewaffnet?«

»Er hat ein Gewehr«, sagt er. »Tun Sie ihm nicht weh! Er macht nur das, was Dad ihm befohlen hat!«

Ich glaube, dass mehr dahintersteckt. Lance Graham hat Kyle so weit vertraut, dass der sich im Dunkeln an mich herangeschlichen hat. Ich frage mich, ob Kyle seinem Vater auch bei anderen Dingen geholfen hat. Er ist groß für sein Alter, und gut aussehend. Er könnte ein echter Vorteil gewesen sein, um eine junge Frau vor ihrer Entführung abzulenken. Ich stelle mir vor, wie er sich diesem Mädchen auf dem Parkplatz der Bäckerei genähert hat. Sie zum SUV seines Vaters geführt hat.

Bei dem Gedanken daran verspüre ich Übelkeit.

Ich gebe Kezia Bescheid, dass Kyle ein Gewehr hat, und sie nickt grimmig. Sie hat ihre Waffe bereits aus dem Holster genommen. »Lassen Sie Sam hinten herumgehen. Ich will nicht, dass Kyle irgendwohin verschwinden kann. Sie bleiben mit dem Jungen hier.«

Sam ist bereits unterwegs. Er läuft um die Hütte herum, hält sich zwischen ihr und der Felswand. Ich hoffe, es gibt da keine schlafenden Schlangen oder Schlimmeres. Er kommt nicht zurück, also vermute ich, dass es hinten eine Tür gibt. Und ich vermute, dass er sie bewacht.

»Ich gehe rein«, verkünde ich Kezia.

»Nein, auf keinen Fall!«, sagt sie. Sie streckt die Hand nach mir aus, aber ich bin bereits auf dem Weg zur Tür. Ich sehe, dass sich der Vorhang bewegt. Kyle beobachtet mich. Nüchtern frage ich mich, ob eine Gewehrkugel durch diese Weste dringen könnte; in diesem Abstand vielleicht schon. Abhängig vom Kaliber und der Körnung.

Ich ziehe meine Sig aus der Tasche und halte sie nach unten, die Finger weg vom Auslöser, während ich auf die Türklinke drücke. Die Tür öffnet sich. Kyle hat sie nicht wieder verschlossen, nachdem sein Bruder gegangen ist.

Drinnen ist es dunkel, bis auf eine einzelne, flackernde Kerze auf einem grobgezimmerten Tisch am Ende des Raums. Das unstete Licht flackert über Kyle, der auf einem Bett am Fenster sitzt. Er zielt mit seinem Gewehr direkt auf mich.

Niemand sonst ist in der Hütte. *Niemand.* Ich bin direkt in eine Falle gelaufen.

Ich drehe mich um und schreie, stolpere zur Tür hinaus, und Kyles Schuss verfehlt mich um wenige Millimeter. Ich laufe auf Kezia zu. Hinter ihr hat sich Lee von der Baumreihe entfernt, bei der ich ihn zurückgelassen hatte. Er steht jetzt in perfekt eingeübter Schusshaltung. Er hält eine Handfeuerwaffe, die er aus seiner Tasche gezogen hat, denn *ich habe ihn nicht durchsucht, er ist doch nur ein Junge.* Er zielt mit der Waffe auf Kezias Rücken.

»Lee!«, schreie ich und hebe die Waffe. »Tu es nicht!«

Er ist überrascht, und sein Schuss geht daneben. Gerade so. Er durchschlägt das Fenster der Hütte, und hastig duckt sich Kezia und dreht sich um. *Waffe fallenlassen, Waffe fallenlassen,* schreit sie, während sie auf ihn zuläuft, und er gehorcht und wirft sie weit von sich. Ich wende mich wieder der Hütte zu, in der immer noch Kyle ist, bewaffnet, und *wo sind meine Kinder, Gott, bitte …*

Kyle wirft die Tür auf und zielt mit dem Gewehr direkt auf mein Gesicht. Ich habe Zeit zu reagieren, zu schießen, aber ich tue es nicht. Ich kann nicht. Er ist ein Kind. Er ist ein psychisch labiles, gestörtes Kind, aber *ich kann nicht.*

Sam geht von hinten auf ihn los und wirft ihn mit dem Gesicht voran in den Schlamm. Das Gewehr rutscht ihm aus der Hand, und schreiend kämpft Kyle darum, es wieder zu fassen zu bekommen. Kezia hat seinem Bruder Lee Handschellen angelegt, drückt den Jungen fest zu Boden und holt ein weiteres Paar heraus. Sie stößt einen schrillen Pfiff aus, und Sam sieht auf. Sie wirft es ihm zu, er fängt es und fesselt Kyle. Dann zerrt er den Jungen hoch und lässt ihn mit dem Gesicht gegen die Hüttenwand knien.

Ich kann nicht atmen, so sehr nagt die blinde Angst an mir. Nicht wegen des gerade so verfehlten Schusses. Nicht wegen Kyle und Lee.

Meine Kinder müssen hier sein. *Sie müssen hier sein.*

Ich laufe zurück in die Hütte. Sie ist winzig, gerade groß genug für ein Bett, einen kleinen Tisch, einen dicken Fleece-Teppich, die offene Hintertür ...

Verzweifelt trete ich den Teppich beiseite und entdecke eine Falltür.

Ich nehme die Kerze vom Tisch und ziehe am Griff der Falltür. Die kalte, feuchte Luft, die herausströmt, lässt die Kerze flackern. Einen Augenblick wünsche ich mir, ich hätte Kezias starke kleine Taschenlampe. Eine Holzleiter führt nach unten.

Ich steige hinunter.

Mein Arm protestiert gegen die Anstrengung, aber ich bemerke den Schmerz kaum noch. Mir ist übel und schwindlig, aber das alles ist nicht wichtig, nichts ist wichtig, bis auf das, was ich hier unter der Erde finden werde.

Und ich finde die Hölle.

* * *

Ich betrete die Vergangenheit.

Dort, direkt vor mir, als ich mich von der Leiter wegdrehe, befindet sich eine Metallstange mit einem Windenhaken daran. Das dicke Drahtseil, das ein Stück herunterhängt, endet in einer Schlinge.

Einer Henkersschlinge.

Es ist die gleiche wie die in Melvins Garage. Aber nicht nur das. Ich erkenne die Werkzeugregale rechts, gefüllt mit

Gerätschaften, Bohrern, Schraubstöcken. Ich erkenne die roten Schubladen, in einer Linie auf einer Werkbank aufgereiht.

Als ich mich wieder zur Leiter zurückdrehe, erkenne ich die Stecktafel, die dahinter errichtet wurde, gefüllt mit Sägen, Messern, Schraubenziehern, Hämmern. Daneben steht ein Tablett mit medizinischen Gerätschaften. Auf einem weiteren liegen Gerätschaften zum Häuten von Tieren, wie sie von Jägern benutzt werden.

Und mein Blick fällt auf die letzte, perfekte Ergänzung: den Teppich. Es ist ein Teppich im selben Stil wie der, den Melvin direkt unter seinen Opfern ausgelegt hatte, ein völlig unpassendes Detail in einer Folterkammer.

Graham hat Melvins Tötungsraum bis zum letzten obsessiven Detail nachgestellt.

Der Gestank hier unten bringt mich zum Würgen. Mit den Schultern lehne ich mich gegen die Leiter, denn *ich kenne diesen Geruch.* Er war auch aus meiner Garage in Wichita gedrungen. Ein Gestank nach verdorbenem Fleisch und altem Blut und dem metallischen Geruch der Angst. Und er ist auch hier, an diesem Ort. Genau dieselbe Mixtur.

Ich kann nicht anders. Ich schreie. Ich schreie die Namen meiner Kinder, als mir das Herz bricht und ich meinen Verstand verliere und nur noch sterben will.

Graham hatte nie vor, sie leben zu lassen. Er wollte nur, dass ich *das hier* sehe.

Noch immer halte ich die Waffe in der Hand. Für einen schrecklichen, wundervollen Augenblick der Klarheit denke ich, wie perfekt es doch ist, dass ich hier sterben werde, auf die gleiche Art, auf die Gina Royal verdorrt und verschwunden ist. Als sie den gleichen Horror erblicken musste. Dasselbe Gefühl des völligen Verlusts verspürte.

Und dann höre ich meinen Sohn. »Mom?«

Es ist nur ein Flüstern, aber für mich klingt es so laut wie ein Schrei. Ich lasse die Waffe fallen, als stünde sie in Flammen, haste auf allen vieren über den Boden, den Teppich, herum um diese schreckliche Winde. Und dahinter sehe ich das verriegelte Gitter, das in die falsche Wand eingesetzt ist. Ein Vorhängeschloss hängt davor. Ich stolpere zurück zum Werkzeug, reiße eine Brechstange mit solcher Wucht aus der Stecktafel, dass sämtliche Gerätschaften klappernd herunterfallen. Ich renne zurück zur Tür. Ich ramme das Gabelende unter das Schnappschloss und ziehe. Holz splittert. Gibt nach. Das Schnappschloss löst sich.

Mit der Brechstange hebe ich die Tür aus. Und dann sehe ich Connor und Lanny. Sie sind am Leben, am Leben, und in diesem Augenblick entweicht sämtliche Kraft aus mir, und ich gehe zu Boden. Sie kommen auf mich zugerannt und stürzen sich auf mich, als wollten sie mit mir verschmelzen.

Oh Gott, es ist so wundervoll. Die Erleichterung schmerzt, aber es ist der Schmerz einer Wunde, die kauterisiert wurde. Die Blutung ist gestoppt.

Ich wiege meine Kinder, noch immer auf dem Boden dieser Hölle sitzend, als Kezia und Sam mich finden. Beide sind atemlos, auf das Schlimmste vorbereitet. Ich sehe Sams Gesicht und denke erschrocken, dass er gerade durch einen Schrein zu dem Ort laufen musste, an dem seine Schwester gelitten hat und an dem sie gestorben ist. Ich kann mir kaum vorstellen, wie schwer es gewesen sein muss, an der Winde vorbei zu uns zu gelangen.

Aber wir sind am Leben.

Wir sind alle am Leben.

Kapitel 15

Wie sich herausstellt, war das Blut in meinem Haus von Kyle. Und es war Lannys Werk.

»Ich habe sie kämpfen hören«, erzählt sie mir, als wir draußen an der klaren Nachtluft sind. Kyle und Lee Graham sind beide in Handschellen, und Kezia hat sie an eine Hakenvorrichtung an der Wand der Hütte gekettet. Ich kann mir nicht vorstellen, wofür die eigentlich gedacht ist. Ich will es auch gar nicht. »Ich habe das Messer gegriffen, bin rein und habe ihm eine Schnittwunde verpasst. Kyle, meine ich. Ich hätte ihn auch erwischt, wenn sein verdammter Dad nicht bei ihm gewesen wäre. Wir haben es in den Panikraum geschafft, wie du es uns beigebracht hast, aber er kannte den Code. Tut mir leid, Mom. Ich hab dich im Stich gelassen ...«

»Nein, ich bin schuld.« Connors Stimme ist kaum mehr als ein Flüstern, das fast vom Wind verweht wird. »Der Code stand in meinem Handy. Ich hätte es dir sagen müssen. Du hättest ihn ändern können.«

Jetzt ergibt alles ein Bild. Connors Handy, das ihm von Grahams Söhnen abgenommen wurde. Ich erinnere mich an das Zögern meines Sohnes an jenem Abend, als Graham das Handy zurückbrachte. Wie Connor mir fast etwas Wichtiges gesagt hätte. Er wollte mich nicht wütend machen, weil ich ihm eingetrichtert hatte, die Codes nicht aufzuschreiben.

Ich darf nicht zulassen, dass er glaubt, das alles hier wäre seine Schuld. Auf keinen Fall.

»Nein, mein Schatz«, beruhige ich ihn. Ich küsse ihn auf die Stirn. »Das ist unwichtig. Ich bin so stolz auf euch beide. Ihr habt überlebt. Und das ist im Moment das Einzige, was wichtig ist, okay? Wir leben.«

Kezia hat Rettungsdecken in ihrem Survivalset, und ich wickle die Kinder darin ein, um ihre Körperwärme zu bewahren. Sie haben blaue Flecken. Sie haben beim Kämpfen einiges abbekommen. Ich frage sie, ob sie mir erzählen wollen, was in der Hütte vorgefallen ist. Lanny sagt, dass nichts passiert ist. Connor sagt überhaupt nichts.

Ich frage mich, ob meine Tochter lügt, um mich zu beruhigen.

Wir sitzen auf der Lichtung. Endlich kommt auch die Verstärkung in Form eines Schwarms von Polizeibeamten. Ich sehe, dass auch Javier Esparza dabei ist. Er nickt mir zu, und ich nicke zurück. Ich habe an ihm gezweifelt. Das hätte ich nicht tun sollen.

Detective Prester hat es sich nicht nehmen lassen, auch hochzusteigen; er trägt noch immer einen Anzug, der diesen Schlamm niemals überstehen wird, aber er hat sich einen schweren Mantel darübergeworfen. Sofort kommt er auf uns zu, und in seinem Gesicht lese ich etwas Neues.

Respekt.

»Ich schulde Ihnen eine verdammt große Entschuldigung, Ms Proctor«, sagt er. »Geht es den Kindern gut?«

»Das wird die Zeit zeigen«, sage ich. »Ich denke schon.« Ich weiß es nicht, aber ich muss einfach glauben, dass es so ist. Es wird schwer werden. Sie werden Fragen haben. Ich will mir gar nicht vorstellen, was Lancel Graham ihnen über ihren Vater erzählt hat. Ich glaube, dass es eher das als ein anderes Trauma ist, was meinen Sohn so stumm macht.

Prester nickt und seufzt. Er sieht nicht so aus, als würde er gern in diesen Keller steigen, aber ich vermute, dass er schon Schlimmeres gesehen hat. »Kezia sagt, Sie hätten Grahams Handy. Ich brauche es als Beweis, und auch sonst alles, was Sie genommen haben.«

»Ich habe das meiste davon in seinem SUV gelassen«, erkläre ich. »Die Waffe gehört mir.« Ich habe sie vom Boden im Keller aufgelesen; ich brauche keine weiteren Komplikationen. »Hier.« Ich fische das Handy aus meiner Tasche.

Der Bildschirm ist an. Ich habe die Taste versehentlich gedrückt. Es ist nur der Sperrbildschirm, und ohne Grahams Daumenabdruck oder Code komme ich nicht weiter. Aber was mich an Ort und Stelle erstarren lässt, ist die SMS, die auf dem Bildschirm erschienen ist.

Sie ist von Absalom und besagt:

Er will ein Update.

Ich zeige es Prester. Er wirkt nicht überrascht. »Wer ist Absalom?«

Ich erzähle ihm von meinem Hacker-Wohltäter. Meinem Verbündeten, der mich die ganze Zeit verkauft hat. Ich weiß nicht, wie ich Absalom finden kann, was ich Prester auch sage. Ich halte ihm das Handy hin. »Ich bin dran. Von wem redet Absalom Ihrer Meinung nach?«

Prester nimmt eine Beweistüte, und ich lasse das Handy hineingleiten. Er versiegelt sie, bevor er antwortet. »Ich glaube, das haben Sie schon selbst erraten.«

Ich will seinen Namen auch nicht aussprechen. Es ist fast, als würde man den Teufel beim Namen nennen. Ich habe Angst, dass er erscheinen könnte.

Presters Gesichtsausdruck hat sich verfinstert, und mir gefällt nicht, wie er mich anschaut, so zögernd und nachdenklich. Als versuchte er zu entscheiden, ob ich stark genug bin, das zu ertragen, was er sagen will.

Also komme ich ihm zuvor. »Sie wollen mir etwas sagen.« Ich habe keine Angst mehr, vor nichts. Meine Kinder sind bei mir. Sind sicher. Lancel Graham geht nirgends hin. Es ist möglich, dass seine Söhne gerettet werden, es sei denn, seine Psychopathie ist erblich.

Prester winkt mich zur Seite. Ich will Lanny und Connor nicht loslassen, aber ich trete ein paar Schritte von ihnen weg und positioniere mich so, dass ich sie im Auge behalten kann. Ich weiß, es geht um etwas, von dem er nicht will, dass sie es hören.

Aber ich habe trotzdem keine Angst.

»Es hat einen gut koordinierten Ausbruch aus El Dorado gegeben. Siebzehn Häftlinge. Neun von ihnen sind bereits wieder geschnappt worden. Aber ...«

Er muss es nicht einmal aussprechen. Mit der kranken Unausweichlichkeit des Schicksals weiß ich, was er mir sagen wird. »Aber Melvin Royal ist auf freiem Fuß«, sage ich.

Er sieht weg. Ich weiß nicht, was ich fühle, oder was er in mir sieht. Aber eins weiß ich.

Ich habe vor Mel keine Angst mehr.

Ich werde ihn töten. Es muss einfach so enden, wie es vor so langer Zeit begonnen hat: mit uns beiden.

Den Royals.

Soundtrack

Für jedes Buch, das ich schreibe, wähle ich die passende Musik, die mich durch den intensiven Schreibprozess führt. Bei »Die Angst schläft nie« war es eine interessante Aufgabe, genau den Groove zu finden, der mir dabei hilft, Gwen durch diese Geschichte voller Anspannungen zu geleiten.

Ich hoffe, Ihnen gefällt diese musikalische Reise ebenso wie mir, und bitte denken Sie daran: Datenpiraterie schadet den Musikern, und die Einnahmen über die Musiksammeldienste reichen nicht aus, um davon leben zu können. Der Direktkauf des Songs oder Albums ist noch immer die beste Art, Ihre Begeisterung zu zeigen und den Künstlern zu helfen, neue Werke zu schaffen.

»I Don't Care Anymore«, Hellyeah
»Ballad of a Prodigal Son«, Lincoln Durham
»Battleflag«, Lo Fidelity Allstars
»How You Like Me Now (Raffertie Remix)«, The Heavy
»Black Honey«, Thrice
»Bourbon Street«, Jeff Tuohy
»Cellophane«, Sara Jackson-Holman
»Drive«, Joe Bonamassa
»Fake It«, Bastille

»Heathens«, twenty one pilots
»Jekyll and Hyde«, Five Finger Death Punch
»Lovers End«, The Birthday Massacre
»Meth Lab Zoso Sticker«, 7Horse
»Bad Reputation«, Joan Jett
»Peace«, Apocalyptica
»Send Them Off!«, Bastille
»Tainted Love«, Marilyn Manson
»Take It All«, Pop Evil

DANKSAGUNG

Wie üblich hätte ich dieses Buch nicht ohne die Unterstützung meines Mannes R. Cat Conrad schreiben können; ebenso danke ich meiner wunderbaren Assistentin und Leserin, Sarah Weiss-Simpson, und meinen geduldigen und fantastischen Lektorinnen Tiffany Martin und Liz Pearsons.

Ein besonderer Dank gilt auch meiner Freundin Kelley und dem Rest der Time Turners für das beständige Mutmachen und die Unterstützung.